妙莲的约定

妙莲 著

SPM 南方出版传媒 广东人民出版社

· 广 州 ·

图书在版编目（CIP）数据

妙莲的约定 / 妙莲著． — 广州：广东人民出版社，2021.8
ISBN 978-7-218-15194-6

Ⅰ.①妙… Ⅱ.①妙… Ⅲ.①长篇小说—中国—当代 Ⅳ.①I247.5

中国版本图书馆CIP数据核字（2021）第161944号

MIAOLIAN DE YUEDING
妙 莲 的 约 定

妙莲 著

出 版 人：肖风华

责任编辑：王庆芳 欧阳杰康
装帧设计：吴光前 李 利
责任技编：吴彦斌 周星奎

出版发行：广东人民出版社
地 址：广州市海珠区新港西路204号2号楼（邮政编码：510300）
电 话：（020）85716809（总编室）
传 真：（020）85716872
网 址：http://www.gdpph.com
印 刷：广东鹏腾宇文化创新有限公司
开 本：787毫米×1092毫米 1/16
印 张：20 字 数：360千字
版 次：2021年8月第1版
印 次：2021年8月第1次印刷
定 价：58.00元

如发现印装质量问题，影响阅读，请与出版社（020-85716849）联系调换。
售书热线：（020）85716826

伏惟　天国的父亲

父亲选择离去那年他48岁，在拉萨。

"马上和我们一起出发，你父亲出了点意外。"部长急匆匆对我说。

"病了吗？还是车祸？"那年我刚19岁，刚工作，刚恋爱。

部长关上车门说："比你想象的要糟糕些，要有思想准备。"

人生，最坏又能咋样？我当时想。

谁知，车子直接开进了自治区人民医院，走进一间惨白的房子，一位穿着白大褂的藏族老头拖出墙上一格冰柜。父亲躺在里面，满脸是冰。

从此，我就没了父亲。

我和部长一起送父亲去西宁，那时拉萨没有火葬场。

车子刚过当雄，纷纷扬扬的雪就飘了下来，而且越下越大，天地白茫茫一片，根本不像是7月的雪。

父亲躺在前面东风货车的车厢里，车子不停地打滑，几次原地掉头。想必是父亲后悔了吧！

我坐在后面的丰田车上，不停地抽烟，不停地咳嗽，咳出来的尽是带血的痰和带痰的血。

往事历历在目。

和父亲最后一次相见是他们回内地休假前。晚饭后，妈妈收拾行李，我和父亲照例是下象棋，这是我们父子俩唯一的沟通方式，输了就罚吃一块晚饭剩下的红烧肉。那肉超肥超大，我又总是输，几块塞下肚，腻得头晕想吐。

父亲说我棋力没长，再吃会被腻死，还是去散步吧。

我俩在大院里静静地走了一圈，没话说，刚发芽的白杨树上，麻雀喳喳地吵。我从小就很少跟父母生活，不知道跟父亲讲什么，他也不知道跟我讲什么。

我们闷闷地走回家门口的菜地前，菜地里的莴笋刚长一寸高，绿油油的。父亲突然停住，看了我一会儿才说："伢仔，打小孩可是恶习，会一代代传染的，你今后不要打我的孙子。"父亲从来不打我，哪怕我闯下天大的祸。

当时，我觉得此话莫名其妙，没想到这是父亲留给我的遗言。或许，那时候他就想好了，他小儿子也可以独立了，无牵无挂了，该走了。

那时候，没有"抑郁症"这个概念。

但我真心害怕了，因为父亲给予我生命的同时，也给予了我悲伤的基因。我不时会和他一样无故地悲伤。或是因为作业没完成，或是因为一句歌词，或是别人的一个眼神，或是别的什么事后想来微不足道的事儿，都会使我陷入莫名的无法自拔的悲伤，世界顿时变得灰蒙蒙的，进而怀疑生命的意义。

曾想过死。

曾从大桥上跳下，也曾故意去摸带电的灯头，也曾去少林寺出家，也曾——

或许，父亲今天走的路，必定是我的结局。

真心好怕！

从西宁往回走，晴空万里。

一望无际的草原上，五颜六色的小花抢在高原短暂的夏季里盛开着。微风吹过，花浪滚滚。

在一条清澈的小溪边，部长说一直赶路都累了，在这儿休息一会儿。于是他们扛下来一箱黄河啤酒和一只干羊腿，边吃边喝，边玩"巴啦学"——一种西藏人特别喜欢玩的骰子游戏。他们的笑声和呼喊声在草原之上飘荡，惊得溪水里的鱼儿四处逃窜，把溪水都搅浑了。

我抱着一个淡黄色木盒子坐得远远的，盒子里面是我的父亲。

我把父亲放在花丛之中，远处是飞翔的小鸟和皑皑的雪山。

白云孤飞！我们默默无言，相对良久。突然，我恍然顿悟：生是开始，死是结束，结束了就结束了。

人总要死，何必着急？苦也罢乐也罢，都是自己的人生。为什么要让自己提前结束呢？

于是，我站起来，冲着蓝幽幽的天空中那朵孤零零的白云大声地喊："爸！你儿子与您约定——无论如何，绝不自杀！没有例外，没有理由！"——这就是"妙莲的约定"。

一缕阳光照射过来，白云顿时变得七彩斑斓。

此后，虽然人生坎坷依旧，有时也会很难很苦，也会莫名其妙地悲伤，看不到前路上的一丝希望，但无论如何，我都不把自杀作为人生的选项。因为我知道，只要我恪守着和父亲的约定，最穷不过要饭，不死总要出头。

有时，有的难，是你觉得此生无法逾越的难关，就像一晚上要做完整个暑假的作业一样，难得让你根本看不到希望。比如那年的夏天，我下海经商失败，欠下了43万巨额债务，家里挤满了各式各样要债催账的人，他们什么手段都用了。我们两口子月工资共1200多块钱，算下来，即使不吃不喝，此生也很难还清账。老婆肺部疼痛难忍，没钱去医院检查，5岁的儿子上幼儿园的费用也筹不到。

我取出儿子的压岁钱去拉萨寻找机会，像疯狗一样逛了十多天，没人会给一个穷途末路的人机会。

当时，我身无分文，站在拉萨大桥上，走来走去，犹豫不决，是一个强烈的信念支撑着我，一定要恪守"妙莲的约定"，不能一时冲动做蠢事。后来，一个脸庞黝黑的小个子藏族守桥战士，提着半自动步枪跑过来，帮我拦了免费的车回家。

到八一镇天已黑，家里空无一人。同事说我老婆在办公室晕倒了，已经送到医院。我赶紧跑进住院部，一看，老婆躺在病床上在输液，脸色苍白。儿子流着黄鼻涕，说他在幼儿园学会了解放军叔叔走正步，要给爸妈表演。

我说我也会，跟在儿子后面迈着矫健的步伐，齐喊着"一二一、一二一"的口令，一高一矮走着正步。笑声，不时点亮空荡荡的传染病房走廊上的声控灯。

我的人生从此转折了。

我在《藏地罗生门》里写了那天拉萨大桥上的情景，是真实的，小战士是日喀则白朗县的，叫大洛桑。

一晃，我52岁了。至少，比父亲多捡了4年的命。

在这半个多世纪的风雨中，我曾三次血淋淋地从翻得变形的车里爬出来，拍照留念，也曾腰挎长刀，闯进凶险异常的无人区，也曾唱着悲伤的歌，把好兄弟送去天葬台——

但一切悲伤和凶险都过去了。我还沐浴着和煦的阳光，欣赏着秋天的云，吹着秋天的风。

我一直想把这些写出来，讲给大家听。

但谈生论死，这个话题高深莫测，且自古忌讳。我一直纠结：

我有资格讲吗？

我有能力讲吗？

又怎么来讲呢？

今年5月我休假，原想做回闲云野鹤，独自一人背起行囊，想走就走，东游西逛。

我在吵闹拥挤的广州火车南站，对面一位短头发老年大姐一直盯着我看。好久，她突然走过来对我说："同志，你好面熟，好像在哪儿见过。你去过吉林吗？"一口浓重的东北音，一股淡淡的大蒜味儿。

"我是西藏的，从未去过山海关以北的地方。但我也觉得大姐好面熟。"我呆呆地盯着她额头正中黄豆般大的朱砂痣说。

她说她是纺织工人，第一次离开吉林，儿子媳妇陪她去深圳、三亚旅游。"真好奇怪的。"

我说："就是。"

说话间，一个中年男人跑过来说："火车要开了，妈，赶快。"

匆匆地，我们居然没留下任何联系方式，只留下一个谜。

高铁上，我脑袋里尽是那颗朱砂痣和那爱哭的羊。到了长沙火车南站，我没有去的士站排队搭车，而是去车站麦当劳店里点了一杯加冰的可乐。在那里，给母亲去了电话，说过段时间去看她。

然后我在长沙火车站北路的亚朵酒店里，关掉手机，打开笔记本，一个人静静地开始写。

我想以西藏人看待生死的独特视角，给大家讲述一个关于生、关于死、关于爱情亲情的故事。告诉你我与妙莲的约定。它如筏，为我脆弱的生命设了一道防护。

如果你看完此书，感同身受，也想完整地度过此生，品味和承受生命之美与难，你可以在心情好、天气也好的那天，吃顿美食，洗个澡，然后走出家门，寻找天上属于你的一朵孤零零的白云，当然如锦的五彩云更好，然后对着那朵云大声地喊三遍："无论如何，绝不自杀！没有例外，没有理由！"再在你的朋友圈里，发上一句："我将恪守与妙莲的约定，并履行一生。"

妙莲会为你点赞，家人和朋友们也会。

虽然它不能减轻你的悲伤和解决你的困难，也不能治疗你的病，但将在你痛苦、迷茫和需要艰难地抉择时，为你排除一个没给后悔机会的选项。

或许，某一天，你也会和我此时一样，由衷地感慨："妙莲的约定，如筏。"

写作是枯燥的。整整18天，我都像雕像一样坐在书桌前，心如止水。

我深知，相较生死，其他都是小事。人无好坏，事无对错，何必矫情？所以尽可能用铁石心肠的口吻来平静地讲述。但当写到第五章和父亲一起吃"夹荤"时，眼泪不自觉地掉在键盘上。我抹掉眼泪，把这几行字加黑了。

我想对天国的父亲喊一句他的小儿子从未对他说过的话：爱你，想你。

总有读者萌萌地问我：妙莲的故事好神奇，是真的吗？

借此，我做统一回复：妙莲的世界里，一切皆有可能。

让我们一起打开"生死九章"，共同走进妙莲的魔幻世界，一起恪守与妙莲的约定。

爱你们，祝吉祥！

妙 莲

2020年7月16日于长沙亚朵酒店

奉花余香

第＿＿＿＿枝

奉花余香　让您的爱心如温暖的阳光

为了感恩，也为了回馈，更为了传递爱心与希望。

作者妙莲将以书为花，无偿奉送1000本《妙莲的约定》编号签名版给爱心人士。只要您愿意在一周内无论看完与否，都在书上任意处写下您温暖的留言，并继续以此要求转赠他人，皆可添加妙莲赠书专用微信号，申请参与"奉花余香"祝福留言接力活动。

我们活动的宗旨是：让爱心不断接力，祝福不断叠加，温暖不断弥散！

五年之后，我们再共同找寻这些充满爱心加持的有故事的书，力争让它回到第一位受赠者的书架上，并将书上留下的妙语佳言和传递爱心之中发生的有趣故事，汇编成书。

让我们共同祈愿：美好的生活更加美好，人间鸟语花香！

妙莲赠书专用微信号

目录
CONTENTS

第 一 章

石生花
空中悬挂着先祖的传说

月亮在幽蓝的天空晃来晃去，无风也无云。

隐隐约约，一只狗在黑漆的远方呜呜地哭。

妙莲站在二十多米高的云何大桥上，神色恍惚，仿佛失了灵魂。桥两边的路灯发出橘红色的诡异的光，望着悲凉的世界，他喃喃地对自己说："快跳吧，快跳吧。跳下就解脱了。"这是他思前想后，觉得几十种杀死自己的方式中最舒服的，痛苦最少的，也是几天来脑子里唯一装着的事。

叨叨完，妙莲翻过栏杆从桥上纵身一跃。刹那间，他突然改变了主意，难道自己就这样告别了这个世界，变成了鱼的一坨食物？但此刻已经没有了后悔的可能，风在耳边呼啸。妙莲知道，自己告别这个世界的最后表演没有观众，但还是想尽量地让自己的下落姿势优美点。猛地，他的脑袋中闪现出外公讲的那件恐怖的事，于是用原本像鸟一样展开的双臂紧紧夹住了头。

或许是冥冥中注定，一个完美的高台跳水姿势，让妙莲成为第二个从云何大桥跳下去而活下来的人。

扑通一声，妙莲感觉到自己的手掌撞到了河底的鹅卵石上，他条件反射地游出水面，清凉的河水让他打了个激灵，猛然清醒，脑袋里依旧想着外公说的事。

妙莲突然害怕了，发疯似的往岸边游，屁滚尿流地爬上岸，不敢再回头看身后哗哗的河水。

岸边是一大片刚施了大粪的南瓜菜地，臭不可闻。颤抖不停的妙莲也管不了那么多了，光着脚丫子一蹦一跳地跑过，稀屎和稀泥从脚趾缝钻出来。狼狈不堪地爬上长长的引桥，妙莲这才发现衣服和短裤都被水的巨大冲击力冲得不知去向，自己赤条条地站在白日里车水马龙的地方，仿佛重新来到了这个世界。

好在，此时正是最黑暗的凌晨。一对男女推着鸡公车吱呀吱呀地从桥另一边向妙莲走来，女人大声说着话，商量着把车上的菜卖了，买两只小猪仔回去。妙莲匆忙摘了两片南瓜叶，挡在前面敏感部位和屁股，从路边昏暗的屋檐下跑回家。

在家门口的水龙头下妙莲把脚上的皮都搓掉了，用掉了一整块肥皂，恶心至极的臭味依旧还是从毛孔和脚趾缝里散出来。屁股和前面敏感部位被南瓜叶子的小刺撩得火辣辣的。浑身到处都疼，也分不清是哪儿疼。但恶臭与刺痛，让妙莲真实地感觉到他仍然活在这个令他烦躁的世界。

喔！喔！喔！远处，一只公鸡在打鸣。圆月从乌云中挤出来，流水似的月光照在妙莲湿漉漉的身上。

妙莲的眼泪无声地流了下来。

生不易，死亦难！

东方泛白，空气中弥漫着暖暖的煤烟味儿。

云何正街上，黎婆子骂街的声音照例响起，字正腔圆，操着省腔。不知她骂谁、骂啥，但这如乌鸦叫般的骂声，吵得妙莲头痛欲裂。

命是父母给的，血却来自先祖。世间黎姓之人，血管里都流淌着远古战神蚩尤桀骜不驯的血。云何黎家更是！

相传好久好久的从前，黄帝和炎帝携手与蚩尤在涿鹿决战，上天派来劝架的应龙收了华夏部落的好处拉偏架，朝九黎部落喷水吐火，四目六手的"战神"蚩尤完败。这位中国历史上最著名的失败者被大卸七十二块，只有他最小的儿子旃蒙侥幸逃生。旃蒙头顶着父亲跳动不止的心脏，一路南奔，七天七夜不眠不休，一直逃到一条美丽的河流岸边的一棵桑树下，倒地昏迷。他头顶依旧跳动着的蚩尤的心脏，没入地中。

醒来，旃蒙搬来一块心形青灰色的巨石，压在父亲心脏没入之地，取名为"不甘之心"，并给这条从天边流来的河流取名为云河。自己则以"九黎"部落名为姓，在此繁衍生息。慢慢地，形成了以这块不甘之心为中心的黎家村。

每当农历三月十五蚩尤的忌日那天，圆月高悬。全村成年男人都默默地围坐在不甘之心旁，静听先祖如战鼓一样的心跳声，静等乱世出英雄的时代到来。咚咚咚——咚咚咚——真是不甘心啊！

或许，上天也悲悯失败的英雄，或许是后人滴落在石头上的泪，那块青灰色的不甘之心中居然长出了如泪珠般的白花，形似孤标傲世的菊花一样。村子周边青灰色的石头里也跟着开出了花，这就是有关云何独有的菊花石的传说。

特别是城边道吾山下的樟树潭中的菊花石，更是制作砚台和山子的极品材料。明宣德以来，一直是作为进献皇宫的贡品。

元末明初，朱元璋派大将徐达与陈友谅旧部在长沙周边血战了四年，使得田园荒芜，庐舍为墟，百里无人烟。于是朝廷就近从江西大量移民入湖广，并允许"插标占地"。在这场历史上有名的"江西填湖广"的移民浪潮中，一位自称孔圣人之后名文飚的牛人，怀揣着豆豉制作秘方和一把黄豆路过云河畔的黎家村。他原本是要去特别好这一口豆豉香的岭南。谁知，人不留客天留客。孔文飚刚进黎家村就电闪雷鸣，下起瓢泼大雨，无奈慌不择路，敲开了邓姓的年轻寡妇家的门。她男人是黎家用字辈的，前些年参加徐达的部队，在第一次参战中就胸中七箭，战死沙场。

或是邓寡妇太貌美，或是孔文飚太年轻，定力不够。总之，也就是那一夜的鱼水之欢，改写了云何的历史轨迹。

第二天一大早，邓寡妇红光满面哼着小调，抱着装满男人脏衣服的红木盆子去了云河边，见人就大声打招呼，一口细细的白牙。孔文飚是午饭后才走出房门，吟完一联"云横天马家何在？雨落云河豆生花"后脱掉长衫，光着膀子在邓寡妇家的小院垒灶煮豆。几天后，一股让人垂涎欲滴的豉香飘在黎家村的上空。

这一飘，就在云何的上空飘了近六百年。

按秘方制作的"子曰"豆豉就是与众不同。颗颗黑油发亮，回甜化渣，做菜添一点，吃饭香无边。加之邓寡妇年轻貌美且口齿伶俐，每天就坐在村头的大桑树下的小竹棚里卖豆豉，越卖生意越好，名气越大。仅用了半个世纪，硬是把云何"子曰"豆豉卖遍黄河以南，成了明清两代最响亮的品牌，四方来买卖豆豉的人络绎不绝，聚集成街，形成了如今云何正街的雏形。

孔文飚自然是发了大财，修建了富丽堂皇的孔家大院，三进七十七间房。在那个年代，再有钱也不敢多修了，多了就犯"违制"之罪，要杀头灭族的。但整座大院铺的地砖，都是北京皇上住的皇宫才用得起的金砖，敲击发出悦耳的金属声，说是砖和黄金一般金贵。

但不知为啥，或许真是有钱就任性。孔家大院落成典礼那天，孔文飚亲手在戏台边栽了一棵小桑树，"开门见桑（丧）"这是住宅风水之大忌。更邪门的是，他还四处高价搜罗因断了香火而无人祭拜的墓碑，只要墓碑上刻的字好就成，铺在大院门前进出的小巷路上。每日天刚放亮，这位云何孔氏的开创者一准身穿红色长衫，摸着花白的山羊胡，在浓雾弥漫的小巷中踱来踱去，低着头观赏地上墓碑上的字，一脸神秘和满足。

有大胆者借着酒劲问孔文飚："为什么要挖人家的祖坟，太缺德了吧？"

他的统一回复是："天机不可泄。"不会多说一字。

原先，有拍马屁者给这条墓碑铺就的小巷取名为孔家巷。孔文飚听后，摇头说俗，我们孔家圣人之后，书香门第，怎能和喜欢舞枪弄棒的黎姓人一样。他望着晒场上热气腾腾的豆子说："你们看这晒席上的豆，多像盛开的梅花一样有诗情画意，还是叫梅花巷吧。"巷名就这么定了。

临死前，孔文飚把唯一的儿子叫到床前，立下两条遗训：一是今后云何孔家后人，代代捐修孔庙，资助教育。二是"子曰"豆豉秘方，只传家中嫡长子，绝不外传。倘若今后不幸家道中落，也给后人留下东山再起的机会。

交代完，他让儿子扶自己坐起来。颤巍巍地把写着秘方的宣纸装入信封，亲手放进一个紫檀木的匣子里，抚摸再三，无限留恋地腿一伸，离开了人世。

从此以后，云何孔家的豆豉生意越做越大，越做越顺。一座云何半姓孔，城里的商铺和住房多半都是孔家的。捐修的孔庙也成了黄河以南最大最壮观的孔圣人祭祀之地。特别是用四川雅安汉白玉雕的两条长龙，龙头在大门口，龙身没入后山芭蕉林里。神龙见首不见尾，好寓意啊。所以孔家资助设在孔庙里的学堂，琅琅的书声一直响了几百年，且这里人才辈出。

奇怪的是，仿佛受到了诅咒一般，虽然历代孔家大院的男主人妻妾成群，但女人们只要嫁进孔家大院就变成了不会下蛋的母鸡，极少有为孔家生下一男半女的，所以云何孔家始终是财旺人不旺。

而云何的原住民——黎家巷里的黎姓人虽然日子过得紧巴，人却像老鼠一样，一窝一窝地生。而且作为"战神"蚩尤之后，无论春夏秋冬、刮风下雨，每天凌晨和傍晚，黎家祠堂出资聘请的教头都会沿着黎家巷打铜锣，召集黎姓后生在祠堂后的大坪坝上舞枪弄棒。这是一直以来云何黎家人"晨习晚练"的传统。

习得好武艺，货与帝王家。

自然，一身武艺的云何黎姓后生最大的梦想就是在战场上扬名立万，无愧于先祖。但，上天似乎也不眷顾他们。虽然云何黎家男人以作战勇猛不怕死著称于好勇斗狠的湘军中，最终也只落得马革裹尸的下场，从未有功成名就、拜将封侯的。

于是，云何人总结出一条规律：黎家寡妇多，孔家儿孙少。

顺治年间，黎家三十六名寡妇埋葬了自己的男人后，献出身上的金银首饰，请了一尊柏木雕的关圣大帝供在黎家祠堂大殿中，以求武圣人保佑黎家的男人们武运昌隆。

从此，云何黎家人过了两个世纪的安稳日子。

咸丰元年的一天正午，黎家巷上空的一朵乌云突然变得血红，与此同时，一大群乌鸦飞到黎家祠堂的屋顶瓦片上，乱叫一团，在凄凉的嘎嘎的不祥之音中，祠堂大殿上供奉了二百多年的关二爷木雕像突然啪的一声，莫名其妙地从中间裂开，一分为二。闻讯赶来的黎家人目瞪口呆，这是大凶之兆啊！但这是天意，谁也没法，只能赶走乌鸦，默默地围坐在祠堂天井正中的不甘之心旁，静听先祖如战鼓一样的心跳声。

也就是那年，落魄书生洪秀全在金田起事。云何黎家巷的黎姓后生闻讯大喜，摩拳擦掌，热血激荡。乱世出英雄，憋了二百多年，终于逮着出头的机会啦！小部分后生跟着太平天国的洪秀全混，绝大部分还是参加了曾国藩的湘军，虽然属于乡勇，不是朝廷的正规部队，但毕竟是吃朝廷的粮、领皇上的饷呀。而且是湖南老乡做统帅，总不至于太坑自己。谁知，13年的恶仗打下来，还是没有一人能功成名就、风风光光活着走回黎家巷。

直到民国了，云何黎姓奉字辈的黎奉季骑着高头大马，怀抱着梳着羊角辫的小女儿黎小妹，九个一身戎装如狼似虎的儿子跟在后头，由县长苏炳章陪着回到黎家巷，在黎家祠堂亲笔把黎奉初、黎奉仲和自己的名字写进了族谱。

也就是那一回的衣锦还乡，梳着羊角辫的黎小妹的婚姻大事也定了，是与孔家大院的大少爷喜结连理。

白驹过隙，一晃十多年。17岁的黎小妹凤冠霞帔，顶着红盖头，一路春风夹杂着浓浓的香，漂漂亮亮地由一队扛着长枪的兵护送到云何城门外。说是城门，实际上就是一座没有雕花的牌坊，由六根圆木撑着，仍旧是要垮的样子。牌坊上方蓝底金字的匾上"云何县"三个字，苍劲有力，据说是宣德年间一位脾气贼怪的尹姓县太爷写的。也就是这块牌匾，把云何县的县名都改了。

云何县原本是叫云河县，得名于县城边那条养育了全县人的云河。但那朝廷派下来的尹县令是江浙人，操一口绵绵的吴语，全县人没有一人能听得懂。他也觉得云何话就像是丁零当啷地摔盆子一样难听至极，一句不懂。

没法，总得沟通吧，所以全靠纸墨来交流。

但那家伙既蛮横又死倔。每次把云河写成云何，谁劝都不改，脾气还大，下手又狠，一言不合就招呼衙役，脱人裤子打板子，二十大板起，一直打到屁股血淋淋，人求饶为止，还亲手立了这块牌坊。

唉！谁叫他是县太爷，而且是个鬼都害怕的恶人呢。好在意不同音同，大家也只得将错就错，无可奈何地接受新县名。

因为有了这个典故，大家都相信，借着恶人的威名，能镇住四方的强人和鬼怪。于是这牌坊就成了镇县之宝，也是县里的风水。每年重阳前，县里有头有脸的乡绅们都会凑钱，重新为匾涂蓝描金，换上撑着的木头。

"酒菜已经备好了，恭请军爷喝个喜酒。"细皮嫩肉的孔家管家尚青云一身青色长衫，笑眯眯地弓身作揖站在牌坊下说。

"一身戎装，杀气重啊，怕冲了贵府上的喜气。"带队的是位中校军官，满脸络腮胡，腰杆挺得笔直，笑着回道。

"那，也好也好。这是老爷和夫人给兄弟们准备的一点茶水钱。不成敬意，请笑纳。"尚青云侧身指着身边的仆人端着的红盘子，盘子里放着红纸包的四封银圆。

"心意领了，不敢啊。不过——"中校军官拱拱手，突然拉下脸来，阴阳怪气地说，"我们黎先飞将军让我捎个话，可别欺负他小妹哟，否则他脾气可不太好。"

"岂敢啊，岂敢！"尚青云一脸堆笑，拱手回礼，但心中升起了浓浓的不祥，好像浓痰一样恶心的不祥。

黎小妹顶着绣着龙凤的红盖头，在瘦小的丫鬟黎春花的搀扶下坐上八人抬的红轿子。尚青云领着八个吹唢呐的，吹着《百鸟朝凤》的曲儿在前方引路，沿着挂满贴着双喜的大红灯笼的正街和梅花巷，从正门抬进孔家大院。大院里，孔文飚当年种的古桑树结满了紫红的桑葚，每年都这么红，只是今年格外红。树下的戏台上，从湘潭请来当时湖南最有名的花鼓戏班子，在吱吱啊啊地唱《刘海戏金蟾》，热热闹闹地唱了三天喽。戏台下摆的九桌流水席上，坐满前来祝贺的宾客们，人人脸红脖子粗的，喝得正酣。

戏随便看，酒随便喝。满城喜庆！

"爹，娘。请喝茶。"黎小妹端着红色的木盘子屈膝弯腰娇滴滴地喊了一声，把坐在堂上的老爷孔德兆和夫人薛灵芸高兴得合不拢嘴，忙让尚青云招呼两个丫鬟用垫着红绸子的托盘，端出传家的翡翠玉白菜，作为改口礼。薛灵芸更是自作主张，将碧绿的翡翠镯子抹下来，戴在新人像莲藕一样的手腕上，眼睛眯成了一条缝儿说："看我家媳妇的眸子，多清澈，像刚出生的婴儿一般。嚯嚯，哈哈哈哈。"

笑不醒！薛灵芸开心是有道理的，孔大少爷已是十六代单传，而且还是从她肚子里爬出来的。

半夜，小脚的薛灵芸披上衣服，侧着脸贴在新房的门上听了好一会儿，回来得意地钻进被窝，把冰冷的手放在她男人的肚子上说："德兆，动静弄得挺大，没个停。明年准备抱孙孙吧。"

她有点想那个的意思。其实薛灵芸年岁也就四十出头，欲望依旧是有的。只是在那个"人到七十古来稀"的年代，她算是福享了天年的人，平常里她把一头乌发在脑后绾成髻，一身青布绸子，打扮得就像小老太一样。

"哦，你先睡吧。"孔德兆把她冰凉的手拨开，翻身坐起来，趿着鞋去了二进院子里的偏房。那里是他正月里从株洲娶回的一房小妾，会识字会弹琴，正好和黎大小姐同年，也是十七。

父子俩悄无声息地享受着男人的快活。

哪知世事难料。

早晨，尚青云在新房门口小声喊："恭请两位新人吃饭喽。"房里没动静。

中午，尚青云在新房门口大声喊："恭请两位新人吃饭喽！"依然没动静。

众人感觉不对劲，撬开房门一看，新房凌乱不堪，惨不忍睹。新郎官大字形赤裸裸地躺在房中央的地上，满身抓痕，睁着双眼，张着嘴巴，披头散发，全身冰凉，已经死透多时。黎小妹也是赤裸裸地仰躺在床上，口吐白沫，睁着双眼，眼睛里尽是眼白，面目狰狞，恐怖之极。

喜事顿时成了丧事。

孔德兆、薛灵芸老两口急火攻心，直接病倒了。尚青云忙让仆人们把满城的红灯笼取下来，去长沙的棺材铺里订了一副上好的楠木棺材，忙碌着为少爷办后事。

更让尚青云头痛的是黎小妹的病。从长沙、湘潭请来的名医，看一眼转身就走，茶都不敢坐下来喝一口，知道是个硬茬。

这样一拖就是一个来月。在正街卖老鼠药的周必在自告奋勇，说他祖上传一方子，专治此症。

"何方？说来听听。"尚青云看到了希望，忙问。

"不过——此方子太猛，从没试过。"周必在有点心虚了。

"说来无妨。少奶奶的事，我做下人的也做不了主，得请老爷、夫人示。"尚青云忠心耿耿地说。

"浸尿桶！找老尿桶浸。"周必在壮着胆子说。

"对哦！"一语点破，尚青云也觉得有理，忙起身去正房弓着腰向孔德兆报告。云何人如果是小孩中了邪，眼睛翻白、口吐白沫，都不请郎中，直接尿桶一浸准好。

谁知，尿桶一浸，病倒是立马好了，只是此后，貌美如花的黎小妹也就变成了人见人恶的黎婆子，她还站在结满黄色晶体的尿桶里就破口大骂："尚青云，民国十一年正月初八的大雪天里，你就上了女主人的床，别以为我不清白。我骂你祖宗九代！你们尚家四代人，都是吃孔家的饭，偷孔家的女人。"

尚青云弓身站在门外，脸一阵青一阵白，不知如何是好。

孔德兆听到儿媳妇的声音，高兴得病好了一半，一骨碌爬起来。

"呸！你们孔家表面上修孔庙，做善事，实际上暗地里做的孽罄竹难书！骂不改！骂不改！"黎婆子啐了自己公公一脸和着尿液的口水，尖声骂道，"你和你小娘陶云岫干的丑事，别以为我不知，我清白得很。"

她站在尿桶里尖着声音直骂到天黑透，仍没过瘾，第二天一早又坐在小板凳上，在戏台上接着昨天的话题骂，没人敢管、能管。

黎婆子这惊世骇俗的一骂，孔家九代人的丑事都摆上台面，成了云何人的笑料。

几天后的傍晚，一身依旧尿骚味的黎婆子依旧在骂，丫鬟黎春花站在一旁替她扇着风，腰间鼓鼓的。孔德兆坐在太师椅上对尚青云面无表情地说："青云啊，尚家从你太爷爷自卖自身来到孔家起，耿耿忠心辅佐我们孔家，才有孔家如今的家业。请受我这孔家不肖子孙一拜。"

他说完只是象征性地拱拱手，依旧面无表情地坐着。尚青云没有接话，背心湿透，头更低，脑袋里想着今早上运回来的两副血红的棺材。一副棺头上雕"福"字，一副棺头上雕"寿"字，如果能雕一样的字就好了。

"我们云何孔姓这一脉虽是旁支，但毕竟也是孔姓，自从捐修了孔庙之后，山东曲阜那边也就同意，云何孔家也可以按孔圣人之后的字辈来排。道光十九年，衍圣公奏请圣上恩准，定十字，你还记得是哪十个字呀？"孔德兆摸着山羊胡子依旧慢腾腾地说。

"令、德、维、垂、佑、钦、绍、念、显、扬。德字辈的您。"尚青云小声答道。他知道他定是见不到明天的太阳了，但反倒让他轻松了，同去另一世界相亲相爱，不用偷偷摸摸，不正是那年纷纷扬扬的大雪天里陪青梅竹马的她回娘家，路上的约定吗？诺言终是兑现了。

"德字何解呀？青云。"摇曳的煤油灯照在孔德兆变得紫青的脸上，阴阴地说。

"青云知道了，让我在寿字棺里吧。"说完尚青云端起煤油灯，对孔德兆说，"老爷，辛苦了一天。您早点休息吧。我把账理好了，给您留个条再走。"

"嗯，我就不送你们了。"孔德兆把腰板挺得直直的，走在前面，去小妾的屋。尚青云左手端着煤油灯，尽可能地弓着腰，让他主人可以看清脚下的路。

黎婆子的骂声终是停了，风吹着院子里的桑树唰唰作响。

"唉！"尚青云长叹一声，"开门见桑（丧）"是风水大忌，孔文飚偏要种棵桑树在院中，还在大门口铺上墓碑。尚青云四十多年的生命里都没想明白，今天豁然明白了，但为时已晚。

尚青云推开正屋的房门，薛灵芸身穿十八岁那年迈进孔家大院时穿的红色嫁衣，坐在梳妆台前精心地梳理着及腰的长发，仿佛是即将迈上花轿一样。

"灵芸妹，你真美。"尚青云抚摸着情人的肩膀说。

"青云哥，帮我把花插在头上。这茶花和衣服好配，颜色也喜庆。"薛灵芸把一枝血红的山茶花递给尚青云说。

尚青云小心翼翼地把花插上浓密的乌发之上，确实很配，也很喜庆。要是自己也能穿上一件红色的长衫就完美了。

"青云哥，难为你因为那一晚，终身不娶。"薛灵芸慢慢地站起来牵着尚青云的手，深情地说。

"除却巫山不是云！我愿意。"尚青云搂着薛灵芸的细腰说，"灵芸妹，我们走吧，那里没人能把我们拆散啦。"

"灵芸三寸金莲走不快，青云哥一路上要抓紧我，别让灵芸迷路了，我怕。"薛灵芸娇滴滴地撒着娇说。

两人紧紧依偎着来到账房。"别怕，我们今后就在账房待着，哪儿都不去。"尚青云把薛灵芸抱上他常用的书案说。

"嗯，我们哪儿都不去。"神情淡定的薛灵芸理了理血红的嫁衣，二十多年过去了，依旧合身。

第二天，仆人们手忙脚乱地把两人从房梁上卸下来时，两人手握得紧紧的，扯都扯不开。从此，账房经常夜里传来笑声和说话声，白天进去都是阴风习习，恐怖至极。

这就是云何恐怖之地账房的由来。

原本账房十多年来分给谁都不敢住，一直闲置着，厚厚的灰尘上挂满了蜘蛛网。后来算命的张瞎子拾掇拾掇，从房梁上悬下来一根红绳子，系上盘香，香火一直不灭，稀奇古怪的声音也就消失了。从此，就成了他算命的专用房。

那年秋，在长沙周边的捞刀河、新墙河、云河河畔，中国军人与日本人打了一场痛快淋漓、彪炳史册的恶战。战前，黎大小姐的九哥黎先飞云何人也亲眼见到了，个不高偏瘦，长得白白净净，戴金丝眼镜，一副文弱书生相。只有深黄色戎装领口上的那颗金灿灿的将星，彰显了他的身份和责任，令满城人的崇拜和敬意油然而生。据说，黎先飞先抱着一个黄哈达捆的红包裹去黎家祠堂的不甘之心旁静坐了很久很久，走到祠堂门口仰天长叹："不甘心啊！"然后去孔家大院见了自己的妹妹，神秘兮兮地把包裹交给了丫鬟黎春花。有人猜是美金，有人猜是枪，众说纷纭，但都没猜到。

是啥？妙莲知道。

半月后，云河畔永安镇的阵地前，该落的树叶都开始飘落了，风中都是血与烟的味道。头戴钢盔的黎先飞身中十几弹，依旧瞪大血红的双眼，持刀屹立不倒，并吼出了一句满着湖南蛮子血性的话："国难当头。我不死，谁死？！"一时，这话成为了全国抗战鼓劲的流行语。

那年月，湖南的土地都被鲜血染得更红，一个少将师长的以身殉国不过在《中央日报》上占一块豆腐大小的版面，然后很快就被别的新闻代替。但云何人不这么看，都觉得是黎先飞师长以马蜂窝一样的身体挡住了日军，才没让鬼子进城烧杀抢掠。云何人都欠他一条命，恩人哪！所以，家家男人头上缠上条白布，自发为他戴孝三日。

黎先飞的棺材是110岁的黎家老太爷捐的，原本是他自己享用的千年屋。云何有句俗语："三十还不备棺材，胆也忒大了。"所以形成了个习俗，男人30岁生日是不过的，而是竭尽其财为自己备副棺材。当然，这棺材是越晚用到越吉祥，整整80年的棺材，躺在里面吉祥着哩。

德高望重的县长苏炳章更是逢人便讲："先飞师长祖上就是我们云何黎家巷的人啊，他唯一的亲人是我们梅花巷孔家的大媳妇。"并一再交代，"谁要是为难了黎师长的妹妹，就是打我苏炳章的老脸。"虽然此后不久，70岁的苏炳章就在牌坊下，被日本飞机扔的炸弹炸死，与镇县的牌坊一并从世间消失了。

但这话留下了，云何人记住了！

枪声炮声在潇湘大地上空响了四个月。3861名云何子弟以身殉国，正街上每天都有人披麻戴孝，但没人哭，腰杆挺得直直的，骄傲着呢。

第二年春暖花开，孔德兆终于崩溃了。他只要一回头、一闭眼，尚青云一准手牵着自己身穿嫁衣的老婆，脖子上各套一根绳，口吐舌头站在他面前，不言不语。请了几波道士作法，全都斗不过这对野鸳鸯，口吐鲜血，落荒而逃。他只得遣散了家里的仆人，给黎春花留下一千枚大洋，扶着大肚子的小妾去了澳大利亚。但那里没人买他的豆豉，吃不惯那个味儿。幸好，他带去的黄金多，几代人都吃不完用不尽。

剩下黎婆子和黎春花孤零零地住在三进七十七间的孔家大院里。

黎春花也在梅花巷的巷口支起了一个摊子，独创了云何的又一个特色小吃——浸萝卜，养活了自己和主人。

多年后，孔家大院所有的房子成了公房，分给穷人们住。半座城的家产也归了国家，黎婆子对此倒毫不在意，从未为此骂过。

她只不依不饶地见一个骂一个云何人。但对云何的"仙人"从不骂，按她自己讲的道道是：

仙位第四的账房里的张瞎子，天上的事知一半，地上的事全知。她才晓九代，也就是二百来年的样子，她知道的张瞎子都清白。不骂！

仙位第三的正街上游荡的姚癫子，上九代做人做事清清白白、堂堂正正，没什么可骂的。不骂！

仙位第二的朱仙亭的冷九爷，太凶，也不骂！其实她是不敢。冷九爷平日里在正街的屋檐底下下围棋，远远听到黎婆子的骂街声，嫌烦。"嗒嗒"，只要轻轻地敲敲棋子，脆脆的棋子声音就把黎婆子吓得魂飞魄散，端起小凳子收兵回家，回家后准大病一场。

骂着骂着，相由心生，渐渐地，黎婆子眉毛彻底掉没，嘴皮更薄，一脸的凶相，像条恶狗。

自此以后，云何街上多了一个见谁骂谁的神人黎婆子。云何也多了一句俗语："黎婆子骂街，骂你九代，专治不服。"

确实，黎婆子骂街有三大特点：一是证据确凿，时间、地点、人物、事件骂得清清白白。二是纵深发展，往上骂九代，一代一代地往上骂。三是由浅及深，先骂偷情扒灰的事，再骂偷鸡摸狗的事，最后才骂杀人放火的事。

老云何人也是敬黎婆子的师长大哥，爱屋及乌，没得办法，做云何人就得忍受着她的骂。

时间一长，也就习惯了。谁也不笑话谁，谁家的先人没干过一两件见不得人的勾当呢？

更有甚者，好些长沙的闲人专程跑到孔家大院来找骂。他们被骂舒坦了，还赏给黎婆子一块亮晶晶的银圆。因为在笑骂中，也就知道了自家先人的一些趣事和绯闻。

六十年过去，黎婆子骂街倒成了云何一道独有的风景。用今天的专业用语：黎婆子是云何县的大 IP。

扯远了，继续回到妙莲这儿。

一大早，妙莲最要好的兄弟蛆婆和茅室板板两人踹开他家的门，气呼呼冲着躺在床上的妙莲吼道："这两天我们敲了几百次门你都不吱声，知道吗？是几百次。我俩以为你不做声就回西藏了！还把不把我们俩当兄弟？"

妙莲光着上身躺在床上，右手捂着胸口，呆呆地望着蚊帐顶，眼神空洞，泪流满面，头痛欲裂，头发一摸就掉。

"兄弟怎么了？脸都是肿的。"蛆婆坐在床边问，额头上带着油的汗水一滴一滴地滴到妙莲的脸上。他胖，特别容易出汗。

"妙莲，出了什么事？有兄弟在，放心。"茅室板板手里拿着撞坏了的门闩，弯腰凑过来说。

妙莲不说话，一动不动，眼泪自顾自地流，莫名其妙地悲伤。

"不说了，走吧，我们去吃绿豆稀。没有绿豆稀治不好的病。"蛆婆转头对正在修门的茅室板板说，"板板，过来帮扶一下。"

两人把妙莲从床上架起来，妙莲双脚像踩在棉花上一样，浑身软绵绵地让他俩架着，经过长长的法国梧桐树林荫道，来到云何县的国营冰糕厂。太早了，摆了八张大圆桌的大厅里空无一人，每个圆桌上都有一个巨大的风扇呼啦呼啦地旋转。他们在一张大圆桌旁坐下，凉爽的风吹在身上。

"青年姐姐，来十碗绿豆稀，三碗冰水。"蛆婆朝穿白色工作服的胖女服务员大喊道。云何人喊比自己大一些的女人都叫青年姐姐。

绿豆稀就是绿豆稀饭里加了很多糖精，极甜，是用来做绿豆老冰棒的原料，当时可是小孩们难得一吃的奢侈品。

"三毛六，先去柜台交钱买票。"胖女服务员的声音比蛆婆还大，气场也比他足，这毕竟是她的地盘。

蛆婆无奈，只得乖乖地走到柜台前，掏出口袋里所有的钱。他是账房的张瞎子在县人民医院女厕所里面捡的，说是他们老两口老来的依靠，老来得孙，自然特宠他。他是妙莲为数不多当时口袋里经常有零花钱的同学。

盛绿豆稀的碗小得可怜。妙莲咕噜咕噜一口一碗喝下去，汗唰地流了下来，毛孔瞬间全部敞开了，舒服！

"我俩只吃一碗，剩余八碗都妙莲吃吧。"茅室板板用铁勺子小口品尝着绿豆稀说。他家是镇头乡农村的，寄养在县邮局工作的舅舅家读书。父母种地刨不出几个钱来，所以从来四个口袋一样重，从没闲钱，请客永远是蛆婆和妙莲的事。但他这句话让妙莲感动了，一辈子都记得。

蛆婆点点头。真正的好兄弟，此时不用言语。

妙莲没有客气，一口气把八碗喝完，肚子饱了，困意就袭来。

"我心慌背疼脖子疼，眯一会儿。"妙莲话音刚落，趴在桌上呼呼睡去。

头顶上巨大的风扇呼啦呼啦地响，黎婆子依旧在正街上骂，声音奇大，也不知道是在骂哪个倒霉蛋。但此时妙莲的心却特静，有兄弟真好。

这是妙莲仿佛一个世纪以来第一次真正地睡着，而且这么香甜。

妙莲醒来已经是中午。茅室板板坐在旁边在一张纸上写一首情诗，嘴里不停地咕哝着天上的星星、天上的云。胖女服务员也趴在桌上睡，白色工作帽掉在桌上，流着一丝亮晶晶的口水，肯定是在做一个香甜的梦。

正街两边法国梧桐树上的知了敞开嗓门叫得贼欢。

"刚才我跑回去让我公做了醋蒸鸡和火焙鱼，都是妙莲喜欢吃的，先去我家吃饭吧。"蛆婆满脸兴奋地跑进来说，脸上一条条白色的汗渍。

蛆婆家住在孔家大院正屋里，以前孔德兆和薛灵芸住的房间。

只有两米半宽的梅花巷两边都是高高的青砖墙，脚下每一块长方形的墓碑上都记载着亡者生前的功绩。日久天长，石头上的字都被来来往往的人的脚底磨去了，只是两边偏僻处还能隐隐约约看到上面的字。

民国时，一位从长沙专程来的老夫子做过考据，这些墓碑年代最早是晋，最晚也是宋元时期的。墓碑主人基本上都是长沙周边的名人，还有几块精品是从山西和山东运过来的。"可惜喽，作孽哟！也不怕断子绝孙。"老夫子摇摇头，长叹一声，回到长沙，诅咒发誓再也不来云何。

一进孔家大院，就闻到一股腻人的甜酒香，是蛆婆家的。

张瞎子虽然只在"云何仙人"排行末尾，但一身仙气，是妙莲最佩服的人之一。张瞎子其实从未瞎过，只是他算命时常闭着眼睛，所以得此绰号。他算命那可是一口清，从来不像别的同行一样模棱两可糊弄人。他的故事大家乐此不疲地传颂：因为张瞎子算命从不提钱，多少给点就行，不给也不说啥。曾有一个"河那边"的乡下人赶着两头肥猪，找冷九爷宰了换成钱。老婆交代他找张瞎子问问儿女的姻缘，但担心身上钱太多不好意思给少了，于是把钱都藏在渡口边一块从没有人搬动的巨石下，身上只留了几角零钱。当乡下人走进账房，张瞎子正在翻看一本古书，他侧过脑袋轻描淡写地笑着对来人说："你问姻缘我说不好，但我知道你今天可能要破财，赶快去找你的钱吧，晚了就被人拿走了。"那乡下人听了神色大变，赶紧往回跑。果然，因为那块石头堵了一辆拖拉机下河挖沙的路，几个壮汉正在撬。

另一故事妙莲更清楚，让他经常做噩梦，是关于他的邻居赵股长的。赵股长不知是县里哪个局的股长，干瘦秃顶，洗白了的中山装胸前兜里，永远别着一支金灿灿的英雄钢笔。他笔头子特硬，是全县有名的笔杆子。只是他有一个官场上要命的习惯——鬼鬼祟祟地记日记，又不给任何人看。有位有心机的同事偷偷看了，四处宣传，说是记的大家一些拿不上台面的事。这下惨了，只要县上一有举报信之类的，相关人第一个就怀疑是他。虽然大家嘴上不说，真正到他有好事的时候，一致暗中给他使绊子，坏他的事儿。所以他都三十多年工龄了，活永远是他干，材料永远是他写，好事永远没他的份。

妙莲的眼中，隔壁赵股长永远黑着脸在唉声叹气。

赵股长一脸苦相的堂客（老婆）与赵股长是同村的，两人青梅竹马，在食堂帮忙打下手，干活从来不偷懒、不惜力。两个双胞胎女儿比妙莲小半岁，圆脸，清澈透亮的大眼睛，姐姐赵唯高经常穿着打补丁的衣服拿着作业本来找妙莲，妙莲当然是不会的，她依旧常来找。妹妹赵唯升则穿着打补丁的衣服趴在走廊里自家的小饭桌上，低着头做作业，不爱说话。

长得一模一样的双胞胎姐妹性格迥然不同。

苦兮兮的一家人谁也不晓得众人与之为难，是因为赵股长写日记的嗜好，却认定是虚无缥缈的命在作怪。

听说局里空出一副局长位置，只合适他，两口子整夜整夜地合计此事。于是他老婆瞒着赵股长来账房找张瞎子，女人紧张兮兮地盯着头顶上的房梁，微弱的光从屋顶明瓦透过来，她努力地克服着心中的恐惧，小心翼翼地递给张瞎子10块钱，胆怯怯地问："问前程，我男人赵若水的前程。"

张瞎子把钱退了回去，一脸凝重缓缓地说："你家男人近日里有一大灾，没法破的灾。"

他老婆一听，吓得两腿发抖，半蹲着越过书桌，双手紧抓着张瞎子的膝盖哭道："求指条路啊，我家要是没老赵就完了。"

她这姿势有点太暧昧，昏暗的房里又只有他们两人。张瞎子不太习惯地站起来，叹道："妹子，让你男人回乡下休息一段时间，躲躲吧！看能否躲得过此灾。"

他老婆连连点头，爬起来匆匆往家赶。一推家门，赵股长正得意扬扬地读一份自己写的稿子，是局长在市里大会上的经验交流报告，要上大台面的。

女人把张瞎子的话一五一十说了。赵股长毫不在意，依旧低头念着他的材料，摆摆手说："张瞎子是装神弄鬼，子不语怪力乱神。"

他老婆不敢回话，诚惶诚恐地站在两床之间，看着自己的男人。她家房子只有十五六平方米，L形地摆着两张床，一张他们夫妻睡，一张两个女儿睡。仅有的一丁点空间就是摆着赵股长的书桌。

赵股长扭头看着这个跟着自己苦哈哈一辈子的女人，心生怜悯，把钢笔放下，站起来握着自己女人粗糙的双手安慰道："这回这个副局长的位置肯定跑不了的。一来全局我工龄最长，比第二名长八年半，论资排辈也该我了。二来这次我为局长写的这份上大台面的材料，是我用毕生才华写的最最得意的锦绣文章，局长也会念我劳苦功高推荐我的。放宽心吧。"

他堂客半信半疑，但除了相信自己的男人，还能相信谁？她一生都觉得，自己男人永远是正确的。

赵股长从上衣口袋摸出5块钱，递给女人说："去给两个伢仔买斤肉，好好给她们炒个小炒肉。"云何镇头乡的父母叫小孩有个习惯：小女孩叫作伢仔，小男孩叫作妹仔，反起叫的。说是为了好养，妙莲觉得可能不是。

那一晚，走廊上都是小炒肉的香味和他们一家子的笑声。梳着羊角辫的赵唯高端着碗来找妙莲，说："好香的，妙莲哥吃点吧。"说完，把碗里的肉全部拨给了妙莲。

这是妙莲最后一次看到这家人其乐融融的样子，每次想到这个情景妙莲眼睛都会红，心疼。

第二天，赵股长兴冲冲地拿着他自以为的锦绣文章走进局长办公室。局长脸色铁青，仅看了两三行，就把材料一把甩到他的脸上，恶狠狠地吼了一句："写的什么破玩意儿！"

赵股长呆了，从那一刻起到他死，他脑袋都是一片空白。

"滚出去！"局长的声音整栋大楼都听得到。这还是他强忍着怒火，他甚至恨不得扑上去扇他两耳光、踹他两脚。原因是昨天晚上他接到内弟的电话，向他透露有人写了一封匿名信举报他，时间、人物、地点均有，证据确凿，铁证如山，组织上在启动调查。他把所有可疑的人在脑子里排了一遍，最终认定是爱写日记的赵股长。不是别有用心，他记这些东西想干吗？

此事赵股长不知道啊，他直接崩溃了。

他老婆揣上家里所有的一百多元钱去找张瞎子，满脸泪水问道："我们家若水可怜啊，这个灾算过了吗？官我们不要了。"

张瞎子摇摇头，还是不肯收钱。

他老婆跪在地上哇哇大哭，耍赖不肯起来。

张瞎子把她扶起来，叹了一口气说："本来不该泄露啊，要折我寿的。唉！你回去盯着他七七四十九天，一刻也不要离开他。过了，或许就没事了。但——"

这回他老婆彻底信了。回去辞掉了食堂的工作，形影不离地跟着恍恍惚惚的赵股长，睡觉都要抓着她男人的裤子，连上厕所，她都要站在男厕门口不停地说着话。直到第四十八天的傍晚，一家人坐在走廊上的小方桌边闷闷地吃饭，赵股长一声不吭站起来走进屋里，把一根扁担架在两床之间，用一根绳子结束了自己的生命。

那时，妙莲正在隔壁做作业，听到一只狗在远处呜呜地哭。随后，是三个女人杀猪般的号叫声，撕心裂肺的。

大家闻讯，手忙脚乱地把裤裆湿湿的、浑身抽搐不停的赵股长送到医院，医生摇了摇头说脖子断了，没得救。

第二天长沙来了两辆车，下来几个人把局长带走了，查实他贪污了不少的钱，判的是无期徒刑。公判是在县体育场举办的万人大会，妙莲他们学校的全体师生也都参加了。

几天之后，赵股长老婆的两个农村的兄弟推来了一辆平板车，把家里所有的家当都装上车，简简单单的只有一张书桌和几床棉絮。他老婆把自己老公用过的英雄钢笔高高地举着，像举着一面旗帜跟在板车之后。赵唯高捧着遗像，赵唯升抱着骨灰，走在板车前面。一家人没有哭，默默地离开了。

妙莲站在门前的桂花树下目送她们。此后，他经常梦到担着扁担的赵股长对他说："好悔，我好后悔啊！只要再忍一天不就好啦！"

每逢此梦，妙莲都大声地让他走。如果他还不肯走开，妙莲就掐自己的腿，让自己从梦中醒来。因为他知道，又做了一个噩梦。

也就是这个噩梦，让妙莲对张瞎子佩服得五体投地。

张瞎子类似的故事还贼多，而且越传越神，不愧是位列"云何仙人"啊。

妙莲一行三人走进去时，张瞎子正在天井一把红木椅子上坐着，白布上衣，青色裤子，脚上搭着一块白毛巾，旁边是一个装满水的鱼缸。他正闭上眼睛拉《二泉映月》，他拉二胡的水准赶不赶得上瞎子阿炳，妙莲不知道，但阿炳的风范他肯定是有的。

见他们三人进来，张瞎子赶紧停下二胡站起来，习惯性地拍拍腿上的松香灰说："宝明，咋去这么久？快吃饭，菜都凉了。"

这是妙莲第一次近距离看到自己的偶像。张瞎子看到妙莲，一下也愣住了，迟疑了一会儿，盯着妙莲发黑的印堂关切地问："伢仔，发生了什么不好的事吗？"

"张爷爷——我。"妙莲突然觉得自己在南瓜地里一蹦一跳时，张瞎子肯定在远处看着，真人面前不敢说假话。

"宝明，你先吃饭，公和你同学说会儿话。"说完，他一把抓住妙莲的手推开账房的门。

妙莲心一惊，因为这是云何传说中最恐怖的地方。要不是张瞎子握得太紧，他肯定夺门而出。

"伢仔，你坐下吧。"张瞎子自己也在一张老式红木椅上缓缓坐下来，身后是一个摆满古籍的书架，可能以前就是尚青云放账册的。昏暗的账房不大，只有八九平方米的样子，正中间摆了一张长条旧书桌，从前尚青云和他的情人曾经踩上去，走向生命的终结。

书桌两边各摆一张木椅，妙莲坐的这把椅子年代明显晚一些。

妙莲紧张兮兮地盯着书桌上方的房梁，一盘巨大的盘香如塔一般垂下来，轻烟袅袅。但妙莲好像觉得是四只脚在眼前荡来荡去。

"心无恐惧，身才自由！"张瞎子肯定看透了妙莲的心思，用右手在妙莲眼前晃了晃说。

这句话，妙莲受用终生。从此以后，不论梦中还是现实，只要碰到恐惧的事，他都如念咒语般地念叨着张瞎子的这句话。屡试不爽！

"伢仔，心魔，心魔，心中之魔。人不论是谁，一出生，心中都会住着个魔鬼，当你强悍时它就躲起来，好像没有一样。当你弱小时，它就迫不及待地跳出来欺负你。此长彼消！"张瞎子喃喃说道。

妙莲听不懂，但他觉得张瞎子说的肯定对，仿佛说到自己的心坎里一样。以张瞎子的威名，他信！

张瞎子用手摸着妙莲的额头，另一只手掐指认真地算着，过了好一会儿才语气慈祥地说："伢仔，答应爷爷一件事：无论如何，绝不自杀！没有例外，没有理由！这是我们爷孙的约定。"

妙莲点点头，他觉得自己在张瞎子面前就是赤裸裸的，如同那晚站在云何大桥头时一般。

"伢仔，你看着窗外那朵白云，对着它大声地喊，发自内心去喊。这就完成了我们的约定。"张瞎子指着木窗外的一朵白云说。

他的语气不容置疑。

"无论如何，绝不自杀！没有例外，没有理由！"妙莲像中了魔法一样，不由自主地冲着那朵白云大声地喊。

"再喊一次。"张瞎子说。

"无论如何，绝不自杀！没有例外，没有理由！"妙莲再喊。

"喊三遍。"张瞎子再说。

"无论如何，绝不自杀！没有例外，没有理由！"妙莲还喊。

三遍喊完，那朵白云似乎听懂了一样，变得微红，带着约定飘走了。

妙莲回头呆呆地望着仙风道骨的张瞎子，他实在不明白，于是问："为什么呀，爷爷？"

"没有理由！伢仔，今后只要你一有自杀的念头，就一定要牢记和爷爷的约定，放弃那个没有后悔机会的选项。等到你50岁之后，你就明白爷爷的意思了。"张瞎子用不容商量的语气说，"伢仔，今后不论发生什么，自杀都不是你人生的选项，这是我们的约定。"

"无论发生什么，自杀都不是选项，这是我们的约定。"妙莲重复着这句话，仿佛把那个约定刻到他的骨头上。

"当时觉得天大的事，过一段时间都是小事。天下没有过不去的坎。"张瞎子接下来说的这句话，妙莲一辈子都记得，"有时人们遇到难事苦事，总想用死亡来逃避，其实死，什么问题都解决不了。"

"公，你们在吵什么？少啰里八唆的啦，菜在哪里？快饿死了。"蛆婆边舀饭边大声嚷嚷。也就是妙莲和张瞎子在账房的这几分钟时间，给了他坚强的信念，好些次救了他的命。

"在蒸笼里，热起的。"张瞎子边站起来边对妙莲说，"人生在世，总会有劫难，其中最难对付和摆脱的就是自己心中之魔。"

"嗯。"妙莲应了一声，好像在梦境中一样。

"伢仔，别想太多，一生都遵守我们的约定，你就会颐养天年的。"张瞎子一锤定音。这一句话让妙莲一生都很宽心。

"公！别算了，还让不让人好好吃饭？"蛆婆朝账房吼道。

"唉，过去心不可得，现在心不可得，未来心不可得。"张瞎子说了一句莫名其妙的话，走出房门。天井上，《二泉映月》悠扬响起。

那天的菜超好吃，三个人肚子胀得鼓鼓的。

"宝明，吃饱了没有？我给你留了甜酒。"隔壁传来肖婆婆的声音，声音洪亮，完全不像一个躺在床上好多年的人，毕竟是年轻时走街串巷卖甜酒练出来的。

"哎，好嘞。婆，我给你喂饭。"蛆婆答应一声，端着一小碗饭菜，走到隔壁酒味儿飘香的房间。

蛆婆的婆婆姓肖。据说，从乾隆年开始，云何城里人都叫她家的女人肖婆婆，也不管年龄大小。因为肖家的女性就在梅花巷的巷口的一个进深只有两米的小铺子，坐在同一张红木凳子上，伸出一块白色的油布，在布下摆着几张小板凳，卖自己做的云何小吃——甜酒，也就是比较甜的一种醪糟吧。几百年了，又香又甜的口味儿一点都没变，都是肖婆婆的味道。只是红木凳子上的布垫子按女主人喜欢的颜色，换了一个又一个。

现任肖婆婆还是姑娘的时候，张瞎子在对面孔庙里的学堂教书。每天中午，一准走过麻石铺的马路，坐在小方桌边吃一碗甜酒，看会儿书，临走时非常潇洒地说一句："记账。"却从不结账。

直到有一天，肖婆婆红着脸问："文韬先生，账该结了。"

坐在小板凳上看书的张瞎子一愣，胸有成竹地抬头笑道："回去我跟我爹说一下，请个媒人到你家说亲。"

"浪费那钱干吗？我回去自己跟我爹说。"肖婆婆脸更红了。

"也好，我去给你打一副银镯子。"张瞎子自信满满地站起来说。作为云何算卦第一人，他早就算了自己的姻缘。眼前这个女人会跟他同年同月同日死，而且会葬在同一个墓穴里。

别看张瞎子名气大，自从孔家赞助的学堂停办以后，他除了看书就是拉二胡，有时间聚一帮游手好闲的票友吊嗓子、扯闲谈，别的啥都不做。而且他有个铁打的规矩：一天只算一卦，算准了你看着给一点，而且常不收钱，所以一年下来挣不到几个钱。养家糊口的开销全靠肖婆婆卖甜酒，一分一分地赚。

日子本来过得挺好的，在蛆婆五六岁那一年，有一天原本是大晴天，突然电闪雷鸣，一道闪电劈在肖婆婆身上，从此就落下半身不遂的毛病，去了好些大医院，找了好些名医，都摇头，怎么都治不好。张瞎子叹了叹气说，因为他泄露天机太多，原本这雷是劈他的。但肖婆婆爱他太深，在菩萨面前许下要为他挡此劫的愿，替他遭了此难。从此以后，张瞎子也不跟票友玩了，还剃掉了下巴下面的山羊胡，在肖婆婆的指挥下每天做一大坛子甜酒，用一床旧棉被捂着，摆在肖婆婆的床前卖。喜欢的人去她床前，自己拿着勺子舀，三分钱两勺子。

毕竟是肖婆婆的招牌，云何人自小就闻到的味道，来的人自是络绎不绝，每天上午早早地就卖完了。

蛆婆一会儿端着一碗甜酒过来，说是他婆婆给他留的，每天都会留。三人你一口我一勺，两下就吃完了。

"我们出去转会儿吧，去搞点铜卖。"茅室板板一抹油晶晶的嘴巴说。这是他们三个好朋友的秘密。县广播站给全县农村的各家换了新广播，旧广播收回来就整整齐齐地码在仓库里。仓库的钢筋栏杆被他们用毛巾扭弯了，可以轻轻松松地钻进去。

"不行的，上班的人又不放暑假。现在广播站上班的人多，我们去洗冷水澡。"蛆婆建议道。

妙莲原想反对，但是他觉得身上依旧屎臭，就没吱声。

茅室板板在修改他的情诗，也不吱声。事情也就这么定了，当时的小孩除了打架就是游泳，玩的东西实在不多。

或许是命中注定，接下来妙莲看到的事，改变了他的一生。

来到河边，妙莲望着远处的大桥和大桥下的南瓜地发呆。他怀疑自己从桥上跳下来是否是一个梦。或者是什么东西勾了他的魂？现在想想真的滑稽。

"啊呀啊！肖丽，你是明月，你是星星，来到我的身边，偷走了我的灵魂。"茅室板板挥舞着双手在朗诵他写的诗。问妙莲和蛆婆，这个"啊呀啊"是不是用得太俗？

两人回答说：不但俗，而且肉麻。

三人谈笑着走到河边的时候，姚癫子正光溜溜地很认真地在岸边叠衣服，他把他标志性的军大衣叠得方方正正，然后上面放一双极脏极臭的破皮鞋。妙莲感觉就像是摆在祭坛上的祭品，平常他从不这样叠，而是随手丢一地，所以感觉挺怪且不祥。

天特别蓝，天上没有一丝云彩。

太阳特别毒，热得蝉都不叫了，头顶上像着了火。

隐隐约约，一只狗在呜呜地哭。

姚癫子此时在这里，妙莲他们是知道的，因为别人都是担水回家喝，而姚癫子总是脱得光光的在此时间到此处，走到齐腰的河中间喝水，他觉得不是流动的水都是脏的，不配他喝，一直喝到肚子胀得圆滚滚的才上岸。每天一次，无论寒暑，风雨无阻。

女孩子这时候也不敢来这儿，所以妙莲他们选这个地方脱光了下水玩。因为茅室板板要是被家里人发现出来游泳了，要被狠揍。

姚癫子走下河时，妙莲在他祭品一样的衣服旁脱衣服。

茅室板板说他一晚上都在做梦，梦里尽是肖丽，咋整啊？兄弟们想想办法。

肖丽是妙莲的同桌，班上的文体委员，喜欢穿红裙梳大辫子，脸上有淡淡的雀斑，说话的声音特糯，勾魂般的好听，唱歌也好得出奇。

"追呗，兄弟们帮你。"白白胖胖的蛆婆脱光了特别像头肥蛆，他弯着腰露出白白的屁股说，"不过我公说男看鼻子女看嘴，一生富贵少是非。女人嘴方克夫，妙莲，你说肖丽嘴巴是方的吗？"

"不方啊，只是有点大。"妙莲说，心中一股莫名的失落。嘴巴大，按现在的说法，那是性感，但那时还不流行性感这个词。

"曾猴子经常送巧克力给肖丽，每次她都笑嘻嘻收了。"茅室板板忧心忡忡地说，"那巧克力是外国字，不知哪里有卖。"

茅室板板担忧是有道理的。虽然曾猴子家以前是县上捡破烂的，但英雄不问出处，自从承包了县上的百货大楼，他家成了县上著名的万元户。

但曾猴子除了有钱，确实没有一点竞争力。曾猴子之所以叫曾猴子，就是因为他长得实在太像猴子了，男同学们都是一米六七了，只有他才一米刚出头，长着圆圆的大眼睛，而且瘦得出奇，一把骨头。他最大的梦想就是长胖长高，每天吃肉吃得他眼泪直往下流，但依旧长不胖长不高。据他自己讲，他小时候好些次差点被饿死了，他妈怀他的时候就没沾过油腥，一丁点奶水都没有，全靠喝米汤长大的，所以小名叫米汤。他希望同学们都叫他米汤，同学们没人依他，都叫他猴子。

"有钱有啥了不起？我们可以到广播站搞点线圈，砸铜来卖。妙莲，你说呢？"蛆婆看着妙莲说。说是搞线圈，实际上就是去偷。

妙莲没有理他们，眼睛一直看着姚癫子，他浑身雪白高大魁梧，长发飘飘且结成了一束一束的，长长的胡须飘在胸前。他走到平时喝水的位置并没有停下来，而是转身面对妙莲退向河的深处，很得意地微笑着像刚解完道极难的数学题似的，向妙莲摆摆手，说了一句让妙莲一辈子都记得的话："告诉黎哲，我将证明 π 就是有理数，对称的，像蝴蝶翅膀一样美丽。"

当水淹过他的头顶，妙莲缓过神来说："今天姚癫子不对劲，我们要不要去救？"

蛆婆说，姚癫子在潜水，他见过姚癫子一个猛子潜半小时。

茅室板板说，他见过姚癫子一次潜 6 小时，并保证这是真的。

妙莲也不信，因为前天晚上他以身试过，求生是本能，跳楼自杀的人都会双手摔断，因为条件反射他会用手撑地保护自己。湖南是水乡，男人从小就在水里泡大的，哪有不会游泳的？哪个会游泳的人能自己把自己淹死？这太不合常理了。

于是三人嬉戏着跳下水，在姚癫子的头顶一圈一圈地游着，但心里面都很腻味，心慌。

一会儿就上岸了，茅室板板一脸坏笑，他们都知道什么意思，军大衣里有钱我们是否偷点儿。但是那天谁也没有动那祭品一样的衣服。

当时天空极静极蓝，晚上却下了场惊天动地的雷阵雨，闪电把天空撕扯得乱七八糟。妙莲孤零零地躺在床上，脑子里全是姚癫子诡异的笑和那句奇怪的话，不得其解。

第二天一大早，姚癫子就浮上来了，面朝天空睁着眼睛，仰卧在一堆水草中间，随波逐浪。口鼻都是血，胡子上沾着几根青绿的水草。祭品样的衣服还是原样子放在岸边，只是边上多了密密麻麻谈笑着看热闹的人。

妙莲突然身体不停地抖，蹲在地上干呕不止，仿佛是自己躺在水草之上。

旱鸭子的老爸张校长踮着脚，站在最后一排，像鸭子一样张大着嘴，看得津津有味。县里广播站的女播音员上官秋雯穿着白色的裙子，小心翼翼地嗑瓜子，生怕把口红弄乱了，仿佛是站在 T 台一样。她的周边站满了像苍蝇一样的男人，不看尸体，尽看她的胸。

当时，他们俩是肯定在场的，妙莲深信不疑。因为张校长是妙莲他们学校的校长，老对手旱鸭子的爸爸。上官秋雯每天都用娇滴滴的声音在广播站广播，而且走路时屁股扭得特别好看，妙莲他们三个超喜欢看。

此后，妙莲三人都没有再提过姚癫子的名字。

姚癫子在"云何仙人"中位列第三，他的事迹和其他仙人的故事一样，全县人民都知道，而且都喜欢茶余饭后谈论，因为特别传奇。云何城里人都觉得，如果少了仙人们的八卦和神人黎婆子的骂，生活会像缺了盐一样，肯定无滋无味。

姚癫子父亲姚树清在北京的一所知名大学做讲师，在一场科研事故中不幸牺牲，整个过程是保密的，无从得知，也不敢乱说。怀孕的母亲米招娣听到这个消息，平静地收拾东西去北京参加学校举办的超大规模的追悼会，黑框照片的上方挂着四个大字"天妒英才"。整个过程米招娣一滴眼泪也没流，她不敢哭，怕伤了胎气。她一定要把这个遗腹子生下来，为她深爱的人留个后。

生姚癫子的时候，两天三夜都没有生出来。姚家村村长当即做主说："送县里吧，再晚怕是来不及了。"于是卸下一块门板，把米招娣放在门板上，用厚厚的被子裹上，全村的男人轮着扛在肩上，一路小跑往县里医院赶。

男人们急匆匆地一路小跑，门板上的女人在不停滴血。

"哇！"听这哭声，产房外的村长露出了笑容。

产房里，"就叫姚振宇吧，他爸爸取的名字。"米招娣摸了摸护士怀里鲜血淋淋的小孩的头，安详地闭上了眼睛，一脸的血、一脸的幸福。

"招娣有情有义，为姚家留了一个后。没白死！"村里的男人们依旧用门板扛着她，村长小心翼翼地抱着头上缠着白布、浑身红彤彤的小姚振宇走在前头。

哭着的来了，笑着的走了。

小振宇的人生就这么开启。

刚走到村头，村长就对众人宣布："小振宇就过继给我儿子，当我的孙子。招娣，你放心去吧。"

从此，小姚振宇是全姚家村的一个宝贝疙瘩，哪家做红白喜事或是有好吃的，德高望重的村长都会用竹子编的背篓把他背上带去，而且是坐在菜最丰盛的主桌上，菜由着他用手抓着吃，在全村小孩羡慕的眼神中吃得油光满面回来。更让流着黄鼻涕的小孩们羡慕的是，做过秀才的村长居然亲自教他念字，念错了也从来不打他，还张开只剩一颗门牙的空荡荡的嘴笑。别的小孩念错了用竹条打得浑身是血条条，那个惨哪！

其实他也不会念错，3岁他就会顺溜溜地背诵《三字经》了。村里面没有别的书，村长就把藏在天花板上方的26本姚家家谱拿出来，半年之后，他居然能够倒背如流。对云何姚家的历史如数家珍，从周朝时候的八大姓中的"姚"姓开始，说得清清白白。

这让村里人崇拜不已，比他去世的老爸还神。

更神奇的是，他10岁那年，有一整天他一个人在门口仰天嘀嘀咕咕地念着奇怪的数字，任何人跟他说话他都不理。等天黑透了他站起来，别人问他干什么，他说试着盲算一下圆周率，才算到180位，他得出一个结论，任何小数字组合，都可以在圆周率中找到。困了，想睡觉了，今天先不算了，但他定要算出一个子丑寅卯来。

村里面的人都觉得和他就不是同一频道的，甚至觉得他就不是地球上的人，但是都眼睁睁地看着从招娣肚子里生出来的啊！

人和人真的是不一样的。傻瓜才会拿自己的短处跟别人的长处去比。

只可惜，在他生命中遇到了不该遇到的人。

1977年冬天，全国恢复高考。他报考的理科要考五门，其中理、化两科的书他都没有看过，于是和大家一起报了补习班。那天数学模拟考试，刚刚做完，准备再检查一遍，后面一支铅笔用力在戳他的后背，好疼。他扭头刚想发火，看到一个戴黑框眼镜的女孩，脸害羞得绯红，指了指卷子。

姚振宇原准备告老师的，看着她绯红的脸，一股子少女的体香钻进他的鼻孔，他突然心软了，于是悄悄地把卷子放下来，侧着身子，方便她抄。

一见钟情，或许就这样。

试卷发下来，班上两个100分的人开始鬼鬼祟祟地干些不想让同学们见到的事，那时离正式开考只有10天了。

据说，高考的头一天晚上，眼镜女孩以身相许做了那件事。所以他在试卷写上眼镜女孩的名字——黎哲，所以黎哲是县里状元，敲锣打鼓送去清华，他却落榜了。虽然姚振宇落榜了，但他笑嘻嘻的，什么都不说。

大家猜测是这样，也肯定是这样，没有别的可能吧。

第二年他写上自己名字，也就成了状元，也考上清华。他兴冲冲地进校后才发现，黎哲却变成了别人的女朋友，对方是北京一个领导的公子。黎哲很客气地帮他铺上了被子，跟身边一个白白净净的男同学介绍说："这是我老乡，一个县的。"

他喃喃地念叨了一句："煮熟的鸭子都会飞啊。"就不再说话也不去上课，学校劝他回县里，被安排在县民政局上班。他不去办公室，却呆呆地坐在传达室里等信等电报等女朋友回心转意。有好事者告诉他黎哲结婚并去德国的消息时，他正穿着那件军大衣在传达室里烤火。从那以后他再也没脱下那件军大衣，再也没关上家里的门，也没有理过发，只是继续不说话。

姚振宇彻底癫了！

不会做的题老师就会说去请教姚癫子，他准会。他确实会，但每一次要给二角钱一条的经济烟或是二角钱现金，他才慢吞吞地揣好钱或烟动笔做题，仍然不说话，他的钱很多，全都放在军大衣里，经常在喝水时被妙莲这帮坏小孩偷。

他的字很漂亮，随手怎么写都漂亮，和他在爆炸中死去的父亲一样。

有时候，死亡只是故事的开始，还远未结束。

姚癫子死去的第二天。妙莲、蛆婆和茅室板板三人翻墙进了广播站的仓库，里面整整齐齐码放着从各村收回来的废旧广播，木盒子的后面有块铁片卡着一块木板，轻轻地扳开就可以把线圈取下来。线圈上有一个圆形磁铁，一个用黑布糊制的喇叭。

三人正干得来劲。蛆婆轻轻地扯了一下大家的衣袖，把食指放在肥厚的嘴边，然后指了指窗外。

上官秋雯穿着黄裙子从窗外匆匆走过。

三人兴趣盎然地看着。"今天为什么不扭屁股？平时扭得太过瘾了。"蛆婆特别失望地说。

"没有男人在旁边，她扭屁股干什么，给鬼看啊？"茅室板板拉了下两人说，"我们干正事吧，这些铜没几个钱的，最多卖10块钱。"

云何的县城都让人挖空了，底下都是布着各类陷阱的防空洞。特别是孔庙长满芭蕉的后山，错综复杂的防空洞像迷宫一样，走不远还能遇到吐着信子的蛇，极少有人冒险走进去。

但干坏事的人就怕不黑。

靠竖井射进来的微亮的光，可以看到墙上红字白底"深挖洞、广积粮、不称霸"的标语。三人用榔头砸开线圈，然后再把线圈上的铜和上泥巴砸得旧旧的。

茅室板板说是要去拉个屎，说完他擦燃一根火柴走进了黑乎乎的地方。一会儿传来他的尖叫，妙莲和蛆婆以为他被蛇咬了屁股，放下手中的榔头跑过去，划亮火柴。发现茅室板板拉的那堆屎边是一大堆非常值钱的铅块，不知道是哪个小孩偷了农械厂里翻砂车间的，藏到这里让它变旧了卖。妙莲他们早知道农械厂有铅，实地踩点了几次也没敢去偷，太值钱了，怕。

三人得意扬扬地拿到废品站卖了180块钱，在月工资也就二三十块钱的时代，那可是一笔巨款。这是茅室板板第一次清清楚楚见到10元大团结钞票的模样。

钱是泡妞人的胆！

从废品收购站出来，茅室板板先买了一盒发油，把头发弄得油光锃亮，像猪头一样，又买了两大包坨坨巧克力，三个人你一块我一块，津津有味地吃了。坨坨巧克力也就是国产的一种散装巧克力，7块钱一斤。当时可是学校边上商店里最贵的奢侈品，女生的最爱。

那一晚蛆婆和茅室板板都没回家，挤在妙莲床上，满屋子的脚臭味儿。三人兴奋地讨论了一晚上。

蛆婆说账房的书架上有本汉代的古书，名叫《祝由十三科》，上面记载了湘西赶尸的秘咒，还记载了一条非常恶心但非常灵的偷心秘方——耳屎。无论男女，只要把自己的耳屎悄悄地给所爱的人吃了，不用药引，就定能偷得芳心。但这方子好像有蛮强的副作用。

"是啥？"茅室板板急忙坐起来问。

"那块字正好被虫蛀了。改天我问问我公，不知他晓得不？"蛆婆遗憾地说。

天麻麻亮，三兄弟拿着夹着茅室板板写的诗的纸条和坨坨巧克力来到肖丽家楼下，她住在县供销社的二楼，她爸是单位副经理兼采购员。这些是茅室板板早就侦查好了的。

"肖丽，肖丽。"妙莲在窗子底下大喊，这是三人商量好的，说妙莲和肖丽是同桌，关系最好。茅室板板说肖丽只要跟妙莲说话，声音就特糯，明显得很。

"哎，妙莲，啥事？"肖丽探出半个脑袋问道。她头发有点乱。

"肖同学，一起去爬天马山吧，映山红开了。"妙莲说，茅室板板站在旁边，脸胀得紫红。

"你们作业写完了吗？我还没开始呢。今天准备做作业的。"肖丽的声音确实好听。

"我们也一点都没做，还有十多天呢，急啥？"蛆婆大声说。

"好，你们等我一会儿。"说完，肖丽关上窗子。

女人的"一会儿"真长！三人至少在楼下磨皮擦痒等了快一小时，肖丽才穿着白衬衣红裙子蹦蹦跳跳地跑下来，脚上的蓝色回力鞋有点不般配。真是女大年年变，妙莲从来没发现自己的同桌有这么漂亮，以前只觉得肖丽脸上有一些淡淡的雀斑。

那天，天马山上的映山红开得特别艳，红通通的。肖丽像只彩色蝴蝶一样在花间，飞来飞去，嘴里唱着这一首湖南民歌："郎在呀高山唱山歌，妹在哎河边织绫罗，娘骂女哎你这个死妖婆喽，你为何绫罗不织呀听山歌，你不晓得，这个山歌是听不了得啦，他要讨得你去做堂客。"湖南著名歌唱家李谷一曾唱过这歌，但妙莲觉得当天肖丽唱得更美，更有味道，这毕竟是小女孩的歌。

妙莲和蛆婆快快地走在前面，想让肖丽和茅室板板有单独相处的机会。但肖丽一直黏着妙莲，还采下一朵杜鹃花，一半抿到自己嘴里，另一半递给妙莲说："好酸的，像醋一样。"

妙莲尝了尝，果然好酸。

茅室板板一上午都没说几句话，眼睛没离开过肖丽。一直到送肖丽回到供销社门口，茅室板板才红着脸从书包里拿出巧克力，递给肖丽说："我送你的，我——"

肖丽看到塑料袋里的纸条，什么都明白了。她笑嘻嘻地把纸条拿出来直接递还给茅室板板，说："就算——你们三个同学一起送的吧。我收下了，谢谢喽。"

茅室板板愣住了，眼睛红红的，一副想哭的样子。

更要命的是，肖丽走进供销社大门，转头说了一句话："曾伟同学也经常给我送巧克力，是德芙的，丝滑得很。广州才买得到。"

或许是这句话，彻底地改变了她和茅室板板的一生。

中午仨同学在云何大食堂大吃一顿，每人吃了一大碗肉丝面，茅室板板付的钱，好好奢侈了一把。湖南是鱼米之乡，但不产麦子只有水稻，从早晨开始净吃米饭，过年的时候才煮一大碗面，放在桌子中间当菜吃，还算是高档的主菜。

"妙莲！蛆婆！你们是不是我兄弟？"茅室板板眼睛依旧红红的，咬牙切齿地看着两人说。

"当然啊，我们仨兄弟可是喝过血酒的。"妙莲和蛆婆齐声道。

"那我们走！"茅室板板站起来，妙莲和蛆婆只得跟着走出去。路边正好有修房子的工地，茅室板板捡了一块红砖顺手掂了掂，放到原本装巧克力的书包里。

"曾伟，曾伟！米汤！"这回是蛆婆去喊的，他洗得发黄的白背心后背都湿透了，满脸汗珠。

曾猴子穿着一身崭新的蓝色阿迪达斯运动服应声像猴子一样蹿出来，一脸灿烂的笑："你们作业做完了吗？我只有几道不会做的数学题没做。"

"没，还没有开始呢。"蛆婆说。

"可以抄我的，我也可以帮你们做。"曾猴子递给三人每人一块巧克力讨好地说，"我爹进货时给我从广东买了一大箱，等会儿我给你们一人再拿点。"

妙莲急不可耐地把精美的锡纸包装撕开，一股勾魂的香钻入鼻孔，而且丝滑的口感不是国产的坨坨巧克力能比的。妙莲才知道，世间居然还有这等美味。有钱人的生活就是不一样。

蛆婆三口两口吃完也骂了一句，这么好吃的东西，也不早点给我们吃。

"去我们家新开的餐厅吃点东西吧，我请客。"曾猴子依旧在讨好，一脸堆笑，不用化妆都像六小龄童演的那只猴子。

"我们刚吃了肉丝面，吃不下了。去孔庙玩吧。"蛆婆说。后来妙莲才知道，这是他和茅室板板在妙莲上厕所的时候商量好的。

"好啊，好啊，我爹从山东请了一个师傅教我，刚学的猴拳，我可以表演给你们看。"

四个人并排走着，曾猴子只到妙莲他们的肩膀高，而且精瘦，就像数字中的一个小数点，极不协调。

曾猴子家离孔庙不远，拐弯就到。

他们只能从侧门走进去，正门只有考上状元才会打开。巍峨壮丽的大成殿是孔庙的主体建筑，殿前是一个非常大的广场，祭孔时做仪式用的。空旷的广场上有一对男女在草地上打羽毛球，还有一群小屁孩嘻嘻哈哈地不知道在闹什么。东南角的六层楼高的木质八角亭当时还在，周围一圈长着高高的狗尾巴草，随风摇曳。那是孔文飚修的第一座建筑，以前藏着很多书。现在废弃没人管理，里面值钱的玩意儿全部被人偷走了，连一二层的琉璃瓦也被人偷走了，只剩一个木头框框，孤零零地立在那儿，破败不堪。

"文万成，你为什么不吃？一会儿再给你们送几块。"曾猴子看茅室板板一直不说话，手里的巧克力捏变形了，脸色是青的，感觉不太对头，笑嘻嘻地讨好说。

"有钱就了不起啊？"茅室板板把巧克力甩到地上，挤出一句话，"今后不准你去找肖丽，她是我女朋友。"

曾猴子似乎什么都明白了，空气变得凝固起来，那群吵吵闹闹的小屁孩也突然不说话了。曾猴子转身对着蛆婆和妙莲非常大气地说："肖丽啊，我就是把她当作姐，只要你们把我当兄弟，没啥说的。"

后来妙莲一直都想不明白，这么低的要求他们当时为啥不答应？但鬼使神差的，三个人谁都没说话。

蓝蓝的天上白云在飘，风吹着杂草不停地摇。

"哦，是这样啊？那我走了。"曾猴子失望透顶，转身欲走。

"想走，没那么容易。"茅室板板看着身旁的两个兄弟，壮了壮胆，恶狠狠地说。或许是今天一天的不顺，他气糊涂了。

"哼，三打一算什么本事？"没想到曾猴子一点不虚，指着茅室板板的鼻子说，"有本事你就单挑！输了我心甘情愿。"

感觉他对肖丽也不是特别在乎。

不管从哪个角度看，这都是一个对曾猴子不公平的提议，毕竟他像个小不点儿，最多只有八九十斤的体重。茅室板板觉得自己胜券在握，毫不犹豫地回答："可以！说话要算数，别后悔！"

蛆婆和妙莲没想到会闹成这个局面，毕竟是同班同学，抬头不见低头见的。

"茅室板板，有本事就跟我来八角亭。"曾猴子说完，头都不回朝八角亭走去。没人知道，曾猴子的父亲怕自己儿子瘦小被人欺负，天价从山东请了一个武林高手做自己的驾驶员，每天天不亮教儿子武功。这段时间，就带他在这亭子里面练猴拳，让他在木架子上蹿来蹿去。对他来说，这里是主场，地头熟，有信心。

这些，谁知道啊！

八角亭的四周是青砖砌的，80多平方米的空间中只有八根原木柱子，隐隐约约看到原本漆的红漆，是真正的红土漆，越老越红。木头的楼板都被大家拆回家当柴火烧了，透过高高的木头架子，一眼可以看到楼顶的琉璃瓦。

曾猴子站在亭子的中间，背着双手，威风凛凛。脚底下是一米见方的青砖地板，现在想起来那地砖也挺值钱的。茅室板板走进亭子，就把装着红砖的书包放在一根柱子旁，看得出来他有点心虚了。

"茅室板板，给脸不要脸，太欺负人了，你放马过来啊！"曾猴子咬牙切齿地说。

茅室板板看了妙莲和蛆婆一眼，紧握拳头，"啊"了一声，硬着头皮冲了过去。

"娘的，狗眼看人低！"只见曾猴子一个扫堂腿，把冲过来的茅室板板铲翻在地，接着一个漂亮的后空翻，骑在他的身上，抡起拳头打在他脸上，整个动作行云流水。也就是一两秒钟的样子，胜负已定。

谁能想到，平时人人都想欺负的、身高如残疾一样的同学，会这么厉害。而且茅室板板也太弱了一点，毫无还手之力。

茅室板板的鼻血唰地流了出来，带着哭腔喊了一声："帮忙啊，我们还是不是兄弟？"

这句话是有威力的！妙莲和蛆婆两人也来不及多想，跑上去叉着曾猴子的双臂，曾猴子别看功夫厉害，毕竟体重轻，两人一用力就提了起来。本只想拉开劝劝架，别让自己的兄弟太吃亏，哪知茅室板板从地上爬起来，擦了擦鼻子上的血，从柱子旁的书包里掏出红砖，大喊一声："我弄死你！"扑过来用力拍在曾猴子的头上。

红砖碎成十几块，散落一地。瞬间，曾猴子满头是血，从此额头上多了一条缝了12针的疤痕，像扭动的蜈蚣一样，红兮兮的。

"茅室板板！我要让你死无葬身之地。"曾猴子鲜血淋淋地站在亭子中间诅咒道，声音平静恐怖。

三兄弟害怕了，转身准备离开。

"茅室板板！我要让你死不瞑目，儿孙永远都生活在恐惧之中。"曾猴子声音更加平静，却更加恐怖。

隐隐约约，一只狗在远方呜呜地哭。

第 二 章

地狱的夹缝里

便是人间

曾猴子开学就转学了，额头上一块蜈蚣一样的疤，一生气就变红，气极就变紫。

大约开学半个来月吧，妙莲收到了从西藏发来的电报："余叔十六日赴云接你进藏，父。"

"要热热闹闹地送一下兄弟。我们还剩多少钱？"蛆婆看到电报后，扭头问茅室板板。

"还有 18 块钱吧。"茅室板板小声回答。

"你在吃钱啊？给妙莲高高兴兴欢送一场都没钱了。"蛆婆语气有点气呼呼的。

"肖丽太喜欢吃巧克力了。"茅室板板声音更小，他也觉得理亏。兄弟们信任他，把钱放在他那儿，被他这么花了，而且连肖丽的手都没碰过。

钱可以没了，但兄弟不能没。

只要兄弟齐心，办法总比困难多。三兄弟首先去云河捡了整整一大铁桶田螺，滴几滴清油在桶里，让螺吐尽肚子里的脏东西。新中国成立前，中国血吸虫病主要的传染源就是这种螺，自古云何人从不吃的螺类，密密麻麻，河底铺满了一层。

最难搞到的就是猪肉，当时可是凭票供应的东西。

蛆婆和他菜市场的亲戚嘀嘀咕咕了好久，原本是想借点肉，但亲戚的老婆哭着闹着不干，最后还是商量出了一条妙计。他和茅室板板一人拎一个铁锹把，弓着腰鬼鬼祟祟地钻进大院里的猪圈。"嗷嗷"的两声惨叫，两人满脚猪屎快速地跑了出来，钻进橘子林里。

妙莲一本正经地去找总务长说："李叔，发猪瘟了，上厕所时看到一只猪在不停地抽抽。"

总务长跑到猪圈一看，果然一只半大不小的猪张着大嘴巴在地上不停地抽抽，周边的肥猪都惊恐地望着它。

"真是猪瘟，快抬去深埋处理。"瘦高个儿的总务长做事挺果断的，两个食堂的厨师手忙脚乱地把猪绑起，用扁担挑着，抬到河边埋了。

他们一走，妙莲他们挖出来交给蛆婆的亲戚时，猪还是温热的，浑身是新鲜的泥巴，嘴巴里流着血水，眼睛睁得圆圆的，死不瞑目。

妙莲正在走廊上用赵股长家废弃的铁皮柴炉子烧水煮肉。茅室板板赤裸着上身，脖子上系根红绳子，推着一辆绿色的邮政送信的自行车过来，军绿色的裤子湿漉漉的。

他从自行车的后架上抱起一坨用上衣包着的圆滚滚的东西，放到桌上打开。妙莲凑过去一看，是一坨西瓜形的青灰色菊花石，圆溜溜的表面上有六朵呈乳白色的菊花，花开灿烂，神态逼真，玉洁晶莹。

"板板，哪儿搞来的？天然的西瓜形菊花石可是最珍稀的。"妙莲摸着菊花石温润如玉的皮壳说。他估计至少要历经几百年的流水冲刷，鬼斧神工，才能磨出这么光滑圆润的效果。以前在国营的菊花石厂看到一坨比这稍小的，都被作为镇厂之宝，用有机玻璃罩着，放在大厅中央显摆。

"我偷了我舅舅的自行车，去了一趟樟树潭。"茅室板板边说边把裤子脱掉递给妙莲，站在桌子边一丝不挂地说，"快帮我晾上，一会儿肖丽就来了。"

"你不怕你舅揍你啊？"妙莲知道他舅舅打小孩下手特狠，招招留痕。

茅室板板得意扬扬地举起左手，指着自己的腋下说："放心吧，我舅不会再揍我了。开学时老师告状说我没做完作业，他操起扁担想揍。看到我这里长毛了就扔掉扁担，说我是可以成家立业的大人了，今后不再管我，靠自觉。"

"那你为什么不喊上我和宝明？"妙莲边晾衣服边问。

太阳悬在无云的天空，阳光普照。

"我准备捡块菊花石送你，带到西藏做个纪念，再叫上你一起，算咋回事啊？"茅室板板两腿非常夸张地张开坐在桌子边。他不知从哪儿找到一根银白色的挖耳勺，非常虔诚地开始掏耳屎。挖耳勺肯定是他自己带来的，妙莲的耳屎都是顺其自然，靠老天帮掏，家里没这玩意儿。

"你孤身一人就敢闯樟树潭？"妙莲惊呆。樟树潭在云何城北边不远，面积也就二十来亩，原本是古时候采完了菊花石废弃的矿坑，有好事者引来道吾山的溪水，积水成潭。

　　樟树潭有个悲伤的神奇故事。说是在明初时，有个寡妇爱上了一个不该爱的人，被人逮了现行。按族规，偷野男人，不守妇道要被沉潭。沉潭那天，寡妇被绑上两块麻石磨盘，嘴被破布堵得严严实实，惊恐的眼中泪如泉涌。

　　四周，粉红的荷花盛开，蝉鸣声和蛙声一片。

　　不久，不知是谁种的还是自然长出了两棵紧紧挨着的樟树苗。经年之后，两棵樟树完全长在一起，三五个成年人都抱不过来，翠绿的树荫遮住了大半个绿幽幽的深潭，阴森恐怖。樟树潭因此而得名。

　　说来也怪，传说潭底那寡妇的尸体百年不腐。可能也是这个缘由，这里几百年来居然成了情侣殉情的圣地，长沙、湘潭、株洲那些隔得很远的情侣慕名而来，相拥而沉，把樟树潭整得越来越诡异和恐怖，白天都阴风习习。

　　另一件怪事是，原本潭底被采尽了的菊花石，居然莫名其妙又长了出来，而且纹理清晰，温润如玉，质地极好。"樟树潭出品，必是精品。"每一块都成了菊花石爱好者争先收藏之物，价格自然也比别的地方采的贵好几倍。

　　重赏之下，必有勇夫。每年夏天，都有胆大包天者，自恃水性好，灌上一大口白酒壮胆，脖子上系上一根红绳辟邪。跳进刺骨的潭水，在潭底紧紧抱在一起的情侣尸体间翻寻菊花石，想想都头皮发麻。

　　就凭妙莲对茅室板板的了解，他绝没有潜入潭底的水性，也没有翻尸体的胆量，但他脖子上的红绳子是怎么回事？

　　"我原本只想在潭边捡块菊花石的边角料送你，谁知刚到潭边，正在犹豫，这块石头就从潭底慢慢浮起，漂在水面上，不停滚动。我壮着胆子下水用衣服把它包着，捞起来了送你。"茅室板板边专心掏耳朵，边平平淡淡地说，然后小心翼翼地把耳屎放在一张白纸上，黄黄的带着油，贼恶心而且好大一堆。

　　妙莲盯着茅室板板，不言语。他坚信世间没有比这更珍贵的礼物，因为是他的好兄弟用命搏来的。

　　这时，蛆婆浑身是汗，捧着四瓶云何大曲，急匆匆地跑过来，看了一眼光溜溜的茅室板板，随手把妙莲脏兮兮的枕头放在他的裆部挡着，说："肖丽一会儿就来帮忙，你想这样勾引她？"

　　茅室板板不吭气，小心翼翼地把耳屎用纸包好，一脸神圣。

蛆婆擦干脸上的汗，接着说："妙莲，我公听说你要回西藏，有要事找你。酒是我公给我们晚上喝的。"

"啊？"妙莲没想到张瞎子会找他。

"公在账房等你，快去吧。"蛆婆接过妙莲手头的柴火蹲下来说。

"账房？"妙莲抠了抠自己的后脑勺，硬着头皮起身。

幽暗恐怖的账房里有三人，张瞎子和一个女人坐着，另一个女人站着，黑漆漆的房梁在两个女人的头顶正上方悬着。妙莲认识她们：坐着的是骂死个人的黎婆子，妙莲每天都是从她的骂声中醒来。有传闻说黎婆子是地狱里逃出来的母狗，后背上长着七块黑斑，而且每块斑中间长了只眼睛，她新婚的老公就是被这七只眼睛活活吓死的。想想都吓人，所以妙莲见到她都躲着走，从不敢细看她是否有眉毛。另一个站着的是黎婆子永远的丫鬟黎春花，妙莲超喜欢吃她做的浸萝卜，有钱准照顾她生意。

妙莲一头雾水，眼前的三人却面色凝重。

"妙莲，你要去西藏吗？"张瞎子发话了。但奇怪的是，他平时称妙莲为伢仔，今天却正儿八经地叫他大名。

"是的，爷爷。"妙莲应道。眼睛却盯着黎婆子看，确实无眉，但此时不显凶相，一脸慈祥。

"坐飞机去吗？"继续问。

"好像是，有叔叔来接我。"妙莲小心翼翼地说。天边一样远的西藏怎么去，他也不知道，只知道父母在哪儿，家就在哪儿。

"西藏有个拉萨你知道吗？"站着的黎春花插话了。

"晓得的，我家在那儿。"这个妙莲知道。虽然父母赴藏后从未回来，但是信中时常提到拉萨的布达拉宫、拉萨的八角街。

"拉萨向东三百里，有座很大的城，叫太昭城，你知道吗？"黎春花忙追问道。她的脸色变红，看来有点激动。

妙莲抠抠脑袋，摇摇头。"很大的城？没听说过。"多年以后，妙莲每次路过太昭，远远地看到太昭拉康的金顶，准会想到很大的城这个梗，暗地里难免发笑。

三人面面相觑。

良久。

"光绪年间，我父亲他们三兄弟奉令驻守太昭城。大伯与太昭当地姑娘结婚留下了，父亲回湖南时不知何故，带回了太昭关帝庙的这件宝物。他至死都一直心心念念，想把这件宝物还回去。但天高地远，一直没送回去供养，成为我们黎家的一块心病。"黎婆子突然喃喃说道，语调和声音完全不像平日里骂街的黎婆子。

"唉！原本指望我那闺女，可她不孝啊。"黎春花叹了一口气说。

妙莲这才看到，原本尚青云和他的情人踩过的书桌上，摆着一个黄哈达捆着的红色绸子包裹，也就是传说中的黎师长留下的那个包裹。他大致明白了三人的意图。但这点小事，需要摆这么大的阵仗？

"妙莲，她们想请你把这宝物带回太昭关帝庙，了却先人的遗愿。"张瞎子解释道。

"啥宝物？"妙莲问。

"我们也不知道，此物太邪。父亲与我九哥一再交代绝不能看，还回太昭交给关帝庙的大师兄就好。"黎婆子仿佛陷入了久远的沉思。妙莲觉得，她流泪了。

"求你，小伙子！一定帮我们带回太昭。"黎春花语调有点儿激动了。

好像，也找不到回绝的理由，妙莲点头答应。

"大恩不敢言谢！"黎婆子两眼放光地说，她站起来把书桌上的包裹双手捧着，高高举起，递给妙莲，郑重地交代说："请勿看，请勿毁。"

"嗯。"妙莲接过红色的包裹，眼睛里闪现出黎婆子背上的七只眼，背心顿时发凉，急忙问："如果找不到那关帝庙的大师兄呢？"

"那就交给我大伯的后人吧，太昭姓黎的，他们永远在太昭驻守着的。"黎婆子这么说，"我父亲跟大伯约好的。"

"好。"妙莲当时觉得这个任务不难，路上好像不会有大 boss。谁知，这一送就是一生。

"小伙子，这 300 块钱是给你的辛苦费，辛苦你了。"黎春花递给妙莲一叠崭新的大团结。

妙莲说不要。张瞎子说："收下吧，你应得的。"

妙莲捧着黄哈达捆着的红色包裹走出账房，一身冰凉，才发现衬衣已经湿透了。他觉得包裹软绵绵轻飘飘的，心想关帝庙的东西，肯定是关公穿过的战袍，一定没错！

他有钱了，而且是这么一大笔意外之财。

妙莲买了一些瓜子花生下酒，在茅室板板的坚持下，又买了两斤坨坨巧克力。

在柴火炉子上放上平时洗脚的铁桶，把一条条的白肉放到水里面，加点盐和生姜直接煮上半小时就好了。切好，一大块一大块地放在脸盆里，蘸着辣椒酱吃，整个大院都是猪肉的香味儿。

煮完猪肉的水上面飘着一层油花，再倒进田螺，水煮开滚一滚就好了，那个很易熟，直接咬掉螺尾巴，用嘴巴吸着吃，香弹软滑，入口即化。

这两个菜都是蛆婆的亲戚过来指导做的，也就只有这两个菜了。

妙莲从食堂借了一张方桌，四条长凳，摆在屋子中间。桌子中间摆了一个大海碗，四斤酒都装在里面，想喝的人用勺子舀着喝，也就这个条件。

那一夜，来了二十多个同学，把屋子塞得满满的。喝酒唱歌吃肉，有的讲着讲着就哭起来了，红着脖子，热泪盈眶，好像生离死别一般。

确实也是，好几个同学妙莲此生再也没见到。

平时特别活泼的肖丽坐在茅室板板的旁边，很认真地一颗一颗地吃着巧克力，一声不吭，心事重重。

茅室板板站起来，没有念自己为肖丽写的诗，而是深情地朗诵了戴望舒的《烦忧》：

> 说是寂寞的秋的清愁，
> 说是辽远的海的相思。
> 假如有人问我的烦忧，
> 我不敢说出你的名字。
> 我不敢说出你的名字，
> 假如有人问我的烦忧。
> 说是辽远的海的相思，
> 说是寂寞的秋的清愁。

"板板都朗诵诗了。肖委员唱一首呗。"同学们开始起哄。

肖丽也当仁不让，脸红通通地站起来，清唱了一曲《何日君再来》。果然不愧为小邓丽君，不是徒有虚名的。

唱完，肖丽说她要去下茅房，她怕。茅室板板很默契地跟她出去了，很久很久两个人才一前一后回来。

肖丽的脸更红了。不过那天都喝了酒，没人在意谁脸红。

茅室板板把妙莲和蛆婆拉到一边，兴奋异常地告诉他俩："定了！还接吻了。"仿佛陷入了失去魂儿的幸福之中。

"真给肖丽吃耳屎啦！"蛆婆有点急，声音有点大。

"嘘，你那么大声音干吗？"茅室板板紧张地说。

"你太恶心了。"妙莲想到刚才那堆油乎乎的东西，恶心想吐。

"我也是没办法嘛，谁叫我家那么穷，曾猴子家又那么有钱。"茅室板板压低声音说，"我们是不是好兄弟？"

又是这句话！

妙莲静静地看着屋子内，同学们东倒西歪，七八个男男女女挤在单人床上，地上满是呕吐物，气味刺鼻。

屋外，门前的桂花树静静地开花。

那晚，妙莲也醉了，怀抱着菊花石，半躺在桂花树下呼呼睡去，皎洁的月光照在他身上，桂花也落在他身上。

好多年以后的那个初秋，林芝下了那年的第一场雪，大地一片苍茫。

妙莲气喘吁吁地扛着旅行包和一块藏檀香树根走回家，这是他在易贡下乡时，在麻村村长多托家的柴火堆里发现的。

"卖吗？"妙莲拿起树根问主人。他觉得这个树根中间有个天然的窝窝，稍微雕一下，正好做茅室板板送的菊花石座子。

"这就是柴火，哪能卖钱啊？你拿走就是。"村长多托正在用斧头砍牛大腿，很不屑地说。他高大威猛，只有一只眼睛，另一只眼睛前几年猎熊时被熊挖掉了。

妙莲也懒得客气，把树根放到车上，下次再来易贡他准备给多托带两箱啤酒，算是交换。妙莲跟他很熟，经常雇用他家的马，晚上常住在他家，喝酒吃肉唱歌。

藏檀香、红豆杉、水楠木这些珍贵的树木在内地极其稀少珍贵，但在易贡满山遍野都是，成林成片。尤其是藏檀香，在天葬还没有在西藏盛行之前，每个易贡人一出生，按当时的习俗，家人都会特地种一棵藏檀香树，等他死的时候就砍了这棵檀香木来烧他，再把骨灰连同柴灰和水，做成"善业泥"，放在山洞里永久保存。但那年月生活条件艰苦，大多数树还没长大，人就夭折了。人们就会把小孩尸体用麻布裹得紧紧的，绑在那棵藏檀香树上，祈愿小孩的灵魂仍能和树一起成长，那叫"树葬"。此后，这棵树就永远不会有人去砍了。

经年累月，易贡的藏檀香树越来越多。

藏檀香树的树干用水磨磨打成泥，是用来做藏香最主要的原材料。树根就只能用来当柴烧，到处都是。妙莲一直想找块树根做菊花石的座子，但就像茫茫人海中找伴侣一样，人是熙熙攘攘，找到两情相悦的却好难。

好不容易找到合适的，妙莲兴冲冲地打开房门，惊奇地发现电视柜上的菊花石，大颗大颗的水珠往下流，电视柜上积了好大一摊。妙莲用食指蘸着水尝了尝，咸的，难道这石头会流泪？

这时，床头柜上的电话响了，是蛆婆打来的。他说："板板跳楼了，就在刚才——"

一片寂静，窗外的雪无声地飘落。好冷！

茅室板板怀揣着离婚证和一大叠欠条，站在13层的云城大厦楼顶上，大厦周边马路上站满了公安和看热闹的人。

"万成！别这样啊，我们不离婚。钱我们一起慢慢还。"肖丽牵着7岁的小慧在楼下用公安的喇叭大声地喊。

"肖丽，对不起，我不能给你我承诺的生活！连给小慧买条红裙子都买不起。"茅室板板浑身颤抖着说，泪流满面。

"我们什么都不要啦，只要你好好地活着。"肖丽歇斯底里地喊。

"钱是还不清的，我不想连累你们。照顾好自己和小慧。来生——"还未说完，茅室板板眼一闭、手一松，像秋天的一片枯叶一样飘下来，摔到柏油马路上像一摊带血的鼻涕，四肢摆出一个奇怪的卐字符，诡异古怪。

远处，一只狗在呜呜地哭。

"爸爸，我再也不要红裙子了。"小慧喃喃自语。

肖丽捂着小慧的眼睛，呆呆地站在尸体边，眼泪无声地流。

蛆婆沉默了很久，告诉妙莲，他说书里果然灵验。他问了他公，被虫蛀掉的字的大致意思是：慎用之，否则作蛊者活不出十年。

"那是迷信。"妙莲不太信。

蛆婆又分析断定：茅室板板的死是曾猴子搞的鬼，因为和他合伙做生意的福建人也与曾猴子有业务往来。原本铁定赚钱的一笔花炮大生意，四辆装满花炮的大卡车刚上国道，就有人打电话告发，合作伙伴办的危险品安全运输证是假的。更过分的是，检查人员还发现车上藏了半吨雷管，检查站全部扣留没收货物，而且要坐牢要罚款。

妙莲没有作声，满脑子都是八角亭那个满头是血的曾猴子。

蛆婆又补充了一句，他也是猜的，但愿不是！

"唉！但愿不是吧。"妙莲也轻轻地回了一句，扣了电话。

他把流着泪的菊花石安到树根上，果然绝配！

人世间，最简单的事莫过于雕刻，去掉多余的部分就成。

七七四十九天，妙莲只要一有空，就坐在窗台前，抱起那个树根，用一把银柄藏刀慢慢雕去根上多余的。每下一刀，吹一口气，像画唐卡一样虔诚。

每一块木头里都隐藏着鲜花。妙莲大功告成，树根上绽开着七朵暗红的菊花，他小心翼翼地把菊花石安放上，浑然天成，红的、白的一共13朵！

这时，菊花石上又流出了四五粒豆大的泪珠。一种不祥之感涌上心头，妙莲扭头望着卧室床边的电话。

电话响了——

又是蛆婆，他说："肖丽要和曾猴子结婚，星期天办婚礼。咋办啊？"

妙莲不亚于听到地球明天就会爆灭的消息，喃喃地问："肖丽为什么一定要找他结婚？"

"我去把八角亭的事告诉肖丽吧？太吓人了！"蛆婆拿不定主意，"曾猴子的咒诅现在想想都要做噩梦。"

"你能怎么说啊？"妙莲离开云何十多年了，他也不知道该怎么办。只是听说曾猴子在开酒店、做房地产，啥赚钱做啥，挣了不少钱，去哪儿都是前呼后拥的。

"肖丽以前辞了工作，在家专心带小慧。现在房子都卖了还账，只得住在娘家，她嫂子嫌她和小慧像狗屎一样。唉！怎么办啊？"蛆婆自言自语发狠道，"我这就去找曾猴子，让他也拍我一砖头，我们还加一条人命，两不欠了，求他放板板家人一马。"

妙莲抹干菊花石上的泪珠，他从心底里庆幸今生有这么一个讲义气的好兄弟。

蛆婆放下电话，去楼下理了个板寸头，换了一身新衣服，对老婆怀百芬说："百芬，我去找曾猴子，让他拍我一砖，如果有三长两短，你就改嫁吧。"

"宝明，去吧，别说不吉利的话，若是有个长短，我会为你守着，拉扯大孩子。"八角亭的事怀百芬是知道的，蛆婆说那是他一生唯一内疚的事，做了错事，总要还的。她隐隐觉得自己迟早会有这一天。

蛆婆点点头，手里拎着红砖走出家门，朝曾猴子的家簸箕坡方向走去。

此时，云何正街上满眼金黄，梧桐树树叶纷纷落在蛆婆的身上，秋意渐浓！

簸箕坡在云何城正东面，过了冷九爷的朱仙亭就到了。这里原本是云何的一片乱坟岗，埋的都是无家可归暴毙街头的或是被砍头枪毙的凶犯，白天经过都感觉阴风煞气扑面而来，胆小的人不敢来。县里做出了城市向东发展的战略，簸箕坡是必须解决的最棘手的问题。有人出了一个主意：拆迁坟、拍卖地。

买地首先要考虑风水啊。这 820 亩地挂出去，连取号报名的都无。正在县里一筹莫展之际，曾猴子找上门说："我就不信这个邪。用途改成住宅，容积率不受限，价格打六折，就全包了。"政府连夜开会研究同意了。于是曾猴子用五米高的围墙把地围起来，中间盖了一栋三层的大别墅，自己住。

蛆婆敲开红色的大门，惊呆了！心里发毛。眼前一片血红，820 亩的大院里种满了没有绿叶的鲜血样红的曼珠沙华，也就是地狱里的彼岸花，真像地狱一般。

曾猴子把蛆婆引进金碧辉煌的客厅，客厅里站着四个戴着墨镜的大汉。肖丽倒了杯茶水递给蛆婆，说："宝明坐啊，你们聊。"转身就走了。可能是出汗太多，肖丽脸上的妆都花了。毕竟丈夫尸骨未寒，自己就忙着改嫁，现在丈夫的朋友找过来，是人都会出汗。

"哦，你先忙。"蛆婆对肖丽说完，把红砖放在红木茶几上说："曾伟，八角亭那天是我们不对，我今天是过来赔礼道歉的。"

"啥八角亭的事啊？我都记不得了。"曾猴子手执一把锋利的小刀，明知故问地说。额头上那条像蜈蚣一样的疤，微微发红。

"曾伟，现在我才来，是有点晚了，十多年啦。"蛆婆看着那条红蜈蚣鼓起勇气说，"我今天来，就是替板板挨你一砖！你自己动手也行，让你的兄弟动手也行。"

"哦，宝明第一次来我家就是为这事啊？"曾猴子拿起苹果削了起来，并阴阳怪气地说，"我以为宝明是把我和肖丽当作老同学，过来送贺礼的呢。"

蛆婆没话可说，曾猴子把削好的苹果递给他。曾猴子特别崇拜旧上海滩的杜月笙，一言一行、一举一动都在模仿他的风范，无论谁到家里来，他都会像杜月笙一样为客人削水果。今天也不例外。

"当年板板是错了，但他人都死了，请你放板板家人一马。"蛆婆鼓起勇气说。

"我没听明白，如何放一马呀？"曾猴子还是明知故问。额头上那只蜈蚣变得黑红，像在爬动一样。

"别和肖丽结婚！"蛆婆咬牙挤出了这句话，否则他觉得对不起死去的兄弟。

"哟，我这就不懂了。"曾猴子冷笑两声道，"你们当年为了追肖丽，三个人欺负我一个。今天还不让我跟肖丽结婚，也管得太宽了吧？"

蛆婆无言以对，该朋友做的，他都已经做了。走出别墅门，看到穿着鲜艳的蕾丝红裙、绑着蝴蝶结的小慧，在血红的花丛中无忧无虑地玩耍。

蛆婆对妙莲说他现在后背心发凉，妙莲说他也是。

"肖丽是大人，自找的，这还好办。关键是小慧怎么办？"蛆婆忧心忡忡地问。

"但愿曾猴子能良心发现，对小慧别太过分。"妙莲叹道。

事已至此，也只能如此了。

"唉，作孽啊！人呀，别为恶，迟早要还的。"蛆婆感叹完，挂了电话。

这一晃又 20 年。时常，摆在电视机旁的菊花石会流泪，座子上的七朵暗红色菊花粘满了白晶晶的盐粒，如冰雕一般。

妙莲也知道，人生不如意十之八九，但有的也太出乎意料——

蛆婆得癌症了。

怀百芬在电话中哭诉："啊呜呜呜……都怪我呀！原本也不痛也不痒，吃得下睡得着，好好的一个人。都怪我呀，听信别人说 50 岁了要去体检一下，有病早治，没病买个放心。谁晓得一查就有问题，到湘雅医院再查就确诊了，是晚期。宝明命好苦啊！"

妙莲愣愣地望着窗外的比日神山，隔着窗户的玻璃都能感觉到阵阵秋风刮到脸上，仿佛能看到千里之外怀百芬脸上的泪水。

"本想瞒一下，瞒不住啊。宝明一知道就崩溃了，一天一夜没吃东西。啊呜——"怀百芬放声大哭。

"医院咋说，没有一点办法吗？"妙莲问道。

"医院说是由乙肝发展成肝硬化的，过了代偿期，仅凭吃药输液已经很难控制。发现得太晚了，只有换肝。"说到正事，怀百芬的情绪平缓了一些，没有了哭声。

"哦，宝明的意见呢？"毕竟还是有办法，妙莲松了一口气。

"就宝明自己不同意做，舍不得花钱。说刚重修了朱仙亭，欠了不少债。"怀百芬接着说，"佳琪请假回来了，今晚就到。妙莲，你也给宝明打个电话，劝劝他，钱是身外之物，总有得赚的。宝明就听女儿和你的。"

"嗯，我先理理咋说，过一会儿打。"妙莲答应道，脑子飞转着，想着怎么劝。

"唉！宝明真命苦，我该怎么办啊？"电话扣了，再见都没有说一声，看来真是六神无主了。

妙莲的印象中，怀百芬泼辣果断，超有主见。"云何仙人"排名老二的冷九爷的亲外孙女，在生死面前居然如此脆弱。

说来也神奇，冷九爷家里世代都在朱仙亭做屠夫，杀了一辈子猪，仙迹就是杀生。仙位居然排在神乎其神的张瞎子之前，但听了他的事迹，谁都服。

云何正街最东边就是冷九爷行仙迹的朱仙亭，再往前走就是乱坟岗子簸箕坡，沿着青石台阶到河边就是渡口。渡船是公家的，坐船不要钱。撑船的是一个哑巴，就住在船上，随时一喊他就划船过来。坐渡船过去就是云何城里人所说"河那边"的乡下，那是一大片的农田和村庄。河两岸说的话都不一样，区别特明显，张口就知，想装城里人口音很难。

城里人自然要鄙视操"河那边话"的乡下人，一脸的不屑。但鄙视归鄙视，总得吃乡下人种的菜、养的猪。于是河那边的人在凌晨就挑着菜赶着猪乘渡船而来。挑菜的直接去了市场，赶猪的就来到朱仙亭，他们把脚搭在板凳上点上一袋烟，静等一个白色身影从黑暗中飘然而至。

冷九爷杀猪，一个人、一把刀、一根板凳足矣。连衣服都不带换的，依旧穿着平日里的一身浅色绸子服，带暗花纹的。唯一不同的是，套上了黑色的长筒雨靴。天蒙蒙亮，先用冷家用了几代的大铜锅烧上水，然后走到猪栏里惊慌失措的猪旁，弯着腰摸着猪后背脊梁，轻轻地顺着毛边摸边交代："莫慌莫慌。一会儿就送你去投胎，这是上命门，灵魂从此出哟。路上遇到红、黄、蓝、绿、白五色光出来的任何东西，你都跟着，它说啥你都照做。如果是灰雾里面出来的东西，不管它长什么样、说什么，都别理它。而是大声跟它讲，你是冷九爷送上路的，只投胎做人。切记！切记！切记啊！"

猪都会点头答应，不再恐惧惊慌，并且很温顺地舔着黑色雨胶鞋，表示感谢。

然后冷九爷把那根高 30 厘米、宽 40 厘米、长 1.5 米的板凳东西方向摆好，稍微要偏 9 度的样子。再用脸盆打上小半盆子冷水，撒上一把盐，这样血凝得快，味道好。

一切准备就绪了。

啪啪啪啪，冷九爷站在板凳旁用刀背轻轻地敲着板凳，朝猪栏喊："上路喽！莫回头哟！光明大道五彩成，见到灰雾绕着走哟！"听到冷九爷的招呼，被他拍过的猪一准会"呼哧呼哧"鼻孔里冒着白气，一路小跑到冷九爷脚旁，自己往板凳上蹿，一副迫不及待的样子。如果是大肥猪，自己蹿不上板凳，冷九爷也会用脚钩住猪肚子，顺势帮它一把。

"上路喽。记得感谢九爷啊！"说完白刀子从脖子上捅进去，热气腾腾的鲜血随着红刀子哗哗流到板凳下方的盆子里。

神奇的是，猪在板凳上像睡着了一样，微微蹬蹬脚，好像只是为了让血流得快一点一样。

别家屠夫杀猪都要放挂鞭炮。冷九爷不，他是点上一支烟，慢慢地吞云吐雾，但绝不吸到肺里，说是送猪一程。

烟抽完了，猪也死透了。

然后他不慌不忙地烧水刮毛、开膛破肚，手法之娴熟，完全比庄子的庖丁解牛还熟练。一滴猪血都不会滴到身上。

云何人都称奇，但没人敢当面问，怕他，只能问张瞎子。

张瞎子沉思良久才说："有善念，才做善事。别的屠夫杀猪，眼睛里只有猪的肉，心里想着卖肉所得的钱，是作孽啊。而冷九爷杀猪，心里却是帮助猪超度苦海，是行善积德。做的事儿一样，心境不一样，结果就不一样。"

众人皆觉在理。

中午时分，也就拾掇干净了。冷九爷用肥皂洗洗手，脱下长胶鞋换上一双黑色布鞋，背着双手来到正街找人在路边屋檐下下围棋，风雨无阻。云何有句俚语："冷九爷下棋，以和为贵。"

他属于棋臭瘾大那种，而且慢得出奇，时常食指中指夹着棋子，高高举过头顶，定格在那儿，仿佛一尊雕像，然后慢慢地放下来，把棋子扔回盒里，嘴里念叨："想屠我龙，门儿都没有。"

"九爷不落子，肯定屠不了你的龙。"观棋的闲人都不耐烦地起哄。

"对哦，忘了这茬儿。"冷九爷好像恍然大悟。从棋盒里夹住一子，继续高高举起，摆足了姿势，仍旧不落子。

对手也不能奈他何。

好在他的棋友基本上都是正街商铺的老板，你不落子，我就去忙生意，也不催他，天黑透了棋局没完就算和。皆大欢喜。

正街的老板都喜欢跟他下，因为只要他坐在那儿，烦人的黎婆子就闪得远远的。哪怕隔条街，听到冷九爷咳嗽的声音，黎婆子的脸色都会变。

云何中心菜市场几位卖肉的闲传：黎婆子是地狱里的一条狗，溜出来汪汪乱叫，见人就咬。而冷九爷是地狱十大阎王殿的第九殿阎王，向天庭正儿八经请了假，堂堂正正休假来人间学围棋。

证据确凿，冷九爷的头上异于常人，长有九个旋儿，久看像深海一样恐怖。有个街上混的痞子不信邪，趁冷九爷下棋时盯着他头上的九个旋儿，才看了一小会儿，旁边的人就提醒他："你流鼻血了。"那痞子一摸脸，果然是，衣服前襟都滴满了血而自己不知，吓得拔腿就跑。从此以后，他再见到冷九爷就尿失禁，咋治都不好。

从此，再也没有人敢冒这个险，太吓人。

"这仅是猜测，没有证据的话不敢乱说。"蛆婆说道。他跟着亲戚学卖猪肉不久，肉是从冷九爷那儿批发来的，对冷九爷敬重有加。另一个不能说的原因，是因为怀百芬。

那年，离高考只有七天，学校"放羊"让同学们在家复习，蛆婆正踌躇满志，在天井复习英语。

张瞎子被一群人抬了进来，说是莫名其妙摔了一跤，股骨粉碎性骨折。张瞎子和肖婆婆躺在满是甜酒味的床上，双手紧紧握在一起。张瞎子让蛆婆把窗户用报纸糊上，然后把藕煤炉子提进来，他们想一起去天堂。

"乱说，你们有孙儿呢。"蛆婆挺男子汉地笑笑说。

"宝明啊，我算过了，这是我们夫妻命中的劫数，躲不过。别管我们。"肖婆婆在哭，张瞎子捏紧她的手，继续说，"箱子底下有你亲妈给你结婚用的1000块钱，还有我们给你攒的3600块钱。你拿去读书做学费，今后你会飞黄腾达，成为封疆大吏。如果你不读书照顾我们，你一辈子将碌碌无为地受尽人间疾苦，我们不忍心啊。"

"公！婆！别乱想，好好养病。什么能比命重要？孙儿会让你们颐养天年的。"蛆婆说完，转身走出他们的房间，把手中的复习题随手扔到藕煤炉子上。呛鼻的浓烟升起，呛得蛆婆咳了几声，眼泪都咳了出来。

他知道，他的大学梦也随这缕青烟而去。

也就是蛆婆去云何中心菜市场卖肉的第九天。傍晚，别的肉摊都卖光收摊了，而蛆婆早上批发的半扇肉一斤都没卖掉，正愁。

冷九爷依旧穿一身浅色的绸子衣服，背着手径直走到蛆婆的摊位前，用手翻了翻摆在摊位上的几块肉说："今天的肉基本都没卖出吧？就这刀工，好肉都被你切丑了，谁买啊？"

蛆婆把手不停地在围裙上擦，不敢抬头看冷九爷乌黑剑眉下面的圆眼睛，不知道怎么回答。

"收摊吧，去公家里吃饭，公教你。"冷九爷非常平和地说，但语气似乎容不得商量。

当然，蛆婆也是巴不得的。

走进冷九爷的家，客厅中央的八仙桌上摆着一盆紫苏烧猪红，热气腾腾，夹着一股紫苏特有的香。这种特别的香是蛆婆最喜欢的味道，看来早就准备好了。

蛆婆的眼睛却一直盯着墙角暗处的一新一旧、一大一小两张藤编的躺椅，心里觉得怪怪的。

桌上还摆着四个酒杯。冷九爷示意蛆婆坐下，把三个酒杯放在自己面前，另一个递给蛆婆说："宝明啊，我从来不以大欺小。今天你喝一杯，我喝三杯，喝到你高兴了为止。"

这气势就把蛆婆吓到了，也心虚了。他端详着手中的杯子，估摸着大约一两一杯，自己能喝几杯。

这时，一位饼子脸梳着麻花辫的姑娘，端着一大盆卤筒子骨走进来，香喷喷的。

"外公，你不要欺负人。"姑娘边说边拿起一根筒子骨，递给蛆婆说，"先吃点肉，垫垫。"

"百芬哪，你要讲道理啊，他喝一杯外公陪三杯，你还说外公欺负他。"冷九爷笑着说完，自己先连喝两杯。然后举起第三杯对蛆婆说，"宝明，干！"

蛆婆只得硬着头皮也一口闷了。反正那天第三道菜是啥他不知道，只知道是姑娘送他回去的。姑娘把他安顿好，就去了张瞎子和肖婆婆的房间。

一觉醒来，蛆婆猛然发现姑娘蜷缩在床的另一头，发出轻轻的鼾声。

蛆婆滚下床，跑到张瞎子的房间问："昨晚上发生了什么事？"以前满屋的屎尿味没了，只有浓浓的艾草香。

"百芬忙到天亮，帮我们洗了身子，又换了被子。"肖婆婆满意地说。

"我是说她现在睡在我床上。"蛆婆的声音有点大。

"百芬说，昨晚你跟她外公求婚了，要娶她。她外公也答应了。我们也觉得百芬不错。"肖婆婆继续说。

蛆婆晕了，说昨晚上他喝醉了，根本记不得说了什么。自己的婚姻大事难道就这么定了？

"宝明，这是你的福气啊，也是我们老两口的福气。"张瞎子笑道。

这个理蛆婆也晓得。自己一个毛头小伙又要卖肉，又要端屎端尿照顾两位瘫痪在床的老人，不可能照顾得过来。才半个来月，张瞎子和肖婆婆的背上都长了脓疮。

这时，姑娘走进来，对蛆婆说："宝明，我叫怀百芬。我先回去把东西搬过来，帮着照顾老人，等到了年龄我们再领证结婚。"

蛆婆这才仔细看了一下怀百芬，发现怀百芬除了脸大一点，个子也高，五官也还精致漂亮，蛮耐看。

一上午蛆婆在菜市场坐立不安，中午还是忍不住，溜回了家。

天井里，张瞎子躺在旧躺椅上，哼着小调，微侧着头，看身旁鱼缸里的宝贝儿自由自在地游。肖婆婆躺在稍微短点的新躺椅上，苍白的脸晒得有点红润了，在和怀百芬嘀嘀咕咕教她做甜酒，说是家里祖传的配方其实和别家的配方一样，秘诀就是给煮好的糯米撒酒曲时要念咒。这样才香甜，才是正宗的肖婆婆甜酒。

蛆婆皮笑肉不笑地走过去问："什么咒语，这么神奇？"

肖婆婆扭过头来说："去，走远点，这个秘咒只传家里的女人。"

看着这两把躺椅，蛆婆总觉得他是上了冷九爷一个甜蜜温柔的套。但每每蛆婆提及此事，怀百芬立马就哭："就是你主动跟外公提的亲，你当时才喝三杯定是没醉的，现在不承认就是欺负人。"

"好好好好。我没醉。"蛆婆忙认错，这事就扯不清了。确实，扯清它干吗？

家不是讲理的地方，只讲情。

蛆婆也不清楚，这是在张瞎子的意料之中，还是在冷九爷的计划之内。他只知道，他满意他幸福。

那天他的猪肉卖得特别快，中午时分，一米来长厚木板上就空空如也。蛆婆哼着小调，用剔骨刀仔仔细细打理猪头上的毛。几位买主过来问："猪头啥价？"

蛆婆红着脸摇摇头回道："勿卖。"一脸的幸福。

正街上，阳光透过浓密的梧桐树叶照下来，形成无数光圆圈在麻石路上欢快地跳跃。

拎着猪头和一坛老酒的蛆婆进门就喊："喂喂喂，去喊你外公来喝酒。"

怀百芬翘着嘴看着蛆婆，满头是汗，拿着铁铲定在那儿不动，脚下一堆泥。她正铲金砖上的泥块，肖婆婆瘫痪后就从没铲过，日子久了，脚上带回的泥把金砖上堆得包包鼓鼓的，发着青绿色的光。

"喂，我跟你说话呢，你哑巴呀？"蛆婆把猪头泡在木盆子里，眼睛一直盯着怀百芬不解地问。他发现她的发型换了，一头短发。

"喂啥，哑巴也是有名字的。"怀百芬一字一字慢慢吞吞地说。

"哦，有名字的，你去叫你外公啊。"蛆婆笑了，露出两颗大板牙。

"有名字的人是问你，我的发型好看吗？"怀百芬莫名其妙地问道。

女人说话没有章法，突然话题硬生生地这一转，蛆婆措手不及，完败，连忙回道："好看好看。"

"我自己剪的，我觉着又利索又好看。方便干活，照顾老人。"怀百芬边说边沿着幽深的走廊穿过井房来到梅花巷，斜阳照在铺满墓碑的小巷。

蛆婆突然特想给妙莲写封信。

蛆婆帮张瞎子和肖婆婆换了一身新衣服，抱出来躺在天井的藤椅上。

冷九爷站在鱼缸边，中指轻弹鱼缸壁，两条巨大的黑色金鱼浮出水面，尾如云，每条都足有一斤多重。"文韬兄，这对夫妻是托了你的福啊。"

原来张瞎子大号张文韬，蛆婆是第一次听别人叫。

"前世他们夫妻曾救了我，这世还回而已，当初说好的。"张瞎子回道，这里面肯定有好些精彩的故事，蛆婆从未听过。他只知道这两条金鱼的典故，是肖婆婆讲的。原本孔家大院戏台右侧有个大鱼池子，养了很多名贵的金鱼。后来大院房子不够分了，准备砍了桑树，拆了戏台，填了鱼池，在这地上盖栋新房。回填鱼池的那天早上，张瞎子拿个盆子浸在池水里，嘴中喃喃自语，一小会儿这两条金鱼就自己游到盆子里来。当时在场的有十几号工人，全都惊呆了。

每年的 5 月，鱼缸里都会漂上一层绿豆般大的小金鱼仔，有黄有红有黑有白，五颜六色，像晃动的调色板一样，完全没按基因法则来。张瞎子用小银勺小心地把煮熟的鸡蛋黄搓碎，洒在水面上。直到 7 月初，小金鱼有蚕豆般大小，鱼缸里挤得像春运时的火车上一样，张瞎子就把小金鱼全部捞起放在大木盆里，搁在梅花巷的孔家大院的后门石阶上，任人自取，分文不收。

替金鱼夫妻开枝散叶，原来这是报恩！蛆婆一边这么想一边把借来的圆桌扣在鱼缸上，铺上塑料布，以免油水滴到鱼缸中。养金鱼最怕油，沾到准死。但也没法，那时候的家家户户房子都小，屋里摆不下这么大的桌子。

圆月挂在天井的正中，如镜如饼。

蛆婆支起一盏汽灯，怀百芬端上了四大盆菜，席就开始了。

张瞎子和肖婆婆面前各摆个小杯，倒满，不喝。

冷九爷、蛆婆和怀百芬面前摆的是大海碗，能盛半斤，也倒满，随意喝。一家人啦，不勉强，喝高兴就好。

说话的主要是冷九爷，夹着他朗朗的笑声，震得瓦片上的灰尘纷纷掉落。他兴致勃勃地绘声绘色讲如何用新研究的手筋，正要屠李大麻子的一条巨龙，准赢的棋局，却被百芬跑来搅了，硬把他拖来了，可惜喽！

张瞎子静静地看着他吹牛，不信，只笑。悟透了生死的两位高人，不用言语，都晓得的。

但蛆婆是俗人，憋不住问了一句："外公，死后真有天堂吗？"那天亲眼目睹姚癫子笑着赴死，这个疑问就像猪板油一样凝结在蛆婆的心里。他原来一直想问张瞎子，但今天有个更权威的。

"死后哪有天堂啊，只有无穷无尽的地狱！"冷九爷迟疑了一下，斩钉截铁地答道。

"为什么大家和书上都说有天堂？而且说得有板有眼的，像真的。"姚癫子诡异的笑在蛆婆的脑中闪现。不是去天堂，他笑啥？

"这个啊，很难几句话说清。相对而已！"冷九爷喝了一大口酒，接着说，"这么说吧。对在第九层地狱的人来说，第八层就是天堂。对在第八层地狱的人来说，第七层就是天堂。从第一层地狱再往上，那就是人间。"

蛆婆依旧不懂，转头看着张瞎子。

"人间才是天堂。设生以赏善，设死以威恶。"躺在躺椅上的张瞎子补充道。

蛆婆依然不懂，一脸茫然。难道躺在躺椅上都是在天堂？！

一阵沉默。只听到桌板下面鱼缸里金鱼的划水声。

金鱼也生活在天堂？蛆婆想。

风习习，月光如水。

"张大哥，在请九爷喝酒啊。我来陪吧！"一个女人的声音，声到人到。蛆婆扭头一瞧，根本不敢相信自己的眼睛，居然是卖浸萝卜的黎春花。她双手各提一坛红纸封着坛口的酒，从漆黑的廊道突然现身。她除了没系她一直围着的红色围裙，打扮和在巷口卖浸萝卜一样。

一身《红岩》里双枪老太婆的打扮。

云何人有板有眼地传：别看黎春花个子娇小，实际是洪拳高手，腰间红围裙下还别着两把驳壳枪，也和双枪老太婆一样，护卫她的不时骂人惹祸的主人。

瞧她此时英姿飒爽的阵势，蛆婆信了。

怀百芬赶忙让座，自己拿个小马扎坐下。黎春花也不客气，一屁股坐在冷九爷对面。

"欢迎啊，春妹子，先吃点菜吧。"张瞎子说。都是一个大院的邻居，很熟。孔家大院住了83户人，平日里也这样，谁家有新奇的菜都会招呼一声，肉不够，喝点汤尝下味儿也好。

"饭我吃过了，我是来陪九爷喝酒的。九爷，春妹子先干为敬！"黎春花说完，端起怀百芬来不及端走的酒碗一干而尽，一滴不洒！

冷九爷看着她笑了笑，也端起酒碗一干而尽，一滴不洒！

黎春花单手抓着酒缸缸口，顺手给冷九爷倒满，反手给自己倒满，腰板挺直。这腕力，了不得，完全不像一个快 70 岁卖浸萝卜的老太太。

"再敬九爷！"黎春花说完，又是一滴不洒，两下可就一斤酒下肚。这哪是敬酒，分明是砸场子。

"爽快呀，春妹子好酒量。"冷九爷笑眯眯地把碗中酒喝完，说，"这第三杯我敬你。"

"岂敢！只是晚辈有个不情之请。"黎春花站起来，弓腰朗声说。

"说。"冷九爷低头吃着菜，他明知故问。

"九爷声洪音亮，而我家大小姐天性好静怕吵，听了心慌头疼。所以恳请九爷赏我家大小姐一方清静之处。"黎春花不卑不亢地说。

"这有何难啊，答应你了。"冷九爷端起碗自顾自喝了一大口，头都没抬，放下酒碗说。

"九爷的恩情，春妹子来世再报！"黎春花双手端碗一饮而尽，接着豪气万丈地说，"春妹子今天要陪九爷喝好、喝高兴。"

冷九爷冷笑。今天稀奇喽！人间还有能陪他喝高兴的？

那一夜，三坛子酒喝个精光。

黎春华吐了，呕到天井阴沟里的尽是暗红的血。此后半个来月浸萝卜铺子都没开张。

冷九爷是背着双手哼着古怪的小调走的，头上的九个旋儿亮闪闪的。只是——他再也没迈进过孔家大院。

那夜之事，蛆婆谁也不敢讲，怕云何闲人添油加醋地神传，这些可都是猛料。他写信跟妙莲说，黎婆子的传闻可能是真的，卖浸萝卜的红围裙下可能真别着两把驳壳枪。而且人死之后，没有天堂，只有地狱。

再路过巷口，他定会朝正卖浸萝卜那个矮小的老太太笑一笑，点点头。

收到蛆婆的信那天，妙莲正在烈士陵园埋人。

那一年的春天，林芝的桃花开得像今天这么灿烂，尼洋河边鱼庄老板的独子在房后的回水湾里淹死了。当天晚上，易贡扎木弄沟突然发生世界上已知最大的山体滑坡，160多米高、宽3公里的泥巴和雪彻底堵住了汹涌澎湃的易贡藏布84天后，突然晚上大坝崩开，山崩地裂般一溃千里，据说印度冲走了6万多人。

当时现场指挥部的指挥长无可奈何地留下了一句名言：专家的话，信不得啊。

参加救灾的部队回撤途中，路过小孩淹死的地方莫名其妙地发生了车祸，满地满草丛躺着鲜血淋漓的战士。那个白发苍苍的老板娘跪在地上号啕大哭，说肯定是她儿子想人做伴了。

八一镇哭了。

所有的出租车都自发出动前往救援；武警战士跑步前往医院排队献血；所有的医生都走向了自己的岗位；会展中心的大会议室里，是300多名边哭边扎花圈的女人。

指挥长说，他想为跟他一起战斗了近三个月的战士培培土。

烈士陵园的四个土坑每个相隔只有一个拳头的距离，说这是部队的习惯，让烈士们像列队一样紧紧地挨着。指挥长培完第一个战士的土，拍拍妙莲的肩膀说："小伙子，替我照顾好那些英勇无畏的战士。"

妙莲点点头，当时他刚参加工作不久，是现场地方上唯一的小伙子。

于是，妙莲和30多名战士继续用粗绳子绑着棺材，慢慢地放进坑里。突然棺材盖掀开了，里面的烈士坐了起来，双目圆瞪。据在场他的战友介绍说，这位烈士接到紧急命令进藏救灾时，老婆刚刚生了一个小孩，是女儿，他太想他从未谋面的女儿了，不甘心死啊！

从那以后的清明，从不抽烟的妙莲每年都会手捧菊花，去烈士陵园陪亲人远在内地的那四位烈士抽支烟，说说闲话，聊聊心事。

按迷信的说法，盖好的棺材打开了，这是超级不吉利的事。

不知是谁买来了10箱沱牌大曲，让大家操着酒瓶从头顶往下淋，一直把短裤都要淋透了，然后把铁锹、绳子、外套等一切可以不带出陵园的东西，全部扔到烧花圈的熊熊大火里烧掉，说是不能把晦气带回家。

浑身颤抖的妙莲跑回家，衣服上的酒还在往下滴，就收到蛆婆的信。他站在书桌旁，给蛆婆回信说："我不太相信天堂与地狱，但我相信死亡，好人也会死的。"

幸福的日子过得飞快。肖婆婆的身体也越来越好，能够扶着墙慢慢地走上几步。

直到那天——

那天风和日丽，温暖的阳光沐浴大地。怀百芬像往常一样把张瞎子和肖婆婆扶到天井的躺椅上，在两人中间架上一把大油布伞，既遮阳又挡雨，转头对8岁的女儿张佳琪说："佳琪，看好弟弟，照顾好祖祖和祖奶奶，一会儿给他们端冷茶喝。"说完挑着担子，走到巷子就吆喝起来："甜酒，肖婆婆家甜酒！甜酒，肖婆婆家甜酒！"

佳琪答应一声，边在走廊上用红粉笔画了八个大方格子，她在学着跳房子，两只小辫晃来晃去。5岁的佳杰趴在鱼缸上跟张瞎子一起用红蚯蚓喂游来游去的金鱼。

"佳杰，今后每天替祖祖喂金鱼，一天喂两次，一次两条。好吗？"张瞎子非常温柔地说。

"祖祖，这鱼会生小金鱼吗？"佳杰睁着大大的眼睛流着清鼻涕问。

"要是小佳杰喂得好啊，它们就会生的。我们云何人家里养的金鱼啊，好些都是它们夫妻俩生的崽。"张瞎子仿佛陷入了他不知哪一世与这两条金鱼的恩怨，转身深情地望着躺在身边一直盯着自己看的肖婆婆，相互点点头。

是到该走的时候了。是人，总归是要走的！

"佳琪，过来一下。"肖婆婆会心一笑，没牙，但喊佳琪的声音，中气依旧很足。几十年来走街串巷卖甜酒，练出来的。

"祖奶奶，要喝冷茶了吗？"佳琪一身是汗跑过来，小脸红扑扑的，头上热气腾腾。她刚学会跳房子，跳得正来劲。

张瞎子从口袋里面摸出两张5元钞票，递给佳琪说："带弟弟去买爆米花吃，回来的时候喊爸妈回来。"

"但是祖祖，我们想吃大白兔糖。"小佳琪嘟着嘴巴说，汗从额头上滴下来。

"嗯，买什么都可以，但是记得叫爸妈一起回来啊。"张瞎子擦了擦她头上的汗，不放心地交代说。

"谢谢祖祖，谢谢祖奶奶，我们走了。"佳琪牵着流着清鼻涕的弟弟跑出去，快活得像一只小鸟。

世界突然变得寂静，只能听到风声和鱼缸里金鱼游动的声音。

张瞎子牵住肖婆婆的手紧紧地握在一起，皱皱的手上青筋鼓出。

"肖淑珍，我们走吧。下辈子我们还会一起的。"张瞎子看着陪伴自己一生的爱人，无限深情地说。

"文韬，握紧我，我一个人会害怕。"肖婆婆有点撒娇的味道。

"别害怕，我们系上过仙桥，就不会走丢啦，下世还是夫妻。"说完，他把早已准备的一根红绳套在两人手腕上，嘴中念念有词。

"嗯！下辈子也要疼我，不准欺负我，也不准吼我。"肖婆婆仿佛陷入了回忆之中，看着张瞎子说道。新婚之夜，她就是这么要求的。如今要去另一个世界了，她同样这么说。

"会的。下辈子、再下辈子、再再下辈子都会的。不欺负淑珍，不吼淑珍。我舍不得！"张瞎子深情地说完，朝着天空喊道："九哥，九哥。请送我们夫妻一程吧。"

随即，嗒嗒嗒，嗒嗒嗒，清脆的棋子碰撞声在天空中响起。

一黑一白两朵云飘过天井上空，两个人安详地闭上了眼睛，永远地睡去。

鱼缸里，深绿色的水面上浮起了一层七彩斑斓的小金鱼，绿豆大小。

一群喜鹊飞到了天井屋檐旁，叽叽喳喳地欢叫。

那年，张瞎子94岁，刚过的生日。肖婆婆也是94岁，离生日还有几天。

一直拖到晚上，妙莲才给蛆婆拨过去。他呆呆地坐着想了一天，依旧不知道怎么说。

蛆婆却仿佛特别健谈，一直说，说的都是与肝病治疗有关的事。家里人的意见是换肝，百芬准备把朱仙亭让房产中介帮卖了，佳琪也准备把北京刚按揭的房子卖了。她们说，不试试，怕今生都后悔。但他的意见是不换了，趁着还走得动，想去林芝看桃花，想吃松茸和生牦牛肉，每次见面都听妙莲吹这些，但从来没带他来过西藏，太不讲义气。

最后蛆婆沉默良久，问妙莲："你说我换吗？"

"你是怎么想的？"妙莲反问，也只能这样。

"唉，我也不知道啊，睡不着，净想这事。卖了一辈子的猪肉挣得的这份家业，只换回了一个人肝，而且百芬走街串巷卖了一辈子的甜酒，落下了一阴天就背痛的病根。如果将朱仙亭卖了，难道再让百芬依旧上街日晒雨淋？再说，佳杰还在天津上研究生呢，也得给他留些钱。"蛆婆在电话的那一头，叹了一口气说，"唉！我好想活。死后哪有天堂，只有地狱。"

妙莲说："明年春天来林芝看看桃花吧，散散心。牦牛肉和松茸管够。"

那时正是秋天，满山姹紫嫣红，像肠胃不好的神仙拉了稀屎在裤裆里一样。

其间，蛆婆跟妙莲商量换肝的事，妙莲跟蛆婆商量他退休的事，各说各的心事。

换吧，结果是可能死在手术台上，家人也沦为赤贫，成功了也就能多活五到十年吧。

不换吧，很难活到明年林芝桃花盛开的季节。

其实，人世间好些纠结都是多余的，根本就找不到匹配的肝源。那东西，可遇不可求。

一生义薄云天的蛆婆的生死就这么定了，连博一下的机会老天都没给，只能躺在医院里，静候死神的来临。

整个冬天，妙莲有时间就望着窗外的比日神山发呆，脑子空空，任云彩飘过。

他能做的，就是自己交了退休报告，然后托麻村多托村长买了一株百年野生灵芝，用黄哈达包紧实，给蛆婆寄去，希望这传说能长生不老、起死回生的仙草，带来奇迹。

其实，真正号称仙草灵芝的，定是长在坟头上的。汉代以前，贵族们死后最高规格的葬式叫"黄肠题凑"，即棺椁的周边用黄色的柏木枋堆砌成框形，再在上面封土。灵芝是厌氧的，不用氧气也能生长。如果凑巧，正好有灵芝孢子也被封进去，它就会慢慢生长，或许真正要一千年，把坟墓中的全部柏木消耗完，才从坟头上长出一株巨大的灵芝。

这种才是名副其实的千年仙草，能续命还魂。

妙莲寄去的灵芝当然没有这么玄乎，但也很猛，是在易贡绯红之地一棵巨大的青冈木上找到的。从倒地的青冈木判断，至少也生长了大几十年，而且是没有散过孢子粉的童子芝。妙莲在那里修了三年的路，都从没有见过这么好的灵芝。

多托村长说，那人开价一万，他给了八千。

妙莲二话没说，递给他一万元，还把后备箱里的一箱林芝啤酒搬到他车上。

他默默地祈祷，这个仙物能救他那个一辈子卖肉不注水的好兄弟。

但愿奇迹发生！

第 三 章

人生无始无终
唯有过程

莫旺财扛了只岗巴羊挂在妙莲家的阳台上，每次来林芝就自顾自地用刀切着蘸辣椒吃。肉吃干净了，春天也就到了，整个林芝变成了粉红的世界。

妙莲人生也拉开了另一个序幕，他收到了批准退休的通知书。他从此就变成闲云野鹤，自由自在地为自己活一回，不用再东张西望地寻找机会，也不用点头哈腰地向谁示好。他准备在西藏办一次自己的"妙莲个人唐卡艺术品展"，以唐卡为主，好好地宣扬一下博大精深的藏文化，算是与西藏最后的道别，然后就告别这片热土，回内地安享晚年。

"没有什么能够阻挡，你对自由的向往。"清早，妙莲的《蓝莲花》手机铃声突然响起。是蛆婆的号码，一种不祥的感觉。

"妙莲，宝明想看看林芝盛开的桃花，一会儿给他视频让他看看好吗？"是怀百芬带哭腔的声音。

妙莲的眼睛模糊了。他知道，他寄去的仙草没有创造奇迹。

"当然可以，马上。一会儿就拨过来。"说完，妙莲跳下床，边穿衣服边跟李穷尼玛打电话，说有急事让他过来帮忙开下车。昨天他把客人送去了机场，今天准备买点蔬菜回太昭。

小城市就这点好，呼任何人十分钟内准到。一会儿，身穿黑色 T 恤的李穷尼玛手拎一把巨大的大菜刀，急匆匆跑过来，嘴里哈着白气说："我在广东阳江专门订制了把大菜刀，用鳄鱼皮包的刀柄。砍头时肯定好使劲。"汗从他微卷的头发流出，经过黑黝黝的脸滴到漆黑的短袖上。

妙莲站在院子那棵刚发芽的核桃树下看着他，此时依旧寒冬料峭，自己穿着羽绒服依旧蜷缩着手，瑟瑟发抖。

妙莲和李穷尼玛有三十多年的交情，朋友做久了，也就成了亲人。况且他们还总是一起做梦砍六趾周仓，真正过命的交情。

妙莲没说话，把车钥匙递给李穷尼玛，立即把微信视频拨过去，强忍眼泪喊了声"宝明"。

手机的另一端，蛆婆穿着蓝色条纹病号服，瘦成了皮包骨，眼窝深陷，嘴唇干裂。所有续命的仪器都已经撤掉了，只剩鼻孔里插着的那根透明的氧气管。

死亡面前，众生平等。

蛆婆努力睁大着浑浊的眼睛望着妙莲，断断续续地说："妙莲——我告诉你——件事。好些年前，小慧找我证实——曾猴子头上的疤——是不是我们三人打的，我都给她讲了——耳屎的事也说了。"

"哦，没什么不能讲的。没必要放在心上。"妙莲是在宽他的心，"板板不会怪你。你只是说了能说的真话。"

"说了能说的真话！"蛆婆叹了一口气，声音低到听不见，"唉，可怜的小慧。"

妙莲无语。眼前闪现那个春节就闹着穿红裙子的小姑娘，肤白如脂。

"妙莲——如果——有可能，替板板照顾一下——小慧——她苦！"蛆婆盯着手机里面的兄弟，想着即将要见到的兄弟。

"放心吧，我会的。"即使蛆婆不说，妙莲也会做。三个好兄弟，只有他还有滋有味地品尝着人间的烟火。

"要是换了肝，我说不定——能来林芝看桃花——"蛆婆的语气中，无限遗憾，无限留恋。

"兄弟，这就是林芝的桃花。"妙莲把手机对着窗外，蓝天下，满目粉红。

"往哪里走？"李穷尼玛边把车往城外开边问，胸前吊着的九眼天珠特别醒目。他平日里是开旅游车的，能说会道，八面玲珑，情商特别高，一看就知道发生了什么事。

"南迦巴瓦下的直白。"妙莲回答，他想带自己的好兄弟去看看世界上最美的山峰，让他的灵魂在第一座见到太阳的山峰之下长眠。

手机里，窗外湛蓝的天空飘着淡蓝的云，翠绿的大地上飘着粉色的云。机场高速和雅鲁藏布江像两条恩爱的蛇，缠绕在一起，在粉色与淡蓝的云彩间钻进钻出。

每一个镜头都是绝美的画面。

"真美啊——我真的应该去，赚一辈子的钱，换不到一个健康的肝。"蛆婆喃喃自语，思路非常清晰。妙莲知道这是回光返照，可能也就这一会儿了。

"爸，你有什么要交代的吗？"佳琪边哭边问。

"我想活着——我想抱孙子。"蛆婆喃喃自顾自语。此时，什么都已经注定了。

死亡的过程是痛苦和漫长的。车子刚过丹娘乡，蛆婆突然开始急促地喘着粗气，面部开始扭曲。一个年轻的男医生走进来，按照家属的要求，在他手臂上打了一针去痛针。

这一针，象征意义大于实际功效，亲人们不想让蛆婆在痛苦中死去。但，哪有死亡不痛苦的。

（此后的过程恐引起大家不适，略去。）

"咦——"刚到南迦巴瓦山脚，视频里突然传来这古怪的声音，是蛆婆肺部中最后的空气挤出来的声音。

妙莲转过手机，视频突然挂了。一会儿，微信里闪出一段字："爸爸走了，很安详。谢谢妙莲叔。"

此时妙莲的脑袋里一片空白，脑袋里只有蛆婆的那句："我想活！"

李穷尼玛递给妙莲一支烟，妙莲狠狠地吸了一口，对着神山狂咳起来。

不远一株巨大的桃树下，一对藏族夫妻正在给赤裸裸的新生儿身上抹酥油、晒太阳。这是西藏的习俗，说是宝宝晒黑了才健康。两位穿着红色户外服的情侣在拍照，觉得好稀奇。小孩洪亮的哭声在清澈的雅鲁藏布江之上回荡。

应该是个女孩吧。

"没有什么能够阻挡，我对自由的向往。"妙莲的手机又响起，妙莲一惊，是肖丽的电话。她在电话里边抽泣边说："现在我也在宝明的那家医院。小慧又想不开了，吃了40片安眠药，洗了胃，刚刚才清醒过来。"

站在旁边的李穷尼玛摸摸额头说："今天咋啦？我们云何那么多事。"自从认识妙莲以后，他逢人便说自己就是云何人，云何黎家的长房长孙，血管里同样流着战神蚩尤的血，只是没回去过。

"为什么会这样？"妙莲没管他，问肖丽。确实，今天真是一个多事之日。

"这些年，小慧一直不开心，这已经是第四次了。我一直盯着她，但总有闪失，下一次会怎样我真不知道啊。"肖丽哭了，妙莲感觉得到。

在妙莲的记忆中，同桌肖丽爱笑爱唱歌，此时却在哭。"那怎么办？总得有办法解决。"

"我让小慧来西藏找你，如果连你也劝不住，就让她漂漂亮亮地走，留不住她了。"肖丽的声音中满是无奈。

"开什么国际玩笑？肖丽，你不能这样啊！"妙莲急了，声音超大。周边赏桃花的游客全都看着他，包括那对给小孩拍照的情侣。

"你不是万成的兄弟吗？你不是抑郁症好了吗？你不是也跳过云何大桥没死吗？你们不是给我吃了耳屎吗？"肖丽一连串毫无关联地追问。

妙莲无语也无奈。莫为恶啊！真心说，肖丽吃耳屎的事与妙莲无关。但妙莲也没法呀，两个好兄弟都不在人世，只有他还享受着人间的烟火，总不能把这人命关天的责任往死人身上推吧？

"妙莲，我替万成求你！你能治好自己的病，现在还活蹦乱跳，说不定也能帮小慧。"肖丽突然平静了，用哀求的语气说。

妙莲瞬间顿悟。张瞎子说他50岁以后会明白，现在他明白了——"妙莲的约定，如筏。"

"小慧应了来林芝吗？"妙莲问。

"应了。"肖丽告诉妙莲，小慧很爽快地答应。

为什么？妙莲百思不得其解。

"小慧4岁的那年春节，你回云何休假，曾送小慧一条红色的裙子，让她在整个冬天都在期待夏天的到来，那条裙子让她开心了整整一年。小慧一直想念那条裙子，也把你当作万成。"肖丽继续解释道，"万成出事那天，小慧不懂事，说红裙子都洗旧了，也穿不下了，闹着让万成去买条新裙子。万成听完，就走出门，爬上了楼顶。"

"是这样啊？"妙莲喃喃自语。那年妙莲休假在长沙火车站等回云何的班车，突然想起应该给茅室板板的女儿买件礼物，是第一次见呢。但大包小包的，老婆又大着肚子，行动超级不方便。正巧旁边一家儿童服装店在甩卖过季衣服，全场打一折。随手买了条红裙子，8块钱。

谁知！

"现在我用小慧的微信号加你，你通过一下，她的微信号就是手机号。有时间多跟她聊聊，或许她会听。"肖丽的话语中充满了希望。

"嗯。"事已至此，也只能这样了。

"其实我也不想活，但是还得活着。小慧，全都拜托你了。"肖丽说完，把电话挂了。

"活得妥妥的，为啥要像六趾周仓一样。"李穷尼玛把车打燃，把巨大的菜刀递给妙莲，苦笑着说，"这回该你砍啦，给你准备一把好使的。刀落头落，干脆利落。"

妙莲也苦笑，掂了掂手中的大菜刀，半米长，一尺宽，足有十斤重。

车旁，盛开的桃树下，一对扶着老式单车的老夫妻在向其他人介绍：老两口都是北京一所大学的教授，退休了骑着结婚时买的自行车出来玩，离开北京一年半了，走到哪儿算哪儿，没计划。

两人都戴着尖尖毛线帽，晒得黑黝黝的，发亮。老头戴着厚厚的近视眼镜，老太也戴着。老头口若悬河，老太点头为证。

妙莲不由得想起张瞎子和肖婆婆两口，也这味儿！

叮，妙莲的手机上来了条信息："妙莲，小慧即使在西藏出现意外，也与你无关，我也不会怪你的。以此为凭。肖丽。（请将此信息收藏好。）"善良的肖丽是给妙莲吃颗定心丸，她不想要妙莲压力太大。

云散了，壮美的南迦巴瓦峰浮在桃花之上，一览无遗。

回到家，妙莲用白布擦干菊花石上的泪，盘坐在沙发上，喝了一口浓浓的普洱茶，摆好架势后，给小慧的微信里发一句："小慧，我是妙莲叔叔。方便电话吗？"

一会儿《蓝莲花》的手机铃声响起，是肖丽急切的声音："等下，我让小慧跟你讲。"似乎等了很久。

随即，手机里传来小慧微弱的声音："都怪小慧不好，让妈妈和叔叔担心啦。给妙莲叔叔添麻烦了。"

"小慧，你都已经有自杀的想法了，情况不可能变得更糟了，以后只会有上坡路的，小慧会越来越好的。坚持住！"妙莲说，这是他这50年来人生的感悟。

"叔叔，真是这样吗？"小慧似懂非懂地说。

"是的。小慧，叔叔来西藏时，你爸爸冒着生命危险到樟树潭的潭底采了一块菊花石送给叔叔。只要小慧一伤心难过，那块石头就会流泪，不停地流。"妙莲说。此时，电视柜上的菊花石泪水涟涟。

"真的吗？"对面的声音依旧微弱无力。

"真的，叔叔不说假话。等小慧来到西藏，叔叔把那块石头送给小慧。"妙莲想像菊花石一样哭，但流不出泪来。

"我好期待，我会尽快来的。"

"欢迎啊，叔叔让林芝的桃花一直开着，等小慧来。万一桃花谢了呀，叔叔就让满山的杜鹃花接着开，从山脚到山上，次第花开。"妙莲用哄小孩的语调介绍说，"让天蓝蓝的，让尼洋河里的白天鹅，等小慧来。"

"好美！"小慧弱弱地说，声音里传来一丝微弱的期待。

"欢迎小慧啊。还可以看叔叔收藏的唐卡，听叔叔讲唐卡的故事。"妙莲接着说。妙莲玩藏文化收藏30多年，主要是唐卡。

"好的，叔叔。"小慧用虚弱又缥缈的声音答应道。

"你怎么过来？林芝有飞机的。"妙莲这才放心了。

"叔叔，对不起！我脑袋一片空白。不敢想明天的事，太遥远了。"

"那好，路上注意安全，照顾好我们小慧。在见到叔叔之前，不管多难多苦，咬咬牙，一定不要干傻事。"妙莲尽量用套近乎的语调说，"小慧，和妙莲叔叔来个约定好吗？"

"嗯。"小慧轻声答道。

"你看到窗外的白云了吗？"妙莲问。

"嗯，有一朵白云，好美。"小慧的声音依旧很弱。

"小慧，你对着白云喊：'无论如何，绝不自杀！没有例外，没有理由！'好吗？"妙莲语气坚定地说，他的眼睛仿佛看到了高深莫测的张瞎子。

电话里静默了好一会儿，传来了微弱的声音："无论如何，绝不自杀！没有例外，没有理由！"又停了好一会儿，小慧才说，"叔叔，我站起来，对着白云喊的。"

"小慧乖，再喊一遍，把它印到脑子里。"妙莲说。

"无论如何，绝不自杀！没有例外，没有理由！"小慧又喊了一遍，声音大了一些。

"再喊一遍。每次遇到难事苦事时，就想想和妙莲的约定。"妙莲说。

"无论如何，绝不自杀！没有例外，没有理由！"小慧喊了第三遍。

妙莲如释重负，长长地松了一口气，站起来，把电视柜上流淌的泪水擦干。

"我将一生恪守和妙莲的约定。小慧，你把这句话发到朋友圈好吗？让亲人、朋友们为小慧点赞，为小慧加油。"这是妙莲上午的悟，这句话，是筏。

"嗯！一会儿就发，叔叔记得给小慧点赞。小慧来看爸爸送叔叔的菊花石，看林芝盛开的花，看妙莲叔叔的唐卡。"小慧说。

妙莲不住地冲着电话点头，长长地松了一口气。

"小慧平时不太看手机的，可能不能及时回复叔叔。"小慧接着说。

妙莲"嗯"了一声，想象着穿着红裙子蹦蹦跳跳的小慧的样子。

"林芝见，叔叔。我挂电话了。"小慧说完把电话挂了。

一会儿，妙莲看到小慧发了一个条朋友圈："文小慧将一生恪守与妙莲的约定，不会爽约！（笑脸）"照片栏只放了一张照片，是 5 岁的小慧穿着红裙子开心地笑着，面如桃花。两只有力的大手牵着她，把她高高吊起，秋千一样荡悠着。

妙莲赶紧点了赞，留言说：叔叔和天鹅都在林芝等小慧！

从那以后，妙莲几乎每天都要给小慧留言，但都没回他。给小慧打电话，永远是关机。

肖丽说放心，没事。她对小慧的银行卡进行了监控的，小慧先在长沙一家户外专卖店里买了户外的装备，而且隔三岔五就会从自动取款机上取个两三百块钱。

"小慧缺钱吗？"妙莲想不通三五百能干什么。

"小慧 18 岁考上大学那年，我往她卡上打了 1000 万，她连利息都用不完，不缺钱的。"肖丽继续说，"我希望有个男生看上她的钱，或者看上她的人，轰轰烈烈地谈场恋爱或许病就好了。"

看来曾猴子是真有钱。唉！不过有钱人的日子也不过如此。

妙莲参加工作就一直痴迷于收藏，有点闲钱就屁颠屁颠地买了藏品。他深有体会，喜欢收藏的人永远都是穷人，口袋里没闲钱。他的朋友只有莫旺财算是有钱人，但也是一分一厘抠出来的，平日时见了谁都是点头哈腰地寻找着机会。

"现在她到哪儿啦？查得到吗？"妙莲接着问。

"昨天她到了丙中洛，在一家加加面馆里花了 93 块钱。"肖丽说，"你知道丙中洛，知道加加面吗？"

"知道的，去过很多次丙中洛，也常吃加加面。"妙莲回答道。丙中洛是最美的也是最危险的徒步线路丙察察线的起点，沿途要翻过两座长满雪莲花的大雪山。更危险的是在察瓦龙乡的边上有一处当地人称为死亡之地，整个山体都是由鸡蛋般大小的鹅卵石构成，这是青藏高原曾经是海的最好证明。要过的人都首先吃饱饭，信佛的人还要虔诚地念一阵子经，然后再一个个过。只要稍有动静，山上的小石子就会哗的一声崩塌下来，把人铲到江里。每年这里都因此死很多人，很多。

"我问的是加加面，她一个人能吃 93 块钱的加加面吗？我想看一下小慧是不是找了个同伴。"肖丽轻轻地说，"如果她有同伴就好了。"对肖丽来说，所有女儿的信息，也只有这遥远的加加面店里花的钱。

"哦，这个是有可能的，加加面一般都是 3 块钱一碗。她最多才吃了 31 碗，稀松平常。我有一次都吃了 72 碗。在盐井，说是有个徒步客创下了 30 年来的最高纪录，143 碗。历史上，吃加加面的最高纪录是悍匪独耳炳创造的，206 碗！一百多年来，无人能破。"妙莲咽了咽口水说。

加加面，是藏族的一种名小吃，一小口藏面一碗，3 块钱，一小碗一小碗地加。妙莲经常吃，他特别喜欢那个汤的香，不时汤里漂着一小片滑嫩的牛骨髓，喝下去滑滑的，爽呆。

"这样啊。"肖丽明显地有些失望，昨晚上一晚没睡，在猜，猜是女儿找了同伴，又落空了。

但证明了小慧是往林芝来的方向，而且遵守着与妙莲的约定，只是走走停停，缓慢得像蜗牛。

妙莲的日子也就这么缓慢地过，如变幻的云。妙莲个人唐卡艺术展也在林芝"三馆"（图书馆、博物馆、展览馆的合称）里平平淡淡展着，展出的藏品主要是唐卡。大厅的玻璃门上挂着一块小木牌，上面是妙莲用毛笔写的歪歪扭扭两行字："免费观展　请勿捐款"。这是他毕生的梦想，不想与金钱有关。

唐卡是藏文化的百科全书，但毕竟属于小众的收藏，除 2014 年香港佳士得秋拍

"永乐御制红阎摩敌刺绣唐卡"卖了个天价，轰动了一阵子外，平时真心喜欢来参观的人并不多。但只要有人走到展厅的玻璃门口，妙莲立即从沙发上弹起来，把人拖进大厅，口若悬河地介绍，讲他一生的收藏经历，中间不带逗号句号。

这是他最得意、最幸福的高光时刻。

妙莲之所以心心念念此生要办次个人唐卡艺术展，最主要的缘起是挂在他书桌之上的那幅《二十一度母》唐卡，这是三十多年来唯一挂在家里墙上的唐卡。

艺术品的寿命绝对比人长，每个人都只是拥有它一小段时间。而这幅唐卡，妙莲一再给儿子儿媳交代，他要把它留给他们，要妥善保管。

因为这个故事——

那是初春，光秃秃的柳树枝在寒风中摇曳。

希望是满满的，但现在挺难熬。这是拉萨天气最差的季节，林芝人一般此时尽量不去拉萨，偏偏妙莲去了。干燥、缺氧，整得一宿翻来覆去，迷迷糊糊，一直在做一个奇怪的梦。梦里是一个穿着宝蓝色藏装的小女孩心无旁骛地坐在开裂的墙角画唐卡，画的是二十一度母。

第二天，妙莲嘴唇肿肿地开着裂，没精打采地办完公事，准备回酒店补个回笼觉。路过拉萨百货大楼下的猫屎咖啡店时，坐在露天卡座的一位戴礼帽的男人站起来挥手喊："妙莲，忙啥？"

妙莲停下脚步一看，是在《西藏旅游》杂志当摄影记者的一位朋友，一起喝过几次酒，但妙莲始终想不起他的名字。西藏人重名太多，不叫达瓦就叫扎西，容易晕，不好记。

"先喝杯咖啡吧！事情永远干不完。"那人说。坐一起的另外两个人也朝妙莲点点头。

妙莲坐下来，仰着头瘫坐在椅子上。冬日的阳光洒在身上，暖洋洋，超舒服。

"喝完咖啡我们去采访唐卡大师旺堆，属于勉萨画派的代表人物，为写一篇关于唐卡的系列报道做准备。你喜欢唐卡收藏，一起去看看吧？"那人继续说。

妙莲当然有兴趣。

他想问那人的名字，但实在说不出口，别人一口一个"妙莲"地叫着，而且对他的兴趣爱好也了如指掌。不过，记忆不好的人，经常会遇到这样的尴尬，妙莲也习惯了，知道如何应付，一律称兄弟。

大师旺堆住在八角街一座古老的石头砌成的藏式房子里，穿过大昭寺广场拐弯就到。他们用藏语聊天，妙莲一句不懂，只能端着酥油茶茶杯，慢慢欣赏画室墙上挂着的唐卡。

"这些都是我和我学生画的精品，才放到家里。你可以买一幅，价格优惠。"大师旺堆笑着对妙莲说。

妙莲笑笑，不置可否。确实幅幅精美，富丽堂皇，但也透着一股商业味儿。妙莲买唐卡有自己独特的两条选择标准：

一是不看画技是否高超，而看画师是否虔诚。

二是不看开脸是否漂亮，而看目光是否慈悲。

当然，这些只是妙莲个人喜好，一家之见而已。

那天，大师旺堆兴趣盎然，众人聊得很快活。中午到了饭点，大师旺堆意犹未尽，提议去玛吉阿米藏餐馆边吃边聊。

众人都说好主意。

玛吉阿米这个名字出自仓央嘉措的情诗，相传是仓央嘉措情人的名字，而且那个土黄色的小楼就是两人幽会的地方。当然，这只是商业宣传而已，当真就傻喽。

太阳依旧温暖灿烂，不愧是日光城。

几人有说有笑走在狭窄的小巷里，微风吹动着黑色窗楣下的白香布猎猎作响。

走到一株巨大的柳树下，大师旺堆停住脚步，说二楼是他的唐卡工作室，现在有二十几名弟子正在画唐卡，上去拍几张照片吧。

这是一栋回字形的古老藏式建筑。众人跟随大师旺堆弯腰走进低矮的大门，沿着陡峭的木梯子爬上二楼。这是西藏的老式建筑的特点：大门低矮是防身形巨大的鬼怪闯进家里，梯子越陡峭说明房子的主人地位越高贵。

大师旺堆的画室是三间单独的房间。走进第一间，有8个十三四岁的小男孩，聚精会神地坐在木框绷着的画布前，身旁小碟子里装着各色颜料。见人进来，他们也只是微笑点点头，又继续聚精会神。

第二间画室情况也一样。

他们说笑着走进第三间画室，妙莲猛然一惊，觉得头皮发麻。因为他看到了昨晚梦中一模一样的情景——一个穿着宝蓝色藏装的小女孩心无旁骛地在开裂的墙角画唐卡。她的眼神干净得像天空，如婴儿。

妙莲拿出手机，拍下了这个瞬间。这是他此后最喜欢向人炫耀的照片。

"格拉（藏语，老师），那小姑娘画的什么？"妙莲不动声色地问。其实他猜到了，而且打定主意，只要没猜错，就不惜一切代价买。

"二十一度母。"大师旺堆说完，整理了一下自己的褐色礼帽，摆出正在画唐卡的样子，让杂志社的朋友拍照。

"我能订这幅唐卡吗？"等拍完照，妙莲才平平淡淡地问。

"这幅唐卡画了两年了，可能还要画几年。你能等吗？"大师旺堆领大家走下楼梯，肚子都在咕咕叫。

"我能等，大概还用多久？"问完妙莲就后悔了，这个问题太幼稚。在西藏，真正画幅唐卡的时间长短，不由画师决定，而是由所画的唐卡来决定，画师慢慢地画就是。

"你还没看那幅唐卡呢，确定要订吗？"大师旺堆觉得好奇，盯着妙莲的眼睛问。

妙莲点点头，握手成交。

这种情况，价格就不再谈了，绝对双方都能接受。而且在西藏买真正的唐卡，只要不是旅游纪念品那种，一般也不还价。你觉得性价比可以就买，不可以转身走人就是。因为你出的是钱，人家出的是命！

在玛吉阿米，妙莲得知小姑娘是个孤儿，老家在昌都。4岁就被送到八角街一座由废弃的尼姑庵改造的孤儿院里，与大师旺堆的画室只隔着三棵柳树。小姑娘长到9岁，很长一段时间的清晨，都会站在低矮的门洞里，门洞墙上左边是"蒙人驭虎"、右边是"财神牵象"的壁画。等大师旺堆走进门洞，然后轻声喊一声："格拉。"声音轻得像蚊子叫。

大师旺堆不理会瘦弱如小猫样的小姑娘，一声不吭径直从她身边走过。画唐卡的师承规矩大，最主要的讲究就是：老师是否有资格教，学生是否有资格学。长相不好、人品不佳的，都是属于没资格学画唐卡的。尤其是女孩子，万万不行，自古如此。

虽然大师旺堆视她如空气，但小姑娘每天准点必来，这样持续了小半年。直到一个大雪纷飞的清晨，积雪没膝，整个拉萨河谷都被厚厚的白雪覆盖。大师旺堆走进门洞，不停地跺着脚，想跺掉脚上粘着的雪。奇怪的是，今天没有听到习以为常叫"格拉"的声音。大师旺堆好奇地扭头一看，小姑娘蜷缩在厚厚的木门后的黑暗中，浑身颤抖，额头滚烫。

大师旺堆忙让老婆把小姑娘扶到床上，亲自倒上一杯香喷喷的酥油茶，问："普姆（藏语，姑娘），为啥一定要学画唐卡？这不是女孩子能学的，不要再来了。"

小姑娘喝了一口茶，就开始不停地咳，脸咳得通红，之后才说出缘由：她住的孤儿院收养了20多个小孩，但只有她一个女孩子，所以她一个人住在一间漆黑狭小的房子里，烟熏火燎的墙面上，满是尼姑庵建造时画的久远的壁画，全都是坐在莲花之上的度母，手持莲花，身色各异。刚开始，她对满墙隐隐约约的度母画像非常害怕。但后来，越看越美，越看越亲。每个孤独的夜晚，月光之下，都是这些亲如母亲的度母陪她入眠。所以，她只想用处女之身，画一幅干干净净的度母唐卡。

"普姆，你知道吗？女孩子画的唐卡是没人要的，你今后怎么生活？"大师旺堆有点儿感动。

"等画完度母唐卡，我想去甜茶馆当服务员。"小姑娘的目光虔诚且坚毅。或许，在幸福的家庭中，9岁时只负责无忧无虑，但一个孤儿，此时她必须规划好自己的人生。

大师旺堆听后转身，拿起一只碳笔和一张白纸，递给小姑娘说："画一条线给老师看看。"

小姑娘双手接过纸笔，随手一画，宛若游丝。果然是难得一见的画唐卡奇才。唐卡是线条的艺术，只要线条能画好，再加上足够的耐心与虔诚，就一定能画出精品唐卡。

小姑娘三者全具备。

于是，大师旺堆破例让小姑娘给自己磕了三个响头后，就在那有裂缝的墙角卡垫上，小姑娘开始她的唐卡人生。

一晃五个春秋，小姑娘14岁。那是一个寒冬料峭的清晨，大师旺堆让小姑娘穿上新买的宝蓝色藏装，两人默默地转了一圈"林廓"，那是绕大昭寺、药王山、布达拉宫、小昭寺一圈的一条古老的转经路。中午才回到画室，大师旺堆对小姑娘说："普姆，准备画布吧，去完成你虔诚的梦想。"

"已经两年了，也不知还要多久。但这幅唐卡，肯定能代表当代西藏唐卡艺术的最高水平。"大师旺堆对妙莲说。

"以前我每天早上半斤手抓羊肉，一碗拉面。看来今后只能吃碗拉面了，要存钱。"妙莲笑道。

"咦，妙莲。你又没看那幅唐卡，而且你选唐卡这么挑剔的。怎么会对这幅唐卡兴趣这么大？"大师旺堆突然感觉不对劲。

因为梦。妙莲故作神秘地回答。

众人一头雾水。

玛吉阿米人声鼎沸，生意超级火爆。妙莲他们等了好长时间，才上来一盆咖喱牛肉土豆，众人三下五除二吃得精光，汤都喝掉了，实在是饿。

在等菜的工夫，大师旺堆解释说，按惯例，弟子的第一幅出师作是不卖的。但小姑娘画的唐卡，西藏人肯定不会买，只有像妙莲这样不信佛只喜欢唐卡艺术的人才可能买。他想卖唐卡的钱，将来留给小姑娘当嫁妆。

听完，大家充满期待。妙莲期待唐卡，其他人期待上菜。

此后的两年，妙莲每次去拉萨看唐卡进展都要让蚊子陪着，当翻译。顺便让他请客，按藏族的俚语：到了我的林子，总得让我放放枪。

蚊子大名叫贡嘎，是妙莲在拉萨上初中时的同班同学，在大昭寺广场边上的藏医院做主治医师，医术高明，小有名气。妙莲顺道喊他时，他一准在窗户上挥手，让妙莲等会儿。他要换皮尔·卡丹的淡蓝色风衣，把原本卷曲的头发弄得油光发亮，说这是对那幅尚未完成的唐卡的尊重。

蚊子也喜欢收藏唐卡，但和妙莲志趣不一样，他只收藏一类叫"曼唐"的唐卡。"曼"就是医药的意思，是根据宇妥·云丹贡布编写的《四部医典》文字叙述的内容，描绘出来图文并茂的，阐述了藏医药学理论的彩色挂图，是我国民族医药学的一朵奇葩，更是世界古代医学体系中的稀世珍宝。

蚊子说，据他的研究，原本古代曼唐总共是118幅，现在流传下来公认的只有80幅了，其他的38幅，都在漫长的岁月中像风一样消失了，没留痕迹。

大师旺堆不认可他的观点，两人时常为此争执得脸红脖子粗的。这种情况，妙莲一般不参与，盘坐在卡垫上喝酥油茶，静等天黑，好请小姑娘去吃点东西，反正蚊子买单。

其实，请小姑娘吃饭花不了几个钱，她只吃蔬菜沙拉和面包。从准备这幅神圣的唐卡画布开始，小姑娘就一直在吃素。而且每天凌晨，小姑娘就会起床轻声念诵《二十一度母礼赞》，念诵一遍20分钟，念九遍天也就亮了，心也彻底静了。才起身去喝一杯清茶，吃一小碗糌粑，然后坐在那有裂缝的墙角，开始那虔诚的梦想。

如果出现身体不舒服或来例假的情况，唐卡自然不能画了。她就坐在窗台上的阳光下，抱着《新华字典》，一字一字地学习汉语。她说她最大的梦想，就是在天安门前的国旗下，坐上整整一天，从日出到日落。

按照西藏计算画唐卡时间的方法，每过一个春秋，算是听过一次布谷鸟的叫声。妙莲把这幅《二十一度母》挂到书桌之上时，这幅唐卡已经听过四次布谷鸟的叫声。

站在书桌前，妙莲时常被这幅唐卡的精细之美震撼，笔笔都透着虔诚和对幸福的渴望。

从此，妙莲逢人就嘚瑟，不时掏出手机里的照片显摆，口沫四溅。有人自恃膀大腰圆，财力雄厚，总喜欢拍拍妙莲的肩膀说："转让不？出个价就行。保证不还价。"

妙莲笑笑，总是那句话："你可能买不起！"

那年春天，在一棵三抱粗的桃树下，桃花盛开，花瓣片片飘落。妙莲一边吃肉一边喝酒，一边神侃这幅唐卡。酒足饭饱之后，大家意犹未尽，乘兴去妙莲家中欣赏。

站在这幅精美绝伦的唐卡前，一起来的一位藏族美女对妙莲说："要不，我们合作把这个故事写出来吧？"于是，妙莲和羽芊合作创作了《藏地罗生门》。

新书出版不久，已经19岁的小姑娘第一次给妙莲打电话："叔叔，谢谢您！"

"为啥？"妙莲问。

"我现在站在天安门前，由于叔叔和羽芊阿姨的宣传，一位好心的阿姨资助我来北京的大学学绘画。我想用唐卡的技法来画美好的人生。"小姑娘的声音里满是兴奋与激动。

"哦，不用谢叔叔的。是你自己的努力与真诚感动了上苍。"妙莲惭愧地扣掉了电话。他以前一直想帮小姑娘，但有心无力。随即，他发了一条朋友圈：从此以后，我愿为促进西藏文化发展跑龙套，为振兴藏文化产业鼓与呼。

那天，妙莲就有了离开西藏之前，办一次个人唐卡艺术展的念头，向世人展示精美绝伦的藏文化艺术。

但毕竟属于个人行为，没有做像样的宣传，也没有跟导游联系，来参观的内地游客自然极少。主要还是周末来林芝吃墨脱石锅鸡的拉萨、山南人。大家剔着牙齿、打着鸡屎饱嗝，有说有笑来看妙莲唐卡展消磨时间，打酱油。

这些炖鸡的石锅都是用像肥皂一样绵软的皂石，纯手工雕出来的。以前青藏高原铁都是天上掉下来的陨石，藏语叫"托甲"，也就是"天铁"的意思，极其稀少和珍贵，都被用来当作神圣的法器或家族的族徽。所以勤劳智慧的藏族先民从石器时代开始，就用石头做锅，可以耐300摄氏度以上的高温，而且炖的汤超级鲜美。

旧时，衡量你是否是贵族，就看你家经堂中是否悬挂着高等级的唐卡；客厅正中的柱子上是否悬挂着百邪不侵的易贡百羊刀；火塘上的石锅是否足够大，锅里是否永远炖着香喷喷的肉。

说起石锅，妙莲还做过一件深对不起墨脱制石锅人的事。那时，妙莲还在五工区挂职，当时想开发墨脱的石锅资源，便掰了两块石锅上的石头寄到北京去化验，寄回来的化验报告吓他一跳：镉超标几百倍，铅超标一百多倍，汞超标几十倍。总之重金属严重超标，根本不适合做餐具。于是，妙莲逢人便讲，砸墨脱石锅的招牌。

有位门巴族的墨脱当地人不服气，质问妙莲："按你的胡说八道，我们西藏自古都是用的有毒的锅，喝的有毒的汤喽？"

妙莲微笑不语，从口袋中拿出化验报告的复印件。事实胜于雄辩，一切都用数据说话，一招就把来人怼得哑口无言。

直到有一天，妙莲在中央二台看到一个节目，说紫砂壶的重金属也是严重超标，有专家出来辟谣说："那些人净说傻话、外行话，那些重金属都不处于离子状态，绝不可能煮到汤里。检测炊具是否达标要用3‰的草酸水煮48小时，再化验那汤里的成分。"

妙莲看完脸通红。第二天赶紧买了两个石锅寄往深圳的一家化验中心，检测出来各项指标完全达标，而且富含各种有益身体健康的成分。

此后的好些年，妙莲把后一份化验报告复印了放在公文包里，逢人就送，见人就吹，算是赎罪吧。

展厅的藏式茶几上，妙莲也特地摆了一个烧了几百年、黑漆漆的石锅，古朴且厚重。锅里放着一大叠化验报告，任人自取，免费宣传。

　　说起这个石锅，还有一个温暖的故事——

　　妙莲的好兄弟旦真在墨脱工作了12年。调回市里工作出发的头一天，他把所有的家当都送了人，因为那时墨脱是全国唯一不通公路的县，买个水瓶都要县长批条子。脚力好，天气给力，回八一镇也要走四天，不但要翻过白雪皑皑的多雄拉山，而且要闯万分凶险的老虎嘴——多雄拉山上一处不时会"吃"人的悬崖峭壁。

　　然后旦真甩着空空的两手，哼着小调去了他最要好的门巴族头人家，准备喝他在墨脱的最后一场酒。

　　那天，唯一的下酒菜就是把嫩嫩的苞谷埋在火塘滚烫的灰里，烧熟了，用嘴巴吹着吃。但是高亢的歌管够，鸡爪谷酿的美酒也管够！

　　天亮要出发时，众人都醉醺醺的。旦真指着火塘上吊着的石锅说："把这石锅送我？"

　　"我爷爷的爷爷刚出生时，这个石锅就吊在这个火塘上，二百多年没挪过地方。"门巴头人有点不舍。

　　"我太喜欢了。回八一镇晚上我会做梦，想你这只锅的。"旦真眼睛直勾勾地看着石锅，趁着酒劲说。

　　"妈哟，没看上我的女儿，偏看上了我的锅。"门巴头人有三个漂亮的女儿，一直让旦真任选一个。旦真哪怕是喝得烂醉都摇头不干，因为他知道，只要他娶了当地姑娘，也就意味着永远留在这无边无际的丛林之中。

　　那时的墨脱太苦，黄连一般的苦。

　　门巴头人无奈，只得把石锅从火塘上取下来，用自己盖的被子仔细把锅包好，打成背包，亲手背在旦真的背上，一再交代说："这锅你可千万别送人，要当作传家宝啊！金贵着呢。"确实，石锅是越用越值钱，几百年烟火的加持，值老鼻子钱了。

　　谁知，旦真一进八一镇，直接来到妙莲家，进门直嚷嚷："妙莲，我馋死了，快快。去搞点肉来吃。"他头发披肩，满脚是血疱，浑身是蚂蟥叮的血窟窿，肩膀被那绑石锅的绳子勒得血淋淋的，样貌如恒河边上的苦行僧一般。

　　妙莲也不含糊，直奔菜市场买了一个大肥猪头。猪头的肉凉拌了尖尖的一脸盆，骨头就炖了一高压锅萝卜。

　　朋友来了一群，怀里都揣着白酒。唱歌喝酒闹到半夜，旦真让大家站起来，抱在一起，摇晃着齐声合唱了一首周华健的《朋友》。

唱毕，旦真指着放在书架上的血迹斑斑的背包，摇摇晃晃地说："除了这条命，我就这个锅。今天，我把这个锅送给我的好兄弟妙莲！不收下，就是看不起我这个墨脱的兄弟。"

众人干杯。妙莲从此拥有了这个几百年烟火加持的石锅。

有不少人瞧上了这个石锅的古朴敦厚，问妙莲转让不转让。

妙莲笑笑，还是那句话："你可能买不起！"

但嘚瑟归嘚瑟。整个唐卡展没有半毛钱收入，当然就不敢有大支出。妙莲只花钱做了几十个画框，别的没敢花钱请人，前来帮忙的都是他多年的朋友和同事。但最热心的肯定是黄师，时常与妙莲一起守夜。

别看黄师个子瘦小，他可是河北邢台人，和那大宋年间著名的卖炊饼的矮子是一条街的乡亲。也和武松一样，他自幼习武。夏练三伏，冬练三九，练就了一手八卦掌。

知识青年上山下乡那会儿，他一身军装得意非凡，和十三条汉子一起，站在东风大卡车的货箱里来到鲁朗来当知青，分配的工作又是他梦寐以求的养马。终日骑马在高山草甸的花海里驰骋，快活逍遥，让他晚上睡觉都笑不醒。

他还有一绝活：单手按在马屁股上从后面飞身蹿上马。这种妖艳的上马姿势，让扎西岗村的村长儿子扎西次珠羡慕不已，扎西次珠自己牵着马去山坡上试，屡屡呼的一声，啃一嘴花，引得围观的小屁孩倒在花丛中哈哈大笑，鼻涕泡都笑出来了。

"黄师，你个仙人铲铲，为什么你按马的屁股它乖乖地不跑，我按上它玩命样跑，摔死老子了。"头戴红色英雄结的扎西次珠操一口四川腔，找黄师问道。鲁朗扎西岗村隔座小木桥就是东久林场，工人多来自四川，所以村里的年轻人全都吃四川菜、操四川普通话。

黄师不语，行云流水般地打了一套八卦掌，走时撂了一句话："祖传的，我祖上是替皇上养马的。"

他英气逼人，扎西次珠呆呆地站在草地上，半晌缓不过神来。

自古美女爱英雄。扎西岗村的小丫头们对黄师更是爱慕不已，特别是扎西次珠的妹妹卓卓央，梳着满头彩色小辫子，唱着古老的情歌，骑着一匹小黄马驱赶着自己的羊群，去撵黄师的马群。雪山下，花丛中，成了一道风景。

一天傍晚，夕阳似血。卓卓央穿着粉色的藏装，提着一竹篮煮好的鸡蛋，脚步轻盈地走过五根圆木拼成的木桥，来到知青宿舍区。她娇娇地喊了声："黄哥，我哥来让我借书。"敲开了黄师的门。

众知青围过来，投来羡慕嫉妒恨的眼光。鲁朗的知青全是男的，像草原上十三匹孤独的狼。

黄师脸如夕阳，抠着自己的后脑勺说："我只有一本《钢铁是怎样炼成的》，借给林场场长了，没还我。"

"知道！"卓卓央侧身从黄师身边挤进他家。这些，卓卓央当然是知道的，当时小说可是稀罕物，谁都知道整个鲁朗只有七本小说，大家相互借阅，暂时在谁家都门清。特别是黄师这本苏联的经典，时常当作扎西岗村民"脱盲"夜校的课本，里面的好词好句大家都会背。

"生活的主要悲剧，就是停止斗争。"卓卓央背诵着书中的句子，一屁股坐在黄师铺得平展展的床上。黄师看着她，坐牢前，他一直有个怪癖，特忌讳别人坐他的床。要是换别的知青，他准一把把他揪起。但此时，他没吱声，而是关上了房门。

"黄哥，你最喜欢书中的哪一句？"卓卓央剥好一个鸡蛋递给他。

"'任何一个傻瓜在任何时候都能结束自己，这是最脆弱也是最容易的出路！'我喜欢奥斯特洛夫斯基的这句。"黄师随口而出，确实是他最喜欢的句子。

"'人最宝贵的是生命，生命属于人只有一次。'我喜欢这一句。"说完，卓卓央把一枚鸡蛋塞到自己小嘴里。在西藏，当地土鸡晚上是在院子的树上过夜的，翅膀长，个子小，比鸽子大不了多少，生的蛋也像鸽子蛋一样，一口一枚正好。

月光，从木板缝里钻进来，房子周边不时有骚动的脚步声。两人就着蛋你问一句，我答一句，讨论着奥斯特洛夫斯基这部伟大的著作，蛋吃完了依旧意犹未尽。

没表，也没有时间。

当黄师牵着卓卓央的手走过五根圆木拼成的小桥送她回村时，皎洁的月光照在雪山上，照在溪水里，也照在他俩身上。

突然，一只肥硕的藏獒从暗处朝他们冲过来，低声咆哮着从小桥跑过，吓得卓卓央娇声叫着扑进黄师的怀里，黄师也紧紧地抱着她柔软的身体。皎洁的月光照在雪山上，照在溪水里，也照在他俩身上。

没表，也没有时间。

猛地，黄师打了个激灵，推开正在喃喃自语的卓卓央，疯了似的跑回了宿舍，进门灌了一口冷水，坐下来拿起笔给仍在邢台的潘银莲写信，写了足足28页。他如实交代了今晚的情形，自己的思想斗争，以及差丁点儿就犯下的错误。

立冬那天，鲁朗下了场纷纷扬扬的大雪，雪停后，三道彩虹排在天空，地上变成纯净的白。色季拉山上的大小阴坡开始结冰，要来年清明过后才化。

一辆东风大卡车停到知青宿舍前。"黄师，黄师，黄师。呜呜——我不能动啦！"一个女人在车厢里哭。

在火炉子边复习《钢铁是怎样炼成的》的黄师听到喊声，冲出房门，爬上车厢。车厢里堆满雪，潘银莲蜷缩在一群昌都牧民中间，坐在冬宰了准备去拉萨卖的牛肉上面，只有小脑袋露在白雪之外，如冰雕一般，头发结着白晶晶的冰块，泪流两行。"黄师，我要死啦。手指都动不了了。"潘银莲哭着说。

黄师拨开众人，把潘银莲从雪里刨出来，背回自己的宿舍。

"先去拿我的包，给你带了你最喜欢吃的枣子和芝麻。"潘银莲坐在炉子边全身颤抖不已，抖得长条凳子下全是冰和雪，但依旧惦记着她给心上人带的礼物。

"不是让你过完春节暖和点再来吗？真会冻死人的。"黄师责怪道。

"我再不来守着你，你就犯错误了，对得起家里的老人吗？"潘银莲也不示弱。他俩不但同年同月同日生，是"三同"姻缘，只是潘银莲早出生几小时。两家不但是邻居，而且女主人又特别谈得来，所以一合计就给他俩定了娃娃亲。

黄师把火烧得旺旺的，铁皮炉子都烧得通红。然后用练八卦掌的手快速地帮潘银莲捶脚捶膝盖，帮她运气打直腿。一直喝了八碗热开水，潘银莲才渐渐地缓过命来，低声说："厕所在哪儿？快尿到裤裆里了。"

"没有女厕所，这的知青都是男的。"黄师为难了。

"拿盆子来。快点，你出去。"潘银莲催促道。

"我只有一个盆子，经常要用来洗脸和吃面的。"黄师心有不甘地说。

"快拿来，你出去！"潘银莲扶着墙想站起来，才发现她的脚根本直不了，咬着牙也站不起来，只得低声说，"别走，扶着我。"

就这样，黄师搀扶着潘银莲尿了泡尿，算是完成了这世间最特殊的结婚仪式。

鲁朗的冬天真的很美，雨后和雪后准有彩虹，只是怕吃苦的游客很难欣赏到。

黄师和潘银莲的小日子也过得很美，他们苦也甜。每天清晨，黄师嘴中都含着一颗红枣，甜滋滋地走到马厩边，把弯曲的食指塞入嘴中"咻咻"打着口哨。他养的马准会从四周的雪地里跑回来，吃他洒在地上的干草。

"怎么冬天夜里也不把马关到马厩里？"扎西岗村的村民想不通，问。

"把马养肥喽，马就不怕冷了，冻一冻开春膘情好。"黄师笑笑回答。就凭他妖艳的上马姿势，和祖上就给皇上养马的传奇，村民信了。

幸福的日子就这样幸福地过，直到有一天，因为一匹马。

那天是初夏，大雨滂沱，电闪雷鸣。黑龙潭突然传来马的哀鸣声，是卓卓央平日里骑的黄色小母马深陷在沼泽里，水淹过马背。从那个小桥的月夜后，卓卓央就去了林芝县供销社工作，虽然只相隔开满杜鹃花的色季拉山，但她依旧很少回来，她的马也很少套上马鞍，小母马胆子又小，被闪电惊雷吓得误入了沼泽地。

"鲁朗"藏语的意思就是龙王之谷，当地藏民深信黑龙潭就是龙王的嘴巴，时常要吃活物充饥的，所以没人去救。其实更是不敢，因为晴天里谁也不敢靠近冒着黑泡泡的泥潭，怕陷进去，更何况现在雷雨交加，乌云仿佛贴在碎碎的黄花之上。

只见，黄师拿起墙上挂着的一卷乌黑的牦牛绳，把食指弯曲塞到嘴里"咻咻"召唤，一匹白马嗒嗒应声而来。接着卸下自家的门板背在背上，脚踩马蹬，飞身上马，钻进闪电和乌云里。闪电把乌云扯成仙界的花。

来到黑龙潭，他把手中的绳子绑在马鞍上，然后趴在门板上划到母马前，把绳子的另一头和母马的缰绳系紧。在母马的屁股后，站在门板上一手拎住马尾巴，另一只手去抠马的屁眼。也不知什么神操作或是什么皇家养马秘籍，他居然顺利地把小母马从龙王的嘴中救了出来。整个壮举，让口中喃喃念着六字真言的村民看在眼里，也让工棚中喝酒的建筑五工区区长蔡布生看在眼里。

傍晚，雨停了，晚霞和彩虹把天空装扮得精彩纷呈。满脸通红的蔡布生在马车班班长中洛桑的陪伴下找到黄师家。潘银莲正在柴火炉子上煮她早晨才从草原上采来的草蘑菇。当地村民认为这种白色的草蘑菇像牛粪一样，一大堆一大堆地长在草地上，所以叫牛粪蘑菇，不吃的。其实是一种超级鲜的美味，只用放点盐放几片姜煮一下，清香无比。

见到这个金鱼眼、秃顶、暴牙的猥琐男进自家门，潘银莲"喀"了一声，捂着嘴巴蹲在门口翻江倒海地呕吐。

"见我就恶心成这样，遇到我大哥怎么办？"蔡布生笑道。自嘲，是丑人的遮丑布。

"与您无关，她怀孕了，见谁都吐，见到一条狗都想吐。"黄师边解释边给老婆倒杯温水。

"你们是哪里人啊？"蔡布生没话找话，问。

"邢台。"黄师回答，头也没回。

"哦，我们是半个老乡。我老婆也是河北邢台的。"蔡布生套着近乎。

潘银莲停下了呕吐，回头看他。

"我姓蔡，八一镇建筑五工区在招工，有兴趣吗？"蔡布生看着桌上的醋熘土豆丝，自信满满地说。

"这是我们蔡工区长，来工地检查工作的。"中洛桑赶紧说明道。他在工地上主要负责用马车拉沙子，他的马经常让黄师帮忙照料，自己则盘坐在草地上吃肉喝酒，所以与黄师熟。

"在这儿养马挺好。"黄师确实喜欢马，打骨子里喜欢，遗传的。

"可以解决城镇户口。"蔡布生祭出大杀器。在当时，没有人能抵挡这个诱惑。

黄师与潘银莲互看了一眼，天上居然真掉馅饼？

"我老婆呢？"黄师问。

"一起解决吧。"蔡布生说完就后悔了。一直到被五花大绑押赴刑场，他仍在后悔此事。

八一镇是座建在河滩上的新城，没有原住居民。远看是一排排整齐的铁皮的屋顶，阳光下明晃晃得耀眼。城里的三条街道都是鹅卵石的路，晴天一身灰，雨天一脚泥，但对养马的黄师小两口来说，这里充满着希望。

"乔，去拿两张表来。"自蔡布生在人事科长乔多吉送来的录用表上签上他名字的那一刻，黄师和潘银莲就正式成为工人阶级的一员。

"放在哪里？"一头卷发的乔多吉问。

"财务室。"蔡布生说。在五工区，他说的话就是红头文件。

财务室里有主会计、材料会计，还有一名出纳，黄师是财务室里说一不二的主会计。这原本就是蔡布生的如意算盘，找一个忠心耿耿的自己人接替即将退休的付会计，好接着处理账目。

潘银莲是爆炸品仓库的管理员，这是个轻松活儿，事不多，正好做饭带娃。

蔡布生依旧好酒好色，狗改不了吃屎！每晚都在张氏烧腊店切盘卤菜，喝上三两酒，然后哼着小调在镜子前把头发梳梳，尽可能地把秃顶遮住。对半躺床上看《红楼梦》的罗秋楠说一声："我出去转转。"翘着屁股走出家门。

头上卷满了塑料发卷的罗秋楠懒得吭气，甚至懒得转头看一眼，她知道蔡布生的尿性。刚结婚那会儿，他们还在拉萨工作，蔡布生去成都出差就染回了梅毒，传染给了她。病是治好了，但落下了不孕的病根。她也就懒得离婚，更懒得管他。蔡布生通宵不回，她就通宵看这本繁体字的《红楼梦》，看了快一百遍了吧。

她觉是自己像极了秦可卿。

蔡布生叼着烟，迈着八字步走在鹅卵石坑坑洼洼的路上。是他的地盘，他当然有资格像螃蟹样横着走。这路两边的六十多个两层楼的商铺，是他喝酒喝吐了血才筹到钱修的，现在是单位最主要的收入来源。大家发工资主要靠它了，也是这个边陲小镇最繁华的地段。

每走几步，蔡布生都会停一会儿，站在路上与老板们打招呼，一本正经地问问生意情况，讲讲近期发生的国内国际新闻。如果只有老板娘，他就会走进店里坐坐，聊些黄色笑话，聊对眼了就不走了。清晨用牙签剔着龅牙走出商铺前，他都会很义气地写一张条子："此月房租已收，蔡布生。"

黄师就以此条子为凭，免掉该商铺的当月房租。每月都有十来张，他觉得很稀松平常，毕竟与自己无关。

直到那年中秋，他从樟木镇收账赶回来。十多年前的烂账，被他又是耍赖又是装傻，硬是全额收回来了，正有些得意。

潘银莲见他进门，面无表情，一言不发，去自家的鸡圈里捉了一只大公鸡，杀了，做了一桌子菜，还把埋在地里的五粮液挖出来，两人你一杯我一杯，月亮还没出来就喝完了。

两人面如桃红，两岁的黄天孝在睡梦中甜甜地笑。

这浪漫劲儿，黄师原以为潘银莲是想今晚上干那事，为天孝添个弟弟或者妹妹。没想到潘银莲冒了一句："你是不是男人？"

"咋？"黄师觉得莫名其妙。

"我被那姓蔡的弄啦。"潘银花咬牙切齿地说完，转身拿起书桌上的一包东西。

黄师瞪大双眼。他不明白，蔡布生以前干这类事都是你情我愿，从来没见他强来过谁。

"你要是男人，你就去和那姓蔡的同归于尽！"潘银花打开手中的包裹，是一包炸药。

黄师脑袋一片空白。

"你不去？我去！"潘银花失望地看着自己的男人说。

黄师接过她手中的炸药，无语！一切来得太突然。

潘银花给他嘴中喂了颗红枣说："放心去吧，我不会改嫁的。我会回邢台把天孝带大。"

黄师嚼了嚼嘴中的红枣，毫无滋味。

室外，无月的中秋，漆黑一团。

砰砰砰，黄师猛敲蔡布生的家门。

"谁呀？"躺在床上看《红楼梦》的罗秋楠轻声问。

黄师不吭气，依旧猛敲，震得铁皮屋顶上的灰直往下掉。

罗秋楠打开房门，一见是黄师这鬼样子，直接笑了，说："我以为是谁呢？原来是小黄老乡啊。"

黄师抱着炸药，满头是汗，定在那儿，不知如何是好。

眼前这位高个子，肤色白皙，戴着金丝眼镜，穿着睡袍的女人一直是黄师最崇拜的人——因为她画的每一张图纸都像艺术品，因为她举手投足中透着从容不迫和书香。

"老蔡不在，有急事吗？看你满头大汗，会感冒的。快进屋来吧。"罗秋楠把黄师拉进屋，关切地问这个小老乡。整个五工区只有他们三个是河北邢台的。

"蔡布生弄了我老婆，我要和他同归于尽。"黄师说这句话的时候，挺萌。至少，当时罗秋楠是这个感觉。

"蔡布生弄了你老婆，你也可以弄他老婆呀，何必想不开呢？"罗秋楠像在开玩笑，又不像。

黄师此时有点晕，眼睛一直盯着床上那本《红楼梦》。这夜之后，那女人身上淡淡的烟味儿，迷得他一生都没真正清醒过来。

不知谁家的公鸡叫第二遍的时候，噼里啪啦的雨点打在铁皮屋顶，像放鞭炮一样热闹。

黄师说："我真的要走了。"掰开罗秋楠紧抱着他的手，穿好衣服，猫着腰、抱着炸药一路小跑溜回家。

床上，只有天孝一人香甜地睡着，仍在梦中笑。一种不祥的预感涌上来，他急忙跑去隔壁伙房。潘银莲穿着红色的毛衣坐在木板地上看着他，紧闭着嘴巴，满脸是泪："你才回来？我喝了5小时了——"就像那天她满身是雪蹲在东风卡车的车厢上一样。她身旁倒着两瓶打开黑色瓶盖的"敌敌畏"，巨大的骷髅头标签异常刺眼。

黄师傻了，背起潘银莲，头上顶起一块塑料布，一边在鹅卵石的路上深一脚浅一脚地狂奔，一边大喊着："救人啦！快救人啦！"

瞬间，瓢泼大雨把他俩淋得透透的。

刚到八一镇百货公司缝纫组的木板房前，啪，黄师的脚一崴，摔倒在水坑里。黄师忍痛爬起来，抱着潘银莲继续边喊边奔。

天边，露出了鱼肚白。

"怎么会这样？"多布杰医生扒开潘银莲的眼睑说，"这么久才送过来，可能来不及了，快催吐。"

"救我啊，我死了，天孝怎么办？"这是浑身湿漉漉的潘银莲说的最后一句话。

当时的八一镇很小，大家都认识，全镇所有的医生都闻讯赶来了，但回天无力。上天给了潘银莲后悔的时间，却没给她后悔的机会。

临近中午，潘银莲的瞳孔就散了，那颗只跳动了23年的心脏停止了跳动。躺在太平间污浊的水泥台上，她睁大的眼睛依旧不停地流着后悔的泪，她还是舍不得和她"三同"姻缘的那个男人。

下午，黄师一瘸一拐地冲进工区长办公室，二话不说，颤抖着划着火柴，却怎么都划不着。

"点什么点？你好意思点？你也弄了我老婆，扯平了。"蔡布生皮笑肉不笑地说。他一点都不虚，昨夜，家家都在团圆，他无机可乘，回家门又反锁了，只听到屋里黄师喘着粗气和罗秋楠的浪叫声。这是他们两口子说好的——各玩各的，谁都不打扰谁。

他只得在鹅卵石的路上踱来踱去，整整走了一通宵，把皮鞋的跟都走掉了，现在还脚疼头晕。黎明时下雨了，他可怜兮兮地躲在屋檐下，好些去菜市场的菜贩子都看到了，直笑。

"就是因为我们的错，银莲才死的！我们一起去陪她。"黄师咬牙切齿地说，鼻子流出暗红的血，滴在胸前湿漉漉的衣服上。

"可以呀。我是没所谓，无牵无挂的。但你呢，你家天孝怎么办？"蔡布生边说边扯下一张台历，在上面写了几个字，递给黄师说，"去领 1000 块钱吧，安顿好老婆和小孩。人生苦短，别想太多。"

黄师愣愣地定在房子中间，不接纸条。

"人嘛，不过三万天而已，及时行乐啊。"蔡布生把他手中的火柴取掉，把纸条塞在他手心说，"节哀！你先出去吧。你放心，我会亲自主持银莲同志的追悼会，让她风风光光。"

黄师目光呆滞地走出办公室门。作为主会计，他不看也知道手中的纸条蔡布生写了啥。只是从那以后，蔡布生打白条贪污公款，他也笑嘻嘻地打张白条，让蔡布生签字。蔡布生再去街上睡别人的老婆，他就去睡蔡布生的老婆。哪天如果蔡布生回家早了，发现门还是反锁的，就会笑一笑，继续上街寻他的艳遇。

一直到八年后案发。

"政府，我该死，我要交代。"黄师一见到来抓他的检察院的同志仿佛如释重负，面带笑容领着办案人员回自己家，从潘银莲曾坐的那块木地板下取出两个塑料壳本子。绿色本子记自己贪污公款的账目，红色本子记蔡布生的，上面还有蔡布生贪污、受贿、搞女人的记录。事件、时间、人物、地点都有，铁证如山。

起先，蔡布生在审讯室里理直气壮地狡辩："工区的钱，都是我蔡布生挣的，我只是多花了一点而已。女人也都是自愿投怀送抱的，从没强迫。"当办案人员把红色本子递给他，他越看越出汗，光秃秃的头顶上，豆大的汗珠不停地往下淌。他小心翼翼地问："我会被判死刑吗？"

"死有余辜！"坐在中间戴着大盖帽的办案人员答。

"做人呀，莫为恶！一旦累加起来算总账时，才晓得自己罪孽深重。"蔡布生叹道。

蔡布生的断头饭是罗秋楠陪着吃的，隔着长长的桌子面对面坐。一碗米饭，一碗梅菜扣肉，还有一碗切成大块的生猪肉。

"猪肉有七大块，路上遇到地狱的狗啊，你喂它肉，它就不咬你了。别一次喂完，一块一块地喂。黄泉路上啊，狗多！"罗秋楠叼着烟说，以前，她从来不在外人前抽烟。现在办了退休手续，埋了眼前这个冤家，就回内地了，面子啥的都无所谓。

"从上海给你买了双新皮鞋，牛皮的30码，肯定又时尚又合脚。"罗秋楠继续在交代，仿佛她男人只是出差去。

"秋楠，是我害了你一辈子。"戴着沉重的手铐脚镣的蔡布生说，人之将死，其言也善。他们刚参加工作时是同事，罗秋楠外貌漂亮，气质又好，追求者众多，长得像坨狗屎样的蔡布生肯定没啥机会。但他利用一起出差的机会，把罗秋楠灌醉强奸了。在那个年代，贞洁比命重要，罗秋楠只得下嫁给了他。

一朵鲜花插在牛粪上，而且惹了一辈子的牛屎味。

"放心吧，下辈子我准会嫁你。"罗秋楠吐着烟圈说了一句谜一样的话。

"为什么？"蔡布生激动得想站起来，但站不起。他被铁链子绑在椅子上。

"我不嫁给你，再枪毙了谁替你收尸啊？"罗秋楠咬着牙说完，用力掐灭了手中的烟。

"我这一辈子啊，都是吃了鸡儿的亏。"蔡布生叹道，结束了他们夫妻的对话，也结束了他的一生。

蔡布生被装进棺材里的时候，抬尸体的工人发现他只有一只脚穿了鞋，怪可怜的。罗秋楠托人去刑场找了几次，依旧没找到。就像罗秋楠的那句话一样，成了永远的谜。

"我也贪污数额巨大，罪恶累累，求求你们也枪毙我吧！"黄师在法庭上嚷嚷，引得旁听席上笑声一片。

"肃静肃静！"法官急忙维持法庭秩序。最终，因黄师主动交代了自己的罪行，而且还告发了他人的犯罪行为，从轻发落，被判有期徒刑七年，剥夺政治权利三年。

妙莲被黄师这块狗皮膏药黏上是他去五工区挂职的第一年，一个星期六。

妙莲筹钱把蔡布生修的两层铁皮顶的房子拆了，盖成钢筋混凝土的四层楼。一、二层继续出租，三、四层分配给职工做宿舍。

那天，工区的几个人正在商量住房分配方案，脸上瘦得只剩一层皮子，身如骷髅的黄师闯进来，比画着大拇指说："求求工区领导们，给我也分套房。"

"你是退休工人？"妙莲不认识他，便问。

"我以前是主会计。"黄师穿着破了一个大洞的黄胶鞋站在屋子中间，也没穿袜子，一副可怜兮兮相。

妙莲看了看屋里其他人，都不吱声。毕竟是老同事，知根知底，谁也不想惹上他。

这时，妙莲的电话响了，一位领导有急事让他去。"你们如没意见，我也没意见。反正房子够分了。"妙莲边出门边说。

事情就这么定了。

啪！屋子里传来一记响亮的耳光声。

"出什么事了？"妙莲赶紧回身推门进去，一看究竟。

"报告妙总，是我自己打自己，我今天高兴，想提醒自己不是做梦，我是活的。"黄师说，左腮帮子通红。这一巴掌，使的劲真大。

"神经病！"妙莲骂了一句，转身关门走了。

后来妙莲才听说，他确实不正常，从正式走进二监狱服刑开始，一高兴就扇自己耳光。晚上一高兴准梦游，不过不扇自己啦，而是狠狠地扇狱友的耳光，他又是练过掌功的人，这一巴掌下去，好几天脸都是肿肿的。时间久了，只要他半夜一坐起来，同监室的犯人吓得立马弹簧一样坐起，捂住自己的脸。

"你为什么白天扇自己，梦游时就扇别人。"高个子管教不解地问。

"做梦时我又不傻。"黄师理直气壮地回答。

星期一，妙莲刚走进办公室，黄师就跟了进来，嘴里嚷嚷："妙总，妙总，感谢您如大海一样的恩情。"

妙莲盯着他，不语。星期天他把黄师的情况都大致了解了，知道他出狱后原本是回邢台跟他儿子一起住，谁想到他儿媳妇彪悍异常，三天两头用齐眉棍把他打得乱跳。顶嘴，就父子俩一起打。

天孝实在看不下去，先跪在老婆裙下，讨得300块钱。再跪在父亲前，低头喊着："爹，天孝不孝啊！"把这300块钱高高举过头顶，递给黄师。原本只要能跟儿子孙子住在一起，挨打他是不怕，毕竟是练过的，扛得起。但天孝这惊天动地的一跪，让他实在赖不下去啦。

送黄师来到邢台汽车站，天孝把腰间的一个崭新的摩托罗拉BB机取下来，亲手别到父亲的皮带上说："爹，你儿媳妇是刀子嘴豆腐心，过几天说不定就心软了。找机会我把她的工作做通了，就call你回来。"

黄师老泪纵横，不住点头，说不出话来。

天孝还是孝顺的！

从此，黄师全国各地流浪了几年，人间冷暖尝遍，最终还是腆着这副老脸，回到了八一镇，毕竟这里还有些讲情分的熟人。

"似海恩情，无以为报！今后黄师发誓要舍命保护妙总。"黄师一本正经地说。

妙莲忍不住笑了，笑得肚子有点疼。"别逗了，你连儿媳妇都打不过。"

"那泼妇是野路子，不按套路打。我还没摆好招式，她棍子就扫过来。"黄师蹲下马步，摆出仙鹤亮翅的招式说，"我是看在她给我生了个乖孙子的份儿上，我就让她一回。我可是练过30年的八卦掌。"

妙莲摆摆手，他想忍住不笑都好难。

"妙总你不信啊？看好喽！"黄师说完，从口袋里掏出来一块鹅卵石放在地上，一巴掌砸下去，没碎。

再一巴掌砸下去，还是没碎。

又一巴掌砸下去，石头终于裂为两半。

"怎么样？这可是真功夫！"黄师得意了，说完又从屁股后面摸出一把菜刀，架在脖子上，涨红着脸说，"妙总，试试我的气功，你用砖头砸下菜刀，绝对没事。"架式特别像街上卖狗皮膏药的。

妙莲摆摆手，笑着说道："你出去吧，如今太平盛世，我不用人保卫。"

黄师可不管什么太平盛世。从此以后，每天站在妙莲办公室的门口，不管是谁进出，他都警惕地摸摸人家腰后是否像他一样别着菜刀。

妙莲无论走到哪儿，他就把手放在腰后跟到哪儿，赶也赶不走，像一块扯不掉的狗皮膏药，实在奈何他不得。正好八一镇新开了一家人力三轮车行，妙莲帮他交了1000块钱押金，租了一辆三轮车。

从此以后，黄师最开心的事，就是蹬着他心爱的三轮车在八一镇的大街小巷中驰骋，像当年他在鲁朗的花海之中策马奔腾一样。

第 四 章

苦 与 乐
因风起随心动

秋天，晴朗的日子多了起来，或许是天冷的缘故，来林芝的游客却少了起来。

其实那才是林芝最美的季节——七彩斑斓的世界里，唯有心情与白云一起静静地飘。

面对美景，妙莲突然升起了信心，因为他相信：没有什么迷茫与心结，在这纯净的色彩里是不能被治愈与融化的，包括小慧。

自从那天与小慧完成了约定以后，妙莲起床第一件事就是盘坐菊花石前，给小慧发信息，虽然知道她肯定不会回。每晚睡觉前跟肖丽通会儿电话，研究小慧的行踪，这已经成了他这段时间的生活定式。他还做了一个21页的预案，有一百多条与小慧聊天谈心的方案，也曾无数次设想跟小慧见面的场景，那个穿着红裙子乖巧白净的小女孩会变成什么样？

其间他也跟小慧通过一次电话，不过有点戏剧。

那天他突然接到一个电话："我是察隅县边防公安的多托，请问您是妙莲吗？"

妙莲说："就是。"

"我们一起去过古拉乡的。请问你认识云何的文小慧吗？"多托继续问。

"认识认识，认识的。你们是在吉太吗？"虽然妙莲估计小慧就在吉太，但接到电话证实了，还是激动得说话都有点结巴。

"是。前两天吉太村民发现一个内地来的女孩独自往缅甸方向走，神色可疑。这里是边境，边民的觉悟和警惕性都高，于是把她扣住了，并报告了县上。"多托介绍说。

前几天小慧过了察隅县日东村就突然失去了消息，肖丽急疯了，一直哭。她觉得小慧一定遇到了黑熊，成了野兽的食物。但妙莲分析还有另一种可能，更大的可能是小慧迷了路，离开了丙察察线翻过了益秀拉山，误入了吉太。

果然是这样。

"谢谢你们，能让文小慧接电话吗？"妙莲急忙说。

"当然可以的。"多托说。一会儿电话传来了小慧弱弱的声音："对不起，对不起！妙莲叔叔，是我的错，都怪我不好，我又带来麻烦了。对不起叔叔。"

一连串的对不起！

"没事，只要小慧安安全全就好了。我们只是担心小慧，迷路了吗？"妙莲连忙安慰她。

"不是迷路，我只是看到益秀拉山上的雪莲花开了，好美，像仙人家里的菜园子一样美，就爬上山来。站在山顶又看到山脚下的草原开满了五颜六色的花儿，更美。就在草原上住了几天。都是我的错，对不起叔叔。"小慧说着这些美景，似乎人也变得鲜活起来。

"小慧没有错的，别自责，只是要记得和叔叔的约定哟。"妙莲强调说。

"记得的，我会恪守与妙莲的约定。好几次有些乱想，但小慧想，不能说话不算数，就没做傻事。"小慧乖巧地回答，沉默良久，接着说，"叔叔，你能不能跟他们讲一下，我想在吉太的果哈林多住几天。"

"当然可以啊。但叔叔十一月中旬要退休回内地了，小慧在此之前到八一镇，来取爸爸那块菊花石好吗？"妙莲长长地松了一口气说。

"好的，叔叔。"小慧轻声答应，妙莲这几天悬着的心才落地。

"死马当作活马医吧！至少，现在马还活着的。"妙莲心中暗想。小慧的情况肖丽哭着都给妙莲讲了，他真不知道如何面对，都怪那坨超级恶心的耳屎，真是作孽啊——

事情还得从茅室板板跳楼摔得像一摊鼻涕开始，他倒是一了百了解脱了，留下肖丽她们孤儿寡母在世上来承担，成了云何人茶余饭后的谈资倒是小事，那些债主依旧不依不饶地上门讨债，什么恶毒的手段都用了：有穿着鞋子直接跳到她们床上破口乱骂的；有朝她脸上吐口水的；有逼着她们去卖肾的。最过分的是放高利贷的强仔，直接把手摁在肖丽的下身，当着她全家人的面恶狠狠地说："肖丽，你身上这玩意儿不是值钱吗？去卖呀！云香茶楼里那帮兄弟可以帮你去拉皮条。"——人间所有的险恶，在你欠债时都会遇到。

妙莲听到这里，默默无言，感同身受。但当年他和蛆婆也是刚结婚生子，哪有余钱救助她们？

那天，一家人在默默无言地吃中午饭，嫂子突然把碗摔到地上站起来说："天天债主逼债，这是人待的地方吗？又不是我欠的钱，凭什么让我看他们的脸色？肖丽不走，我和宝宝就走。"

嫂子毫无征兆地发作，让肖丽的父母和哥哥措手不及。三人连忙劝道："明秀啊，肖丽是自作孽，连累你受委屈了，你万万走不得。"

三人齐刷刷地瞪着肖丽，不语。

肖丽抱着小慧站起来说："爸、妈、哥，我走。"

三人依旧齐刷刷地瞪着肖丽，依旧不语，但态度非常明确。

肖丽抱着小慧走出家门，马路上，阳光透过浓密的梧桐树叶把整个正街变得七彩斑斓，下班的人们面带微笑、心怀期待匆匆地赶回家。但她们母女没地方可去，真正是身无立锥之地。"妈，我们去哪儿？"穿着洗得发白的红裙子的小慧问。

"我们去天堂，去找爸爸。"肖丽目光呆滞地说。

"天堂里没人逼我们家要钱吗？天堂里我还能穿红裙子吗？"小慧睁着明亮的大眼睛看着妈妈问。

"到天堂里，我们家就有钱啦，可以给小慧买各式各样的红裙子，还能和爸爸一起吃冰激凌。"肖丽说完，朝云何大桥走去。

"万成是否去地狱我不知道，反正他走之后，当时我和小慧肯定是生活在炼狱之中。"肖丽跟妙莲说完这句话，仿佛回到了云何大桥上的那一刻，在电话里号啕大哭。

妙莲拿着手机静静地听着，想象着当时肖丽的处境。那天是小慧从云何出发的第一天，他以为最多一个月后小慧就会到林芝，他得赶紧想办法。但，心病还需心药医！

"小慧，不怕，我们都不怕。"肖丽一边说着，一边抱着小慧走到云何大桥正中。周边人流穿梭，但没有一个人在意她俩如蝼蚁般的生命。

隐隐约约，一只狗在远处呜呜地哭。

云河水清澈见底，一群小鱼自在地游。

一朵乌云遮盖着天上的太阳，无风也无希望。

肖丽搂紧小慧仰望着乌云，她想等太阳从乌云钻出来的瞬间，那道光芒照在她身上的时候，她就跳下去，和小慧一同了结一切。

"肖丽，你待在这儿干吗？"突然，肖丽发现是曾猴子扶着一辆崭新的凤凰牌自行车，站在她身后问。

"我——吹吹风，看看风景。"肖丽迟疑了一会儿，说了一句假话。

"走，我带你们到处转转。"曾猴子穿着黄色的阿迪达斯运动套装，一脸灿烂地笑着说。

"曾伟，你平时不是开的奔驰车吗？"肖丽不解地问。曾猴子平日里仗着有钱，张狂得狠，开着全县唯一的一辆奔驰车，在云何正街上横冲直撞。

"哦，今天我是特意学学骑单车的。现在想练练单车怎么搭人。"曾猴子把脚抬得高高的，动作夸张地跨上车，笑嘻嘻地等着。

事已至此，肖丽只好抱着小慧坐在自行车的后架上，担心地问："这样不行吧？要罚款的。"

"那就交罚款呗。"曾猴子毫不在意地说完，蹬动了自行车，大声放肆地吼着，"穿红裙子的小慧，走吧，我们出发喽！找开心幸福去。"

果然，他早已准备一大沓崭新的5块钱，远远地看到戴红袖章的站在路边，他都要特意骑过去，笑嘻嘻地嘴里嚷嚷："我错了我错了，我改我改。"开收据缴完5元罚款，继续搭着她们母女俩满街跑，仿佛开的是奔驰一样张狂。

"我们是去哪儿？"肖丽不解地问。

"我们上去你就知道了。"曾猴子在云香茶楼底下停下来，把自行车架好，但没锁上，就一手拎着挂在自行车前面的旅行包，一手牵着肖丽说，"走，我们上去吧。"

"这——"肖丽害怕了，这是对她最横的强仔开的茶楼，平时走到周围，人心跳都会加速，而且这实际是一个变相的赌场，来这儿喝茶赌博的都是社会上的混混。

"没事，别怕。有你曾同学呢。"曾猴子边说边拉着肖丽走上四楼，朝吧台的小姑娘喊道，"让强仔出来！"声音超大，语气感觉是来砸场子的。

小姑娘挺漂亮，睁着大大的眼睛看着曾猴子他们三人，迟疑了一会儿，还是转身敲开了那间最吵的包间。

一会儿，身穿黑色短袖，脖子上戴着硕大的金项链的强仔走出包间，身后跟着两个双臂都刺着青龙文身的小混混。"是谁吃了豹子胆，来砸场子啊？——哦，是曾哥大驾光临我这小地方啊。想玩两局？"见到是曾猴子，强仔立马变得满脸堆笑，变脸比翻书还快。

"文万成差你多少钱？"曾猴子也不接话，直接问。

"曾哥，不谈钱，谈钱伤兄弟感情。那几个小钱您拿去花就行了，算小弟孝敬您的。"强仔完全变了平日里恶狠狠的模样，转身对身后的混混说，"去，把茅室板板打的那条子拿过来。"

"连本带利是多少？我今天替肖丽都还了。"曾猴子边说边拉开拎上来的旅行包，全是一捆一捆的现金。

"既然这样，那小弟就不客气了。本金都是我借来的，兄弟们就靠这点利息养着的。"强仔眼睛直勾勾地盯着旅行包，一口气把肖丽欠的账背了出来，"既然是曾哥来还，息就不打滚了。欠的本金是 6000，按一毛的利 25 个月，共计 21000。茅室板板还了 8000，还差 13000。"

"哦，这是 13000 元。"曾猴子把钱从包里拿出来 13 捆，一千一捆，递给强仔。

"这怎么好意思，谢谢曾哥了。"强仔满脸堆笑地说。谁知他刚双手接过钱，啪的一声，曾猴子一记响亮的耳光扇在强仔的脸上，五道红印。

"曾猴子，你？"强仔一下被打蒙了，捂着脸愣在那里，钱散落一地。

"叫你一个老爷们欺负孤儿寡母，给你点教训。"曾猴子指着强仔大声地说，引来大厅里喝茶的人都围过来看热闹。

肖丽扯着曾猴子的衣袖，抱着小慧躲在和她一样高的曾猴子身后，周围都是凶神恶煞一样高大的男人。她心想，今天是很难活着离开这里了。

但钱似乎让曾猴子变得高大，特别是气势一点不输。

"嘿嘿嘿，哦。"强仔缓过神来，突然变得皮笑肉不笑地说，"曾哥要教训小弟，尽管打就是了，只是今后别当着这么多人打，不好意思。"

曾猴子没理他，拎着包牵着肖丽转身离开。

真是有钱能使鬼推磨！肖丽这才明白，有钱和没钱的区别是这么大。

就这样，曾猴子用自行车搭着肖丽，边缴违规搭人的罚款，边一家一家地去还钱，但只要是出口侮辱或动手欺负过肖丽的，曾猴子都一视同仁，扇一耳光替她出气。太阳还没落下山，逼死茅室板板的 168000 元就连本带利彻底还清了。

"有钱真好！"肖丽坐在曾猴子家金碧辉煌的餐厅包间里，看着狼吞虎咽吃冰激凌的小慧说。

曾猴子笑了笑，给肖丽倒了杯红酒，讲了句只有真有钱人才有资格说的话："钱都是纸印的，没啥了不起。"他让两个服务员都出去了，自己服务。

"这钱？"肖丽突然反应过来，她以前只在包子铺里卖过包子，真不知道如何去挣钱还债。

"这钱啊，就算你肖丽欠我的。和强仔那一样，月息一毛，而且驴打滚，利滚利。"曾猴子端起酒杯，看着脸颊绯红的肖丽高深莫测地笑着。

"我可还不起啊。"肖丽端起酒杯站起来，微笑着。这是自文万成的鞭炮被没收以后，她真正的笑。

"还不起钱就以身相许呗。"曾猴子说完，两人都深情地互看着对方，碰了碰杯，干了。

"肖丽，今后就和我爸妈一样，叫我米汤吧。我会给你和小慧世间最美好的一切。"曾猴子单膝跪下，双手高高地举着一枚钻石戒指说。

"我？可万成刚死一个来月啊，别人会说闲话的。"肖丽无不担心地说。

"就是怕别人说你的闲话，刚才我们这么去还钱，外面早就传开啦。避免闲话最好的办法，是举行盛大的婚礼，向世人宣示我们的爱情。我曾伟发誓，再也不能让肖丽和小慧受丁点的委屈。"曾猴子依旧是求婚的姿势，一动不动大声地说，"肖丽，嫁给我吧！"

小慧停下手中的勺子，看着他们奇怪的动作和言语，她不懂。

"小慧，妈妈该怎么办？"肖丽扭头望着小慧问。

"妈，我能再吃一个冰激凌吗？我能每天穿红裙子吗？"小慧确实不懂，毕竟她才 7 岁，但她的话，已经明确告诉了肖丽答案。

听到这里，妙莲觉得不对劲，似乎一切都在曾猴子的掌控之中，和预演过一样。他不由得想起了蛆婆的猜测。

"我也觉得不对劲，他旅行包里装着的钱正好是万成欠的本和息。钻石戒指上早已刻好了他和我的名字。一切肯定是曾伟早有预谋的。"肖丽叹了一口气接着说，

"唉！宝明那天拿着红砖来家里，我在门后都偷听到了，知道了曾伟头上的伤疤的来历。当时我也很犹豫，但万成留给我们母女在这世间可以选择的路，除了从云何大桥上跳下去，就只有嫁给他了。"

"肖丽，我有点不明白。曾伟为什么一定要千方百计娶你，你不觉得可疑吗？"妙莲问，他仿佛看到了八角亭里满头是血的曾猴子依旧在恶狠狠地诅咒，背心发凉。

"我也问过曾伟这个问题。曾伟解释说，以前万成对他所做的事，他都忘记了。他现在是报恩。除却巫山不是云，他这辈子只爱肖丽一个人。"肖丽再叹了一口气，接着说，"唉！原本曾伟的爸妈也不同意这门婚事，他妈更是寻死觅活地威胁。但曾伟撂出狠话，说是如果不跟我结婚，他就出家做和尚，这辈子不碰女人，让曾家绝后。"

"是这样啊，那后来呢，他对小慧好吗？"妙莲问，这是他最关心的。

"很好啊，即使后来我生了曾倩和曾易之后，他依旧把小慧当作自己亲生的一样，没有区别。"说这话的时候，肖丽仿佛回到了她与曾伟刚结婚那段美好的时光。

"那为什么小慧会这样？"妙莲不解，这或许是解决问题的关键。

"一切改变都从小慧 14 岁生日那天。为了增加喜庆，让双喜临门，曾伟还特意将他投资的云何最大的酒店开业典礼也定在那一天。同时，还把最大的带卡拉 OK 的包间留给小慧，让她和同学们一起庆祝她的成人典礼。"肖丽接着介绍，"那时的小慧阳光、爱笑，无忧无虑，喜欢唱歌跳舞，交朋友，好闺密一大群。那天同学们也玩得很尽兴，让服务员把大圆桌撤掉，在包间里尽情地载歌载舞。"

晚上 10 点多，突然，小慧的电话响了，是陌生的座机号码，她没接。

电话就一直响不停。

于是小慧只得很不情愿地接了："哈喽，你是谁？"

"我是谁不重要，重要的是文小慧你在认贼作父。"电话里传来一个中年男人操着福建口音的声音。

"你是谁？你在哪儿？"小慧又疑惑又生气，捂着话筒走出包间门，小声问。

"我在你对面的小卖铺里，穿黑衣服。"说完，他把电话挂了。

小慧跑下楼。小卖铺里果然站着一个猥琐的黑衣男人，个不高，头发凌乱不堪，一口黄牙。

"你想说啥？别乱讲。"小慧喝了不少酒，还算清醒地斥责道，脸红扑扑的。

"知道曾猴子头上的疤是谁打的吗？是你亲爹文万成为了和他抢你妈，叫了两个朋友在孔庙八角亭里用红砖劈的。帮我买条烟，我就告诉你真相。"猥琐男说完，转身对老板说，"老板，给我拿条红塔山。"红塔山是这店里最贵的烟。

"曾爸爸头上的疤，不是他练猴拳从八角亭顶上摔下来，摔伤的吗？"小慧半信半疑，一边付钱一边问。

"你去问你妈，或者卖猪肉的张宝明就知道了，当时曾猴子是怎么恶毒地诅咒的。在场还有去了西藏的妙莲。"猥琐男拆开烟，迫不及待地点上一支，深深地吸了一口说，"曾猴子为了记这个仇，不去整容。而是把这个伤疤留在头上，把仇恨留在心里。娶你妈妈就是为了报仇，慢慢地折磨你们母女，让你们生不如死。"

"不可能，你怎么知道的？"小慧惊呆了，感觉在梦中。

"我当然知道，是曾猴子让我陷害你爹，也同时把我整惨了。当时本来是和你亲爹合作，做一笔铁赚不赔的花炮买卖，曾猴子不但帮我办的准运证是假的，还让我在车里故意藏了半吨雷管，然后他去报案，让我吃了七年的牢饭，吃尽苦头。前几天刚出来，他就翻脸不认人。"猥琐男深深地吸了一口，吐着烟圈说。

"你说是就是？有什么证据？"小慧不敢相信，待她如亲生的曾爸爸这样做仅仅是为了报仇。

"我坐牢的七年里，曾猴子每年给我老婆小孩寄 1 万块钱，想封我的口。这是他汇款的复印件，也是他的罪证。"猥琐男把一沓复印纸塞到小慧手里说。

"你为什么要告诉我这些？"小慧流泪了，14 岁的她根本不知道人间会如此险恶。

"因为正义，我不能让正义一辈子都蒙在鼓里。"猥琐男正义爆棚地说完，把烟夹在腋下走入黑暗。

远处，一只狗在呜呜地哭，如泣如诉。

"为什么会这样？为什么会这样？"小慧眼前一片漆黑，流着泪，喃喃自语地走回包间，冲着正玩得开心的同学们大吼，"你们走，你们都给我走啊！我再也不要见任何人啦。"

同学们愣住了，有些莫名其妙，呆呆地看着小慧抄起一瓶红酒往自己嘴巴里灌，不知如何是好。

更加要命的是，小慧被服务员扛回家里，躺在沙发上迷迷糊糊时，发现曾猴子在脱她的衣服。她尖叫一声，跳起来拿起一把剪刀，抵在自己的脖子上，咬着牙，一声不吭盯着曾猴子。

此时，她没流泪，只是无言地瞪着眼前她一直甜甜地叫曾爸爸的男人。

"我那天也喝醉了，听到小慧的尖叫声，我抱着曾易走进小慧的房间，看到了这作孽的一幕。"肖丽喃喃地低声接着说，"从此以后，小慧听到电话铃声就发抖、流泪，整夜失眠，也再没有跟任何人主动说过话。她对谁都不相信了，觉得没有活下去的理由与兴趣，几次尝试着自杀。"

"你没去找那个福建男人问清楚吗？"妙莲问。解铃还须系铃人。

"第二天我就去找他，但他变成了一具尸体，把所有的秘密都带进了坟墓。"

"是他杀？"

"嗯。公安局的同志说，被一辆奔驰的货车撞飞在路边的水沟中，天亮才被发现。肇事的车子在望城找到了，但是是偷来的赃车，驾驶员也跑了，肯定是蓄意谋杀。"

"是曾伟？"

"不知道，至今都是悬案。但现在曾伟看我，我都害怕。知道我住的是什么地方吗？是以前云何的乱坟岗，曾伟胆子忒大，为达到目的他什么都敢做。"肖丽停顿了好一会儿才说，"我唯一能为小慧做的，就是把小慧送到寄宿学校去读书，让他俩不见面。"

"那？"妙莲的意思，是你为什么不离婚？

肖丽当然明白这"那"是什么意思，叹了一口气，解释说："唉——我找曾伟对质过，他说万成鞭炮被扣的事以及后来的死都与他无关，是那福建人为了多挣钱，私自买的雷管藏在车里，运到福建开山炸石头。每年给他家1万，也是考虑到朋友之情，想帮他家渡过难关，谁知道这成了他出狱后敲诈的理由。小慧的事更是误会，他看到小慧吐得满床全都是脏兮兮的，衣服上也是。作为父亲，把她抱到沙发上，想帮她换件干净睡衣，没往龌龊处想，他曾伟对我们母女问心无愧。不信也没办法，随我们。"

"你真信他？"妙莲问了一个他本不应该问的问题。

"不信能怎么办？小慧找宝明问了八角亭发生的事后，回来也跟我大吵了一架，逼着我离婚。正当我们母女哭成一团时，曾倩进来哭着说，她一个人睡害怕，要姐姐陪。小慧擦干眼泪抱着曾倩去睡觉了，从此以后就再也没提让我离婚的事。唉！真离婚了，曾易和曾倩怎么办？只是可怜了小慧！都怪这个文万成，死都不怕，却怕活着。"肖丽说完号啕大哭。

"肖丽，你别哭了，小慧我会尽力的。"妙莲说完，扣下了电话。

每次妙莲和肖丽通话，电视柜上的菊花石都会流泪。

唉！兄弟啊，早知如此，何必当初呢。妙莲想。

那天是周末，妙莲正一个人坐在展厅发呆，展厅大约只有二百来平方米，四周挂了 35 幅用棕色镜框装裱的唐卡，这是妙莲毕生的收藏。

大厅里还品字形摆了三个小玻璃展柜。正对着大门的展柜里，摆放着妙莲最有感情的两件收藏：一件是完全晒掉了颜料，完全看不清主尊模样的小尺幅唐卡，蓝色绸子的装裱都已经破败不堪。另一件是一张古老的小扎卡，一看就是西藏远古苯教的玄秘圣物，精品中的精品，但背后那些久远的文字，妙莲找了很多业内行家高手，说是有点像吞米·桑布扎创立藏文之前，青藏高原上曾经使用的"玛"文。早已失传，看得懂的没几个。

一个展柜摆放的展品是：四尊小铜佛、几函手写经书、一块小天铁、两枚天珠、两盏银质的酥油灯等，普普通通，当时逛八角街时随手买的，没啥特别值得炫耀的。

另一个展柜主要展示妙莲收藏的小扎卡和擦擦，倒是有些孤品、精品，但不值啥钱。比如说那几枚古格时期的擦擦精品，20 世纪在拉萨八角街是论筐卖的，一筐两三百元，好几百枚呢。只有像妙莲这种一有时间就去八角街淘宝的，跟老板熟悉，才被允许蹲下来，慢慢挑自己喜欢的，品相完整的 1 块钱一枚，价格低得你都不好意思还价。

想想也是，擦擦就是拷贝的意思。也就是把泥巴里加几粒青稞，放在擦模中压制出来，时间再久，东西再漂亮，它也就一块泥巴而已。就像紫檀家具和核桃木家具的区别一样，同时代、同工艺的，价格相差岂止百倍。

当然，擦擦中也有非常名贵的特殊品种，如名擦、布擦、药擦等，说来话就长了。

妙莲正发着呆，不知何时突然身后站着两人，一个小个子白发老头，背微微有点儿驼，穿着白衬衣棕色的藏装，一副世外高人、仙风道骨样；另一个是穿皮夹克的小伙伴，板寸头，好似一脸的坏笑。

"欢迎欢迎。"大家亲切握手。终于有人来，妙莲像打了鸡血一样精神抖擞。

"我们老朋友了。我就是雨。"握手时，年轻人自我介绍说。

雨？妙莲一头雾水。

"雨啊，群里的。"年轻人说。

"哦，你就是雨啊。"妙莲加入了一个喜马拉雅艺术的收藏讨论群。性格决定的，喜欢在群里叨叨，时常与一位网名叫雨的群友意见相左，争论不休，引得四百多群友纷纷站队发表意见，但各执一词，难分高下。

从雨的发言水准和见地来判断，妙莲以为是个老头子。

"这是我爷爷，在山上闭关多年。今天我陪爷爷去拉萨见朋友，路过林芝，听您在群里说在办个人唐卡展，过来瞻仰瞻仰。"雨说，一脸神秘与得意。

雨爷爷双手合十，点头微笑。面目从容安详，一看就知是德行高深的修行者。

妙莲陪着雨和雨爷爷在每一幅唐卡前驻足观看，不言语。都是行家，说啥都是多余。

走到挂在大厅正中的"释迦牟尼堆绣唐卡"前，雨爷爷的脸色变得凝重。他五指并拢掌心向上，恭敬地指着唐卡说："和这一幅堆绣唐卡一起的'八马财神'和'十六罗汉'，也在你这儿吗？"仿佛，妙莲买这幅唐卡时，老人就站在身旁。

妙莲摇摇头，这是他心中的痛。

那时妙莲刚结婚，老婆在内地生小孩，家里给了3000元让买个彩电。当时，西藏只有拉萨能买到彩电。妙莲来到拉萨，像往常一样去八角街淘宝。在一家梳着大背头的尼泊尔人开的古玩商店的内室里，发现了一大堆像被子一样叠着的堆绣唐卡。经过三天的讨价还价，妙莲用买彩电的钱买了这幅堆绣唐卡和一套"八马财神"。"十六罗汉"筹不到钱了，第二天被日本商人高价买走了。

老婆抱着小孩回西藏，看到她精心布置放电视的地方空空如也，眼泪唰地就下来了。

后来，妙莲下海做生意差点淹死，欠了巨款。当时他抱着这幅堆绣唐卡去拉萨换钱，但最高只有人肯出价14500元。杯水车薪，妙莲只得把这幅唐卡抱了回来。

"是天意，这唐卡不想离开你啊。"雨爷爷看着妙莲说。

妙莲木讷地苦笑。世间没有感同身受。妙莲深知，只有自己和家人才能切身感受到，为了眼前这些收藏所受的苦、遭的罪。

"堆绣中的精品啊。代表了西藏堆绣艺术的最高水平。"雨感叹道，"藏文化艺术品中最好的极品，在20世纪初被欧美人连哄带骗搜刮走了，现在美国的鲁宾博物馆是全球收藏最多珍品唐卡的博物馆。到八九十年代，又有一大批韩国、日本的商人来到西藏，像翻地皮一样，又把一些特别好的藏文化艺术珍品收走了。幸好，还有你们这些藏文化爱好者。"

"是啊，如果我买了彩电，这幅唐卡也就肯定流到国外了。"妙莲接着说，"好在如今中国人富了，这些唐卡慢慢回流了一些。"

雨和雨爷爷点头。

"这幅唐卡制作于1920年前后，当时国民政府还为制作这幅唐卡拨了专款。制作唐卡的每一块布，都是出自明清两代皇宫的赏赐，有明确的记载。这上面的好些布料，现在在布达拉宫和大昭寺仍有珍藏。"妙莲介绍说。

雨爷爷点头认可。

突然，雨爷爷看到堆绣唐卡下面展柜中的无人能懂的小扎卡，眼睛发光，自言自语说："怎么可能，它怎么可能在这儿！"

妙莲和雨都惊看着老人。能让世外高人再入世惊叹的东西能是啥？

"请问，方便告诉我，你是怎么得到的吗？"雨爷爷看着妙莲说。

"当然可以啊。"妙莲说。

他也高兴，离开西藏前，终于遇到看得懂这幅小扎卡的人。一个深藏在心中的谜团即将解开。

得到这幅小扎卡源起于妙莲曾经拥有过一把削铁如泥的易贡"彩虹刀"洛桑群培，此刀一出鞘，彩虹飞舞。在西藏，每一把宝刀都有自己的名字。洛桑群培就是这把彩虹刀的名字，也是第一个死在刀下人的名字。而且就是洛桑群培自己为了一箱宝物，去易贡铁山蜘蛛洞中采铁炼钢，用四年时间锻打的这把刀。

二百多年来，有九名赫赫有名的刀客曾经手握这把彩虹刀，驰骋江湖。妙莲是第十位拥有者，但时代不同了，他只能眉飞色舞地吹吹牛皮。每次吹起这宝刀，妙莲总喜欢把右手手指反扣在脖子后，这是彩虹刀出刀时独特的动作，好像他骑在奔驰的骏马之上，宝刀即将出鞘一样。

是男人都爱美女和宝刀！但美女常有，宝刀不常有。

时常有人羡慕至极，拍着妙莲的肩膀说："出个价噻，保证不还价。"

妙莲还是那句话："你可能买不起！"得意之态，拽破天！

千不该万不该，那年妙莲跑到拉萨投标，中午跟蚊子和臭屁两个同学一起吃火锅时，一时没把住嘴巴，也吹起强盗扎西的这把"彩虹刀"。蚊子一听，筷子停在空中，眼睛光芒四射说："妙莲，传说中的洛桑群培真在你手里？"

"哇！那把彩虹刀可是无价之宝啊。"臭屁惊叹，他的眼中只有钱。

妙莲假装不懂，干笑，夹菜。此时他肠子都悔青了，真想狠狠地抽自己两巴掌。

"我刚从日喀则岗巴县义诊回来，遇到我们同学索朗四郎在草原上放羊，是他们单位发福利分的一群肥羊。我顺手杀了一只，丢在车上的，原准备送给我爷爷的。我想用西藏最好的羊肉，换你西藏最好的刀。行吧？"蚊子放下筷子说。

妙莲埋头吃菜，不言语了。真心舍不得啊！

"我爷爷去年则重修了我家的群培庄园，但一直没法搬进去住。因为按西藏古老的规矩，要先找一把宝刀挂在大厅正中的柱子上，镇宅子，但一直找不到合适的。真是念念不忘，必有回响。"蚊子家以前是拉萨的贵族，在湿地边上有一个好大的庄园。蚊子直勾勾地望着妙莲说，"妙莲，你不是不讲义气的人吧？我爷爷可 89 岁啦，老人家的愿望你都不满足？"

讲义气是要付出代价的。人家把爷爷都抬出来了，话说到这份上，妙莲只得无奈地说："改天——改天我把洛桑群培送到府上，亲手挂在你家庄园的大厅柱子上。"

"不用改天，现在就回林芝取。"蚊子激动得一分钟都觉得漫长，他夺掉妙莲手中的筷子，拉起就走。

妙莲说来不及了，明天下午有个重要的标要开，中了的话，整个五工区这两年都有事做。当时他在五工区挂职。

"又不用你亲自做标书，电话里定个标底就行了。"蚊子知道招投标这套流程，买完单说，"现在出发，天不黑就到八一镇了。明天上午再赶回来，下午你去投你的标，晚上我和臭屁给你摆庆功宴。"

蚊子说得在理。那时拉萨到林芝的柏油路刚铺上，而且当时没啥游客，一马平川，敞开了跑，3 小时多一点就到。

可人算不如天算，问题就出在那只岗巴肥羊上，剥皮去肚后仍有一百来斤的岗巴羊。

妙莲赶回八一镇时正巧是下班时间。那时，整个单元住的都是妙莲的同事，看到妙莲、蚊子和臭屁三人费力地抬着羊上楼梯，纷纷咽着口水跑过来帮忙。抬到家自然是不走了，有人顺手拿着小刀，切下一块，蘸点辣椒，塞到嘴里，津津有味地狼吞虎咽着。

对一个食材，最高的待遇就是生吃。西藏的牛羊只吃矿泉水和青草长大，肉质细腻干净，所以自古西藏人都喜欢生吃牛羊肉。大块吃肉，大碗喝酒，大声歌唱，就是高原人独有的畅快人生。

确实，习惯生吃牛羊肉的人，就不再喜欢煮熟了吃，嫌没劲。

有的女同事接受不了这样生猛的吃法，切一大块撒上盐和辣椒面，用筷子夹到电炉上烤。烤得屋里乌烟瘴气，烤得整个边陲小镇都笼罩在浓郁扑鼻的香气之中。

妙莲也不含糊，把家门敞开，站在阳台上那块"勿吵 勿屎"的小木牌子旁大吼一嗓子："吃羊肉喽！岗巴的羊。"

然后爬到床下，掏出藏着的两瓶泸州老窖，倒在两个大海碗里，一碗一斤，刚好。想喝酒的自己端起海碗喝，不过得小口喝，人多酒少，大家可都盯着你的。生怕酒这么好的东西，谁多喝了。

陆陆续续来了十六七个人，虎视眈眈地围站在书桌上的岗巴羊边，活像一群龇牙咧嘴的狼。两个大海碗里的酒也一小会儿就见底了。

这时，黄师嘴里大声嚷嚷着："迟到喽，不好意思。我自罚三杯。"三步并作两步地扑上来，端起一个大海碗一口闷掉碗里的酒，又准备去端第二个大海碗，在场的人见他白发苍苍，不好意思阻止。

只有妙莲一把摁住大海碗说："黄师，别太过分哈，就这点酒了，给别人留点。"

黄师讪讪地笑。从屁股后面摸出菜刀，切下后腿上的一块肉，辣椒也不蘸，直接塞到嘴里，咕噜着吞咽下去。

"妙莲，你不行，请吃个肉连酒都不管够。臭屁，这是1000块钱，你去抱两箱酒来，让林芝的朋友们喝好喝够。"蚊子怀抱彩虹刀细细观赏，既不吃肉也不喝酒，盘坐在妙莲的床上说。

酒够了，也就彻底乱套。

入冬了，谁不想添点膘？好挨过西藏寒冷的冬天。

明晃晃的阳光照在妙莲的脸上，口干舌燥的猛地醒来，一看墙上的钟 12 点整，彻底慌了神。掀开被子，从床上跳起来，他一边穿裤子一边推醒抱着彩虹刀睡在一旁的蚊子问："喂，蚊子，不是说好了你负责叫我吗？"

"哇，我昨晚玩了一宿的刀，睡过头了。"蚊子也知道他闯下了大祸，连连说对不起。

地板上满是骨头和空酒瓶，一片狼藉。

妙莲推开卫生间的门，黄师和臭屁紧紧相拥在马桶边，呼呼大睡。从此，这两人结下了坚不可破的友谊。

妙莲头痛欲裂，他用冷水冲了一下脸说："我先走啦，你们后面慢慢来。开快点还可能赶得上下午 3:30 的开标。要是法人代表不到会，就直接出局。"

"算了，这样赶路太危险了，今后机会多得是。"

"这是垃圾填埋场项目，投资大，利润高，错过了春节拿什么给职工发福利？"妙莲说完快步走下楼。也来不及去接驾驶员，直接打燃车，轰了一脚油门。

他忘了，人不是猫，命只有一条。

妙莲开的是白色的德国产帕萨特 1.8T。涡轮增压，动力澎湃。虽然路上弯多且急，但车子稀少，他乘着酒兴，一路狂奔。车载 DVD 里放的是豪迈奔放的《西北风》，妙莲把音响开得大大的，跟着大声地嚎。越嚎越高兴，越开越兴奋，速度也越放越快，直路不低于 180 km/h，转弯不低于 120 km/h，如同在路面上飞行一样。

爽！

车子刚过墨竹工卡县——松赞干布出生地，距拉萨只有 60 公里了，妙莲瞄了一眼手表，完全来得及，正在暗自得意。突然，前方路上出现了一块山上掉下的石头，他猛地一打方向盘想躲闪，车子瞬间腾空而起，冲出形同摆设的护栏，跳下两米多的防洪堤，像鸟儿一样飞翔在天空——

"完了！如果不死，今后要对家人好点，对朋友好点。"妙莲当时想。

砰，咚咚咚咚咚咚。车子摔在拉萨河干枯的河滩上，在鹅卵石上狂奔，沿途都是散落的零部件。

幸好，幸好啊！车子是平落下来没有打滚，而且安全气囊救了妙莲一命。只是玻璃全部碎了，喇叭狂叫不已，而且引擎盖掀开，冒着浓浓的白烟。

妙莲当时害怕车子会像电影里演的一样着火燃烧，赶紧费力地打开车门，爬到鹅卵石上蜷缩着，颤抖不已。浑身都在疼，全身都在流血，但分不清是哪里疼，哪里流血。

妙莲抹了抹脸上的血，艰难地摸了一下口袋，手机不知落在哪儿。曾有个医生朋友聊天中讲过，这种情况极有可能内出血了，要尽量不动，躺着等待救援。

于是，妙莲张大嘴巴，认认真真地喘着气，一下一下地喘。

温暖的阳光照在他的身上，蓝天上白云朵朵。

远处的公路上没有一辆车经过。也不知躺了多久，引擎的白烟渐渐灭了，只是喇叭依然狂鸣。这时，蚊子开的丰田 V8 载着臭屁才赶到。

"天哪，是妙莲。"蚊子惊叫一声，两人手忙脚乱地把浑身鲜血的妙莲抬上车子后排座躺着。

万幸，除断了两根肋巴骨，多处软组织挫伤外，其他的都是皮外伤。除了痛，不碍事。

"这是肿瘤科，你先将就一下。原本一个床位都没有，医院的院长是我好兄弟，亲自帮着协调。正好肿瘤科这个病人刚送去了太平间，腾出了一个床位。算你运气好。"蚊子帮着把妙莲扶上床，得意扬扬地说完，转身问身边大眼睛的护士，"床单换了吗？"

大眼睛护士耸耸肩，委屈地说："院长催那么急，都发火了。这人才刚咽气呢，你们就催催催！死者是个才 21 岁的姑娘，白血病，看着都不忍心。"

妙莲躺在前几分钟还躺着尸体的床上，鼻孔的血不停地往外流，瞪着眼睛看着他俩，想说不能说，一说话胸口就剧痛。肋骨断了没有任何办法，只能输液消炎，然后忍着痛慢慢让它自己愈合。

隔着淡蓝色的屏风，隔壁床位的人咳嗽了几声，是女人。

"大难不死必有后福。"臭屁和他老婆提着花篮笑嘻嘻地进来说。

随后，陆陆续续都是提着花篮过来探望的同事、同学和朋友，把病房搞得像在热闹非凡的花店里一样。特别是妙莲那帮狐朋狗友，平时斗嘴斗不过妙莲，现在终于逮到机会了。众人兴致高昂地开着玩笑，想逗龇牙咧嘴的妙莲说话。

妙莲没法，只有咧着嘴苦笑着，流着鼻血。

直到天黑，才终于安静下来。妙莲看着自己床边摆满了五彩缤纷的花篮，总感觉自己就像躺在遗体告别仪式台上一样，心里总想着上午还躺在这张床上的姑娘。

这时，淡蓝色的屏风后又传来了咳嗽的声音，孤零零的。

"蚊子，帮我提几个花篮送给隔壁大姐，祝她早日康复。"妙莲强忍着剧痛说。其实妙莲送花主要是因为这样躺在花丛中的感觉实在太瘆人了。他腻味这个。

"太谢谢啦。同志，请问您是昌都边坝人吗？"隔壁病床上的人问。声音好奇怪的，好似在哪儿听过。

"不是，也没去过边坝。"妙莲不明白对方为什么这么问，但每吐一个字都很痛苦，也就懒得再问。或许输的液体里有去痛安神的药，妙莲迷迷糊糊睡着了。

半夜，妙莲被尿憋醒，睁眼一看，猛地发现一位穿着条纹病号服的白发苍苍的藏族妇女，一言不发地站在他的床边，直勾勾地盯着他，如勾魂的鬼魅一般恐怖。

"啊！"吓得妙莲大叫一声，冷汗和鼻血齐流。

"对不起，吓到您了。您的声音好熟悉，长得也好像在哪儿见过，就是想不起来。"老年妇女说完穿过屏风，回自己的床上躺下。

她的额头正中有一颗朱砂痣，黄豆般大。

"你的声音我也感觉很熟悉，也想不起来。大姐，您是什么病？"妙莲强忍着剧痛说。

"胰腺上长了瘤子，医生说治不好的，还有两三个月的时间吧。我明天准备出院，回到我工作了一辈子的县地毯厂，像年轻时一样，去小广场上晒晒太阳、喝甜茶。这样，我死了单位上就会派人派车，送我去天葬台。人啊——还是像您一样，亲朋好友多好啊。我在医院住了一个多月，没有一个人来过。"大姐感叹完，妙莲也没有搭腔。房子里又回归寂静，只有白炽灯发出的嗞嗞声。

确实，治得好病，治不好命。苹果的总裁乔布斯那么有钱，得了这个病也没得玩。

一位女护士闻声跑过来，给妙莲的屁股底下塞了一个扁平的白盆子，责怪说："就算是院长的朋友，叫的声音也不要那么夸张。我们不会睡的，病人那么多，忙都忙死了。"

妙莲连连道歉，叮叮咚咚地尿完，又昏睡过去。等他再次醒来，已经是中午了，蚊子和院长举着 X 光片，站在床边讨论妙莲的伤情，确定没有大碍，过两天开点镇痛的药，就可以出院了。

这时，隔壁的大姐身穿青色金边的藏袍，手捧着一大束玫瑰花从淡蓝色的屏风后面走出来，笑眯眯地对妙莲说："我把花篮里的玫瑰都挑出来了，这辈子第一次收到玫瑰呢。真没想到，都快去天葬台了，还能收到鲜花。谢谢啊！"她那得意样，好像是妙莲送给她求婚的玫瑰一样。

蚊子和院长齐看妙莲。妙莲无语。

"今晚上我住客运站，买了明天回昌都的车票。同志，你自己要保重啊。别再酒后开车了。"大姐说完，推着棕色方格图案的行李箱走出门。

隔了一会儿，那大姐又跑进来，把一本《人民画报》放在妙莲床上说："这里面夹了一张小扎卡。是我家先辈去易贡做生意时别人送的，在我们家传了十多代了。如今我家就剩我一个人了，不知道交给谁，就送给你吧。只要答应我一个条件，永远不卖就行，这是当年我家先辈答应送他这小扎卡的人的。"

妙莲点点头，看着她额头上的朱砂痣。

小扎卡也就是小幅唐卡，多半是宗教仪轨上用的。当时他已经收藏了一百多张，而且完整的全套就有好几套，普品 10 块钱左右一张，最好的极品也不超过 100 块钱一张，也就没太在意。

"请问您叫什么名字？过几个月见了阿爸，我好告诉他。"大姐不放心地说。

"妙莲。"妙莲说。

"哦。我叫白玛，也是妙莲的意思。我们同名呢。"说完，大姐轻轻地挥挥手，如释重负地走出房间。

妙莲艰难地抬了抬手。谁心里都清楚，这就是永别。

"这小扎卡果然没在易贡了。我找了一辈子，今天居然有幸见到了，真是念念不忘，必有回响。"听完妙莲的故事，雨爷爷感叹道。

"请问这幅小扎卡除了用笔古拙之外，有什么特别之处吗？"妙莲很随意地从展柜中取出小扎卡，递给雨爷爷。

雨爷爷吓得双手捧起，举过头顶，然后再小心翼翼地放在展柜的玻璃上，大气都不敢出。他惶恐万分地说："要万分小心啊，这可是一万年以前的神物。"

"啊！一万年？"妙莲和雨齐声惊叹。

"至少一万年，而且是炯·辛亲笔所画，上面画的就是他本人。这可不是传说。"雨爷爷目不转睛地盯着扎卡说。扎卡画的是一个戴着黑色法帽的老头，手施说法印。

炯·辛，妙莲是听说过的，是雪域远古时期的一位原始苯教大祭司，会呼风唤雨，召唤神明，拥有不死之身。相传，他辅佐了 24 位女王，后在九炯洞中把 24 位女王画在石壁上，从此就消失了。

"这——，这扎卡的画工也就这样啊。"妙莲不解地问。

"这就是古拙之美。一代人有一代人的审美观，在远古的雪域，这就是最美的画法。寥寥几笔，就勾出了人的神韵，后人无论如何也模仿不来。"雨爷爷依旧目不转睛。

"您就是凭借这个，判断这就是炯·辛的真迹？"妙莲打破砂锅问到底。

"嗯。这扎卡的背后是用久远的'玛'文写的十六行祈请文，最后一行咒语是用'瑟'文写的。在五、六行之间，有一团形似鸟头的墨渍。"雨爷爷不看小扎卡的背面，就清楚地知道。

"'瑟'文？天珠上的图案是远古的文字？"妙莲第一次听说有这种文字。"瑟"藏语就是天珠的意思，相传是属于天神的宝物，因为出现了缺陷贬降到人间。

"是。在非常非常久远以前，那时人们还处于结绳记事的蛮荒时代，青藏高原上的苯教古辛们（大巫师）就发明了只用于沟通天地神灵的'瑟'文，而且会把神圣的咒语用'瑟'文蚀刻在石头上，这就是至纯天珠的由来。于是，这枚天珠也就有了咒语的神通。"雨爷爷合掌解释道。这和妙莲以前对天珠溯本追源的说法完全不一样。

"所有的至纯天珠上都是蚀刻的咒语吗？"妙莲忙问。

"对的。但流传下来真正的天珠极其稀少。"雨爷爷肯定地答。

"是这样啊？"妙莲小心翼翼地把扎卡翻过来，以前一直夹在原先那本《人民画报》中，从没动过。果然，是十七行文字，五、六行之间有一团形似鸟头的墨渍，特别醒目。

"您认得这些早已消失的文字吗？"机会难得，妙莲赶紧问，想解开藏在这小扎卡里的谜团。

"勉强认得吧。"雨爷爷用手掌向上远远地指着小扎卡，逐字逐句地念颂道：

文字记录历史，

心灵记载爱情。
不死之灵魂，
在此永安宁。

塔鲁古！
献出你的命藏，
系伏你的誓言，
守护你的主人。

有心跳的人，
没心跳的鬼。
谁敢打扰她的安宁，
我将诅咒：
不灭之火烧顶，
不退之水淹身。
死亡之灵，
如影随形。

嗡阿吽，班杂古贝玛。

妙莲如做梦一样地听完，感叹藏文化之久远、之神奇。

"据我恩师讲，'嗡阿吽，班杂古贝玛'这段咒语也蚀刻在一枚最具力量的九眼至纯天珠之上。传说这是青藏高原上的第一枚天珠，但只是传说，从没有人见过。"雨爷爷目不转睛地看着小扎卡，嘴里喃喃自语，"这么说来，那枚传说中的九眼至纯天珠肯定是存在的。"

妙莲赶紧躬身问："失礼，失礼了。请问您是？"全世界能轻松译出远古"玛"文的，也就屈指可数的几人，更别说更早之前传说中的"瑟"文了。妙莲很想知道他是谁。

"我是谁不重要，重要的是你要记住这十七行咒语。"然后抬头望着妙莲的眼睛说，"万事皆有因。既然机缘巧合，这神奇的扎卡找到了你，请把这咒语记在心中，今后或有用处。"

老人目光如炬，炯炯有神。

"这段咒语有什么神奇吗？"

"这咒语里隐藏着一个悲伤的爱情故事和远古财宝的秘密。请你万分小心地保存这张小扎卡。"

"一定一定。"妙莲赶紧抱拳说，"谢谢了，谢谢您老的赐教。"

"不用谢，还是我该谢你，是你让我在有生之年，见识了天赐的神物。"雨爷爷合掌回礼，转身依旧目不转睛地盯着小扎卡。

"爷爷，时间差不多了。我们还要赶车呢。"雨说完，祖孙俩才恋恋不舍地离开。

或许就是天意安排，才有了此后的故事。

恭恭敬敬送走两人，估计不会再来人了。妙莲回家收拾行李。

住了二十多年的房子卖了，一周后买家就过来交接。这房子里的一切，都浸透了他们夫妻的味道。

妙莲有些伤感，在这边陲小镇生活了一辈子，自己也亲手建设了好多东西。特别是福林街上的牌坊柱子上的条幅："朝晖夕照自成气象，芝山闽水别有情怀。"还是妙莲专程去福建请高手写的，依旧高高地耸立着。

他现在就等小慧来，平平安安把她带回云何，然后再去广东，逗逗孙子安享天伦之乐。而下次再来西藏，他也是客人了。

人生就这样，任何地方或任何东西，你都只能暂住或暂时拥有它一小段时间。但哪怕这一小段时间，对你来说就是一生。

妙莲抓了一把小米，放在后窗铁栏杆的长条木板上。妙莲心神不宁地吹了一声口哨，十几只麻雀陆陆续续悄悄地飞过来，静静地抢着木板上的小米，场面仿佛是卓别林的无声电影一样。

这是妙莲与鸟儿的约定。

2000年妙莲刚分到这套只有50多平方米的房子时，正是初春鸟儿缺食时，两排麻雀正在窗后的电线上傻呆呆地立着，缩成一团，可怜兮兮样。于是他抓了一把米放在木板上就去上班了，回来发现鸟儿把小米吃得精光。从此以后，他每天都在后窗上喂鸟，斑鸠、麻雀、布谷鸟、喜鹊等各种鸟儿来一大群，叽叽喳喳、吵吵闹闹地抢食，还拉屎，臭烘烘的。楼上楼下的同事不干了，提出抗议："妙莲，别招惹这些鸟啦。太吵，没法睡觉。太臭，影响吃饭。"

理由充分！

妙莲没法。但是，他太喜欢这么喂鸟儿啦，他喜欢这种心生怜悯的感觉。特别是缺粮少食的初春，好些鸟儿可能会冻死饿死。于是他在后窗写了块"勿吵 勿屎"的小木牌子，鸟儿们晓得妙莲的难处，也就如今天一样静静地吃食，也绝不拉屎。

日子久了，小木牌子早就不知哪儿去了，但鸟儿们吃饭不讲话、不随地大小便的好习惯却延续下来。

楼上楼下的同事都嫌这房子面积太小，买新房搬走了，房主换了好几波，只有妙莲两口子依然在这儿住着。一是舍不得这群鸟；二是也没钱，喜欢收藏的人，永远缺钱。

妙莲望着眼前的这群鸟和窗外的比日神山，走神，发呆。他心中有个疑惑。

几天前，妙莲正在展厅和李穷尼玛吃肉讲话，商量砍六趾周仓的事。《蓝莲花》的手机铃声响起，一看是国外的号码，妙莲毫不犹豫地拒接了，他在国外一个认识的人都没有，肯定是诈骗电话。

再响，又拒接。

接着叮的一声，来了一条信息："请问是妙莲先生吗？有事相求，拜托接下电话。谢！黎哲。"

妙莲只得接了电话，来电者是一位说话温文尔雅的女士，带云何味儿。自我介绍说是德国一所大学的退休教授，德国名字妙莲也没记住。祖籍是云何人，现在她就在云何大桥上。

"哦，找我有事吗？"妙莲好奇地问。提到云何大桥，妙莲脑袋里难免会想那晚为什么要跳下去？真荒唐！

"我母亲叫黎春花。我问了您的同学，才找到您的电话。"电话里传来优雅的声音，从容而淡定。

黎春花？这名字妙莲似曾听过。

"我母亲是在梅花巷的巷口卖浸萝卜。她曾经给我写信说，她托您带一个包裹去西藏太昭。"电话里从容淡定继续说。

"是的。包裹里是一幅精美的关帝唐卡。"妙莲说到关帝唐卡，李穷尼玛忙放下手中的刀子，歪着头凑过来听。

"您打开包裹啦？六趾周仓真的有吗？"黎哲教授追问道。

"打开了。周仓就是六趾的。"妙莲说，李穷尼玛呲牙咧嘴地看着妙莲。

"交给了关帝庙的大师兄了吗？"透过电话，妙莲可以感觉到对方的沉稳。

"没，交给了黎家的后人。我跟你妈说过，她老人家也认可的。"妙莲把食指放在嘴中间，看着穿黑色皮夹克的李穷尼玛说，一点底气都没有。

"哦——"电话里沉默了好久，突然问了一句，"妙莲先生，冒昧地问您，请问您记得云何的姚癫子姚振宇吗？"

这回轮到妙莲沉默了，他原本今生都不愿提及那天云河边所发生的诡异的事。但毕竟人家主动提及，妙莲犹豫了一会儿，还是说："记得，姚振宇自沉那天，我和两个兄弟在现场的。"

"啊——"电话里传来惊叫声。啪，电话挂了。

妙莲和李穷尼玛面面相觑。这反应也太大了吧？

一会儿电话又拨过来，连声说："对不起，对不起，实在抱歉，刚才手机掉地上了。请问姚振宇当时说了什么？您还记得吗？"

妙莲当然记得，刚准备说。

"抱歉。还是我来林芝当面向您讨教吧，这样讲得清楚一点。现在我就订机票。先挂了——失礼了。"黎哲教授没让妙莲说话，就匆匆地挂掉了电话。

弄得妙莲莫名其妙，怎么突然原本优雅从容的教授会变得如此不知所措？他隐隐约约觉得有大事即将发生。

李穷尼玛好奇地问："怎么回事？不是你淹死的他吧？"

妙莲耸耸肩，摊摊手，调侃说："吃你的肉吧，少管闲事活得久。"

隔了好一会儿，电话又打过来了。黎哲教授说她儿子不放心她一个老太太孤身进藏，一定要请假陪她。

"哦，没关系的。"妙莲说。

"我儿子在美国杜克大学读书。我们准备在重庆会合，这样可能要耽搁几天。"电话中没了从容与淡定，语气匆匆。

"正好，我在办个人唐卡展。你们来得及的话，可以参观一下。"

"好的好的。非常荣幸。"

妙莲犹豫了一下，说："计划是 11 月 10 号画展结束，来得及吗？"

"可能来不及，最快要到 11 月 15 号。我儿子请假要校长签字，挺麻烦。"

"那怎么办啊？ 10 号租场地的合同到期了。"妙莲有点犹豫，但有机会向外国人宣传西藏文化，他还是特别高兴。

"麻烦您跟他们通融一下，推几天，产生的费用由我出。"黎哲教授说。

"费用不用你们管，但你们可能是我个人唐卡展的最后观众。"妙莲回答道。在这个小城生活了一辈子，都是老朋友了，场地推迟几天他觉得问题不大。只是他可能要在展厅里多睡几天，毕竟是他一生的心血，马虎不得。

"在西藏难得遇到云何老乡，您订好机票通知我，我到机场接你们。"妙莲隐隐觉得一定有大事要发生，一定的。

李穷尼玛说他也一起去接机，毕竟他也是云何人。

14 号中午的 11 点左右，妙莲刚从展厅回到家，喂完鸟儿，躺床上睡个回笼觉，《蓝莲花》的手机铃声突然心惊肉跳地响起。

是小慧！终于来电话了。

"妙莲叔叔，我是小慧。我在 318 国道世界柏树王的路口。"就是小慧的声音，声音没有任何异样。

"小慧，在那儿别动啊，等我。叔叔马上就到。"妙莲像弹簧一样从床上弹起来。

"好的，叔叔你慢慢——"小慧说到这里，手机就断掉了。

妙莲再拨过去，关机啦——

妙莲一生都羡慕那些关手机仍可以安然入睡的人，他只要关了手机就心烦意乱，坐立不安。生怕谁有要事找他，仿佛这世界离了他就不转了一样。

妙莲一边穿裤子，一边给肖丽打电话，告诉她这个情况。

"嗯，你尽力吧，不管出现什么情况，我不会怪你的。"肖丽再次把那句话重申了一遍，毕竟她也知道妙莲的压力。当妈的都没有办法，外人又能怎样？

妙莲慌慌张张地跑下楼，边发动车，边不停地拨小慧的手机，依旧关机。

妙莲才发现自己满头大汗，他把车窗摇下来，让风吹吹自己，好让自己感觉到事情的真实。

318国道的两旁是高高的西藏杨柳，金黄的树叶不时飘落，蓝天下，格外美。一个戴着一顶巨大的灰色布帽子瘦小的女孩，乖乖地倚坐在里程碑上，脏兮兮的旅行包放在脚边。满载货物的大卡车从她身旁飞驰而过，卷起落叶纷飞。

"是小慧吗？"妙莲赶忙下车问，她变得太黑了，妙莲都不敢认了。

"对不起，叔叔，手机没电了。这些年没怎么用手机。"小慧赶紧挥挥手，自责地说。

"没关系的。小慧平安就好。叔叔可是你爸爸最好的兄弟。"妙莲边说着他的预案中的第一句话，边把旅行包提起来放到后排座位上。车子后箱里全部是他的木工工具，准备撤展的时候用的。

"我爸爸送叔叔的菊花石在哪儿？"小慧一上车就问。

"在叔叔家，一会儿就送给小慧。"妙莲说。

"谢谢叔叔。"小慧望着窗外一片金黄，闻了闻自己的衣服，"叔叔，我是不是有体味了？"

"是有一点，牦牛的味道。"妙莲笑道，他说了句实话。

"我是不是有点黑了？"小慧看着妙莲。

"不是有一点点黑，是超级黑。"妙莲笑道。小慧的牙齿还是很白，两颗小虎牙显得特别乖巧，额头上被晒得一块一块的黑斑。

"叔叔，我想好好洗个澡，身上可能有好几斤痂痂，我都想不起来上次洗澡是什么时候，感觉隔了一个世纪。"小慧顽皮地说，有点撒娇的味道。

"好的，叔叔早饭都没吃呢，都快饿晕了。吃点东西再洗吧，洗了澡就去美美睡一觉。吃手抓羊肉还是加加面？"看小慧的状态，妙莲放心了。

"吃手抓羊肉吧，是手抓着羊吃吗？我现在能吃下一整只羊呢。加加面我吃过一次，吃了31碗，肚皮都胀翻了。"小慧笑道。这个妙莲知道。有的事少说好，因为别人可能知道得比你多。

"没有什么能够阻挡，我对自由的渴望。"妙莲《蓝莲花》手机铃声又响起，妙莲一猜肯定是肖丽，果然是她。

"是你妈，你接吧，叔叔开车打电话要扣分。"妙莲对小慧说。

"嗯。"小慧接过电话，轻声小心翼翼地说，"妈，你还好吗？小慧让妈妈担心了。"

"到了西藏要听妙莲叔叔的话，开开心心地去玩。等叔叔办完唐卡展一起回来。"

"嗯。"小慧应完沉默了很久，只是隐隐约约听到电话那头在不停地交代。

"妈，我会听叔叔话的。"小慧说完扣了电话，朝妙莲笑了笑，把手机还给妙莲。

车窗外艳阳高照，但远远的西方有一团浓浓的乌云翻滚着。

"谢谢你，小慧。恪守了和妙莲的约定。"妙莲看到云，不由得想起草原花丛之上的父亲，和对着白云大喊的自己。一晃三十年，如梦。

车外落叶飘飘。

"叔叔，你们为什么叫我爸爸茅室板板？好恶心的外号。"小慧突然问。

"哈哈，因为你爸爸长得和小慧现在一样黑呗。"妙莲笑着回答。这个问题他早就想好如何回答，知道见面小慧肯定会问。

"黑也不能取这么恶心的名字啊。"小慧看着反光镜里黑漆漆的自己不服地说。

"哈哈，刚才逗你的。其实你爸这外号啊，是云何的大美女上官秋雯取的。"妙莲脑补着当时的情景，仍忍不住放肆地大笑起来。

那天他们班上十多个同学一起放学回家，在云何电影院门口正好遇到上官秋雯，她身穿一套雪白的套裙，脚踩20厘米的白色高跟鞋，有节奏地把屁股扭得迷死个人，是男人都忍不住多看几眼。电影院是云何人最多的地方，当时又是人最多的时刻，上官秋雯像小孩子人来疯一样，挺着大胸脯扭得正来劲。

文万成嘴贱，随着上官秋雯扭屁股的节奏，突然喊起了："一二一、一二一、一二一。"

顿时，上官秋雯不会走路了，扭屁股的节奏完全乱了套，"哎呀！"吧嗒，摔在地上，一副囧态。

围观者大笑。

摔在地上的女神，就不是女神啦！

上官秋雯从地上爬起来，咬牙切齿地冲着文万成大声骂道："你吃屎去吧！你这个茅室板板！"不愧是县里当家的播音员，骂的声音还超好听。

围观者笑声更大。"茅室板板"，从此文万成就有了这个一辈子都甩不掉的绰号。

小慧也抿着嘴笑了，说："我爸爸是这样的人啊？骂我的时候一本正经的。"

"我也是听说的，但肯定是真实的。那时候你爸在城南小学，我在城北小学。"妙莲笑着说，"前面比日神山的山腰有个好人洞，说是好人进去了，就可以平安出来，但做过坏事的坏人进去了，就直接掉进十八层地狱。但从古至今，从没有人敢进去过。这说明长辈也是凡人，肯定做过不好的事。你还记得以前骂死个人的黎婆子吗？"

"听说过，但我很小她就死了。"

"以前大家对黎婆子骂长辈的事非常在意，后来都不在意了，因为都明白了这个道理。"妙莲解释说。

"嗯。"小慧轻声地应答着，接着盯着妙莲问道，"我爸真的给我妈吃了他的耳屎吗？"

"这个嘛，你问你妈呀。"其实，这个问题妙莲知道小慧会问，他不敢回答。

"我问过了，但只要一问她，她就恶心、反胃想吐，看来是真的。"说着，小慧的眼泪唰唰地往下流，带着哭腔说，"我不是爱情的结晶，而是一坨耳屎变的。难怪我的命会这么苦。"

小慧的突然爆发让妙莲措手不及，完全出乎了他的预案。

幸好，清真手抓羊肉馆到了。

"吃肉喽！"妙莲把车钥匙拔下来，笑着帮小慧把车门打开，小慧用手抹了抹脸，跟着下来。

妙莲朝戴小白帽的服务员比那个 OK 的姿势，说："老规矩。"

"好嘞，三斤精品羊肉，两个碗子，两碗炒面片。"提着铜壶的小服务员朝厨房喊道。

"等会儿，是五斤精品羊肉，三个碗子，三碗炒面片。"黄师一边气喘吁吁地跑进来，一边挥着巴掌喊完，转身又对妙莲说，"今天没啥生意，我估摸着妙总也该来这儿吃肉了，就在门口守着。"

小慧愣愣地看着瘦小的黄师：武警的上衣、蓝色的裤子、黄胶鞋没穿袜子、头发花白一寸来长、胡子拉碴。

"他叫黄师，这辈子最喜欢两个味道，女人腋窝的狐臭和羊肉的骚味。我去方便一下。"妙莲洗涮完黄师，径直去了厕所。

黄师尴尬地笑了笑，不搭腔。斗嘴皮子嘛，他从来斗不过妙莲。

等妙莲从厕所出来，黄师正在给小慧表演手劈鹅卵石，"嗨"，一掌而碎。

"黄师，你别发癫了，上次你把地板砸碎了都没让你赔。"手抓羊肉馆的马老板闻声跑过来喊道。

"叔叔，黄爷爷是真功夫欸。"小慧惊叹，脸上道道泪痕仍在。

"小慧，你千万别夸他，一夸高兴了，他就要表演菜刀砍脖子啦。出人命了，叔叔可不负责任。"妙莲又拿黄师开涮说。

"妙总，你知道的，我黄师 10 岁开始练功，到现在可是练了整整一个甲子的八卦掌。"黄师比画了一个非常地道的闭门推月招式说，"要不然我 70 岁了，还能吃能睡，蹬着三轮快得飞。"

"那你连儿媳妇都打不过。"妙莲很快乐地揭开了黄师最痛的伤疤，一点不给面子。

"哪？好男不和女斗，我是让她。再说，混元行意太极的创始人跟无名小辈打，还不是也输了，三次被 KO。"黄师习惯了妙莲这伙人的开涮，久远的伤疤不停地揭也就不疼了。他挥动干瘦的手，理直气壮地解释说，一边转移话题："小慧，现在剥点蒜，吃羊肉不吃蒜，营养减一半。现在不做好准备，等会儿你抢不过妙总的，他是有名的吃肉不客气！"

妙莲笑了，他的面前已剥好了十几颗红皮大蒜，小山一样堆着。

黄师则把腰间的 BB 机取下来，小心翼翼地放在桌上，摆出一副开抢的姿势。

"黄爷爷，这是 BB 机呀？还能用吗？"小慧不解地问。

"我儿子送我的。好歹是个通信工具。"黄师得意扬扬地说。虽然这个小塑料盒子从未响过。

热气腾腾的羊肉端过来了，用方形铝盆子装的，都是没剁断的带肉肋巴骨，一根一根整整齐齐地码了满满一盆。

盆子还在半空，妙莲和黄师不约而同地蹲起来伸手一人操起一根，直接塞嘴里，就着大蒜啃了起来，狼吞虎咽。

羊的肋巴骨就是超级爽！半肥半瘦，两人根本不用咀嚼直接往肚子里吞，肥油顺着嘴角往下流。

小慧见状，也赶紧拿起一根肉，急冲急冲地刚吞下第一口，妙莲和黄师就吃完了一根，啃第二根了。

小慧急了，狼吞虎咽地吃掉手中的那一根时，两人已经吃了第四根了，盆子只剩了七八根。小慧吃惊两人如狼一样的吃肉速度，居然哭了："你们欺负人！"

两个人不吭气，闷头在吃，怕吃亏。

小慧急得双手各拿一根、各咬了一口，流着眼泪说："哪有你们这样当爷爷、当叔叔的？"

"早就说啦，跟妙总吃肉，要抢！"黄师低着头，边安慰小慧边不停嘴吃，"等会儿你要没吃饱，可以吃我那碗面。"

小慧双手举肉，呆呆地看他俩，他从没见过这种吃肉阵势，风卷残云一般。

"莫旺财和李穷尼玛还没来，他们在你更惨。"黄师边说边摸盘子，空了。

妙莲抹抹嘴，他嘴巴终于有空说话了，看着小慧笑着说："挺聪明嘛，知道一下拿两根。"

"妙莲叔叔，你们平时吃肉都这么抢啊？"小慧呆呆地问，眼泪还挂在脸上。几分钟就风卷残云清盘的阵势，把她镇住了。

就像草原上的狮子一样，吃饱肉要躺着消食。妙莲喝了一口碗子，用卫生纸擦了擦手上的油，开始消食、喝茶、等面，这才有时间吹牛皮："跟他们吃手抓羊肉，没办法不抢，不快要吃亏。"

"你们一直都这么抢着吃肉啊？狼群一样。"小慧惊呆了。

"一直啊，二十多年啦，还不是被黄师逼的。"妙莲指着黄师笑着介绍缘由：那时候他刚去五工区挂职，年轻饭量好，每天早餐雷打不动半斤羊肉、一个碗子、一碗面。自从被黄师黏上了，每天早餐不管躲在哪家馆子吃，黄师准能找到，跑进来毫不客气地加半斤，然后更加不客气地跟妙莲抢，手嘴稍微慢点，盘子就被他抢空。日久天长就习惯了，习惯就成自然了。

"为什么黄爷爷要抢？"小慧迷惑了。

"他蹬三轮车挣的钱全部存起，准备今后交给打得他乱跳的儿媳妇，免得见面了再被打，基本上每天就吃这一顿。他干的体力活消耗又大，你说能不像狼一样抢吗？"妙莲一本正经地说，其实是在洗涮黄师。现在家家都买了私家车，出租车又满街跑，谁还会去坐日晒雨淋的人力三轮车。所以，黄师一天守下来，也挣不到三块五块钱，勉强糊口。

"如果哪天叔叔有事不去吃呢？"小慧把眼睛睁得大大的，仔细看确实漂亮。

"那他就去别家蹭饭吃，或者饿着，最多一次饿了三天。反正一分一厘都要存着，将来死了准备给儿媳妇的。"妙莲一口一个儿媳妇，拿黄师开涮生怕不狠。

"别听妙总乱讲，我是在准备棺材板钱。"黄师一边说一边开始摸口袋。

后面黄师接下来的动作，妙莲知道，所以先笑了。

小慧慢吞吞地啃着，小口地咬着蒜，为刚才自己的小聪明而得意。

啪！黄师狠狠地抽了自己一记响亮的耳光。

小慧吓得不轻，嘴里咬着肉，嘴角流着油，愣住了，半天才缓过神来问："黄爷爷，你怎么啦？"

"我高兴啊！后顾之忧解决了，人生无憾。"黄师从口袋里掏出一沓红彤彤的百元大钞，得意扬扬地数起来。一共40张，4000元人民币。

小慧看着妙莲，求答案。

妙莲不语，一直笑。

"妙总过两天就回内地，我也70岁的人了。如果哪天我倒下死了，我可不想没人收尸，暴尸街头。这4000元就是我留给自己的丧葬费。"黄师说得逻辑清楚，思路清晰。

"有政府啊，这类事民政局肯定会管。"小慧说。

"不管是谁来埋我，这钱就送谁啦。我留了张条子的。"黄师说这话的时候，一脸的悲戚。

或许是说到小慧的痛点，小慧的两行泪唰地流了下来，滴在羊肉上。

她的脸真黑！

"我们走吧，你黄爷爷清醒的时候是抽自己，睡着了准梦游扇别人。小慧，我们趁他没睡着，赶快走。"妙莲说完，站起来，拍了拍小慧的肩膀。

轰隆隆，一道闪电划破漆黑的天空，狂风刮得落叶满天飞舞。

妙莲缩着脖子拉小慧钻进车，回家。

黄师眯着双眼，骑上他的宝贝三轮车迎着黄沙和狂风而去，天气越恶劣，越是他挣钱的好时候。

"黄爷爷刚才悄悄地告诉我，他是叔叔的保镖。"小慧看着妙莲说。

"算是吧，他自己以为是。"妙莲指了指自己的脑袋，打燃汽车。

"那黄爷爷真的保护过你吗？"小慧好奇。

"怎么说呢，比如有一次深夜，叔叔和昌都来的四个朋友在路边烧烤摊吃消夜。都喝了一点酒有点醉了，推推搡搡地抢着买单。谁知你黄爷爷大喝一声冲过来，一阵八卦掌乱劈，把四个人全部打翻在地上。他倒是一战成名，害得只要叔叔同人吃饭，没人敢抢着买单了。"妙莲苦笑着说，"如果这次算他保护过叔叔的话，那他就保护过我。"

小慧捂着嘴笑起来，难怪叔叔这么损他。

"拿他开涮倒不是这个原因，损他只是因为叔叔嘴臭。人生嘛，就是笑笑别人，然后被人笑笑，不要活在别人的目光和话语里，累！"妙莲解释说，好像损人还有理论基础。

"笑笑别人，再被人笑笑。"小慧重复着妙莲的话，若有所思。

雨点稀稀拉拉地开始砸下来。天上乌云黑如墨，妙莲打开车灯，好在拐弯家就到了。

妙莲拎着小慧的大背包打开家门，电视机旁的菊花石泪水涟涟，把旁边的一条白毛巾都打湿了。

小慧扑过去蹲在地上，抱住圆圆的菊花石，号啕大哭："爸爸，我可怜的爸爸！"

"嘘——小慧，小声点哭，别把叔叔的鸟儿惊飞了。你先把菊花石装起来，叔叔送你了。"妙莲把食指放到嘴中间，故意转移话题说。这是他早就准备好的预案，不能让小慧太受刺激。

小慧站起来，从大背包里取出一个米黄色的旅行袋，小心翼翼地把菊花石放进袋里。大小正合适，妙莲前面把菊花石的图片和大小都发给她了。

"这个座子我打个木箱寄给你妈，飞机上没办法带。"妙莲说完，赶紧到厨房抓一把小米走到阳台后窗，"来，小慧，跟叔叔一起喂鸟儿。"这也是妙莲的预案之一——动物有时是最好的心灵治愈师。

一只斑鸠、十多只麻雀静静地站在窗外不远的电线上，豆大的雨点打在鸟儿们身上。见妙莲过来，鸟儿们都飞到木板上，扭着小脑袋等着妙莲把双手打开。

"好乖，怎么会这样神奇？"小慧站起来，好奇地问。

"神奇啥？叔叔这样喂食鸟儿二十多年了。就是因为舍不得它们，所以叔叔一直没有搬家。"妙莲打开双手，小鸟儿开始疯狂地抢食，就像刚才他在抢肉一样。

"这些鸟儿好有灵性。"小慧摸着鸟儿说。

"鸟儿呀，和人一样，你对它们好，它们会感觉得到的。"妙莲拍拍手上的残渣说，"你洗澡吧，叔叔跟你阿姨打会儿电话。"

"嗯。叔叔，我肯定要洗好久啊。感觉一个世纪没洗澡，头发都被油结住了，感觉不到痒了。"小慧从大背包里拿出衣服，走进了卫生间。

妙莲看了一眼手机上的时间，14:13。

闪电，把天空扯得稀烂。暴雨倾盆。

窗台上的麻雀不见了踪影，只有那只斑鸠躲在花盆后面，可能它才刚出窝不久，被惊雷吓得瑟瑟发抖，不敢飞。

"对不起，叔叔。我差点忘了——"小慧头发乱哄哄地从卫生间跑出来，把装着菊花石的旅行袋抱在怀里，跑回卫生间。

妙莲本想制止，但很快又提醒自己：不要乱猜，因为那样没有任何意义，徒增烦恼而已。这是妙莲的经验，自己天性是容易钻牛角尖的人，所以不要轻易拿起牛角，离得越远越好。

于是，妙莲拨通了与老婆的微信视频，告诉她，接到小慧了。

"小慧还好吗？"老婆问。

"挺好，她在家里洗澡。刚刚我们去吃肉回来，今天我比黄师多吃了一根。"妙莲得意地答。

"你吃慢点，吃快了对身体不好。"老婆说完，把刚满一百天的孙子抱过来，"宝宝，叫爷爷。"

宝宝笑了，天使般的甜，眼睛透亮。

"啊，啊，啊。宝宝，是爷爷。给爷爷笑一个。"妙莲开始逗宝宝。隔代亲？隔代不亲才怪呢！

宝宝依然笑，依然天使般的甜，把两个小手乱舞着。

"啊，啊，啊。再笑一个。好乖，宝宝好乖。"妙莲也笑，幸福洋溢在脸上。每个宝宝都是上天赐给家庭的礼物。

幸福的时间总是过得飞快。窗外的雨也停了，花盆后的小斑鸠也不知道啥时飞走了。林芝入秋后的雨来得猛，但下不长，只是一次更比一次凉。

卫生间里隐隐传来哭声，妙莲看了一眼手机上的时间，16:00，赶紧和老婆以及宝宝挥挥手，挂断。

"小慧，你怎么啦？没事吧？"妙莲边敲门边问。

"叔叔，我——呜呜——"小慧在卫生间里号啕大哭。

"小慧，快开门！快点开门！"妙莲开始砸门，一个女孩子在卫生间，他也只能砸门。

"叔叔，对不起，我把卫生间弄脏了，我打扫干净。"小慧把门打开，她头发湿漉漉的，身上穿着一套崭新的深灰色户外装。左手腕割开了一道伤口，血流如注，整块菊花石上都是血，整个卫生间的地上也是一片鲜红。

妙莲二话不说，背起小慧就走。好在她体重超轻，最多只有七八十斤。

"叔叔，我自己能走的。"小慧轻声说。

妙莲不管她，把她背下楼，塞进车里，打开双闪灯，连闯四个红灯，来到人民医院急救室。

幸好，割得不深，没有伤到大血管。

"叔叔，对不起！小慧没有恪守与妙莲的约定。小慧实在觉得对不起爸爸，如果当时小慧没有闹着要买红裙子，或许爸爸就不会出事了。"小慧无限自责地说。

"乱说！"妙莲大声吼道。

"看到叔叔刮胡子的刀片，我拿在手里很久很久，觉得做人好累好苦，生命没有意义。虽然道理我都懂，但是没忍住啊！"小慧躺在病床上不停地重复这句话，泪直流。她的左手腕都是以前割的伤痕，长短不一，像条形码一样。

大道理都懂，但小情绪难控，妙莲深有感触，于是安慰说："没关系的，小慧没事就好。缝了12针，医生说输点液消消炎，就可以出院了。"脑子里，想起云何大桥上的自己。但那晚他为什么要去云何大桥上，为什么要跳下去？他想不起理由。

仿佛仅仅是莫名的悲伤。

悄然间，妙莲悟到了：他的一生，都在与这莫名的悲伤斗争着，无时无刻不是这样，一刻不停。这是一场他不能输的斗争，否则，就会像爸爸一样。而他所有的武器，仅仅是他与张瞎子的约定——妙莲的约定。

妙莲摸摸小慧的额头，微微有点烫。

他走出病房，给肖丽打了一个电话，告诉此事。

肖丽说了声："让你为难啦。"沉默半晌又说，"妙莲，你说人生有什么意义吗？"不等妙莲回答，她很不礼貌地直接把电话挂了。女同学，永远觉得男同学欠她啥一样。

"唉！"妙莲叹一口气，走进病房。护士在给小慧拔针头，交代伤口如何护理。

月亮出来了，像一块被咬了一口的饼，如刚才被雨水洗过了一样，贼亮，在云间转来转去。

雨后的空气透彻清新。妙莲深吸了一口空气，感受人间的美好。

可惜啊！六趾周仓又要死了。

"叔叔，对不起。都是小慧不好，给您添了这么多麻烦。"

"为什么？"妙莲看着小慧说。他想知道，为什么好好的突然就想不开了。

"我想我可怜的爸爸啦，小慧对不起他。我真的不该闹着要买红裙子。"

"小慧只是个普通的善良爱美的姑娘，别什么事都揽在身上。"妙莲说道。

小慧默默不语看着窗外，眼泪唰唰地流。

"小慧，我们先回家去拿你的行李，今晚上陪叔叔去守唐卡展厅，那可是叔叔的心肝宝贝。"妙莲的语气里，没有商量的余地。原本妙莲是准备让小慧住家里，他仍睡展厅，现在瞧她们母女的状态，他不敢了。

"好。我睡帐篷，睡床上我也睡不着。帐篷里就像睡在棺材里一样舒服，我喜欢那种感觉。"小慧望着窗外的月光说。

"明天陪叔叔去机场接两个云何老乡。"妙莲继续安排。

"听叔叔的。"小慧声音如蚊子一般。

"一会儿叔叔给你讲讲唐卡的历史，还有这些唐卡的故事。"妙莲突然感觉压力山大，生怕小慧离开他的视线。

小慧打开窗户，让秋风吹着她的头发乱舞。

三馆的玻璃大门用链子锁从里面锁上了，黑灯瞎火，整个大厅只有墙角的几盏绿色的应急灯亮着。

"阿佳普布，阿佳普布，麻烦开下门，开门啊。"妙莲把玻璃门推开一个小缝，朝里大喊。

一会儿，一个小女孩的半个小脑袋从墙边露出来，紧张兮兮地问："谁？"

"我是妙莲，在里面办唐卡展的。你是谁？"妙莲也没见过她。

"哦，阿佳跟我说了叔叔，说你晚上也会过来睡。我来开门。"身穿工布古秀（工布藏装）的小女孩折腾了半天，才把链子锁打开。

"你是？阿佳普布呢？"妙莲问。

"我是新来的公益性岗位，我叫央央措。阿佳普布的儿子结婚，去拉萨了。"央央措说。

妙莲提着小慧的大背包，走进大厅，问："为什么不开灯啊？"

"刚刚我在打酥油茶，灯突然全熄了，好吓人。"央央措说。

"可能是保险烧坏了吧，我们找找看。"妙莲打开手机上的手电筒，带着两个女孩把可能安装保险的地方都检查了一圈。好怪，所有的保险都是好的。

窗外，如水的月光照进屋子里，梦幻一般的光亮。

"可能是小慧来林芝，月亮也高兴，想为小慧照明呢。"妙莲说着，打开唐卡展厅的玻璃门。

小慧的状态好像恢复了些，笑笑没说话。

四方形的展厅墙上，整整齐齐地挂着妙莲收藏的唐卡。月光照在唐卡上，神秘而庄严。妙莲也是第一次在月光之下欣赏唐卡，第一次感受这种神秘的美。他相信，今天的停电，是天意。

无论啥事，都有利有弊、有好有坏，换个角度想就好。

展厅的中间比较空旷，妙莲把行军床打开，铺上被子，然后盘坐在床上。

小慧也把她的蓝色帐篷展开，钻了进去，露出一个脑袋。

两人中间隔着一个红色的藏式茶几，茶几四周画的是吉祥八宝。

"叔叔、姐姐，你们喝点酥油茶吧。"央央措提着一个水瓶走进来，在茶几上摆上三个红色的茶杯，倒满，然后坐在妙莲边上。

"谢谢，这茶好香。"妙莲喝了一口，赞道。央央措立即起身添满，这是西藏喝酥油茶的习俗。只要客人喝一口，主人会立即添满，如果客人不想喝了，就一口把茶喝完，意思是不再喝了，让主人不要再添。

小慧也喝了一口，连说好喝。

央央措得意地笑，露出一口雪白的牙齿。

妙莲再次端起茶杯，他突然发现这画着红色六条五爪金龙的杯子不对劲。他赶紧一口喝完反过来，打开手机电筒，仔细端详杯底。不出所料，杯底是画着双圈的"雍正年制"，和史书上记载的一模一样。

"央央措，你是加拉村人？"妙莲赶紧问。

"是啊，叔叔怎么知道？"央央措瞪大了眼睛，小慧也一样。

"如果没错的话，这杯子是你从地下挖出来的，是用紫檀木箱子装着的，一共四个。"妙莲一边爱不释手地看着杯子，一边如数家珍地介绍，"这四个杯子叫雍正御赐红釉六龙杯，来历可不凡啊。它是雍正帝自己用过的心爱之物，后来赏赐给了西藏的上层人士。1788年廓尔喀入侵西藏，这套六龙杯被抢去了尼泊尔。1791年两广总督福康安奉乾隆帝的旨意领兵入藏，兵临廓尔喀的首都阳布，也就是加德满都。廓尔喀称臣请降，还回了抢去的东西。因当时加拉庄园的主人参与战斗，而且作战异常骁勇，福康安就把这四个六龙杯一同赏赐给了他，让加拉家族永世保存。嗯，后来——"妙莲卖了个关子。

"后来呢？"两个女孩迫不及待。

"后来啊，后来1950年8月15号加拉村一带发生了8.6级地震。加拉山后面的山体大滑坡，把整个加拉村人包括这套价值连城的茶杯都掩埋了，无一人生还。六龙杯也变成了传说。"妙莲由衷感叹道，"福康安赏赐六龙杯时，曾祝福加拉家族永世保存。世间的事，哪有永远。在藏语中，加拉的意思就是阎王殿。"

"叔叔说得对哟。前几年，我在青稞地里挖出来的盒子。"央央措说。

"盒子在哪儿？"

"送给福建来的支教老师了。她要回内地，我没有什么礼物送她，那个盒子很漂亮，上面雕着花鸟，我就把盒子送给她了。"央央措说。

"还有一个杯子呢，你不会也送人了吧？"妙莲急了。

"没送人，但让我打烂了。"央央措站起来，给小慧的杯子里倒上茶，给自己也满上，然后拎着水瓶站着，盯着妙莲手中的杯子。

妙莲无语了。

"央央措，你知道这杯子值多少钱吗？你知道那个鸡缸杯卖了多少钱吗？"妙莲故弄玄虚地说。

两个女孩子都不答话。

"鸡缸杯拍卖了 2.4 亿。如果全套六龙杯连盒子都一起的话，可能价值也差不太多吧。就是现在，这么一个历史脉络清晰，出自皇家赏赐的名品，怎么也要大几百万。"这是妙莲保守估计的价值。他半个多世纪的生命中，从未上手过这么值钱的文物。

"再贵再好的杯子，也是用来喝茶的。"央央措依旧抱着水瓶站在那儿，盯着妙莲手中的杯子。

妙莲只得小心翼翼地把手中的杯子放在茶几上。央央措把茶倒满，才坐下。

妙莲战兢兢地把茶杯端起来，呷了一小口。这哪是喝茶，这喝的是心跳啊！

"或许，央央措是对的。"妙莲想。人类文明，就是赋予那些没有意义的东西太多的意义，让原本无拘无束的生命里多了羁绊。

月光穿过树枝照进屋内，在地上印出一朵美丽的花。远处，不知名的鸟儿在喳喳地叫。

"央央措，你为什么要做公益性岗位？"妙莲知道，公益性岗位收入很低，家庭条件稍好的，都不愿干。

"因为我穷，村长推荐我来的。"央央措说。

"穷？"妙莲看着眼前的三个杯子。到底谁穷？

"原本——去年我哥哥收到大学录取通知书，一家人都很开心，爸爸开家里的拖拉机载着全家去派镇买酒买凉菜，准备好好庆祝一下。没想到掉进汹涌的雅江里，车子和人什么都没找到。"说这话的时候，妙莲也感觉到了央央措的伤感。

——悲哀。人生，祸福难料！西藏有句谚语：谁都不知道，来世与明天哪个先来临。

"我本来也在拖拉机上，是妞妞拼命地叫，它的奶胀得不行了。妈妈说必须要挤出来，否则牛会得病，就让我下车挤奶。"气氛一下变了。

"你的牛也叫妞妞吗？"妙莲放下杯子，瞪大眼睛问。

"是啊，我取的名字，汉语就是小女孩的意思。我们喝的酥油茶就是妞妞的奶打的。昨天我来八一镇前，就给妞妞耳朵上系根红绳子，放生啦。"这是西藏的习俗，只要耳朵上有红绳子的动物都是放生的，让它自生自灭。

小慧坐在那儿，流着泪听着，手腕上的白纱布异常显眼。

"我也有位耳朵上系着红绳子的朋友，她也叫妞妞，她是只羊。"妙莲从床上站起来，从正中的玻璃展柜中那神奇的小扎卡边，拿出那一幅破旧的小尺幅唐卡，风吹日晒，装裱的蓝色丝绸变得破烂不堪，画布上也什么都看不清了，只有留在妙莲心中悲伤的记忆。

"人世间，除了生死，都是小事。"于是，妙莲怀抱着唐卡，给两个姑娘讲了一个关于一只爱哭的羊的故事。

扫码探索人生百态
★人生故事 ★心理驿站 ★生活日记

第 五 章

每个人心中
都有一只哭泣的羊

这个故事源于拉稀。

那是妙莲进藏的第四天，按照当时拉萨人从成都飞回来的惯例，下飞机要在床上的厚被窝里捂三天。不知是真的高原反应还是躺久了，总之结果是妙莲浑身软绵绵的，头昏脑涨晕沉沉。

老妈提前从河坝林的宰牛场五元钱买了四根牦牛蹄子，那时候西藏有的就是肉，所以没啥肉又难打整的牦牛蹄子自然便宜，不能上桌当菜，只能当零食。

老妈一边自夸着自己的厨艺，一边在自家菜地边上用喷灯烧了再用刀刮，刮完再烧，反复多次，一直把牦牛蹄子打整成了诱人的金黄色，然后剁成六大块放进卤水里，文火卤 8 小时，一直到蹄子又软又糯，筷子都能插进去。

"不是我唠叨啊——"老妈一边唠叨，一边把码得尖尖的一脸盆牛蹄放在妙莲床前的木凳子上，让他随手可及。整个屋子里顿时热气腾腾，弥漫着桂皮、八角和家的味道。

妙莲从来没吃过如此美味的零食，一开始啃就根本停不下来。但让妙莲头疼的是，只要他屋子一有动静，老妈就闯进来，嘴里念叨着："不是我唠叨啊——"拉开她唠叨的序幕，让妙莲的头更疼。妙莲从断奶后就没跟他们在一起生活，不知道怎么跟他们交流。

所以，妙莲尽可能悄悄地啃。

三天，就这么静躺着，除了去公厕拉屎外，尿尿都是尿在床底的痰盂里，仿佛起床就会高原反应，就会死一样。

拉萨的天空幽蓝而且古怪，感觉高远的蓝天上住着神。窗外的白杨树被风吹得唰唰地响。

盆子里牛蹄子只剩一块了，妙莲犹豫了一下，还是侧身伸手去拿。

"嗡！"妙莲吓一跳，缩回手来。是只鸡蛋般肥大的绿头苍蝇趴在牛蹄子上，巨大的眼睛，血红，像两粒血珠。

"去，去去。"妙莲连连挥手，想把苍蝇赶走。

"嗡！嗡！嗡！"绿头苍蝇叫声比他还大还凶，而且一点都不鸟他，趴在蹄子上气势汹汹地振动着透明的翅膀。

"去！找死。"妙莲一下坐起来，头皮却有些发麻，他没见过这么大这么凶的苍蝇。

"嗡！嗡！嗡！嗡嗡！"苍蝇头朝着妙莲，雄赳赳气昂昂的，半立起身子。

"咦，邪了。西藏苍蝇都这么彪悍啊！"妙莲咬牙切齿地抄起身边的《读者文摘》杂志，啪的一下拍下去。

嗡嗡声停了，屋子里一片寂静。

窗外，有两只麻雀在叽叽喳喳。

妙莲小心翼翼地拿开杂志。怪啦——杂志下，除了牛蹄子，啥都没有。

——幻觉？

妙莲纠结了，这蹄子还吃吗？

这时老爸老妈嘀咕着开门进来，两人直接走进妙莲的房间。

老爸笑呵呵地说："妙莲脸色不错，明天可以上课去，学校联系好了，分在四班了。"

老妈看着盆子，说最后一块，吃了吧，她要洗盆子装油炸的鱼。那时西藏河里的鱼多得很，从来没人当菜，只能油炸给小孩子当零食吃。

妙莲拿起牛蹄子，心里全是那只超级恶心的苍蝇。

当妙莲第二次举手请假说要去拉屎时，教室里立即哄堂大笑。

物理老师手拿着粉笔，铁青着脸问："新同学，你叫什么名字？"

妙莲说他叫妙莲。

同学们笑得更放肆、更爽了，没听说过这么古怪的名字。

"你是妙玉的弟弟吧？"老师的脸气得更青。因为妙莲的屎，他教书以来，第一次控制不住教室里的局面。

同学们笑得更欢，开心得像过节。

妙莲满脸通红，捂着肚子急匆匆地走出教室，今天他再也不想进去了。

但去哪儿呢？老妈轮休在家炸鱼，为妙莲准备零食，尽其所能地讨好他。直到妙莲结婚生子以后，才体会到内地人在西藏忠孝两难全的难处。高原缺氧影响身体少活几年是小事，不能陪伴亲人，人生没有天伦之乐，才是真苦！

但此时妙莲只知道，他若此时回家，老妈的唠叨会变得没有标点符号，妙莲想想都虚。

烈日当空，晒得他更加头疼。妙莲沿着空无一人的鹅卵石马路漫无目的地走，如腾云驾雾般轻飘飘的，额头上冒着虚汗。

路的尽头就是拉萨河，碧绿清澈的河边热闹非凡。

河边一群一群的女人和小孩赤裸着白晃晃的身体，在洗澡洗衣服，嘻嘻哈哈，吵吵闹闹，笑声在河水之上荡漾。今天是西藏神秘的沐浴节第一天。据说，弃山星照耀的河水均会变成灵药圣水，能洗涤以往的病痛和烦恼，带来今后的健康和吉祥。

河对岸，一群光屁股的小孩在放瓦片风筝。这是一种西藏独有的会打架的风筝，人们在自己的风筝线上用胶水粘满了锋利的玻璃碴子，磨断天上所有飞翔的风筝线就为胜者。

河的中间有一个小岛，从天上看像仙人的脚印，所以叫仙足岛。岛上满是一种叫红柳的低矮的灌木，只有一棵孤零零的高大的柳树，鹤立鸡群一样立在岛上。妙莲感觉树上似乎挂了一块布片，随风在飘，刚想仔细去瞧。

突然，他的肚子奇痛难忍。

路的另一边是土坯夯出来的围墙，沿着围墙长着一排垂柳。妙莲龇牙咧嘴地蹲在柳树根下整了半天，就放了两个带水的屁，啥都没拉出来，肚子却也不疼了。

微风吹着柳枝刮在他的脸上，好痒。

"救命啊！救命啊！来人啊！"河对岸传来那群放风筝的小孩的呼喊声。

妙莲来不及多想，屁股都没擦，拎起裤子就往河边跑。河对面，几个小孩的脑袋在水中沉浮。

妙莲三下五除二脱得精光，赤条条站在麻石砌的防洪堤上。他本就是空档，因为刚才在教室时没憋住，把屎弄到短裤上，他直接扔进了茅坑。

但妙莲奇怪的是，他周边那些也是赤条条的女人仿佛没听到呼救声，也当他不存在一样，依旧嘻嘻哈哈地洗头洗衣服，快乐地忙碌着。

妙莲迟疑了一下，扑通，还是跳进了湍急的河中，水花四溅如莲花一般。水乡长大的他自信满满，在湖南他可以从早到晚泡在水里踩水嬉戏，不天黑不上岸。但他绝没想到，西藏的河水是从雪山雪水融化而来的，凉得刺骨啊。一入水，骨头顿时冰凉。

妙莲奋力地划着水。身后是女人们的尖叫，喊着他听不懂的话。

"一鼓作气，再而衰，三而竭。"妙莲念叨着语文课本上的句子，给自己打气鼓劲。他知道，对付寒冷唯一的办法，只有上岸。

当妙莲快游到岸边时，他才发现那五个小男孩站在齐腰深的水里，呆呆地看着他。"那个傻瓜真的游过来啦，快跑啊。"不知是哪个小孩喊了一声，他们随即跑上岸，不见踪影。

很远处，山脚下有个村庄。

妙莲大字形躺在滚烫的鹅卵石上，全身哆嗦，颤抖不已。第二天他才知道，他是为数不多游过拉萨河的人。不是因为河有多宽，而是因为水实在凉。

天上是明晃晃的太阳，身旁是哗啦啦的河水。

妙莲昏沉沉地躺了一个多小时，才稍微缓过劲来，慢慢地坐起来，全身滚烫。他不知道下一步该如何是好。

人生就是不停面临选择。此时，妙莲要么赤条条地从不远处的拉萨大桥走回去，虽然此时拉萨河边都是光溜溜的男女，但明目张胆地从车水马龙的桥上走过去，这也太夸张了，可能会成为拉萨永远的笑话。要么，趁着太阳尚在，温度没有骤降前冒险原路游回。

妙莲，选择了后者。他站起来，不停地安慰自己："没事的，没事的，没事的。"

一朵乌云飘过来，遮住了太阳。

远处，一只狗在呜呜地哭。

妙莲的脑袋一片空白，蜷缩着身体慢慢地走下河去。

入水他才明白，此举无异于在自杀。他连挥动手臂的力气都没有。瞬间，河水就把他卷起，夹在浪花中冲向下游。

河对岸，传来女人们的尖叫声。

或许是命不该绝，妙莲突然想起小学时教体育课的杜老师讲的，一个从未有人尝试过的自救办法："活水是淹不死人的，死水才容易淹死人。遇到脚抽筋或者其他意外情况，在流水中只要尽量地放松，慢慢地用嘴喝水，准死不了。"他也讲不出其中的道道，但妙莲无意中记下了。

于是，妙莲放松身体，伸展手脚，趴在水中。一口、两口、三口，慢慢地用嘴吞着河水。

时间和河水都在流淌，太阳照在他的背上，世界宁静啦。

"嗡嗡嗡。"妙莲仿佛觉得，那只鸡蛋般大的绿头苍蝇停在他的肩胛骨上，耀武扬威地叫着。

"去，去！走开。"妙莲突然觉得有人蹚下河，驱赶着苍蝇，把他拖上岸。

妙莲微睁眼睛，是一位赤裸的长发姑娘在扶着他，走进一个用粉红色半透明的尼龙布围成的围帐里，让他仰躺在红色的卡垫上。上方柳叶荫荫，一幅布画在头顶随风飘荡。

妙莲扭头看着姑娘，姑娘头戴翠绿的柳枝编成的头环，身体白皙、曲线优美、丹凤眼、高鼻子，那神秘之地长着淡淡的绒毛。

姑娘见妙莲盯着她，脸一红，转身走出围帐，从三个石头上架着的壶里倒出一杯热腾腾的清茶递给妙莲，说："快喝吧，喝完就不冷了。"声音柔得像天外飘来。

妙莲咬牙撑起身子，一口灌下去。微微带点咸味的暖暖的茶水，在妙莲冰冷的身体里慢慢流，温暖着他的每根血管、每块肌肤。好爽！

"嗡嗡嗡嗡嗡嗡。"那只绿头苍蝇又叫嚣着，停到妙莲的空杯子上，身体占住了大半的杯口，气焰嚣张。

"去！别烦人。"姑娘朝苍蝇挥了挥拳头。

"嘎嘎——嗡嗡嗡嗡嗡——嘎嘎。"突然，绿头苍蝇发出奇怪的声音，转身用巨大的红眼睛恶狠狠地盯着姑娘。

这阵势，妙莲惊呆了。

"你再在这里烦，小心我告你状，回去！"姑娘指着妙莲头顶的布画，厉声说。

无所畏惧的绿头苍蝇好似也有害怕的，无声飞起，飞进妙莲头顶的布画中，消失了。

妙莲目瞪口呆地看着，迟疑了好一会儿才问："好奇怪啊，还有不怕人的苍蝇？"

"它还觉得稀奇呢，还有不怕它的人。"姑娘笑着说。

不懂。但妙莲也笑了。"这么拽啊？"

"它当然拽咯，它可是地狱之蝇，平日里一直飞翔在血海之上，谁的头胆敢露出来，就叮咬谁。那里没人不怕它。"姑娘解释道。她接过妙莲手中的杯子，走出围帐，为妙莲又倒了一杯清茶。

晕——好晕！

她的身材凹凸有致，像精致的艺术品，真美妙！

妙莲不好意思地转过头。奇怪啦，河对岸一直在洗衣、洗澡的女人们和孩子们不见了，静悄悄的，只有哗哗的河水声。

"我是十九中初三（3）班的德吉央宗，阿爸阿妈叫我妞妞。认识你妙莲，妞妞很高兴。"德吉央宗蹲下来，把茶杯递给妙莲，顽皮地说。

妙莲愣住了，她认识我？！

"妙莲，你要答应妞妞，无论如何，绝不自杀！没有例外，没有理由！——这是我们的约定。"德吉央宗一本正经地看着妙莲说。

妙莲想起了账房里张瞎子那神秘莫测的眼神，问："我要对着白云喊吗？"

"你怎么知道？神圣的约定当然要对着神圣的白云呀。"德吉央宗惊呆。

"喊三遍？"

德吉央宗点点她美丽的头。柳环上的水珠，滴到妙莲的脸上。

蓝幽幽的天空上，没有太阳。一朵白云像白马一样飘过来。

"无论如何，绝不自杀！没有例外，没有理由！"连同标点符号，一共20个字。妙莲对着白云虔诚地喊了三遍。

白云听完，渐渐变得粉红，带着妙莲的约定，飘走了。

"德吉央宗，你认识云何账房张瞎子？"妙莲忍不住问。

"你猜呢？"德吉央宗神秘顽皮地一笑，用手轻柔地摸着妙莲的胸口。

这还用猜吗？

"妙莲，你不会忘了妞妞吧？"德吉央宗盯着妙莲的眼睛问。

妙莲盯着德吉央宗美妙的胸，点点头。

"妞妞是属羊的，如果今后有一只羊向妙莲求救，一定要救她啊。"德吉央宗非常郑重地交代着。

妙莲不懂，但点点头。

"妞妞从小就爱哭，挺烦人的，妙莲不准烦她，要让着她。"德吉央宗依旧在郑重地交代。

妙莲依旧不懂，依旧点点头。

"说定啦！"德吉央宗乖巧的脸上，笑容灿烂，白皙的牙露出了八颗。

"嗯，说定了。"妙莲答应了，真心答应的！

风吹着头顶那块布画，轻轻地摇曳。

"这是啥？"妙莲望着头顶那幅近乎空白的布画，有气无力地问。当时妙莲还不知道唐卡为何物。

"是一幅唐卡，是守护妞妞的唐卡。供养的是黄度母。"德吉央宗的声音，比唱歌还好听。

"哦。"妙莲似懂非懂。

"妙莲，你看着这幅唐卡，盯着看，啥都不想就回去了。"德吉央宗指着唐卡说。

妙莲盯着轻轻晃动的唐卡，一阵眩晕。

"妙莲，再见！姐姐爱哭，不许烦她。"声音仿佛来自天边。

一个穿着红花大裤头赤裸着上身的肥硕妇女，把妙莲胀鼓的肚子抵在弯曲的膝盖上，狠狠地一掌拍在他背上，动作如行云流水，一气呵成。

"哇！啊！哦，哦。"妙莲鼓胀的肚子里面的水从嘴巴鼻孔里喷涌而出。

"措姆医生手法真厉害。"一大群妇女围着妙莲，交口称赞。

妙莲从措姆医生的怀里滚到地上，光屁股坐在鹅卵石的地上，如同做梦一般。眼见周围围满了笑嘻嘻的女人，他立马尴尬地用双手捂住裆部，鼻孔里都是牛蹄子渣滓，堵得痒痒的。

这一切，恍如隔世，恍如一梦。

见妙莲的窘态，女人们更加爽快地哈哈大笑，特别过瘾。

"哈哈哈哈，沐浴节里他都不好意思。"

"哈哈哈，我们谁家男人没有，谁稀罕他的？"

"他这么高个，毛都没长齐，好怪哦。哈哈哈哈。"

女人们七嘴八舌议论，笑得更放肆，更猛！更烈！

妙莲爬起来，夹紧双腿，一手挡前、一手挡后，如跛脚的鸭子一般，摇摇晃晃地去找他脱在防洪堤上的衣裤。

他身后，被笑声笼罩。

那一夜，妙莲吃不下睡不着，直挺挺地躺在床上。嗓子刺痛，鼻子里似乎还塞了一块牛肉，怎么都弄不出来。他不知道，此时是淹死了的妙莲在梦里，还是真真实实活着的妙莲在床上。

他心里一直想着德吉央宗奇怪的话。

第二天，妙莲没去上课。

他穿上老爸为他准备的一套崭新的军装，把军腰带扣得紧紧的，用纱巾塞到军帽里，戴上，让自己显得高大威猛点。

拉萨有一个优点，就是永远不会迷路。红白相间的布达拉宫高高地耸立在红山之上，抬头即可望见，知道自己大概的位置。

只问了一个人，妙莲就找到了乌孜山下的十九中，上课铃声刚刚响起，没表，也不知道是第几节课。

学校门口槐树下，摆着一个凉粉摊子。

妙莲觉得好累，浑身无力，还没有恢复过来，于是，一屁股坐在摊子前的长条凳上。

"同学，吃凉粉？一毛钱。"凉粉老板是个老年妇女，一口黄牙，一口陕西话。

妙莲无奈地点点头，递给她五毛。

"张手啊。"老板切了一片薄薄的凉粉说，巴掌样大。

妙莲只得伸手张开，老板把凉粉放在妙莲手上，舀一勺子辣椒酱倒在凉粉中间，抹一抹。

妙莲盯着老板的黄牙，愣在那儿。他不知道拉萨小孩吃凉粉，都是用嘴巴舔着吃，声称这样才过瘾，才有吃凉粉的感觉。

"喂，老板来一块，切厚一点，多放点辣子。"一个穿着绿色藏装的女孩子伸着手掌，站在妙莲身边喊。

妙莲一手接过老板找的四毛钱，一手托着凉粉，问女孩："喂，你是十九中的？"

姑娘看了一眼妙莲，笑起来，说："是啊，你要请我吃凉粉啊？"

妙莲点点头，递给老板一毛钱。

"那我就不客气啦。哦，老板，还要多放点辣子哈。"姑娘接过凉粉，坐在妙莲身旁，津津有味地舔着手中的美味。

"喂，同学，你有点拽哟，从哪儿弄的新军装？"姑娘看着妙莲，点着头问。

"不知道，我老爸给我的。"

"你是新来的？以前学校里可一套新军装都没有。我哥仁青做梦都想要一套。"

"我不是你们十九中的，我是一中的。我叫妙莲。"妙莲看着姑娘说。她皮肤略黑，但眼睛挺大，双眼皮。

"我叫卓玛，中卓玛。我们班上有三个卓玛。我们在上体育课，我最恨那个邱老师了，看到他我就牙痒痒。所以我说我来例假了，溜出来吃凉粉。"姑娘继续津津有味地舔着手中的凉粉，喋喋不休地问，"你来十九中干吗？找人打架吗？"

"我找人，初三（3）班的。"妙莲一口把手中的凉粉吃掉，有点辣。

"我就是初三（3）班的呀，你找谁？是女同学吗？"卓玛把手中的凉粉吃完，突然有点害羞了。

"（3）班的德吉央宗。"妙莲话音未落，卓玛像遇到鬼一样，睁着大大的眼睛看着。

马路上，车来车往，像是人间。

"你没搞错吧，妞妞她——"卓玛拉起妙莲的手，匆匆地走到不远处的槐树林里，问。

"妞妞她怎么啦？"妙莲太想知道了。

"你是真不知道？妞妞她——"

妙莲看着卓玛，一脸茫然。

"我们坐下说吧？"卓玛盘腿坐在绿茵茵的草地上，妙莲也坐下。

几片泛黄的槐树叶飘落，落在他们的身上头上。

"我和妞妞小学开始就是同桌，也是最要好的朋友，无话不说的那种。我们都喜欢看学校的男同学踢足球。他们可厉害啦，经常参加拉萨的学校之间比赛，经常得冠军。姐姐她喜欢上了——"说到这里，卓玛的眼泪情不自禁地流下来，滴落在胸前。

妙莲摸摸口袋，没有手绢。

卓玛用手背擦了擦眼泪，接着说："姐姐喜欢的人是校足球队的队长久美多吉，其实我们俩都喜欢他，学校里的好些女生也都喜欢他。我们聊天时最喜欢聊他，聊他的每一场比赛，进的每一个球。谁知——"

卓玛欲言又止，仰头望着天上，槐树叶开始渐渐变黄，几只小鸟在枝头跳来跳去。

"妙莲，你为什么要找她？"卓玛突然问。

"她救过我，救过我的命。"妙莲一脸的感慨和真诚。

卓玛看着妙莲，继续说："那是姐姐15岁生日那天，她瞒着任何人包括我，喜气洋洋地穿着崭新的藏装，一大早就守在学校门口，等他。等久美多吉和几个男同学骑着自行车过来，姐姐红着脸跑过去，递了一张纸条。上面写着'久美多吉：喜欢看你踢球，也喜欢你。今晚，你能参加我的生日聚会吗？我妈妈做的人参果饭可好吃啦。初三（3）班德吉央宗。'久美多吉愣住了，身旁的几个同学调笑他：'久美，你火哟。小丫头也想泡你了，不怕旺姆吃醋吗？'

"他们都是高三毕业班的，比我们高三个年级。

"正好此时，邱老师拎着一筐子喂兔子的青草过来，问久美多吉他们发生了啥喜事，这么开心。有人说久美多吉被小姑娘泡了。久美多吉跟邱老师关系一直铁，所以也没细想，尴尬地把纸条递给了他。

"原本校规校纪不关他体育老师的事，但邱老师特别想当校教导主任，学校里高年级的同学恋爱成风，他想借此杀杀这股歪风，立立威。课间操领操时，他突然心血来潮拿起广播，神叨叨地把这纸条的内容全文宣读了，点名表扬了久美多吉，也点了德吉央宗的名。

"当时，姐姐依然穿着天蓝色的藏装站在操场。这一下，所有的同学都望着她，笑！越笑越厉害越疯狂。

"姐姐捂着脸，跑出了学校。

"当晚，她就从拉萨大桥跳下去。当时并没有死，而是摔断了双腿，身上漂亮的藏装被湍急的河水冲掉了，赤身裸体地漂到仙足岛的那棵大柳树下。

"正值冬天，到处都结了冰。姐姐一直在呼喊，但没人听得见。

"妞妞就这样，呼喊的声音越来越微弱，直到活活冻死，全身变成粉红。"

说到这里，卓玛放声大哭。

人行道上的行人，停下脚步望着他们。

"你是怎么知道妞妞是被冻死的？"妙莲的心脏抽着疼，泪流满面。

"法医解剖后告诉我们的。"卓玛用袖子擦着脸，边擦边跑，跑回学校。

"娘的，久美多吉！"妙莲咬牙切齿地喊道。

下课铃声响了，欢笑声从学校喷涌而出，凉粉摊子前面顿时挤满了人。

蚊子和臭屁都是妙莲的同班同学，最调皮的两个。

妙莲对他俩说："叫上同学们，一起喝甜茶去，我请客。"

两人像看外星人一样看着妙莲，一脸的惊诧，遇到大款了？

"咋啦？"妙莲也被他俩看得一脸惊诧。

"现在是那些大人的喝茶时间，碰到了家长要挨揍。我们学生都是天不亮喝早茶。"臭屁说。

"他是怕家长，我才不怕。早茶，就是甜茶馆里的第一壶茶。茶要香一些、甜一些。"蚊子解释道。

"那明早吧，把班上的男同学都叫上。"妙莲从口袋里摸出一叠大团结，共 11 张，在他们面前得意地晃了晃。是黎春花给他送包裹的劳务费，剩下这些。

两个娃惊呆了，连连问："从哪儿偷的？"那时的西藏，每月能拿一百出头，算是高工资了。

"那——明早——你们把同学们都叫上吧，去革命茶馆喝甜茶。的鲁（肉汤）和藏面随便吃。我请客了。"妙莲不接他们的话，只是豪爽地说请客，心里却在盘算着。

"革命不能去，我爸经常去那儿喝茶，去红道馆吧。"臭屁说，他还是担心挨揍。当时拉萨有三家知名茶馆：革命、红梅、红道馆。红梅茶馆太远了，不能作为选项。

妙莲点点头，蚊子也点点头。

第二天是星期天。

月亮不见了，太阳还没出来，满天的星星。

红道馆里灯光昏暗。

藏式房门都比较低矮，妙莲的同学陆陆续续地弓着腰进来，相互打着招呼，找位置坐下，然后大声地喊："普姆，恰通。（姑娘，倒茶。）"

一个系蓝色围腰的藏族小姑娘，提着铝壶，不停地忙碌，忙前忙后给大家倒上茶，然后从桌上取走刚倒的茶钱，一毛钱一杯。

妙莲在大厅里转来转去，很热情地给同学们递烟，帮点上。

太阳出来了，同学们也到齐了。妙莲一数，算上自己，十八条好汉！悬着的心总算落地。

西藏喝甜茶的娱乐活动也就老三样：下象棋、玩克朗棋、吹牛皮。

那天上午整个甜茶馆里全是妙莲的同学，也就不玩别的，净吹牛皮。首先，一致赞扬妙莲拽得很，胆子忒大。第一天上课就把平时脾气超怪的物理老师气得流鼻血，还拿妙莲一点辙都没有。

没人信妙莲是真拉肚子，他只得扯着嘴巴，苦笑！

接着就是七嘴八舌聊打架。说到打架，大家都像打了鸡血一样超兴奋，纷纷介绍自己曾经的辉煌战绩。那年头，电影电视播放的要么是琼瑶的哭哭啼啼、寻死觅活的言情片，要么就是豪气冲天、侠肝义胆的武打、黑帮片。男生嘛，当然喜欢后者。

榜样的力量是无穷的！

大家吹出的战绩，一个比一个辉煌，直到妙莲漫不经心地站起来。

妙莲说，他孤身闯过河南登封的少林寺，当面见识过海灯法师的二指禅，在塔林准备偷学海灯法师梅花桩上的八卦掌，还准备拜海灯法师为师学习中国功夫。

说到此时，大厅里一片寂静，全是瞪大眼睛，没见过这么敢吹的人。

妙莲接着说，海灯法师说他年老体迈，不收徒。妙莲要学真功夫，可以报名寺庙举办的武术培训班。

妙莲问，培训班是啥辈分？

海灯法师答，没辈分。

妙莲顿时觉得没劲，都没辈分混个啥？江湖上行走好没面子。

原准备改道去峨眉，另寻名师，但听和他一样从江西来学武功的边云发讲，金庸说的峨眉山上尽是女尼，跟师太们学功夫更没面子。妙莲一想在理，就回湖南啦。

听到这里，大厅里笑声一片，没人信。妙莲又只得扯着嘴巴，苦笑！

别人信不信没关系，妙莲心中清楚，何必太在意。

妙莲看了一眼挂在墙上的钟，差不多啦。于是，他站起来大声地煽动："十九中有个人，拽得很。我跟他约了一场架，有没有人敢跟我一起去？"

同学们顿时明白，天下没有白食！

但此时，为时已晚，吃了人家的嘴短。

"走！我们都去。好兄弟，讲义气！"蚊子站起来，豪气冲天地说，"我们跟十九中踢足球，从来没赢过，特别是他们队长久美多吉，比牦牛还壮，场上谁都撞不倒他，不敢惹他，揍他们十九中的人一顿，出口恶气也好。"

妙莲心里咯噔一下。

"对方有多少人？"臭屁的声音发抖。

"四个。"妙莲说。

才四个？大家互相对望，立即来了兴趣，纷纷站起来。有的犹豫，有的激动。

"抄家伙，稳当一点。"妙莲心里想着蚊子刚才说的话。

同学们纷纷到甜茶馆的柴火堆里找棒子，在手里飞舞。长都是 50 厘米的样子，只是粗细不一。

妙莲没去柴火堆，他清点了一下桌上的钱，还剩 7 块 2 毛钱，揣到口袋里。

"妙莲，你为什么不找一根？"蚊子挥舞着手中的棒子问。

妙莲笑着拍了拍书包，里面是他跑遍拉萨才找到的两块红砖。当年茅室板板用红砖拍曾猴子的场景他永远忘不了，他觉得红砖是打架的核武器。

昨天中午，他带着这两块红砖去十九中找卓玛。

校门口，卓玛指着四个并排推着自行车出来的人说："就是他，第二个，最高最壮的那个。"

妙莲走上前，拦住他们，牛哄哄地指着第二个说："你就是久美多吉？"

"哦呀，居然有人敢指久美多吉的鼻子啦。"另三个都笑了起来。

"啥事？"久美多吉仿佛状态不是很好，没理另外三个人说。

"有本事我们单挑。"妙莲毫不畏惧，此时，他心中没有恐惧，只觉得风萧萧兮——

卓玛走过来，杏眼圆睁，站在妙莲的身后。

"我在学校门口，不打架。"久美多吉依旧情绪不高。

"去马路对面的林子里。"妙莲早就瞧好了。布达拉宫山角、龙王潭边的柳树林子——此地风水甚好！

"你打不过我的。"久美多吉满头卷发，膀大腰圆，壮得像非洲的雄狮，比体形单薄的妙莲整整高出一头。

"打不过，不就是一条命吗？"想到妞妞在寒冬的柳树下呼喊的凄惨样，妙莲咬牙切齿地说。

"我们高三的跟你们初中生单挑，胜之不武。我丢不起这个人。"久美多吉板着古铜色的脸，推着自行车边走边说，"你要真想打，明天12点去拉萨体育场。你有多少兄弟就喊多少，多多益善。我们就去四人。"

妙莲呆呆地站着，他此时除了口袋里的110元钱，在拉萨没有一个兄弟。

卓玛看透了妙莲的心思，说她明天让她哥哥仁青参加。

妙莲摇摇头，转身走开，烈日照在他的脸上，他想哭。

从红道馆穿过一条狭窄的小巷，就是拉萨体育场的大门。

风吹得黑色窗楣下的香布欢快地唱。同学们用棒子敲打着白色的墙壁打闹着，欢快地走过小巷。

偌大的体育场空荡荡的，只有围墙边翠绿的柳树上，一些麻雀叽叽喳喳闹个不停。大家盘腿围坐在足球场上，兴趣盎然地聊之前打架的趣事。

"他们是谁？来不来？会来吗？"臭屁侧身放连环屁一样地问妙莲。

"12点，准来。"妙莲一直盯着大门说。谁都没有手表，不知道时间，但妙莲估摸着，应该差不多了。

远处，当当当——四个壮汉骑着自行车，按动车铃，飞奔而来，转瞬即到。

坐在草地上的十八条好汉，赶紧爬起来，目瞪口呆。不知是谁胆怯地说："他是久美多吉！一个人曾赤手空拳打趴了八个痞子。而且另三个也全是十九中足球队的。"

确实，他们四个像四尊黑塔一般，威风凛凛，比妙莲这帮同学高出一截，粗壮数倍。

"哎哟，了不起，这帮屁小孩吃了豹子胆，还真敢来应战。"左边第二个说。

"久美多吉，拉萨出了不怕你的哟。"左边第一个说。

四人仰头大笑，笑得周边的麻雀都不叫了。远处，是金碧辉煌的布达拉宫，是光秃秃的山。

真是久美多吉！同学们纷纷把棍子丢在地上。

"我数一、二、三，给我们滚！"右边第一个吼道。

还没等他开始数数，十六条好汉，屁滚尿流地一溜烟儿跑了。

"我们也走吧？"蚊子低声对妙莲说。

妙莲摇摇头，从书包里把两块红砖拿出来，一手一块，说："蚊子，好兄弟，有今生，没来世！你也走吧。"

蚊子叹了一口气，转身走了。

妙莲昂首挺胸地站着，眼睛盯着久美多吉，微风吹起，吹在妙莲的军装上、头发上、砖头上！

"算你厉害，我认输了。"久美多吉转身，推着自行车欲走。

"啊——我跟你拼了。"妙莲威武雄壮地大喊，左手高举砖头，一往无前地冲了过去。

说时迟，那时快。嘭！啪！久美多吉转身抢起自行车，一下扫在妙莲身上，把妙莲铲翻在地。

不知是哪地方的血，流了出来，滴在草地上。

"啊——"妙莲不管这些，爬起来，大喊着，高举着手中的砖头，又冲了过去。

"找死！"久美多吉喊了一声。啪嗒！重重的一拳，打在妙莲的左眼上，把他打得眼一黑，飞出好远。血从左眼流出来，从那以后，妙莲这只左眼只能分出有无光亮，别的什么都看不清。

"啊——"妙莲继续爬起来，歇斯底里地呼喊着，高举着砖头，无所畏惧地再冲过去。

这玩命阵势，久经沙场的久美多吉也从没遇过。他的三个兄弟也扶着自行车愣在那。

他一把抓住了妙莲的双手，用力反拧。双方的力量悬殊太大，妙莲的手一松，两个红砖掉在草地上，脸上的血滴在红砖上。

"我们有什么仇？你为什么要这么玩命？"久美多吉龇着牙问，肥胖的脸上，变得全是横肉。

"我要为妞妞报仇！"妙莲眼睛看着他，也是龇牙咧嘴的。

时间静止了，空气凝固了。

久美多吉松开妙莲，迟疑了一下，捡起地上带血的砖头，啪！狠狠地敲在自己头上，砖头裂为两半。

"行了吧？"久美多吉缓慢地跪下来，从地上捡起两块烂砖，一手一块。啪！啪！用力把砖拍在自己头上，砖头顿时变得粉碎。两道鲜血从头顶蜿蜒着流了下来，滴在他米黄色的短袖上。

妙莲瞪着他，不吱声。

久美多吉捡起地上的那块好砖，双手高高举起，吼道："好兄弟，请你来！"

妙莲咬着牙，双手接过砖头，用力举起，高高飞起来，用洪荒之力狠狠地砸在他天灵盖上。

砖头！鲜血！泪水！流下来。

"谢谢兄弟——的救赎。"久美多吉喃喃地念叨，软绵绵地倒下去。

妙莲转过身，昂首挺胸。迎面，是萧萧的风。

妙莲来到河边，他没地方可去。不敢想象，老妈见到他这鬼样子会哭成啥样。

河水依然清澈，波光粼粼。

一老一少，在两棵歪脖子柳树间宰羊。一只已经剥了皮的羊鲜血淋淋地挂在树上，胸腔已经剖开，两人正在清理内脏。把不要的肠肚扔到透亮的河水里，红兮兮地随波漂，密密麻麻的小鱼围着游来游去。

另一只白色的绵羊被细绳绑住了四脚，躺在地上，颤抖不已。

妙莲不忍细看它，他想起了德吉央宗的话。沿着鹅卵石的路，往前方走。河中仙足岛上的那棵柳树的枝条，在微风中轻轻摇曳。

树枝上挂着的那幅唐卡也在轻轻地荡。

静悄悄的，他觉得左眼肿得像馒头，剧痛无比。

妙莲蹲在麻石的河堤上，捧着河水，洗了一把脸，洗掉脸上的血渍，然后脱掉衣服，扑通跳下河。

河堤到仙足岛的水很急却很窄，游四下，就游到岛上。

鹅卵石被太阳晒得滚烫，石头缝里长出的带刺灌木扎得脚生疼，妙莲一瘸一拐走在岛上。

"嗡嗡嗡嗡嗡嗡——"那只鸡蛋般大的绿头苍蝇，在妙莲的头顶上盘旋轰鸣，如直升机一样。

妙莲懒得理它，径直来到柳树下，柳树的树根下是一个紧紧捆着的包裹，妙莲打开一看，里面裹着的是粉红色的尼龙纱布。西藏人过林卡时搭围帐用的，就是姐姐那天用的。

妙莲流着两行泪，一红一白。他踮起双脚，解开白黑相间的羊毛绳子，刚把唐卡取下，准备卷起，砰的一声，那只鸡蛋般大的绿头苍蝇撞向画芯，消失了。

"咩——咩咩。"岸边，突然传来羊的叫唤声。

妙莲抬头一看，是那一老一少宰羊人正在追赶着一只东逃西窜的羊。

妙莲顿时头皮发麻。"喂——"他不顾一切地往岸边飞奔，跳下水，爬上岸，抱着衣服，张开双手，拦住两人。

"咩，咩，咩。"那只羊颤抖着躲在妙莲的身后，豆大的泪珠从眼中流出。

"你娃儿干吗？这是俺们的羊，准备晚上做羊肉串的。"老头说，手里握着尖刀，嘴唇开着裂。

"你闪远点！"少年虽然吼得凶，看到妙莲肿胀流血的左眼和腮帮还是有点虚。

妙莲咬着牙警告："你们不能杀它，我要买这只羊。"

"你娃儿有钱吗？我们从当雄买过来的。买成 25 块钱，卖你 30 块钱。"老头挥舞着手中的刀。

"我先给你们 7 块钱定金，其余的钱我回家去取。你们等着。"妙莲蹲下来，把军装披在羊身上，说："你是姐姐？是就点点头。不怕的，不怕！"

"咩咩咩——"羊点点头，紧紧地贴着妙莲的双脚，豆大的泪珠没入眼下的羊毛之中。妙莲也流泪了，红红的泪珠掉在了地上，摔成了八瓣。

"你娃儿快一点哟，我们还要重新回羊圈，牵只羊来杀。"老头把钱揣起来，递给年轻人一支烟，两人点上。

妙莲一口气跑回家，才发现钥匙在姐姐身上的军装里。老妈在值班，老爸去开会，家里空无一人。

妙莲跳起来，一脚踹开房门，拎起砍柴的斧头，砸开家里放钱的抽屉——

"姐姐，妙莲今天闯了好多祸，他不知道该怎么办。"妙莲怀抱唐卡，坐在防洪堤上，望着水里的鱼东游西蹿。家里虽然从来没有打小孩的恶习，闯再大祸也不会挨打，但他不知道怎么面对父母那恨铁不成钢的眼神。

"咩咩——咩咩。"妞妞可不想这些，在妙莲的身旁欢快地跑来跑去。

"哎！妞妞，今后你怎么办啊？"妙莲抱着唐卡忧心忡忡地爬起来，他肚子饿得咕咕叫。

妞妞跑到前面十几米远，转身站住，看着妙莲，眼神里尽是顽皮。

妙莲走几步，她也走几步。妙莲站着，她也停住。

太阳快落山了，天边的晚霞红彤彤的。

"妞妞，你去哪儿？让我跟着你走吗？"妙莲问。

"咩——咩——咩——"妞妞一声一声地叫唤着。

妙莲猜，是的。

妞妞在前面领路，妙莲跟在她身后。从河坝林经过拉萨大清真寺，穿过谜一样的八角街小巷，来到一棵古柳树前。柳树下，一个古老沧桑的大门敞开着。

左边，是卖古玩的商店，右边，是卖旅游工艺品的商店。

转经和磕长头的人们，心无旁骛地从他们身边经过。

路灯亮了，风停了。

"咩，咩，咩——"妞妞叫唤两声，带着妙莲走进大门。这是一个回字形的藏式两层小院。

妞妞轻车熟路地爬上陡峭的木质楼梯，走进一间敞开着门房的房间，妙莲跟着进去。

幽暗的屋子里，两位中年男女飞快地摇着手中的转经筒，目光呆滞地相对而坐。中间是一盏酥油灯，灯光摇曳。

"咩——咩——咩——咩。"妞妞大声地叫唤着，眼泪成串地流。

两人麻木地转过头，呆看着妙莲和妞妞，神情凄凉。

妞妞转身，钻进绣着吉祥结花纹布帘子的门。两人像弹簧一样地站起来，和妙莲一起走进房门，打开灯。

这是一个姑娘的闺房，墙上贴满了世界各地足球运动员的海报，床上的粉红色被子叠得整整齐齐，仿佛姑娘随时都会归来。

妞妞钻到床下，流着眼泪从床底下拖出一个鞋盒子。

中年妇女疾步跑上前，打开鞋盒子，四本塑料笔记本上放着一张纸条。大家迫不及待地打开一看，上面写着"阿爸、阿妈，妞妞好想好想永远陪伴你们。但今天邱老师在全校学生面前念了我写的信，我实在没脸再活在这个世界上了。你们要保重，好好地活，永远爱你们的妞妞。"

"啊——呜——我家妞妞回来了！啊——是妞妞回来啦！"饱经沧桑的院子里，传出惊天动地的号叫和痛哭声，凄惨地划破了黄昏的夜空。

妙莲抹了抹眼泪，把唐卡放在粉红的被子上，转身离开。

泪流一行，血流一行。

再次见到妞妞，是星期二的中午，在一中校门口。

妞妞的左耳朵上穿着一根鲜艳的红绳，这是放生羊的标志。在西藏，没有人会再伤害她了。

她的身旁，是穿着蓝色藏装的卓玛，她精心地梳着满脑袋小辫子，用红蓝毛线辫在一起，脸上扑了粉，有点成年女人的味道。

"咩——"妞妞叫了一声妙莲。

妙莲笑了，他懂。他的左眼睛像口罩一样裹了一块白纱布，医生说这只眼肯定废了。老妈一直哭，早上边煮面边哭。

"妙莲，没想到你那么厉害，把久美多吉打得满脑袋的伤口，说是去医院缝了好些针。"卓玛得意扬扬、滔滔不绝，"我跟同学们说，你是我好朋友。我哥仁青也说想跟你结拜为兄弟，我替你答应了。"

妙莲苦笑，低头摸着妞妞耳朵上的红绳。妞妞看着他，朝他笑。

"你说话呀？难道我们不是朋友？"卓玛的眼睛确实很漂亮，眼睫毛长长的弯弯的。

妙莲朝她点点头。他的左眼疼得半边脑袋都麻木了，有四颗牙也松了，摇摇欲掉。要不是怕老妈要命的唠叨，他真爬不起床。

蚊子和臭屁走过来，盯着卓玛高耸的胸脯说："妙莲，喝甜茶去？"

女孩子穿藏装特显腰身，特别显胸。

"妙莲，妞妞。我们喝甜茶去，我请客。妙莲还请我吃过凉粉的。"卓玛拉了一下妙莲的衣袖，转身对蚊子和臭屁嗔道，"你们两个是不是那天跑了的胆小鬼？好意思？羞不羞？"

被卓玛这一羞，蚊子和臭屁瓜兮兮地站着，想死的心都有。

一只亚马逊河的蝴蝶扇动了翅膀，得克萨斯州刮起了龙卷风。

那天他们去红梅茶馆喝了甜茶，改变了莫旺财的命运。

原本妙莲说是去红道馆。但卓玛说那里都是男生，女生不去的。再说她喜欢红梅这个名字，她的小名就叫红梅。

"咩——"妞妞唤了一声。

"你看，妞妞都同意了。我俩以前经常去红梅茶馆喝茶说话。"

妙莲无语。只知道今天下午要翘课了。

于是，妞妞快活地走在中间，妙莲有气无力地跟着。卓玛喋喋不休地说话，说她和妞妞的趣事，不停地问妞妞："妞妞，对吧？"

"咩——"妞妞应和着。

烈日当空，前路好远。

红梅茶馆里，妙莲和妞妞玩起了藏糌粑的游戏，他把两个拳头都伸到妞妞面前，让妞妞猜糌粑团在哪只手里，猜到了就给她吃，猜不到就刮她的鼻子。

妙莲也知道，妞妞准能闻到糌粑浓烈的香味儿，但妞妞经常猜错，让妙莲刮她的鼻子，让妙莲笑。他一笑，眼睛和牙齿就没那么疼了。

卓玛在边上自顾自地在说话。她说好可惜，久美多吉说他这辈子再也不摸足球了，他和旺姆准备报考西藏大学的师范学院，今后一起回昌都家乡的农村当老师，想想也挺冤枉的。

"你怎么知道的？"妙莲愣住了，双手停在空中。

"我哥仁青说的，他和久美多吉还有旺姆都是同班同学。"卓玛咬着牙说，"其实最坏的就是邱老师。都怪他！"

"咩——"眼泪在妞妞的眼睛中打着转——"咩——"她肯定想起了什么。两颗黄豆般大的泪流出来，消失在浓密的毛中。

"妞妞不哭。"卓玛蹲下来，用一条白手绢帮妞妞擦着眼泪，她自己也流泪了，泪珠掉在地上，"妙莲，我们去偷邱老师的兔子，替妞妞报仇！我把我哥仁青也叫上。"

"兔子？"妙莲莫名其妙。

"邱老师把他养的兔子看得比他的命还重要，如果把他的兔子全部偷了，相当于杀了他。"卓玛咬牙切齿地说。

那时候，拉萨只有一家位于八角街冲赛康的菜市场，而且只卖牛羊肉。内地人来西藏，想吃蔬菜、鸡蛋和其他肉食，必须自力更生，自己种自己养。谁家都把自己养的这些鸡鸭兔当成心肝宝贝，看得和命一样金贵。

"那偷了兔子怎么办？"妙莲站起来，提出了自己的疑惑。

"我们放生，放到山上去。"卓玛也站起来，说出了解决方案。

事情就这么定了——

行动时间：星期六晚上 12 点。

汇合地点：妞妞家门前柳树下。

参加人员：卓玛，她哥仁青，妙莲，还有妞妞。

那天月黑风高。

妙莲到时，八角街一带停电了。妞妞在黑漆漆的柳树下等着，有点害怕，又不敢叫。

"今天正好西郊也停电了，好机会。"仁青和卓玛骑着自行车叮叮当当地过来，递给妙莲一个麻袋说。仁青长啥样妙莲都没看清，只知道他个不高，身体单薄，上身穿着人造革的皮夹克，一动就吱吱响。

"妙莲，我搭你。妞妞你自己跑，要跑快一点。"卓玛对妙莲轻声地说，仿佛周边有人一样。

妞妞点点头。

十九中的大门敞开，他们大摇大摆地骑进去。妞妞犹豫了一下，也跟上来。

妙莲和仁青一人拎只麻袋，卓玛搂着妞妞，四人静静蹲在白杨树的林子里等待时机，但邱老师家一直灯火辉煌，吵吵闹闹。

仁青猫着腰说他去侦查一下，回来连连摇头说："完了，有好些老师在邱老师家打麻将，有几个还拿着蜡烛在边上观战，等位置。看这个架势要玩通宵，改天吧？"

计划没有变化快！

四人正在犹豫。突然，不远处传来一个女人的呼喊："有小偷！抓贼啊，抓贼啊！"

一个黑影，以超级古怪的姿势，朝他们这边跑来。

仁青一个箭步冲出去，一把把他抱住，大喊："妙莲，快来。揍小偷！"

妙莲冲过去，飞身一脚，踢在小偷的肚子上。接着一个左勾拳，狠狠地打在他的脸上，眼镜打飞。

这一脚一拳，是妙莲这辈子做的最后悔的事，肠子都悔青了！

邱老师家玩麻将的人也闻讯跑出来，把小偷团团围住。小偷的胸前塞得胀鼓鼓的，所以跑的姿势才那么古怪。

"贼娃子。你偷的什么？"一个操河南口音的大高个子老师把小偷的衣服扯开。

白花花的东西掉出来，散落一地。

大家捡起一看，是冰冷的硬邦邦的干馒头。

小偷慢慢地蹲下去，耸着肩，突然放声大哭，在漆黑的夜里，显得格外凄凉。

邱老师家冲出来的大人们摇摇头，一声叹息，转身又去继续他们的麻将。留下四人一羊在漆黑中，不知如何是好。

妞妞紧紧地贴着妙莲的脚。

"叔叔，你怎么会偷馒头？这冷馒头能吃吗？"卓玛蹲下来，摸着小偷的肩膀，轻声地问。

小偷止住哭，用手在地上摸。"我的眼镜。没有眼镜，我什么都看不见。"

大家赶快帮忙一起小心地在地上摸，一会儿就找到了。但一块镜片摔坏了，只剩镜框。

"叔叔，不好意思。我们刚才以为你是小偷。你要去哪儿？我搭你去。"仁青有点不好意思，把他扶起来。

"我没地方可去。"小偷说。他叫莫旺财，是四川遂宁人。和邻村的姑娘谈恋爱，不小心把姑娘肚子弄大了。姑娘家说要么拿1000块钱彩礼马上结婚，要么就把他杀了。他们家凑不出钱来，他一害怕，就孤身跑到西藏来打工挣那彩礼钱。谁知在阿里修路干了两年多，包工头突然跑了，一分钱工钱都没领到。

他好不容易来到拉萨，身无分文，晚上只有在大昭寺门前和朝佛的住在一起，已经四天没吃任何东西了。

大家沉默。天上星星出来了，秋风有点凉。

"先去我家，今晚上跟我睡吧，明天我问家里要钱，给你修眼镜。"妙莲只得这么说，做错了事，就要承担责任。

妙莲走进家门，打开灯。戴着独眼眼镜的莫旺财站在门口不肯进来。

"叔叔，咋啦？"

"水龙头在哪儿？我要去好好洗一下。满身的跳蚤臭虫。"莫旺财解释说。

"太冷了，西藏的水太凉。"妙莲想起拉萨河水就牙发抖，何况现在是深夜。

"有肥皂吗？洗衣粉也行，我不能把臭虫跳蚤带到你家床上。"莫旺财坚持说。

"窗台上有肥皂，水龙头在公厕边，我先睡了。"他说完倒在床上，眼睛开始疼了起来。

妙莲一觉醒，灯依旧亮着。莫旺财光着膀子坐在床边，捧着一张照片在看。

"是谁的照片？"妙莲坐起来。

"我女儿，差一个半月就满两岁了，好乖呀。"莫旺财把照片递给妙莲。

确实很乖，胖胖的。

"我想她们，为了她们，我要拼着命去挣钱，让她们过上好日子。等我有钱了——"莫旺财小心翼翼地把照片放进一个皱巴巴的信封里。

"睡吧，叔叔，你多大年纪了？"妙莲把灯关上。

"20！"

妙莲一下撑起来，又把灯打开，惊问："你也忒显老了吧，害得我们一直叫你叔叔。"他脸上黑得发亮，额头上满是皱纹，而且有一个大青包。怎么看，他都像40岁以上的人。

"我下手有那么狠吗，把你头上打这么大一个包。"妙莲觉得不至于吧，再说他打的也不是额头。

"是我自己撞的。"莫旺财呆呆地望着天花板说，"昨天实在太饿了，我想与其饿死，还不如给她娘俩留点钱。就写了封遗书装到口袋里，四处找车把自己撞死，想得点赔偿。谁知那藏族司机反应奇快，一脚刹住了，可惜啊，我只是撞了个包。"

"你不怕死？"妙莲看着他的头说。

"死不可怕，世间好多事都比死可怕。哎——"莫旺财深有感触地说。

"其实这人世间啊，除了生死，都是小事。"妙莲想起了张瞎子，他望着淡黄色的天花板，若有所思地把那天账房里的约定讲给莫旺财听。

莫旺财沉默良久，突然爬起来，光着上身，走出屋外。

圆月皎洁，一朵白云如金元宝一样在它不远处飘着。

"无论如何，绝不自杀！没有例外，没有理由！——无论如何，绝不自杀！没有例外，没有理由！——无论如何，绝不自杀！没有例外，没有理由！——这是我和妙莲的约定，我将一辈子恪守。"莫旺财大声地冲着那朵白云喊了三遍，浑身颤抖着跑回房间，带着冷风钻到被子里。

"一切都会好起来的，只要活着，就有希望！"妙莲说完，伸手把灯关了。

"是啊，幸好希望还在！唉，等我有钱了——"莫旺财在黑暗中陷入无限的遐想。"等我有钱了"这句话，成了他一生的口头禅，即使他发了财以后。

妙莲老爸上身穿着劳保手套拆了织成的白毛衣，双手捧着亮闪闪的铝盆，进门就兴奋地喊："老熊！发财喽，捡了好几根葱。正好做夹荤，做夹荤。"他在公厕边水管洗菜时，捡到几根别人不要的发黄的大葱叶子。自家门前的菜地里没种这种山东大葱。

妙莲老妈上身也是穿着这种白毛衣，屁颠屁颠地跑过来，接过老爸手中的洗菜盆，兴奋地说："妙莲，你去叫你朋友来吃饭，吃夹荤。"

——夹荤，是云何的一道特色菜，其实就是鸡蛋炒虾皮，荤上加荤，撒上葱花，去腥增香！

那天的夹荤，特别好吃！

妙莲这辈子都忘不了，每次想起，眼泪总忍不住流下来。

莫旺财戴着独眼龙的眼镜坐上桌。

妙莲说他进藏这半个月闯祸太多，等他哪天考了好成绩，再问家里要钱修眼镜。莫旺财说没事，有一只能看见就挺好，不碍事。

饭间，妙莲老爸突然交代说："大家都不要喝冷水了，昨天卫生局又检测了一次，大肠杆菌超标更严重。水龙头离粪坑太近，粪水渗过来了。妙莲那天拉肚子，肯定就是这个原因。"

"好恶心啊，我们都是喝的粪水。"妙莲老妈说。

"年初，财政上就拨了8000块钱，让另选址挖井。但我们拉萨地下都是鹅卵石和沙子，一挖就垮，太危险啦，没人敢接这个工程。"妙莲老爸说。

莫旺财的两眼突然放光，停下筷子说："叔叔，我不怕。"

妙莲老爸看了他一眼，停顿了一下说："我不过问工程的。小伙子，你多吃点菜吧。"

饭后，妙莲和老爸下象棋。老妈洗完碗，跑过来观战，见妙莲只剩孤马，而老爸还有双车，便乐呵呵地去剁鸡食。家里养了二十多只白母鸡、一只公鸡，每只鸡老妈都给取了名字，鸡们也知道自己叫啥。

突然，刺鼻的恶臭传来。

是莫旺财不知从哪儿找了个粪桶，在浇妙莲家的两畦菜地。浇完菜地，他径直地走到正在下棋的妙莲父子面前，跪下来，砰砰地磕了两个响头说："叔叔，您的大恩大德我永远不忘！"

妙莲老爸站起来，狠狠地盯着妙莲。

"叔叔，您不答应我就不起来。"莫旺财倔强地跪着。

"我跟办公室综合科说一下，不知道行不行。"妙莲老爸依旧狠狠地盯着妙莲说。

仅凭着一根麻绳和四块木板做安全防护，莫旺财带着他两个老乡硬是用一个月时间，活生生地挖出了一口井，完成了人生第一桶金的积累。春节前，他把女儿和老婆接来拉萨，又生了一个儿子。生意也越做越大。

口口声声"等我有钱了"的莫旺财超级抠，一分一厘都算得精。

或许是因为念妙莲那晚的点拨之恩，他对妙莲还算大方。每次妙莲到拉萨都会主动请吃饭，他来林芝也会给妙莲带些肉。

知道妙莲喜欢。

妞妞很忙也很乖，她要陪阿爸阿妈。

天空还是满天星斗时，妞妞就会从自己的闺房悄悄地来到阿爸阿妈的床前，蹲在木板地上，静静地等他们起床，陪他们一起去转"林廓"。

拉萨虔诚的信徒们的转经路有三条，也是三个圆圈。第一个圈在大昭寺里面，围绕着释迦牟尼佛殿，称为"朗廓"；第二个圆圈围绕着大昭寺，称为"八廓"；第三个圆圈围绕整个拉萨城转，称为"林廓"。自小昭寺北门出发，往东经过门仲桥，往南到拉萨河边，再往西围绕药王山，布达拉宫的红山。每转一圈都要在三岔路口丢一颗石子以示加持，因此在药王山附近形成了几个著名的玛尼堆。

林廓每转一圈约 10 公里，别的转经人只需要 3 小时就转一圈。妞妞他们家要走 5 小时，因为一路妞妞要玩。

阿爸喜欢走在左边，手里摇着一个巨大的镀金的转经筒，背上桶包里背着一个热水瓶，装的是酥油茶。

阿妈喜欢走在右边，手里摇着一个小巧的纯银的转经筒，是女儿以前用奖学金给她买的。藏式挎包里装的是煮熟的青稞，这是妞妞最喜欢吃的。

妞妞总是走在中间。隔一会儿她会找一个地方站着，大家一起休息，吃点东西。

吃青稞之前，妞妞都要找个地方躲一会儿，爸爸妈妈知道她难为情，妞妞从来不在转经路上乱拉屎，也不会当着阿爸阿妈的面拉，她害羞。

晚上就一家人看电视，只看藏语的《喜羊羊与灰太狼》，一家人不停地笑，好开心。

下午，妞妞就去找妙莲。

去之前，她都会让阿妈在额头上点上一点朱砂，她觉得这样漂亮。

她和妙莲有个秘密的地方，是大院最里面的白杨树林里。妙莲在那里架了一个沙袋，有时间就去练习飞腿。妞妞就在那地方找他，吃会儿青草。

她最喜欢看妙莲踢沙袋，自己也用小脑袋去撞，撞疼了就"咩咩咩"地叫妙莲，让妙莲给她摸摸，眼泪汪汪楚楚可怜的样子。

如果妙莲放学久了还不来，她就去红道馆大门口等会儿，等他和同学们一起出来，然后远远地跟着妙莲走一会儿，等妙莲悄悄地朝她摆摆手，再回家。

妙莲不让妞妞进红道馆，说那是男生去的地方，同学们笑他了，没面子。

妙莲说话妞妞是懂的，只要不说云何家乡话。妞妞的意思妙莲也懂，因为他们有约定。

"咩——"妞妞扭着头向左边，叫一声就是开心、同意。

"咩咩——"妞妞扭着头向右边，连叫两声就是不开心、不同意。

"咩咩咩咩。"妞妞顽皮地看着妙莲，连叫好多声，就是让妙莲猜一猜。

这是他们俩的秘密，连卓玛都不知道，她阿爸阿妈也不知道。

姐姐最喜欢干的事，就是陪妙莲去下棋。她喜欢看妙莲那专注的神态。

那年，聂卫平聂旋风在中日围棋擂台赛上一路过关斩将，所向披靡，创造了 11 连胜的纪录。这使全国掀起了一股学围棋的浪潮。妙莲也在其中，完全沉迷在这黑白的世界里。而且那时，第一代藏漂背着吉他来到了西藏，他们掀起了西藏文学的一次小高潮。这帮人中，有不少是围棋高手。

即使是高三学习最紧张的时候，妙莲下午也经常翘课，骑着自行车带着姐姐，像武林高手一样敲开这些围棋高手的门。

赢了，姐姐就跑在妙莲自行车的前面，得意扬扬。

输了，姐姐就跟在妙莲自行车的后面，垂头丧气。

但不管输赢，妙莲回家后第一件事，就是盘坐在他画的太极八卦图前面，心里默默地复盘。

玩物丧志。妙莲这种痴迷，高考落榜是肯定的。

中午的拉萨，永远是烈日当空。

姐姐第一次站在一中校门口变得金黄的柳树下等妙莲。背上搭着一个红白相间的新褡裢，氆氇缝的，镶嵌着绿松石和四颗珊瑚，耳朵上的红绳子也换了根新的。

见妙莲走出校门，她得意扬扬地看着妙莲，转身带妙莲回家。

妙莲知道她会来，但他太穷了，只能把一张小纸条塞在姐姐的褡裢里。

"今天是姐姐 17 岁的生日，我们送她一个褡裢，把她喜欢的东西都放在里面。"姐姐阿爸头发花白，一脸的沧桑都写在脸上的皱纹里，丝毫看不出年纪。

"姐姐幸福，她想让妙莲你看到她幸福。"姐姐阿妈手里端着一碗人参果饭放在地上，抹着泪说。或许是过度的悲伤，更看不清她的年纪。

姐姐在自己曾经的闺房，蹲在地上，幸福地吃着人参果饭。"咩咩咩咩——"她朝着妙莲笑。

妙莲却哭了，眼泪无声地流。——今天也是姐姐的忌日啊！

"我们姐姐是个乖乖女，可乖可懂事啦。早上陪阿爸阿妈去转'林廓'，晚上陪我们看电视。"姐姐阿妈坐在木板地上，摸着姐姐说。

姐姐阿爸也坐在地上，看着女儿在吃，不知道他是在笑还是在哭。

"妞妞今天生日，妙莲没什么送你的，送妞妞一首诗。"妙莲蹲下来，抚摸着她，从褡裢里取出那张纸条，轻声地朗诵着：

那一年，
我丢了我的梦想。
门前的桂花树，
甜甜的花香。
我小心地捧起来，
洒落了满地的月光。

我背上行囊，
去了远方。
仙足岛上，
遇到了多情的姑娘。
蜜蜂嗡嗡吟唱，
母牦牛去偷看心中的情郎。

用信心去祈祷，
以微笑来供养。
观音菩萨流下了温暖的眼泪。
妞妞对我说，
妙莲啊，我的梦想，
遗失在天边的远方。

"咩咩咩咩——"妞妞似乎懂了，深情地望着妙莲。

此时，妙莲多么希望，眼前不是一只羊，而是仙足岛上那个身材曼妙的姑娘。

"妞妞今天想去哪儿玩？妙莲陪你。"妙莲说。

妞妞起来，用头抵了抵她阿爸阿妈的脚，算是打了招呼。然后跳出房门，一蹦一跳地走下陡峭的木梯子，领着妙莲来到了布达拉宫后面的龙王潭边的一个亭子里。

龙王潭是修建布达拉宫时，取土成坑形成的湖，水面上结了一层薄薄的冰，冰面上洒落着许多枯黄的柳叶。

对面，好多人踮着脚围成了一个圆圈。

妙莲跑过去一看，啊！是一具赤裸的无头女尸，好像是刚从龙王潭里打捞出来的。七八个公安正围着女尸在忙碌。

"咩咩——"妞妞咬着妙莲的裤腿，拖他回亭子里。让妙莲心里欠欠的，有什么是比无头女尸更好看、更刺激的？

正好，只见卓玛骑车过来了，说："今天妞妞生日，我准备带她去打扮一下。"

妙莲说："你怎么知道我们在这儿？"

卓玛笑了，说："这是我和妞妞的秘密，每次翘课，我们就喜欢躲在这亭子里聊天。今天妞妞生日，我猜妞妞这个重色轻友的家伙，一定会泄露我们的秘密带你来的。"

妙莲心不在焉地听着，眼睛看着远方的那一堆人。

"我们一起去吧？把妞妞这个小寿星打扮得漂亮一点。"卓玛看着妙莲说。

妙莲说是她们女生的事，他不想去，他在这儿待着等她们。

2 小时后，女尸被公安抬上警车，一脸严肃看热闹的人们才依依不舍散去，意犹未尽。

"咩咩咩咩——"卓玛也带着满身编着彩色小辫子的妞妞欢快地回来了。

太阳也快落山了，风吹得有点冷。

"我阿爸阿妈调到北京去工作，我和仁青也要去北京读书了。"卓玛遗憾地说。

妙莲说天安门挺漂亮，他去过，就是去少林寺那次去的。

"我会给你写信的。"

"——咩咩。"妞妞的脑袋扭向右边。

"我不太喜欢写信，可能不会回信。"

"——咩。"

"没关系。只要不退回来，我就会写的。"说这话的时候，卓玛的脸有点红。

"——咩。"满身漂亮小辫子的妞妞，紧紧地贴着妙莲的脚。

妙莲断断续续地收到了卓玛的几封信，他都没有回。直到卓玛写信说，她考取了人民大学，学校有个男孩子喜欢她，她也喜欢他。

妙莲回信说，祝他们幸福。他没考上大学，参加工作了，年底结婚，在林芝，欢迎他们来玩。

妙莲参加工作两年后才第一次去拉萨出差，是参加短期业务培训。

公交车从凌晨4点出发，一路昏昏欲睡，颠得浑身都快散架了。折腾到第二天凌晨4点才到拉萨。

妙莲在客运站招待所登记好房间，就走出招待所的大门，拉萨夜晚的狂风夹杂着沙子刮得他的脸生疼，眼睛根本睁不开。他只得退回房间，盘腿坐在床上，等着天亮。

天刚蒙蒙亮，风也停了。

街上是三三两两手执转经筒、嘴里念诵着六字真言、虔诚地转"林廓"的人们。妙莲一边小跑，一边打量着他们，希望能看到妞妞。因为妞妞每天也要陪她阿爸阿妈转这条道。

但是没有，有几个转经的人手中牵着自家的狗狗，只有一位牵羊的，是山羊。

妙莲气喘吁吁地来到那棵叶子变得金黄的柳树下，顿时傻眼了，眼前是一片被烧得精光的废墟。一个带着破毡帽的老头正在废墟中躬身翻寻着。

"怎么回事？怎么失火啦？"妙莲赶紧走过去问。

"消防说是电线老化引起的火，木头房子根本无法控制火势。"毡帽老头一边寻找一边喃喃地说，"我积攒了一辈子的家当，好些几百年以前的物件，一把火烧得精光。"

"你是——里面的人呢？"妙莲这才发现，他以前来找妞妞，经常看到他戴着毡帽坐在古董店门口，晒太阳，一副悠闲自得的样。

"本来大家都逃出来了，这老两口为了救他们家的那只羊，又冲进屋里，被烧死了。"毡帽老头叹息道，"唉——世间还有这么傻的夫妻——再宝贝的羊，也不能连命都不要吧？"

"羊呢？救出来了吗？"妙莲急切地问。他不知道如果他也在现场，会怎么选择。

"两口子用湿被子裹着羊，让她逃了出来，自己却被烧得什么都没有了。"毡帽老头手里拿着一个烧得变形的铜壶，对妙莲说："前两天这只羊背上背着个褡裢，一直蹲在柳树下，不吃不喝。四天前突然不再来了，可能死了吧。"他哀叹一声继续说："唉，命啊——羊的寿命也就 10 岁，可能她也快老死了吧。"

妙莲觉得头皮发麻，眼前出现一个可怕的情景。

他发疯似的往夺底路上莫旺财的公司跑，进门就喊："旺财，旺财！"

莫旺财正抱着胖乎乎的小子，乐呵呵地在看手下打扫卫生，他开的是办公用品公司，生意顺风顺水，模样也比妙莲第一次见他时显得年轻多了。

他见妙莲的慌张样，便问："妙莲，是你呀。你不是今天要上课吗？怎么一早就过来了。刚才我还跟我老婆念叨着，晚上请你吃火锅呢。"

"你的车呢？"妙莲急匆匆地问。

"怎么啦？车在院子里。"莫旺财把儿子放到地上，眼睛却看着满头大汗的妙莲。

"麻烦你，现在送我去林芝。"

"我？一会儿我要送货去那曲，明天才回来。"莫旺财为难地说。

"求你啦！我有急事。认识的人里只有你有车。"妙莲恳求道。

"好吧，现在就走吗？我去跟老婆说一下，让她跟那边解释一下。"莫旺财拿起一个馒头塞到嘴里。

他问妙莲吃不吃。他说从十九中那次以后，每次吃馒头就想到了妙莲的拳头。

莫旺财是高度近视，又是才考的驾照，所以紧张兮兮地握着皮卡车的方向盘。

妙莲也神色紧张地望着远处，东张西望。

路两边，金黄的白杨树叶，不停地飘落。前方，乌云密布。

一出达孜县城，纷纷扬扬的雪就飘了下来，而且越下越大，天上地上，白茫茫的一片。这是入秋以来的第一场雪。

路也越来越颠，妙莲的脑袋不时地撞在挡风玻璃上。妙莲管不了那么多，眼睛不停地在白茫茫的世界中寻找他熟悉的身影，紧张地不停地催促莫旺财，能不能再快点。

"你不要命，我莫总还要命呢。我是第一次在雪里开车，万一有个三长两短，我的老婆小孩怎么办？"莫旺财说。他最喜欢别人喊他莫总，也总是自称莫总。最烦别人叫他旺财，他觉得那是狗的名字。原本回遂宁接老婆女儿时，想顺便去派出所改名字，刚一提起，他老爸操起棍子就把他揍了一顿，说名字和身体都是父母给的，哪容得你说不要就不要啦。

他没法！老婆女儿接过来了，名字没改成。

雪像鹅毛一样地飘落在挡风玻璃上，三四米外就看不清路。

"妞妞真的可能会去找你吗？她只是一只羊啊。"莫旺财停下车来说。

"她不去林芝找我，这个世上还有哪个地方能去呢？"妙莲望着窗外，流着眼泪，眼睛里似乎看到了仙足岛上，那个赤身裸体的美丽的姑娘，"我们继续走吧。"

"我撒泡尿就走。你不饿吗？车上有方便面，可以干吃。"说完，莫旺财缩着脖子钻进了大雪之中，回来时已经变成了雪人。

车子开得慢得出奇，一直到傍晚，雪停了，世界变得白茫茫的。

米拉山脚下，妙莲看到了一个孤零零的身影——妞妞正沿着上山的公路，一瘸一拐地往山上爬，一瘸一拐地！

"妞妞——"妙莲赶忙打开车窗，大声地呼喊着。

真是妞妞？莫旺财一脸狐疑地看着妙莲，加大了油门，车子轰隆隆地响。

肯定是她！妙莲流着眼泪跳下车，扒开羊身上厚厚的积雪，果然身上搭着漂亮的褡裢，褡裢口袋里斜插着一幅唐卡——

"咩——"妞妞流泪了，豆大的泪，一串一串地流。

莫旺财和妙莲一起，在配电房旁搭了一个木板房，里面垫了厚厚的麻袋。再用一个麻袋做了一扇门帘，让里面暖暖和和的。

"妙莲，这就是你说的妞妞？"妙莲老婆艰难地蹲下来，摸着妞妞耳朵上烧断了的红绳子问。她怀孕了，九个月。

妙莲点点头。

莫旺财说是的，她救过妙莲的命。

从此以后，妞妞每天一瘸一拐地把妙莲送到大门口，目送他上班，然后一直趴在大门口边的草地上，一边吃草，一边等妙莲下班回来。

——对一只羊来说，她已经太老了，走不远！

直到除夕那天，晚上 10 点多钟。

天空，被星星和烟花打扮得异常灿烂。

电视里播的是春节联欢晚会的大型舞蹈节目，锣鼓喧天热闹非凡。妙莲和老婆蜷缩在温暖的床上，儿子躺在摇篮里香甜地睡着了，不知是做什么美梦，一直在笑。

"好像有人敲门哟。"妙莲老婆推了一下他。

妙莲缩着身体，打开房门。

"咩——"是妞妞。她声音微弱地叫着，圆圆的眼睛看着妙莲，背上搭着漂亮的褡裢。

"她可能不行了。"妙莲老婆说，她在儿子的摇篮边铺上一个麻袋，让妞妞躺在上面。妙莲抓了一把黄豆放在碗里，加了点温水，搁在妞妞的脑袋旁边。

12 点整，震天动地的鞭炮声响起，把才三个多月的儿子从睡梦中吓醒，吓得哇哇大哭。

妞妞悄无声息地慢慢闭上眼睛——妙莲看着她，觉得她在笑。

春节早晨的鞭炮声中，妙莲把木板棚子拆了，在那儿挖了一个大坑，再把妞妞用床单裹着抱下来，她身体软软的，眼睛一直流着泪。妙莲在上面种了株桃花。

每年春天，那株桃花都开得灿烂缤纷，是粉红色的花。——妞妞最喜欢的颜色。

"哇——叔叔，是不是真的呀？姐姐太可怜了。"小慧手捂着手腕上包扎得紧紧的纱布，放声大哭着问。

妙莲说，妙莲不说假话。

"桃花呢？桃树还在吗？我想去看看。"

"本来都有一抱粗了，去年要在那里修三峡宾馆，把它锯了。"妙莲惆怅地说。

"哇——叔叔，小慧错了。我要死了，会不会也变成一只羊？"小慧放肆地哭，哭声震天。

央央揞的哭声更加夸张，简直是号。月亮照在她俩泪流满面的脸，亮晶晶。

两个女孩的脸都好黑。

妙莲说："别哭了。先把杯子收起来，我给你们看妞妞的唐卡。拿杯子时小心点啊！叔叔全部的唐卡或许都值不过这一个杯子。"

这时，电突然来了，停得莫名其妙，来得也莫名其妙。整个大厅变得亮堂堂的，有些刺眼。

"妙总，开下门。"是黄师在大门外喊，声音洪亮。

"怎么啦？臭屁又来找你了。"妙莲打开玻璃门问。

"你那个同学是来借钱，我这是棺材板钱，怎么能借给他？"黄师边往里面走边得意地摸着鼓鼓的口袋，说，"我一喊就来电，是我给你们带来了光明。"

"你理臭屁干吗？滥赌的人就是无底洞。"妙莲边锁门边说。臭屁滥赌了一辈子，离过五次婚，结了六次婚，都是那个卖烧饼的女人。前两天他又躲债来了林芝，找妙莲，妙莲让他滚，滚得越远越好。

"我不给他借钱。他就赖在我的床上不走，我只有到你这儿来睡。"黄师依旧摸着口袋里那一沓子钱说，生怕被臭屁偷了。

他肯定是赌输红了眼睛。连70岁的人蹬人力三轮车挣的几个血汗钱，他都好意思打主意，也太不要脸啦！妙莲心里暗暗地骂着。

黄师昂首挺胸走进挂满唐卡的大厅，看到央央措，新来的不认识。他表演欲又上来了，举起干巴巴的右手，五指并拢说："我给你们表演个节目吧，单掌劈石。"

两个姑娘还沉浸在伤心之中，没理他。央央措把三个杯子小心地放在妙莲的床底下。

"去。这是1米×1米的高档地砖，弄烂了你蹬一个礼拜的三轮都赔不起。"妙莲说完，小心翼翼把怀里的唐卡放在藏式茶几上，慢慢展开。

这是一幅只有30厘米宽、50厘米长的小幅唐卡。天杆断了，地轴也没了。天蓝色的绸子装裱因为日晒雨淋褪去了颜色，布也朽了，变得一碰就烂。画芯变成了一片淡灰色，看不出任何其他颜色的痕迹，基本不知道曾经画过什么。

突然，一只鸡蛋样大的绿头苍蝇，从画芯中慢慢地显现，钻了出来。

妙莲愣住了。两个姑娘更是吓得捂住了嘴，瞪着大眼睛看着这恐怖的一幕。

说时迟，那时快。啪的一声，黄师夹着呼啸的风声一掌拍下去，嘴里慢吞吞地说道："也太瞧不起我们八卦掌啦！"

　　黄师慢慢地翻开手掌，手掌上是暗红的血，夹杂着苍蝇被拍得稀烂的残肢断腿与翅膀，一滴一滴地往下流。

扫码探索人生百态

★人生故事 ★心理驿站 ★生活日记

第 六 章

有时
人就像死了一样死了

黄师把三块硬纸板拼在地上，铺上被子，然后舒舒服服地躺下，几秒过后，呼噜声响起，震天地响。

月光如水，透过窗户，照在睡在墙角的黄师的脸上，也照在大厅中间小慧的帐篷上。

小慧拉开她帐篷的拉链，把小脑袋钻出来，推醒妙莲小声问："喂，叔叔，黄爷爷真的会梦游吗？真的会打人耳光吗？"

"没事的，小慧。你只要把帐篷拉链拉紧，他要梦游过来，你就尖叫。"妙莲笑道。

"会很疼吗？"小慧摸了一下自己的脸。

"今天你不是见识过两次吗？"妙莲坐起来说，"他练了60年的八卦掌。以前在蹲监狱时，把几个狱友的牙都扇掉了。"

"骗人。那叔叔为什么不怕，他梦游不打你？"小慧将信将疑。

"他说他是我保镖，梦里也是。所以每次梦游到我床前，都只会扇自己一记响亮的耳光。"妙莲一脸神秘莫测的笑。

小慧钻回帐篷，犹豫了一会儿，钻出帐篷，披上外套，把那顶肥大的布帽扣在头上。"我还是去跟央央搓睡，她刚才邀请我啦，说有悄悄话跟我说。"

"小慧，你不睡比棺材还舒服的帐篷啦？"妙莲嘴臭的毛病又犯了。

小慧撇了撇嘴，没理他。她弯着腰刚走出大厅门，又折了回来，从帐篷里拿出黄色的旅行包，紧紧地抱在怀里，悄悄地又走出去。

啪。一记响亮的耳光。

妙莲睁开眼，黄师像幽灵一样地盯着他。

8:00，闹钟响起。黄师已经出去挣钱了。

妙莲把小慧喊起来。小慧揉着眼睛，蓬头垢面地说："我不去了，好困。昨天央央措跟我说了一晚上的话，她不让我睡。"

"不行。"妙莲说，这没得商量。"飞机从重庆起飞好一会儿了，再晚了就迟到了，不礼貌的。"

小慧无奈，把肥大的帽子扣在乱哄哄的头上，抱着黄色旅行包斜躺在后排座上。

"央央措跟你讲什么，讲一晚上？"妙莲觉得，肯定是碗，也只能是碗。

"她说她喜欢同村的阿牛，阿牛不喜欢她。白多喜欢她，她又不喜欢白多。纠结了一晚上，让我帮她出主意。"小慧有气无力地答道。

"就这个？没说那天价的碗的事？"

"说了，说是今天打电话问下村长。"说完，小慧抱着那块菊花石睡着了。妙莲不知道她是真睡着，还是假睡，只得闭着嘴巴，默默地开自己的车。

深秋了，蓝天碧水，满目金黄。

飞机是提前降落的。

妙莲赶到时，乘客正陆陆续续地推着行李往外走。出口左边淡定地站着一女一男，女的大约60来岁，一身灰色呢子套装，肤色白皙，卷发，带黑框眼镜，气质优雅，一身书香，一副林下风致的韵味。男的大约二十七八岁，一身休闲的蓝色运动服，也是卷发，短短的，打理得清爽干净，白净斯文的脸上戴着副金丝眼镜，看上去格外阳光帅气，一副潇洒的样子。

妙莲猜准是他们。

果然是。

妙莲一边说："教授对不起，让你们久等了。欢迎欢迎，欢迎来美丽的林芝。林芝是树的世界，云的故乡，花的海洋，梦的天堂。"按西藏的礼仪，双手给他们敬献上洁白的哈达，并帮他们在胸前打上结，以免哈达拖到地上。

"没关系的，我们也刚到。这飞机跑得快了点，提前了快20分钟。这个飞行员可能是个急性子。"黎哲教授笑着说。

"叔叔，这哈达好像天边的云彩。"阳光男孩对妙莲说。妙莲给他献哈达的时候，发现他的眼睛是蓝的，像天空一样。

"我就是黎哲，给妙莲先生添麻烦了。这是我儿子，他德国名字叫本，中国名字叫孔垂本。云何孔家垂字辈的。"黎哲教授点点头介绍。

"我们上车再说吧。"妙莲边说边拉开车门，小慧还在后排座躺着，睡得正香。"小慧，快起来。"妙莲转身解释道，"我朋友的女儿，也是我们云何老乡。昨晚一晚没睡，但听说你们来，闹着也要接。"

小慧揉着眼睛坐起来，嘴角还有口水的痕迹。

就在小慧看到天蓝色眼睛的那一瞬间，妙莲发现她两眼突然亮了一些，黑黑的脸变得紫红，就像一只发情的猫儿，心里一下踏实了很多。

黎哲教授坐在副驾驶位上，把安全带扣上。

"漂亮的姑娘，我叫本，不是笨蛋的笨，是本来的本。很高兴认识你。"本伸出左手对小慧说。超标准的普通话。

小慧似乎还没从梦中反应过来，尴尬地伸出小手，声音超低地说："我叫文小慧，也很高兴认识你。本来的本？"

本笑了，露出一排整齐洁白的牙齿，似乎觉得眼前这个姑娘好有感觉，缓缓地抓住了小慧的手，在手背上留下温暖的一吻，动作优雅且绅士。

小慧仿佛被电击了一样，赶忙把手抽回来，嘴巴翘得老高。她迅速扣上她原本当枕头的巨大灰色布帽，仿佛想把自己全部钻到帽子里。

黎哲教授回头看着两个年轻人笑了，说："小慧，本今天又调皮了。这个是吻手礼，西方人见面才这样。"说完意味深长地瞥了一眼本，本笑嘻嘻的，不说话。小慧心中则升起一丝说不清道不明的感觉。

"我在杜克大学读博，妈妈让我学数学，想让我成为一名伟大的数学家。说是所有的自然科学的终点，是哲学，哲学的终点，就是数学。"本眼睛盯着小慧，得意扬扬地说，"我也是云何人，我家祖上做的子曰豆豉享誉江南。"

"从没听说过这个豆豉品牌。我读研究生读的是会计，学过数学的。没你说的那么玄乎。"小慧说，她跟妙莲不说这些。

"我妈说，圆周率在四维的空间里就是有理数，是打开四维空间的钥匙。但如果在我们三维空间中，圆周率被算穷尽了，证明是有理数。我们这个三维的世界就会崩塌。"本继续说。看来他真不会跟女生聊天，一口一个我妈，活像个妈妈宝。

小慧不吭气，她可能真不懂，或者懂也不说。车内空气沉闷。

妙莲点燃车子。

"你的手怎么了？受伤了吗？"本毫无顾忌地盯着小慧看，看到了小慧手腕上的白纱布。

小慧赶忙把袖子拉得更低，挡住了本窥探的视角，沉默一会儿说："不小心碰的。"声音像蚊子叫一样，身体也往巨大的帽子里缩。

"你是徒步进藏的背包客吧？"本歪了一下头，像个求知欲很旺盛的大男孩，看着小慧问。

小慧把帽子往下拉，不吭气。但看小慧漆黑的脸，不说也知。

"你也失恋了吗？"本看到小慧尴尬的样子，突然开心笑起来，更加放肆地说，"我看了一篇文章，说是穷游西藏的女青年都是因为失恋啦。等游完西藏回去，就再没男孩子敢要，再也找不到男朋友了。"他不知是试探还是调笑。

"本，说话要有礼貌，不能乱开玩笑。"黎哲教授扭头制止本的放肆。

"我才不是因为失恋呢！我来西藏是为了寻找真正的自己。"小慧掀开巨大的帽子大声说，"去年我考了注册会计师证，工作前为了挑战自己，才来的。路过林芝，住几天看看我叔叔。妙莲叔叔是我爸爸最好的朋友。"小慧终于忍不住了，有点心虚又有点骄傲地说着，气鼓鼓的。

妙莲想扭头看看小慧此时的表情，但高速路上车开得太快，不太敢。但他非常理解，小慧不想示弱。

"你还准备去哪儿？"本好像有点佩服了。

"去拉萨，去冈仁波齐。给心灵找一个家。"小慧此时好像有点得意，吹牛皮更不打草稿。

本一脸欣赏地看着小慧。

"姑娘太厉害了。讲讲，路上遇到了什么稀奇有趣的事。"黎哲教授好像来了兴趣。

小慧犹豫了一下，说："我去过所有丙察察路上的徒步客都没有去过的地方，中缅边境的吉太。一个天堂般的地方。"

八月，是察隅日东草原最美的季节。

湛蓝的天空下，黑色的牦牛三三两两，悠闲自得地在花海中漫步，蝴蝶在身旁飞舞。

远处，是亘古的雪山。这是中国最美徒步线路的丙察察线上最美的一段。

小慧盘坐在草地上的溪水边，用手捧着溪水喝，啃着一包干方便面，欣赏着这天堂般的美景。

西藏特有的干净与安宁，似乎洗去了小慧心中积压的那一层厚厚的灰尘，还她本来清秀的面目，小慧抬头看看天，思绪飘得很远很远。她想到爸爸把她高高举起的手，想到妈妈温柔的笑，想到妙莲送她的红裙子——恍如隔世。

尘土飞扬而来，一辆卡车停到她的身边，长着猪腰子脸的驾驶员摇下玻璃说："美女，搭车吗？"

小慧摇摇头，依旧看着远方。

"没钱吗？不要钱，还包吃包住包爽。"驾驶员猥琐地说，"只要晚上陪我。"

"可以呀，只是我有艾滋病哟。"小慧瞪了他一眼说。

"呸！"驾驶员朝车外吐了一把口水，把油门踩得轰轰响。

"臭流氓，臭不要脸的，翻车翻死你！"小慧站起来毫不示弱地大声骂道。

"你敢骂老子，找死啊！"猪腰子脸刚想打开车门教训一下小慧，谁知小慧气场更凶，张着嘴龇着牙像母老虎一样扑了过去，吓得他加大油门就跑。

尘土，把小慧笼罩。小慧在尘土中大声地嚷嚷："你有本事就别跑！就翻死你这个死流氓，臭流氓。"

"你太勇敢了。真的不怕吗？"本被彻底征服了。

"怕啥？有三次狗熊来到我帐篷边上找吃的，我还给它们喂食了。狗熊特别喜欢吃方便面。"小慧说。妙莲不知道是真是假。但妙莲当然知道，小慧此时讲的故事，肯定是润色过的。风景肯定是七彩斑斓的，但在她的眼中不一定是五颜六色。

"姑娘，今后在外还是注意一点，不要太莽撞。要是有个三长两短，你的家人会多伤心啊。"黎哲教授关切地说，语气温柔。

"会的，今后会注意的，奶奶。"小慧的语气变得非常温柔。

本笑了，笑得特开心的那种。

小慧惊诧地看着他。

"你喊我妈喊奶奶，今后你可要叫我叔叔啊。"本又顽皮了。

小慧狠狠地瞪着他，无言以对。

"别听本的，他从小就顽皮。姑娘你继续说，吉太的事还没说呢，有什么特别让你感怀的事吗？"黎哲教授看着小慧说，眼睛里都是长辈的温柔。

"嗯，阿姨。"小慧马上改口了，继续说。

小慧迷茫地站在花丛之中，四周空无一人，只有牦牛铃声在远方回响。前面是分岔路口，她迷路了，她要选择。

她从未看过丙察察线的徒步攻略，她此时不知道该如何选择——

一条弯弯曲曲向前的泥土路，翻过大小雪山，就是丙察察线的终点察隅。这是所有从云南进藏的徒步客选择的路线。

另一条曲曲折折蜿蜒着上益秀拉山，是才开辟的通往中缅边境的新路，那里通向的是神秘、未知的地方。山上开满了雪莲花。

就在这时，一群仙鹤从头顶飞过，飞向益秀拉山，飞向南方。小慧没再犹豫，沿着仙鹤指引的路往前走，天黑爬到了益秀拉山顶，支开帐篷。

帐篷周边都是盛开的雪莲花，她在山顶整整住了三天，哪儿都不想去，就静静地坐在洁白的雪莲花丛中，晒太阳、吹风。她还作了一首诗，诗名叫《邂逅雪莲》，小慧轻轻地朗诵着：

> 在没有雪的雪山，
> 在两场雪的夹缝，
> 在梦不到的远方。
> 雪莲花结它的籽，
> 风在摇它的叶子，
> 我在想我的心事。
> 世界美好且宁静。
>
> 仓央嘉措说，
> 来与不来，就在那儿。
> 雪莲花却说，
> 小慧不来，我不开。

小慧朗诵完，沉默不语，仿佛还沉浸在益秀拉山的美景之中。

车内一片宁静。

"人生，有时迷路未必是坏事，它会让你见识意想不到的风景，感受从未有过的感悟。"小慧像诗人一样感慨完，停顿了一会儿，继续讲了一个看似荒唐之极，实际肯定真实的故事——

果哈林位于吉太村与中缅边境之间，是密林中的一片绿松石般的草坝子，宛如仙境。

近些年，政府将此地确定为中缅贸易点。在这里，美元就是废纸，全是像远古时一样做的以物易物的交易。因为44号界碑那边，是缅甸的特区克钦邦葡萄县，整日里战火纷飞，老百姓穷困至极，只能光着脚丫子背着空背篓，翻几座终年积雪的大山，行走三四天，沿途采一些贝母、七叶一枝花等野生药材，来果哈林换大米和军胶鞋。

在克钦邦，黄不拉几的老式军胶鞋像黄金一样就是硬通货，可以换任何东西，甚至女人，是那边老百姓梦寐以求的奢侈品。

不知是果哈林惹恼了天上哪位仙人，仿佛在开玩笑一样。每天一到傍晚7点整，北边山头就会有一朵黑漆漆的乌云夹杂着闪电轰轰隆隆而至，随即扯天扯地的暴雨倾盆而下，那雨大得就像是神仙在天上倒水一样。8点整那朵乌云又会准时离开，雨也停了，天也黑透了。

无论春夏秋冬，每日如此。但初来乍到的小慧不知道啊。

大约6:30的时候，小慧将头伸进小木屋里，问屋里女村民厕所在哪儿。

那位戴黄色军帽的女村民指着不远处说："在那儿，正在挖地基，说是明年就好了。"

"现在呢？"小慧有点憋不住了。

"到处都是厕所啊。林子里都可以。"女村民觉得好奇怪的，这么蠢的问题也要问。

小慧赶紧放下背包，急匆匆往林子里跑。不知是全都这样，还是那天例外。一群小黑猪一见小慧往林子里跑，哼哼唧唧地紧紧跟在她后面，怎么赶都不走。她刚一蹲下来，小黑猪就围过来用猪嘴嗅着屁股，眼巴巴地望着，生怕被别的猪抢先了。

小慧哪里见识过这个阵势。只得提起裤子，跑着换片林子，但小猪们依旧哼哼唧唧地紧跟不舍。对它们来说，人屎可是难得的美味，趁热吃才香。

这时，7 点整了，乌云和闪电如约而至。倾盆大雨，也毫不客气地浇在小慧身上，瞬间就淋得透透的。她只得跑回刚才问厕所的小木屋里。

屋子中间三块鹅卵石垒起的火塘，火瓣里啪啦地烧得正旺。火塘边，一个漂亮脸蛋的克钦邦女孩捧着一碗方便面，和一个黑不溜秋的中年男人你一口我一口地津津有味吃着。两人都光着脚丫子，高高地挽起裤腿。特别是那中年男人穿着不太合身的蓝色大方格上衣，崭新的，但奇丑无比。

此时小慧管不了那么多，痛苦不堪地站在火塘边。她现在的梦想，就是有一个干净卫生没有小猪的厕所。

一会儿，站在火塘边的小慧身上冒起蒸汽，但里面内衣都湿透了，被烤得更加难受。更痛苦的是憋的，憋得她话都说不出来。

好不容易挨到 8 点雨停了，但天也黑透了。小慧赶紧走出门，四围黑漆漆的，只听见黑暗处的狗叫声，又看不到狗，这样才真的吓人。

小慧吓得赶紧缩回去，对坐在火塘边烤火的克钦邦姑娘说："能不能麻烦你陪我去上厕所？"

克钦邦姑娘看着小慧说："好啊。我也想去了。"山那边的葡萄县老百姓主要的生活必需品都来自中国，为方便交易，或多或少都学几句中国话。姑娘的中国话讲得不标准，但交流没有问题。

克钦邦姑娘好像习惯了这样解决，带着小慧来到一块空旷草地的几棵荆棘边。这回，换成了一群眼巴巴的小狗狗围着。

"屁股对着刺解手就不会被偷袭的。"克钦邦姑娘说完，解开系在腰上的麻绳。不过，这样解手是一个难度系数超高的技术活：屁股离荆棘太近容易被刺扎到，太远又留下了小猪小狗骚扰的空隙。

好不容易放松了，回到小木屋，女主人说她要休息。这就是逐客令。

小慧问克钦邦姑娘："你住哪儿？"

果哈林有一个用透明塑料布搭的像温室一样的棚子，里面有一排木板搭的通铺，不提供被子，10 元钱一位。

克钦邦姑娘说："本来住店的 20 元钱，我们吃面了，我和我哥正准备在屋檐下站一晚上，明早就走。"

"和我住吧，睡我的帐篷里。"人轻松了，小慧心情也好了，热情地邀请。

一躺下，克钦邦姑娘就说："你们中国人真幸福。"

"为什么？"小慧好奇地问。十多年来，她都不知道幸福是啥滋味了。

"有方便面吃啊。多幸福啊！"克钦邦姑娘无限神往地说，"要是啥时候，我能被方便面撑死就好了。"

小慧看着她，说："我明天就让你实现。"在果哈林，方便面20块钱一碗，免费提供开水。

那一夜，都是克钦邦姑娘在说话，小慧在听在想。那是一个她无法理喻的世界。

克钦邦姑娘说她叫眉苗，爸爸去打仗死了，妈妈病死了，是她哥哥一手把她带大的。因为地方太穷，她哥哥找不到媳妇，回去她准备嫁给亲哥哥。兄妹俩一直沿途光着脚，背着空背篓，走了三天，沿途采贝母和七叶一枝花，来到吉太的郭哈林来换大米。好在他们兄妹的婚礼上，让全村人都饱饱地吃上一顿大米白饭。他们那地方是高山峡谷，只能刀耕火种，种玉米。而且山上的熊比人多，每一粒玉米都是天赏的，熊留的。

那一夜，小慧对幸福这个词有了新的理解。

小慧说，她醒来的时候天还没亮。但眉苗和她哥就已经出发了，她没能让眉苗在当哥哥的新娘之前实现把方便面吃个够的梦想。她可能会后悔一辈子的。

"妹妹嫁给亲哥哥？世间还有这么可怜荒唐的事？"本好奇地问。

"可能比你想象的还可怜。等有时间，我给你们讲那地方的故事。"妙莲解释说，吉太他去过多次，熟。目前为止，他还是唯一带队，骑马14小时到过中缅边界44号界碑的人。生活在战火纷飞的克钦邦，生命就像蝼蚁，不知道什么时候死去。活着，就是幸福的全部。

"或许，你觉得苦不堪言的日子，对别人来说就是梦寐以求的天堂。"黎哲教授总结道，果然是大学教授，讲什么都能够上升到理论的高度。

地狱，不也是就这样吗？妙莲想起了冷九爷。

"还见到了其他的野生动物吗？网上说丙察察线像野生动物园。"本看着小慧问。

"看到啊，我在益秀拉山顶遇到了一只全身火红，没有一根杂毛的红狐狸，一身的妖气，看起来有点像电影里的千年狐妖。于是我双手叉腰，大喊一声，文小慧在此，妖怪快现出原形。"小慧狡猾地笑，停住不说话，留着悬念。

"然后呢？"本笨笨地问，样子真像个笨蛋。

"然后啊——"小慧拉长了话音，笑出声来，"然后红狐狸吓得边跑边喊，'小慧，妖怪在哪儿？太吓人了，快逃啊。'"

全车人都哈哈大笑。

妙莲顿时心生怜悯，作孽啊，该死的茅室板板，该死的曾猴子，这么聪慧可爱的姑娘，居然被折磨成那样。

说话间，他们就到了酒店。

李穷尼玛不在大厅。原本是一起接机的，好一起讲关公唐卡的事。因为小慧妙莲放心不下，他这个车后面坐三个人又太挤，只好让他直接在大厅等着。

妙莲站在一旁给他打电话。他说："怪了，高速路上出车祸堵起好长，可能要一阵子才能过来。"

小慧跳下车，主动帮黎哲教授推着行李，依旧戴着她那顶超大的帽子，头扭向另一边不看本。

房间在七楼，是有两间卧室的套房，窗外风景超好。站在窗口眺望，酒店旁是一片碧绿的湖水，一群野鸭自由地寻食嬉戏。

"叔叔，这地方景色好漂亮，那湖中是鸳鸯吗？"本问。

"不是，围着一群的应该是中华尖嘴鸭，国家二级保护动物。中间那一对游动的是黄鸭，和鸳鸯一样，都是成双成对的。但如果配偶死亡了，鸳鸯会马上另找异性改嫁，而黄鸭肯定会殉情而死。西藏以前大家都打猎，但从不打黄鸭。叔叔打过，后悔到现在。"妙莲说。

"叔叔，讲给我们听听啊。"小慧也走到窗口。她的精气神比之前好了很多，除了脸还是那么黑以外。

"叔叔，我也想听。"本说。

黎哲教授把烧水壶放在座子上，也看着妙莲。

那是妙莲参加工作的第六年吧。那个冬天非常冷。

那时候整个中国人普遍都穷，整体都缺肉。周末林芝男人们乐此不疲的娱乐活动就是去弄肉，胆大的就去偷人家的鸡鸭，胆小的就去找枪到农田里打鸽子打斑鸠，反正是要弄肉吃。

胆子更大的就带上自家的狗上山打狗熊，只不过这超级危险。寻到狗熊要大喝一声，熊就会站起来好奇地东张西望，那时候要眼疾手快，一枪命中熊胸口的白毛。熊应声倒下就算你运气好。如果一枪打不死熊，熊一定会追你到天边，要么你死，要么它死，就那么简单。那时唯一能救你的只有上天的菩萨或者是你带去的狗啦，所以那些年林芝好多受伤残疾的狗，很受尊重，大家都知道这狗可能救过主人的命。

那也是犯法的，妙莲没去过，他搞肉的方式经常是打斑鸠打鸽子。

那天应该是星期天。

李穷尼玛开着新买的皮卡车，妙莲坐副驾驶位负责打望，后面还挤了四个出来玩的朋友，拿着相机，穿得笔挺笔挺的，纯属凑热闹打酱油的。

天不亮就出发了，但一路爆胎补胎换胎，到中午还没到目的地——米瑞乡政府边的沼泽地，前不着村，后不着店的。

一路上，他们连一根鸟毛都没见到，从来没这么邪气过。嘭嘭，又爆了个"双胞胎"，也就是一次爆两胎。

"要不跟你是过命的交情，我才不陪你打鸟，油钱都挣不回。老爷们儿不去打熊，来打鸟？"李穷尼玛一身是泥，两眼布满血丝，嘟嘟囔囔地边换轮胎边说。

妙莲又冷又饿又气地在用气筒给轮胎打气，也想骂娘。

打酱油的四人在后面挤在一起，睡得正香，仿佛一切与他们无关一样。

此时，远处的白云下飘来了两个黑点。落在不远处刚收割的麦田里，是两只鸭子！一大一小。

妙莲猫着腰，打开副驾驶室车门，悄悄地拿上小口径步枪，免得把后面的人吵醒，惊飞了鸭子。

"别费劲了，是黄鸭。打了黄鸭悔七年。"李穷尼玛一边用力地踩套筒，一边说。

打了黄鸭悔七年。妙莲也听过当地人的这个说法，但是没人说出道道来，只是遇见了黄鸭都放下枪。

妙莲今天偏不信这个邪，他端起了枪。他本就是独眼龙，不用闭眼都可以瞄准。

"喂,别打!"李穷尼玛刚想制止,啪,枪响了。

嘎嘎——嘎嘎——寂静的世界里突然充斥着鸭子的哀鸣声和惨叫声。较大的那只飞上了天空哀鸣着,较小的那只在麦地里拼命地乱跑,它被打伤了翅膀。

妙莲兴奋地翻过鹅卵石砌的长满青苔的围墙,狂奔过去,一把抓住血淋淋的鸭脖子,用力扭断。

打酱油的四人也被惊醒,兴高采烈地跑过来,摆出各种姿势与鸭子合影留念。

"妙莲,别乱来,我可是新车。"李穷尼玛见妙莲把鸭子甩到他的皮卡车拖斗里,极不情愿地说。

"枪法准吧?一枪毙命。"妙莲没理他,坐上副驾驶室,跟后面四个打酱油的嘚瑟。

车子刚走十几分钟,李穷尼玛突然熄火停住车,看着妙莲说:"叫你别打,你不信。你现在听。"

嘎嘎嘎嘎嘎——空旷的原野里只有风声和鸭子的哀鸣。

众人下车,默默无言。

乌云之下,一只黄鸭在他们头顶不远处在飞,盘旋着哀鸣着。嘎嘎嘎,哀鸣的叫声凄凉,仿佛透过众人的骨头。

"走吧,我们开快一点。"妙莲上车说,心情变得超级不好。

李穷尼玛把车子开得像疯了一样,狂奔了一个多小时。哀鸣的叫声,如影随形。

"在另外的一个世界里,所有的动物都是双生双栖的,一刻都不会分开。一个死了,另一个活不了。黄鸭就是从那个世界来的。"李穷尼玛再次熄火,对妙莲说,"它会不吃不喝,一直哀鸣,一直叫到嘴巴眼睛里都是血,才会死。唉!你还是去打死它吧。"

妙莲没吭气,拎着枪默默地下去,把拖斗里的黄鸭,放在不远的草地上,给它摆了一个稍微舒服点的姿势。

一会儿,啊嘎嘎嘎嘎嘎嘎,天上的鸭子飞下来,径直走向地上的鸭子,不停地用嘴巴使劲撮地上的伴侣,想把它扶起来,飞回它们的世界。

鸭子满嘴都是血,往下滴。

妙莲走上前,用枪抵住它心脏的位置,好让它走得痛快点。

"啊——呜呜。叔叔，这——是真的吗？"小慧眼睛里噙着泪水。

"妙莲不说假话。"妙莲说。

"后来那两只鸭子呢，吃了吗？"本盯着妙莲问。

"红烧的。但大家都没动筷子。"妙莲低头说。

"你真的后悔了七年？"黎哲教授的眼镜后面也有泪，问妙莲。

"不光七年，是后悔到现在——"妙莲无限感慨地叹道。

"叔叔，你每天在后窗喂鸟，是想赎罪吗？"小慧想到了妙莲家中的鸟。

"不全是——"其实，妙莲也不知道答案。

"太感人了。叔叔，我要到湖边看一看黄鸭长啥样。"小慧一边用卫生纸擦眼泪，一边对妙莲说，超大帽子下的眼睛却看着本。

"妈，我也下去呼吸一下新鲜空气。"本弯腰吻了一下黎哲教授的额头说。

黎哲教授点点头。"你们可以多玩一会儿，我和妙莲先生说会儿话。"

叮！妙莲的微信响了提示音，是小慧给他发的："叔叔，小慧真的好黑吗？"

妙莲朝她坏笑，这还用问？

房间里顿时安静了下来。

"教授，关帝唐卡在太昭，我们什么时候去看？"妙莲问。

"不急，明天吧，妙莲先生，您先喝口水。非常冒昧地过来，给您添麻烦了。我有一个心结，只能找您问清楚。"黎哲教授给妙莲递一杯茶说。

妙莲接过茶坐下来说："教授，不麻烦，很荣幸。"

"谢谢您，记得姚振宇。"黎哲教授淡淡地说。

这有问题吗？——妙莲的脑瓜子里，全是问号。

"我在云何问了好些人，没有人记得有姚振宇这个人。也到云何公安局查了，没有姚振宇在云河自沉的记录，世上活着的人里，只有您说记得他，要不他真就在这世界上凭空消失了。难道真的可以进入四维世界？"黎哲教授伤感地说。

"教授是？"妙莲问。他猜到她是谁。快40年了，还能想起姚癫子的人能是谁？

"好些事你们知道，好些事你们不知道。我们相爱过，他是我唯一的爱人。"黎哲教授看着妙莲说，"妙莲先生，我这个问题可能会让您想起不愉快的事，但对我非常关键。请您把姚振宇当时说的话告诉我。他说 π 是有理数吗？"

"他没入水之前，说请告诉黎哲，π 是有理数，对称的，像蝴蝶翅膀一样美丽。"妙莲说，仿佛回到了那个炎热诡异的中午。

"振宇啊，你真的好傻。"黎哲教授喃喃自语，眼泪吧嗒吧嗒地流了下来，滴到桌上。

像她这么优雅的女人流泪，妙莲不知所措。

"不好意思，失态了。我去下洗手间。"黎哲教授侧着头说。

妙莲喝了一口水，等着，一脸的迷茫，脑袋里问号更多。

"真不好意思。"好一会儿，黎哲教授才走出来，脸上的妆有点花，"妙莲先生，您也知道，一直以来，数学界就有个谜团，π 的运算结果到底是否有穷尽。姚振宇对这个非常痴迷，不管吃饭睡觉恋爱，脑子里只想着这事。"黎哲教授喝了一口水，稳定了一下情绪，仿佛陷入了回忆，继续说道，"在我们高考的前一夜，我找了一家旅店，让他过来，准备把处女之身给他。当我赤裸着少女的身体站在他面前时，他却低头自顾自地在计算着，突然异常兴奋地跟我讲，他发现了一个秘密，如果能证明 π 是有理数的话，会像蝴蝶一样美丽，会进入神秘莫测的四维空间。我哭了，哭着跑了。"

妙莲不太懂，这和云何人闲传的完全不一样，但可以想象当时的场景。

"或许在常人的眼里，超级的天才都是癫子。只有我知道，他没有疯，他只是太痴迷了。"黎哲教授稳定了一下情绪，继续说，"他刚来北京那一天，我给他铺好床。我问他，π 是有理数吗？他说他将证明。我又哭着跑了。"

"这与他的死有关吗？"妙莲似懂非懂地问。

"在死后的世界里，π 就是有理数。他走下河中，只是想去证明，π 像蝴蝶的翅膀一样美丽。"

"π 如果是有理数，为什么会像蝴蝶的翅膀？"对妙莲这个高中生来说，这个理论太高深了。

"π 如果是有理数，就会是像蝴蝶的翅膀一样对称的。对称的——而且证明这道题的人，会从我们这个三维的空间里凭空消失。我现在担心，姚振宇真的消失了。"

"不可能的。小慧的妈妈在云何地头熟悉，我让她去打听。"妙莲笑着说。

"谢谢。我在云何待了一个多月，没有找到任何他曾经活过的踪迹。"

"因为这个，您让本读数学博士？"妙莲猜是这样。

"对不起——"黎哲教授站起来，再次走进卫生间。

妙莲更晕，像喝醉了坐过山车一样。

"不好意思，让我纠结了40年。40年来，这事像心里的一块大石头，压得我喘不过气来。我第一次对人说起，失态了。"黎哲教授走进屋，继续说，"世间有两个我最爱最恨的人，一个是姚振宇，另一个就是我妈，是他们逼得我下决心去了德国。连她老人家去世我都不在身边尽孝。"黎哲教授无限遗憾地说。

"你妈仙去之时，我在云何，就在她老人家身边。"妙莲说，"或许——"

那是妙莲第三次回云何休假，是4月。蛆婆开车来长沙接他一家。

"后天百芬外公100岁生日，明天要办酒，所以百芬忙就没来。"蛆婆接过妙莲的行李说。他嘴唇比以前厚了，也胖了。

冷九爷100岁啦？

"后天是清明，外公就是清明生的。整整一个世纪。"蛆婆笑嘻嘻地说，"外公还专门交代让你也参加，嫂子一起啊。"

妙莲点点头，他想起了云何的那个"冷九爷下棋尽是和"的俚语。

百岁筵席时间定在中午，地点设在云何最大的餐厅——辣得叫大酒楼。一共99桌，三层楼全包了，一层33桌是亲戚，二、三层66桌是好友。

桌子上摆满了红彤彤的菜，难怪店名叫"辣得叫"。

冷九爷依旧穿着浅色暗刻龙纹的绸缎衣裤，清瘦，面容慈祥，脸上挂着浅浅的笑，神秘莫测。

客人到齐上桌，冷九爷站起来说："人生七十古来稀！老朽却活到一百岁，知足喽！"说完指着坐在身边的蛆婆说，"今天请大家见证一下。朱仙亭从此就传给宝明和百芬两口子，与任何人无关。"

谁也不敢言语，换谁都一样。

妙莲也觉得奇怪，蛆婆坐在主桌，而且是寿星冷九爷的边上，显得特别扎眼。

冷九爷端着一个一两的杯子，一桌一桌地感恩，一人一人地敬酒，然后一口干掉。

有好事者问忙前忙后的怀百芬："你外公喝的是水吧？"

"我外公这辈子从不喝水，只喝酒，也从没醉过。"怀百芬答。

这样算下来，冷九爷至少喝了九斤九两。不过别人敬他酒，他就抿一抿，表示一下，笑着说："我们还有机会，下次再喝。"

别人不敢再劝，怕他，也不知道他这句话的意思。

只有他在美国做大生意的孙子，拎着满满一瓶酒，不服气地走过来："公，我敬您老一瓶酒。您意思一下就行，您的亲孙子干了。"说完，拎着瓶子就往嘴巴里灌。

冷九爷头都不抬，夹着一块"夹荤"送到嘴里，细嚼慢咽。

"公，您孙子把酒喝了，有件事我想不通。您把冷家祖传的朱仙亭送给那个卖猪肉的，我们没意见，这点钱，我们父子看不上。但凭什么那个卖猪肉的外人坐在您身边？至少应该是我爸，他是您的长子！"说完，美国亲孙子把空瓶子重重地搁在桌上。

"他孝顺仁义，你们在座的谁有宝明孝顺仁义啊？"冷九爷依旧满脸浅浅地笑，满口的牙均在，但不怒自威。

酒过三巡，冷九爷端着酒杯，走到妙莲跟前，平淡地笑着说："妙莲是西藏回来的贵客，我们干一杯。喝完这杯酒，就正好满一百，我冷九爷这辈子的酒就喝完啦。"

妙莲诚惶诚恐地站起来，小心翼翼地跟冷九爷碰了一下杯，先干为敬。

"妙莲啊，天下没有不散的筵席！一会儿你就陪我下盘棋吧，当回考官，你看看九爷的棋学得咋样啦。"冷九爷说完，也慢慢地把杯子放到嘴边，缓缓地喝干，然后，依依不舍地放下酒杯。

妙莲看了一眼冷九爷的头顶，果然全是旋儿，九个！

棋盘就摆在冷九爷的朱仙亭里。四周都是工地，机器轰鸣。

当时，整个云何县城都是一片大工地，四处都立满了塔吊。梅花巷里铺在路上的墓碑也被拆了起来，用机器碎成小石子，成了新铺的水泥路面混凝土的骨料。

四处通透的，人送外号"朱仙亭"的屠宰棚也即将被拆除，跨过云河的新大桥引桥从旁边经过。这里未来将是繁华之地。

棚子里空荡荡的，中间摆的是以前冷九爷杀猪的长板凳，被杀的猪曾经努力地往上蹿，显得威风凛凛。

长板凳正中摆着一副围棋棋盘。冷九爷盘腿在一头坐下，妙莲在另一头歪屁股坐下。

怀百芬和蛆婆在边上搞服务，为妙莲端上茶。

"妙莲，你要记住和张瞎子张文韬的约定，再难再苦也要恪守啊，一切都会过去的。"冷九爷首先说一句莫名其妙的话。

妙莲惊呆！当时只有他和张瞎子两人，冷九爷怎么会知道？

"死后没有天堂，只有地狱。"冷九爷冷冷地说。

妙莲呆呆地看着冷九爷。

"永远记住九爷的话，不会有错。"冷九爷把黑棋子盒放在他的腿上，缓缓地对妙莲说，"有个地方下棋是不用贴目的，但下输的人，就要掉到下一层。所以呀，九爷下棋，从来都是以和为贵。"

妙莲懂了，又似乎不懂。

"妙莲，我就倚老卖老，不客气执黑先行啦。"说完，冷九爷犹豫片刻，把棋子落在棋盘的正中间，天元之上。霸气十足！

第一步没什么考虑的，妙莲双指夹起一颗白子，落在左下方的小目上。

冷九爷下棋奇慢，但那天也没有传说的那么慢。他双指夹住黑色的棋子，高高地举起一会儿，嘴里喊着："落子无悔啊。"棋子也就平平稳稳地放在棋盘上。妙莲一直是快棋手，九爷落子，他也跟着落下，继续磨皮擦痒地等冷九爷落子。

真正痴迷于围棋的人，极少会故意让棋，恨不得把对手摁棋盘上，用脚拼命地踩。

观战的人陆陆续续进来，越来越多，把小小的棚子挤得水泄不通。

那是一盘大杀龙的棋，黑白四只巨龙在棋盘上扭来扭去，引得观棋者议论纷纷，喝彩不止。

一晃天就快黑了。

"外公，你天黑了从不下棋，今天也不下了吧，这盘棋算和了。"怀百芬挤进人群，过来说。

"百芬开灯吧。今天这盘棋不一样啊，得分出胜负才行。"冷九爷依旧把右手举得高高的，夹着棋子说。

长话短说，那是一盘大杀棋，小输赢的棋。深夜，棋局终于结束，点目数子，观棋的棋迷们也兴奋地帮忙。

妙莲白子180颗，小胜，他脸上露出了得意的笑。

"是我赢一子！这盘棋，要按我们那里的规矩点目。"冷九爷脸上依然露着神秘浅浅的笑。正在此时，当——当——云何邮电大楼顶上的钟声响起，12响。

清明节到了。这是缅怀先人的节日。

"妙莲，要记住你的约定。"冷九爷对妙莲说完，把腿上的棋盒子放在棋盘上，转头对怀百芬说，"外公走了，终是赢了一回棋，没白来这世上走一遭。"

大家一头雾水地看着他，正准备纷纷离去。

"百年假期已到，我来销假了。"只见冷九爷双腿跏趺，背部挺直，缓缓闭上眼睛，神色安详。

他就像死了一样死了。

有福之人清明死，无福之人腊月生。

正好，冷九爷的子辈、孙辈、曾孙辈都在云何。

大家手忙脚乱，帮他换上七层绸缎浅色衣裤，小心翼翼抬进已准备了70年的棺材里。把棺材盖盖住一半，露出上半身，只等亲朋好友来与遗体告别后，就彻底盖上了。

妙莲看了一眼棺材里的冷九爷，面目安详，像是死了。

正在此时，黎婆子匆匆地走进来，身后跟着黎春花。她一辈子都没见过这个让她胆战心惊、魂飞魄散的人，死的，她想过来看一眼。

黎婆子刚走到棺材前，把没有眉毛的脑袋像狗一样伸过去。这时冷九爷突然睁开眼睛，厉声说了一句："孽畜，跟我回去！"说完，又安详地闭上了眼睛。——又像死了一样死了！

闻此，"哦，我这就回去——"黎婆子说完，软软地倒在棺材边，众人过去一摸脉搏，已死透了。

见此，"大小姐，春花陪你去——"黎春花说完，也软软地倒在黎婆子身边，众人又过去一摸脉搏，也死透了。

一个灵堂，三具尸体。

妙莲当晚做了一个很奇怪的梦，梦到了张瞎子在悠闲地拉着二胡，拉的《二泉映月》。妙莲问："公，他们三个是去天堂吗？"

张瞎子不语，唯有二胡声悠扬。

听到这里，黎哲教授哭了。

"我妈一辈子好可怜，她的一生，她的幸福，她的爱情，甚至她的女儿，都不属于自己，只属于他们黎家。我的出生纯粹是为了黎家。"黎哲教授用抽纸擦了擦眼睛。

"有这回事？为什么？"妙莲不敢相信。这真是林子大了，啥鸟都有。

"因为她要形影不离地照顾黎大小姐走不开，生我，就是为了让我长大了把黎家的包裹送去太昭关帝庙。"黎哲教授悲哀地说。

"就我送的那个包裹！"

"嗯。"

屋内一片沉寂。外面却欢声笑语。

"唉！不就是欠黎家一条命吗？还给他家就是了，为什么还要把我的一生搭上？"黎哲教授叹了一口气接着说。

那是战火纷飞的年代，整个神州大地一片焦土，四处硝烟弥漫。

黎先飞头上绑着纱布，把父亲和大哥的骨灰坛子吊在胸前，目光迷茫。以前父亲和哥哥们说打谁他就朝谁开枪，不论是非，没有对错，只有父兄的命令。现在他们都在他胸前，不再指挥他。他不知道何去何从了，唯一能做的就是和他们一起回长沙，回家。

他走过一片刚被炮火蹂躏的村庄，硝烟犹在。一个脑袋已经炸没的孕妇血肉模糊地躺在一棵盛开的木棉花之下，惨不忍睹。

花是红的，血是红的。

黎先飞顿时心生怜悯，蹲下来脱下军帽盖在她冒血不止的脖子上，转身走开。

刚走不远，他听到身后哇哇的哭声。他扭头一看，孕妇肥大鲜红的裤裆里不停拱动。他走过去撕开孕妇的裤裆，是个满身鲜血的女婴，闭着眼睛在哭，声音嘹亮，传好远好远。

远处，一大群流着口水的野狗夹着尾巴在等候，眼睛泛着绿光。

黎先飞犹豫了一下，把女婴身上的血擦干，把背上的背包打开，用被子把她包上，看着盛开的木棉花和花下的人，温柔地说："木棉木棉，春天之花。你就叫春花吧，是你妈妈给你取的名字。"

硝烟犹在，春花停止了哭。

长沙的黎家大院里，开满了黑色的花，布扎的。

七个牌位整整齐齐地排在红木架子上，像在"晨习晚练"一样。披麻戴孝的黎先飞口中念念有词，小心翼翼地把父兄放在属于他们的牌位之后。人死后就讲究一个"安"字，这一放上，不管发生天大的事，都不能再移动了。

同样披麻戴孝的黎老夫人目光呆滞地站在那儿看着，表情麻木，像雕塑一样。从她14岁那年，头顶着龙凤呈祥的红盖头，用她那三寸金莲跨进黎家的门槛，她唯一的梦想就是替黎家多多开枝散叶，让这七进大院里子孙满堂，人丁兴旺。可40年来，她为黎家生下了九个男婴，如今八位都摆在她面前的红木架子上。

现在丈夫也摆在上面，她要他们用命搏来的这偌大的家业干什么？

"娘，不要伤心了，我们黎姓人血管里流着蚩尤的血，不甘心啊。世代行武，如今又值战乱之秋。或许，马革裹尸就是我们的归宿。"黎先飞看着母亲的小脚说，真担心这双三寸金莲再也支撑不了她。

"孩儿啊，娘知道。从嫁给了黎家，娘就知道这是我的宿命。"黎老夫人仰头深情地看着丈夫和儿子们的牌位。

那年月，人生七十古来稀。

其实黎老夫人她才56岁，此时两鬓全白，老态龙钟。或许是梳妆打扮或是营养不良的原因，而现在在广场上蹦跶的女人中，50多岁尚属于年轻人，是得意扬扬地站在广场舞的最前面，扭得最厉害的一群。

香案供桌之上，烛光摇曳，清烟缭绕。

"死了的已经死了，活着的还要生活，我现在最担心的是你小妹。我风烛残年才生她，今后你一定要照顾好她。"黎老夫人老态龙钟的脸上一脸的忧虑。

黎老夫人的忧虑是有道理的。那年中元鬼节那天，她在半截身子都入了土的年纪，在众人的笑话中生下了这唯一的闺女。而且生下来时这闺女就双目圆瞪，一脸的怒气，嘴里长出了四颗牙。接生的稳婆吓得把铜盆子掉在地上，说肯定是个妖孽。她给了稳婆10块钱银圆，让稳婆千万不能对外张扬。

毕竟是她身上的肉。

"娘放心，儿子都安排好了。这次回来我在汨罗江边捡到一个丫头。"黎先飞看着自己的母亲说，"春花这丫头是'阴生女'，命奇硬，阎王爷都拿她没办法，什么都克不住她的。由她代替我来照顾小妹一生吧。"

"也只能如此啦。"黎老夫人无可奈何地说。

黎先飞扶着母亲走出祠堂，从候在走廊上的女仆手中把小春花接过来，递到母亲的怀里。

襁褓之中，小春花睡得正香。

"也让她姓黎吧，也算是你们的妹妹。"黎老太太颤颤巍巍地抱着说。

"黎春花，黎春花，我家小妹就交给你了。哪怕你死无数遍，今生都要守护她。"黎先飞指着黎春花的鼻子说。

黎春花睁开了眼睛。

"广州的军校在招生，我想去报名参加。跟父兄征战多年，各处生灵涂炭，血流成河，却不知为何而战。"黎先飞看着母亲说。

"你去广东，那你爹临终交代的包裹谁去送回太昭关帝庙？"黎老夫人忧心忡忡地说，"你爹九死一生从西藏回来后，原想等我们黎家人丁兴旺，光宗耀祖地回到黎家巷，供奉在云何黎家巷的黎家祠堂里，代替那裂掉的关帝像。但我们黎家现在人丁越来越少，看来重振黎家的兴旺无望。他就想兑现诺言，亲自将这个包裹送回到太昭大师兄手里。但西藏天高地远，路途险恶，一直没有成行。他一再交代，说六趾周仓忠义，我们要让他少遭罪少受苦啊。"

"我从军校回来就去，两三年就毕业了。"黎先飞笑着说。

此后，华夏大地上更是战火纷飞，直到黎先飞战死云河边，也没能去太昭完成父亲的遗愿。

云何大战之际，黎先飞抱着必死之心，因为他知道为何而战，国难当头，他愿意带着军人的荣耀而死去。

"哥走了，春妹子替我照顾好小妹。还有，无论如何，要把这包裹送回西藏太昭关帝庙的大师兄手中。"黎先飞把手中的红包裹交给黎春花说。

"飞哥，谢谢你送我的名字。"黎春花深情地看着他说。那目光里，像是爱慕之情，又像是兄妹之情。

"木棉木棉，春天之花。是你亲妈为春妹子取的。"说完，黎先飞昂首挺胸走向战场。

"就这样，我妈春花姓黎，有了命有了姓，却都不是属于自己的。"黎哲教授神色凄凉地说，"后面发生的事，云何人全都知道。"

"你妈的红色围裙下真的有两把驳壳枪吗？"妙莲问完就后悔了，这个问题太幼稚。

黎哲教授笑着摇摇头。

"黎婆子真的背上有七块黑斑，每块斑上有一只眼睛吗？"妙莲又好奇地问。云何人把此事传得神乎其神，他再不问，就永远成谜了。

"这个啊，我也不知道。只知道黎大小姐从出生第三天就犯了癫痫，访遍名医，都治不好。"黎哲教授长叹一口气说，"我妈这一辈子活着的意义，就是照顾她的大小姐。她不死，甚至她连死都不敢。"

仍是一个谜。

"教授，你妈做的浸萝卜特别香甜好吃，还有紫苏梅子。我们学生经常去买。"妙莲笑着说。

"就凭这个小摊子，我妈养活了她和她的大小姐。"黎哲教授感慨万千地说，"我妈为了她的大小姐，甚至于终生没有结婚。"

"你妈没结婚？"妙莲瞪大眼睛看着黎哲教授，那意思，不言自明。

"是啊，生我的唯一目的就是为了完成黎家的遗愿而已。"黎哲教授仿佛陷入了回忆之中，"我妈年轻时貌美俊秀，人又勤快能干。街坊邻居都纷纷过来提亲说媒，其中也有一些青年才俊，但都有一个前提条件，远离人见人嫌的黎婆子，不能带着她嫁过来。我妈笑着摇摇头。直到她发现了一个难题，黎家交给她的另一个任务，她将完不成，于是有了我黎哲。"

那时，云何正街上的梧桐树还没有种下，哑巴秋娃暖暖和和地睡在街檐上晒着太阳，蓬头垢面的他不急，他唯一的财富只有时间，醒了就去谁家讨点吃的，继续找个地方睡。

活着，他就只是为了活着。

漆黑肮脏的脸上看不出年纪，只知道他是江西万载讨饭而来。不想走了，就不走了，留在了云何。因为是在秋天来的，于是人们叫他"秋娃"。

那夜，狂风暴雨，电闪雷鸣。

秋娃躲在孔家大院井房的棺材里舒舒服服地睡觉。井房四周整整齐齐地码着十几副棺材，上了漆暗红的，没上漆原木色的，但都没盖盖子。按云何的风俗，只有主人躺进去，才会永远地盖上。

突然，黎春花身穿一套绣着龙凤的红色棉衣，举着煤油灯，像鬼魂一样走进井房，把秋娃吓得捂着嘴巴瞪大眼睛坐了起来。

"别怕，我是春妹子。"黎春花小声说。

秋娃摇摇头，眼睛里还是恐惧。

"你多大了？"黎春华走近了一些。

秋娃比画了一下。

"30？你30岁了碰过女人吗？"黎春花的声音更小。

秋娃拨浪鼓一样摇摇头。

"我让你尝一下女人的滋味，但绝对只能一次，就一次！你能答应我吗？你要是想找我第二次，我就会跳到这井里。真正地跳。"黎春花指着身后长满青苔的古井说。

秋娃像鸡啄米一样点着头。不是做梦吧？天上居然掉下个大姑娘。

黎春华吹灭手中的煤油灯，伸手把秋娃从棺材里牵出来，踮着脚猫着腰把他带回了自己房间。

房间正中，大木澡盆里冒着热气，饭桌上的红烧肉和"夹荤"香气扑鼻。

"飞哥，请原谅我！春妹子也是为了完成飞哥交给的任务。"黎春花泪流满面地脱光了自己的衣服，躺在了香喷喷的床上。

那一夜的摩擦运动，制造了黎哲。

从那以后，无论春夏秋冬，秋娃每天都会洗澡，四处里打着短工做着长工，挣来的工钱总会不小心遗失在黎春花的浸萝卜摊子下。

他最大的乐趣，就是远远看着黎春花的肚子慢慢变大，小黎哲嬉笑着围着浸萝卜摊子跑来跑去。他幻想着自己和她们娘俩永远生活在一起，享受天伦之乐，他以为黎春华只是嫌他穷。

虽然他不会说话，但他会笑，会幻想。

于是，他选择了云何最危险也是最赚钱的工作——装硝。

云何也是花炮之乡，生产的鞭炮享誉全国。在这生产璀璨和快乐的过程之中，有一道特别危险的工序，就是把火药装到空纸筒之中。所有装硝房都只有四五平方米，孤零零地建在山上，以免连环爆炸。而且只有一个人操作，全部工具都是木制或铜制品，不能有一丁点铁器，以免产生火花。

特别是雷雨天，无论外面雨多大雷多响，装硝的工人都要走出硝房，站在雨中避雷。

那是个春天。秋娃聚精会神地在硝房里装硝，乌云悄悄而至，他一点儿都没有察觉。啪嗒，一道闪电划破天空，击中了硝房。

轰！一声巨响，一个火团，秋娃和硝房被满屋的炸药炸得粉碎，满地全是烂砖碎瓦、残手断臂。一节鲜红的肠子挂在远处山茶树的树梢上，满树白色的铜钱般大的山茶花，开得正艳。

黎哲教授取下眼镜，擦了擦眼泪。"妙莲先生，不好意思，说到了伤心事，失态了。"

世间，没有真正的感同身受！妙莲无法感受她此刻的心情。

"高考的头一天，我妈根本不关心我考试的准备情况。而是对我说，现在听说西藏通了可以飞的机器，不像以前要走一年半载，半个月就能来回。等考试完了，你去一趟西藏太昭，找到大师兄，无论如何都要完成你飞伯伯的嘱托。"黎哲教授哽咽了，喝了一口水稳定了一下情绪，接着说，"我朝我妈吼道'你生我养我，就仅仅是为了让我替你完成这所谓的黎家嘱托吧？我死也不会去西藏太昭！你杀死我吧，我把命还你。我可怜的爸爸！'说完我哭着跑出去，去找姚振宇。"

妙莲不敢接话。窗外的天空中有朵白云，静静地在飘。

"那天，我发誓，哪怕不择手段，也要考上大学，决不回云何。为了出国，我嫁给了我不爱的人。一到德国，我们就离婚了，从此以后，再也没有结婚，也没有生育——孤零零地活在这个世界上，生不如死地活着。"

妙莲还是不敢接话。窗外的白云还是在静静地飘。

"很长一段时间，只有在衣柜里躲着我才能勉强睡着，站在高楼上我就忍不住想往下面跳。唯一的乐趣就是给学生们上课，看他们笑，看他们闹，直到本来到我身边。"

妙莲依旧不敢接话，窗外的白云依旧在静静地飘。

"云何人在国外的不多，相互偶有联系。有一次我听说，孔老太爷带着怀孕的小妾到澳大利亚生下一个男婴后，不久就死了，留下孤儿寡母，坐吃山空，家道逐渐败落。加上男孩长大后又吸食毒品成瘾，一直到50多岁才与一个站街的妓女结了婚。不久双双染上了艾滋病而死。云何孔家唯一的血脉被送进了孤儿院里。我去澳大利亚领养本时他才5岁，他问我，我能叫你妈妈吗？我说可以，今后就叫妈妈。我看了他亲妈妈的照片，就是蓝眼睛。"

妙莲把抽纸递给黎哲教授。

"几个月之前，我做了一个梦，梦到了我的妈妈，她对我说：'我不让你去太昭了，你回来吧。'以前从来没梦到过她，只是每天梦到我哑巴爸爸。所以，我才回到云何。"说到这里，黎哲教授放声大哭，跑去了卫生间。

她真的失态了。

过了10多分钟，黎哲教授从卫生间走出来，依旧温文尔雅。

"妙莲先生，还是请您讲讲那个红色的包裹，还有太昭的黎家人吧？"黎哲教授坐下来喝了一口水，稳定了一会儿情绪说。

"嗯。事情还得从我朋友李穷尼玛说起。"妙莲刚说，响起了敲门声。

说曹操，曹操就到。李穷尼玛身材魁梧，膀大腰圆，上身穿着黑色皮夹克，下身穿着牛仔裤，满头是汗走进房间。他把水果放在桌子上说："对不起，教授老乡，我迟到了。路上遇到了车祸，是一家人从加拿大回来，开私家车来旅游，车速太快，直接开到高速路下了。"

"人有事吗？"妙莲问。

"可能够呛。车速太快，直接飞出了高速公路，落地后打了三个滚，变形得像个铁疙瘩。交警过来封了路，用电焊把车顶焊开，才把人拖出来。所以才耽误这么久。"李穷尼玛现在在开旅游车，说到此事心有余悸。

"唉！人生无常。"黎哲教授起身，为李穷尼玛倒了一杯水，"让您破费了，那么客气。"

"应该的，我也是云何姓黎的。"李穷尼玛坐下来说。

"嗯？"黎哲教授看着妙莲，一脸的疑惑。

"唉！都怪他说他是云何姓黎的，害得我俩每年都要砍一次六趾周仓。"妙莲叹道。

黎哲教授脸上更加迷惑。

妙莲第一次到太昭是进藏的第二年，坐的是他老爸的车。

下了米拉山，妙莲就一直瞪着眼睛寻找，寻找那座很大的城。"太昭城有多大？比拉萨大吗？"

满车人都笑了，说妙莲真会讲笑话。

河对面，不远处就看到金光闪闪的金顶，驾驶员指着说："到了，这就是太昭。"

妙莲欢喜若狂，还以为就是关帝庙，那300块钱花得就问心无愧了。他三步并做两步地跑过吊桥，走到金顶旁，才发现是一间小得可怜的房子。

一问，原来是太昭拉康。

再问，说是不知道关帝庙的事。

三问，说是天知道。

妙莲傻眼了，呆呆地站着。原来这个任务这么艰巨。

老爸催促说，改天再来吧。路太烂拐弯又多，天黑之前到八一镇才行。

第二次去太昭，是妙莲带着红包裹专程去的。莫旺财开的东风货车，他去八一镇送复印纸，而且不是很急的货物。

太昭就三十来户人家，撒一泡尿就可以走过"这座很大的城"的泥巴路。全村的壮劳力都上山去挖虫草了，只剩老弱妇孺在村里守着。

妙莲怀抱着黄哈达捆的红包裹在空荡荡的村路上走着，莫旺财到河边捡石头去了。这时，从屋子里一瘸一拐地走出了一个和他年纪差不多的人，十分警惕地问妙莲："你干吗？村里人都上山了。"

"我找关帝庙。你知道吗？"妙莲说。

"我当然知道啊，你是谁？"小孩警惕地问。

妙莲说："我叫妙莲。你是谁？"

"我叫李穷尼玛。"李穷尼玛扶着门槛说。

"关帝庙在哪儿？"

"在我们家的地里，所以我肯定知道。"

"带我去吧。"妙莲高兴了。踏破铁鞋无觅处，得来全不费工夫。

"我上山挖虫草，腿摔断了，打着石膏走不动。"

"来，我背你去。"

其实妙莲根本背不动，当时李穷尼玛没现在这么高，但像现在这么壮。在妙莲的搀扶下，李穷尼玛一蹦一跳地来到一片鹅卵石砌的围墙围着的农田里。

这片农田只有十几亩地，长着绿油油的青稞，靠东边围墙有两个巨大的桃花树，桃花之间下面有一块长青石板，青石板上躺着一只肥大的黄猫，懒洋洋地睡着。

"关帝庙在哪儿？"妙莲失望地问。

"就是那块青石板啊，青石板就是以前关帝庙的门槛，关帝庙战乱中被烧了，但这块门槛石从来没人动过。你找关帝庙干吗？"

"湖南云何有两个姓黎的老太太，委托我把这个包裹交给关帝庙的大师兄。还给了我不少钱，钱都被我花了。"

"交给我吧。慢些恰，莫喔哒（慢些吃，别烫到）。我可是地道的云何黎家人。"李穷尼玛突然飙了一句标准的云何话。

妙莲瞪大了眼睛，在这遥远的山坳里，居然有人说云何话。

"我的太爷爷就是朝廷派到太昭的驻军，云何姓黎的。我原本叫黎穷尼玛，翻译成汉语就是黎家的小太阳。上小学时，忘做家庭作业，老师让我抄名字，我觉得黎字笔画太多，就改成了李穷尼玛，反正一样的音。"

"我找的是大师兄。"

"你肯定听错了。你找的是大哥，我在家里是老大。关帝庙又在我家的地上。"

妙莲仍犹豫不决，感觉这事不靠谱。

"我们云何黎家的'晨习晚练'你知道吗？我就每天早晚练功夫，不能愧对我们作为战神的先祖。"李穷尼玛比画了一下，自豪地说。

"晨习晚练"这是云何黎家男人的传统，他讲到这个，别的啥都不用说了。妙莲把手中的红色包裹交给他，交代无论如何不能打开，也不能丢掉。

"那咋办啊？"李穷尼玛抱着红包裹问。

"不知道，任务里没交代。"妙莲是如释重负了，李穷尼玛却感觉重任在肩。

此时，妙莲的电话响了，是小慧。

"叔叔，叔叔，呜呜——笨蛋进了急救中心。他会不会死啊？呜呜——"小慧在电话中哭道。

"你们在哪儿？"妙莲急急地问。

"市人民医院，昨天那个医院。笨蛋还不让告诉你们。呜呜——"

"本现在怎么样？"

"医生在给他输氧气。他现在在闹，不让我跟你们说，我偏偏要说。"小慧不哭了。

"应该没有大碍，就是高原反应。"妙莲对黎哲教授说，"你坐李穷尼玛的车吧。"李穷尼玛车是专业驾驶员，开得快些。

他们一前一后到了医院。酒店离医院还是挺远的，至少有 20 分钟的车程。

小慧在急救中心门口焦急地走来走去，无助地张望。

妙莲问："怎么回事？"

原来两人兴冲冲地跑到酒店旁的湖边，黄鸭不见了踪影，只有两只白鹅自由自在地在水中游弋，曲项向天。

小慧把大帽子拿在手里，静静地看着那对白鹅，一脸羡慕。

"这是谁家养的鹅？把我们的黄鸭都赶走了。"本傻傻地看着小慧说。

不远处，一个戴草帽的人钓到了条一斤多重的金黄色鲫鱼，引得原本安安静静钓鱼的五个人放下自己的鱼竿，跑过来帮着抄鱼，一阵骚动。原先西藏没有鲫鱼，后来被鱼贩子从内地运进来，又让信佛的当地人放生放进了河里。这下子捅了一个大娄子，从此以后鲫鱼在西藏泛滥成灾，把老实巴交的当地无鳞鱼欺负惨了，而把自己养得肥肥的，味道特别鲜美。

"你傻呀，这肯定是从遥远的地方飞来西藏过冬的白天鹅。真是——笨蛋。"小慧感觉到本在看她，脸不由得烧烧的。

"刚才这么吵，它们都不怕飞走，不可能是野生的。"本毕竟是学数学的，逻辑思维缜密。

"不是怎么说？敢打赌吗？笨蛋！"小慧歪着头翘起了嘴巴，她觉得这样有小女孩特有的娇媚。

"有啥不敢？输了刮鼻子。"

"笨蛋，肯定是天鹅，谁会在野外养鹅啊？"小慧说完拼命地朝着白鹅舞动双手，大声地吆喝，"哦，哦，哦！天鹅，快飞，快飞！"

白鹅不理小慧，自顾自地在湖中间觅食，样子有点拽。

"你输了，刮鼻子不准哭。"本弯腰捡起了几个小石子，咚咚咚，朝白鹅瞄准丢去。钓鱼的人皱起了眉头，但是不敢吭气，在西藏有个规矩，因为钓的是放生鱼，理亏，所以被人打石头捣乱只能挨着。

小慧扁起了嘴巴一脸委屈，因为她知道肯定输了。湖面不大，本打石头又超准。好几次打在白鹅的背上，两只白鹅只是紧紧地贴在一起，惊恐地在翠绿的湖水中游来游去。

"输了吧？来刮鼻子，保证让你满意。"本一脸的得意。

小慧只得转过脸，闭上了眼睛，故意翘着小嘴巴。本一脸坏笑地弯着食指，狠狠地在小慧漂亮的小鼻子上刮了下去。

"啊！好痛。"小慧尖叫一声，眼泪汪汪的。

"哗，哗——"两只白鹅听到小慧的尖叫声，惊恐地振翅高飞，飞向北方。

真是天鹅！哈哈哈。本捂着肚子边笑边跑，跑向不远处的尼洋河防洪堤。

"呜呜呜——笨蛋，你别跑，我要刮回来，我要刮你两次，刮你五次，狠狠地刮。"小慧边哭边追。

就这样，本在前面边笑边跑，小慧在后面边哭边追。本还不时转过头对着小慧喊："这么湛蓝的河水，来一场蓝色马拉松才过瘾，抓到我让你刮十次鼻子。"

"笨蛋，刚到高原不能跑步的。"小慧气喘吁吁地说。

"来呀来呀，我经常跑马拉松，壮得像头牛。"本气喘吁吁地说完不久，就像纸糊的一样，直直地倒下去了，嘴唇瞬间变得紫黑。

"吓死我了，害得我都没刮他的鼻子。"小慧悄悄地跟妙莲说，"医生说的，越是喜欢运动的耗氧量越大，高原反应越是激烈，但输点氧就没什么大碍了。"

确实没有大碍。本没有，小慧也没有。妙莲放心了。

妙莲对黎哲教授说，太多人在医院守着也没用，他回家去喂鸟儿。晚上一起吃饭。

李穷尼玛说他就在医院陪着，怕他们要用车。

小慧钻上妙莲的车就嘟囔着：“笨蛋是个坏蛋。蓝眼睛的坏蛋。”

妙莲说：“咋啦？欺负我家小慧了？”

“你们来之前，笨蛋说他马上要尿尿，否则会尿到裤子里面。逼我提着输液瓶去了男厕所。”小慧又羞赧又气愤地说。

“这没啥呀，照顾病人嘛。”妙莲笑了。

“问题是——回来笨蛋就捂着肚子笑，笑得可开心啦，说又整到我啦。哪像个博士？”小慧的嘴巴噘得高高的。

“你傻呀？你不会按铃叫护士啊。”

“对哦，我真是弱智，被这个流氓坑了。”小慧把头发撇在耳后，看着窗外。金黄的落叶飘飘，她感慨万千地感叹：“秋天真美！”

世界什么都没变，变的只是人的心！

妙莲把车子刚停住，小慧就说：“叔叔，借下车，我找央央措有点急事。”

“有驾照？”

“叔叔太小看人了吧？”

“注意安全，忙完了来家里接我，晚上也让央央措一起吃饭。”妙莲没有熄火，走下车。

后窗外的电线上，齐整整地站了两排麻雀，四五只斑鸠站在远处的屋顶上，都在静悄悄地等着。妙莲微笑着打开手掌，群鸟在他手掌之上默契地无声飞舞，也不拉屎。

妙莲看着鸟儿静静地吃，林芝温润的秋风吹在他脸上，他笑着，享受着这段美好惬意的时光。

或许，赐予之中，给予者得到的更多。

妙莲刚把头上揉满洗发水，满头满脸都是泡泡。

肖丽就打电话过来，兴奋地说：“小慧在化妆品店消费了 1000 多块钱。刚才在服装店也买了 2000 多块钱东西。妙莲，你做了什么？"

"我没做什么，是你女儿遇到个笨蛋。"妙莲说。

"不懂，快说来听听。快说，急死了。"

"全身都是泡泡，我是冷死了。"

"不行，我现在必须听。妙同学，你不能卖关子。"

"好吧，我简明扼要地说。有个蓝眼睛的笨蛋，狠狠地刮了你女儿的鼻子，又骗你女儿去了男厕所。然后你女儿就去买衣服买化妆品了。"妙莲说完扣了电话，急急忙忙地去冲头上的泡泡。

妙莲一觉醒来，小慧和央央措敲门进来。

"哇！小慧，你被人打了吗？"妙莲大吃一惊，喊道。

小慧脸上涂满了粉，惨白惨白的，眼眶漆黑，嘴巴通红，穿着绿色衣服，白色细脚裤，蹬着红色高跟鞋，像只鸭子一样歪歪扭扭地站着。

央央措也是这个打扮。就像两只鸭子，更准确地说是两个小丑。

"叔叔，这样不好看吗？我们互相化的妆，都觉得好看。"小慧跑到卫生间照了一下镜子，说，"我第一次穿高跟鞋，脚好痛。"

"僵尸片都不敢这么化妆的。你们出去真会吓死人的，赶快去洗了。"妙莲说得一点都不夸张。

"那怎么办？马上就要吃饭了，我不去了。"小慧都快哭了。她原本精心地打扮了一下午，被妙莲说成这样。

"洗干净脸就好，你这个肤色是最健康阳光的。在欧洲人家女孩子做梦都想要古铜色的皮肤。她们是白人，怎么晒都没你俩漂亮。"

"真的吗？叔叔不能骗我。"小慧紧张兮兮地说。

妙莲说，妙莲不骗人。

晚餐就定在酒店下面的藏餐厅。

进门就是一幅画工不错的财宝天王的唐卡，因为他可是西藏上百位财神的最高领导，所以主尊下方有八位骑马的财神围绕着。四周摆满了古色古香的藏族生活用品，但多半是近年仿制做旧的，只是为了增加民族特色。

喝了一杯浓香的酥油茶，本的脸色也有点红润了。他朝小慧一直坏笑，一口白牙。

"你笑啥？"

"想起就想笑，你在男厕所的样子太好笑了。"

"阿姨，本他欺负人。"小慧学会了告状。

"本，对姑娘要有礼貌。"黎哲教授笑着对他们说。

众人皆笑，开始吃肉。

藏餐吃的不是牛肉就是羊肉，总之肉滚肉。以前青藏草原上的牧民是不吃蔬菜的，认为只有牛羊才会吃青绿色的东西，所有维生素的来源只有每天必喝的酥油茶。他们喝的砖茶，有个特别好听的名字叫"边销茶"。元朝以来，中央政府都有补贴，渐渐地，运输这些茶叶的路就有了一个好听的名字——茶马古道。

"妙总，你们吃肉也不叫我，我在门口看到你和李穷尼玛的车了，想你们也在里面。"黄师嚷嚷着走进来。

"有客人，是德国来的教授，云何老乡。"妙莲拿起一根风干牛肉，咬了一口，生怕他过来抢了。

"嘿嘿。"黄师干笑两声，说，"德国来的教授啊，肯定没见识过八卦掌，祖传的。我给你们露一下这手绝活。"

也不等人表态，他就站在麻将桌边的空地上亮出第一式"怀中抱月"，接着一式"青龙探掌"……最后一式"凤凰展翅"。表演完毕，黄师双眼目视前方，炯炯有神，一丝血从嘴角流出。

说实话，他的动作依然行云流水，只是岁月摧残，人变得干枯瘦小，感觉有点像在耍猴戏。

"黄爷爷，你嘴角怎么流血了？"小慧惊呼道。

黄师闻后一摸嘴，哇！掉了一颗门牙。嘴里一个红兮兮的缺口。

"是不是昨晚梦游扇自己太用力啦？"妙莲笑问。

"不可能，我又不是傻的。"黄师手拿着满是鲜血的门牙，呆呆地说。

人不是慢慢变老，而是一瞬间老的。猛然间，妙莲觉得黄师仿佛一下苍老了。

第 七 章

心之西
太昭是座很大的城

太昭看似是个小村庄，孤零零地坐落在娘曲和布曲两河交汇的一块台地上，汇聚而成就是尼洋河。乍一看，太昭和林芝普通的村庄没有两样，但妙莲知道，实际太昭特拽。

因为，太昭是如鱼网一样进藏道路的茶马古道的终点。自古茶马古道有青藏中路、青藏东路和川藏驿道这三条进藏路，都要必经太昭。所以，元朝时就在太昭始建驿站了，载满茶叶的马帮在此缴了税银后，方可运往西藏各地。到了清朝时更拽了，朝廷在此设立了太昭宗，也就是太昭县。朝廷直接派兵在此镇守边关。当时人口众多，市政繁华，商铺林立，有著名的小八角街之称，并设有军粮仓、汉语学校、邮局、旅店、饭店、金银加工店、裁缝店。特别特别拽的是还设了一个刑场，专门用来处决茶马古道上的悍匪。所以当年横行茶马古道上的土匪们都非常忌讳一句话——去太昭。

李穷尼玛的家就建在河边原来的刑场之上。三层全框架，鹤立鸡群一样立在村子西边。这些年林芝的旅游旺，李穷尼玛买了辆二手丰田越野车，就靠着拉游客挣了不少钱，发家致富了，修了这座拽兮兮的房子，立在这拽兮兮的村庄里。

李穷尼玛开着他的丰田越野车载着黎哲教授、妙莲、小慧和本奔驰在拉林高等级公路上。黎哲教授坐在副驾驶室，全车最尊贵的人坐前面是西藏的规矩，和交通便利的内地是反着的。主要是因为以前西藏路远车少，后排座基本上都挤四五个人，怕挤到了。

后排座上，妙莲居中，小慧左，本右。

真是世间没有丑女，只有不会收拾的。昨晚肖丽不停给妙莲打电话，说太阳从西边出来了，小慧居然在美容院消费。

"是我让她去的，你女儿额头上被晒出了大块黑斑，像孕妇一样。"妙莲说。

"小慧以前很白呀，怎么会呢？"小慧从长沙出发后，肖丽也没见过她的样子。

"肖同学，你女儿是进藏徒步客啊。我睡了，不聊了。"妙莲挂了电话。

深夜一点，肖丽又打电话过来惊呼，小慧在美容院刷了 38000 元，她以前一年都花不了这么多钱。

"不可能啊，你女儿换了脸吗？"妙莲也惊呼。

话音刚落，小慧和央央措鬼鬼祟祟地钻进半个脑袋，说："叔叔还没睡啊，我们睡了。"

一整夜，值班室里都是她俩叽叽喳喳、嘻嘻哈哈的声音，隔着两扇玻璃门，仍听得清清楚楚。妙莲估计啊，今晚轮到央央措被小慧折磨啦。

果然，一大早央央措就黑着眼圈提着水瓶和三个杯子进展厅。抱怨说，小慧为了保持发型趴着讲了一晚的话，她只要一眯眼，小慧就挠她痒痒。

妙莲不敢说话，眼瞪瞪地看着。确切地说，是提心吊胆地看着，她把三个杯子放在茶几上，放稳喽。

彻底放稳喽，妙莲才说："央央措，你问村长了吗？这茶杯怎么办？"

"昨天打电话问了，村长说正好村里在建白塔，三个杯子供进白塔是天意。"央央措一边往杯子里倒茶一边说，"叔叔，你说怎么办呢？"

妙莲小心翼翼地双手端起茶杯，万分小心地呷了一口，不吭气。妙莲又不傻，这种主意他可不拿。

此时，小慧笑嘻嘻地进来了，果然是鸟枪换炮。

——小慧有点漂亮了。一身淡蓝色的阿迪达斯运动装，左手腕上还缠了一条紫色的纱巾。

车上，一直是妙莲在叨叨，说他的唐卡以及关于唐卡收藏的事。

突然，本冒了一句："妙莲叔叔，你知道云何孔家的子曰豆豉吗？"

妙莲停住吹牛皮，呆呆地看着本。说他当然都知道，云何城就是因为孔家豆豉而建的。

"叔叔吃过我们家生产的豆豉吗？"本的目光充满着期待。

"没吃过，但据老人讲是当时全国最好吃的豆豉，粒粒香浓，回味无穷。但 20 世纪 40 年代孔家当家的带走了制作的秘方去澳大利亚，再没了那股子勾魂的味道，销路也一落千丈。等到叔叔出生的时候，子曰豆豉这个品牌都成了传说。只是当年孔家晒豆豉的晒场仍在，像军队的阅兵场一样，气势非凡。"说到这儿，也勾起了妙莲的回忆。

那时晒场归国营云何豆豉厂所有，也晒满了油黑黑的豆豉。妙莲、蛆婆和茅室板板三兄弟经常去偷来当零食吃，弄得牙齿漆黑。

唉，物是人非！

"叔叔，还有关于我们云何孔家的故事吗？麻烦您再给我讲讲，好想知道。"本说。每一个人，听先辈的故事都会感怀，因为自己就是故事的一部分，是先辈的延续。

"虽然过去了七八十年，但云何人仍记着孔家的情。从开创者孔令飚开始，五百多年来，孔家二十几代人一直不断地做件大善事——捐建孔庙、资助教育，使得云何人才辈出。"妙莲突然特别想他逝去的两位好兄弟，死后真的没有天堂吗？

车子行走在多布电站的水库之上，白云飘在碧波里。

"妈，我也想——"本欲言又止。

"别胡思乱想，世上不缺做豆豉的，而是缺少像陈景润、欧拉一样的大数学家，把人类的文明再向前推一推。"黎哲教授严厉地说，语气不容商量。

车内的气氛变得非常尴尬。

"叔叔，我跟你讲件事啊。"小慧看着妙莲说，"美国杜克大学有一次组织了顶级的教授和学者做一个课题，研究一粒水珠从3万米高空掉下来，砸到头上会有多大的杀伤力？各种验算和推演都做完了，写了几百页的论文，讨论得面红耳赤。直到打扫卫生的阿姨说了一句，教授们，你们没见过下雨吗？"

说到这儿，小慧古铜色的脸上洋溢着笑。一车人也明白小慧的良苦用心，都笑。

窗外，秋色如画，按下不表，想看自己来看。

车子一进太昭，李穷尼玛直接把车开到自家的田地边。

鹅卵石砌成的围篱石缝中长着青草。田里的青稞已经收割了，刚翻了地，准备种一茬青储玉米，冬季里用来喂牛喂羊。大群斑鸠在田里咕咕咕地叫着，寻找食物。

东边围篱的两棵巨大的桃树树叶也已枯黄，纷纷落下。两树之间的青石板上懒洋洋地睡着一只肥硕的黄猫，享受着秋日温暖的阳光。

黎家心心念念的关帝庙能描述的就只有这么多。如果还要问，就只能说关帝庙的天上有白云。

"这就是关帝庙？"黎哲教授问。

"嗯，我考证过，这块青石板就是关帝庙大门的门槛石，从没挪过位置。关帝庙的占地也基本上和这块田差不多，16.7亩，这是一座只有大殿没有僧人的拉康。当地人误以为是供奉格萨尔王的庙，所以以讹传讹，就叫作格萨拉康。东南角原本有一个木板房，当地人叫它拉姆拉康。"妙莲非常有把握地说。他对这座关帝庙以及太昭的历史已经研究得很透了。

这么一个无名小庙，为什么让黎家几代对它念念不忘？不可能没一点神奇之处。

妙莲笑了，很开心地笑着说："李穷尼玛说那两棵桃树是驻藏大臣亲自栽种的，超有灵性和神通，落叶都是灵丹妙药，煮一煮可以治近视眼。等会儿给教授装一麻袋带回德国，你和本就可以不戴眼镜喽。"

众人都笑，李穷尼玛也尴尬地笑了笑，说："是传说，大家都这么说。村里面就是有人拿来治眼睛，还是有点效果。"

大家笑得更厉害。

"那我们走吧，先到我家去吃肉。"李穷尼玛坐上车，打开窗子对躺在石板上的黄猫喊道，"悟空，我走喽。"发动了车子。

其他人都是跟着妙莲走路。村子太小，实在没有再上车的必要。

进村的水泥桥上游20米还有一座小吊桥，是以前废弃了的老桥，现在在钢索铺上木板维修了给游客拍照用。妙莲指着桥说："'绿荫红花十里堤，一江环绕鹊桥西。'这就是著名的太昭鹊桥，当年驻守此地的清军想家想爱人了，就来这桥上孤零零地看着月亮，以解相思之情。牛郎织女一年喜鹊搭桥还能聚一次，当时驻守边疆的清军五年十载也不一定能见得到自己的爱人。所以多半都跟当地姑娘结婚了，这里有好几户和李穷尼玛一样，是我们内地人的后代。"

"好感人，我想到桥上拍张照。"小慧兴冲冲地想往坡下跑。

"小慧，莫总肯定已经到了，先打个招呼再过来。"妙莲说。

莫旺财先到了，毫不客气地坐在客厅里用银质刀柄的藏刀切牛肉吃。他胖墩墩的老婆在帮忙添柴烧水，妙莲对她非常尊重，嘴巴再臭也从不跟她开玩笑。因为妙莲觉得莫旺财年轻时把她肚子搞大了，还不负责任地跑来西藏躲起来，人家大姑娘千难万难，居然把小孩生下来等他回去娶她。这么有情有义的人，理应受到尊重。他们瘦小如猴的孙子莫惊则闷头在那儿打手机游戏，谁都不喊也不理。莫惊顶着个锅盖头，游戏里面的神枪手的发型。

莫旺财说妙莲要退休回内地，今后相见难，30多年的交情，所以他无论如何要赶来太昭会合，明天同回八一镇，晚上他请客，任宰。

这是以财迷著称的莫旺财人生第一次主动说任宰。所以李穷尼玛和妙莲商量好了，这次要吃海鲜大餐、喝茅台，吃得他这辈子想起都心疼才行。

"这是我朋友莫旺财。这是德国回来的黎哲教授。"妙莲介绍双方说。

"教授，很高兴认识您。鄙人莫旺财，旺财这名字是我爹喜欢，说我能有今天都是这名字取得好。请叫我莫总。"莫旺财用卫生纸擦着手上的油说，"莫惊，快叫奶奶。"

莫惊头都不抬，不搭理他。

黎哲教授很优雅地和他握手，点头，浅浅地笑，说："这是我儿子本，在杜克大学攻读数学博士。"

"哎呀，是博士啊，荣幸荣幸。这位是小慧吧？我听妙莲说起过你，没想到长这么乖巧。"做生意的，吃饭全凭一张嘴，能说会道。

小慧有点得意，笑了，露出了雪白的小虎牙。昨晚的巨款是没白花。

"太昭这地方我很熟，比妙莲还熟悉。每次从拉萨来林芝都要路过，都要吃李穷尼玛的肉，有时候还住下来吃，吃到他心疼惨，赶我走才走。"莫旺财笑得很开心，从腰间取出一块温润的椭圆形蜜蜡，神秘兮兮地说，"告诉你们两个年轻人一个秘密。据古书记载，这太昭鹊桥的上游的娘曲河床下，有个超有灵性的蜜蜡窝子，不时就会有蜜蜡溜出来玩，白天不容易被发现，玩累了就会游到布曲又躲起来。但月圆之时，站在鹊桥上可以看到一团蓝蓝的荧光。前几年我住在李穷尼玛家，深夜失眠去散步，在鹊桥上看到水里一团蓝光，跑下河里捡到的。"

"真的？"小慧和本齐惊叹。

"今晚就是月圆之夜，反正我是要在鹊桥上守着的。可以带你俩去，不带妙莲。他嘴巴大，知道了就到处说。"莫旺财坐下来继续吃肉。

小慧和本赶紧连连点头，坐在他两旁，眼巴巴地看着他，期待的眼珠子都快掉出来了。

"千年琥珀万年蜜蜡。这蜜蜡形成时经常会封印住远古的生物，如果正巧里面是一对蚂蚁，那就是幸福蜜蜡，送给爱人做爱情的见证，今生肯定幸福美满。比钻石有意义，钻石是国外的资本家炒作出来的。"莫旺财边吃边吹，兴致高昂。

小慧和本用超级崇拜的眼神看着他。

"东西在哪儿？"妙莲低声问李穷尼玛。

"在三楼上。我专门买了个香樟木的箱子放着，怕虫蛀。"李穷尼玛答。

"教授，我们上去看一下吧。"妙莲对黎哲教授说。

"慢些恰，莫喔哒。"李穷尼玛朝莫旺财飙了那句他唯一会的云何土话，随后引黎哲教授和妙莲上楼。

房间昏暗。红色的藏柜上，三排火光摇曳的酥油灯之上是一个黑色的相框，相框里是一个清朝武官打扮的男人像，上方写着"果果千古"，相框上还裹着一条已经被烟熏黑的哈达。

"这是我太爷爷黎奉初，我太奶奶一直叫他果果，也就是哥哥的意思。他是云何黎家奉字辈的长房，我是他的长房长曾孙。听说我太爷爷的刀法特别牛，被处决的犯人个个都盼他来行刑，只要他手起刀落，人速死而头不断，算是留下了全尸。古代人，讲究这个。藏族一般家里都不供先人的照片，但我太奶奶说，果果与故乡云何远隔万里，千里孤魂，不能让果果孤独，所以把他埋在清军陵园，还按云何的习惯把遗像供在家里。"李穷尼玛一边诉说着家史一边拉开了窗帘，房间一下亮堂了。

李穷尼玛打开一个深褐色的长条箱子，顿时整个屋子里弥漫着樟树的香味。箱底就是红丝绸的包裹，上面捆着的黄哈达还一模一样捆着。

"我们打开吗？我和李穷尼玛30年前看过一次，此后每年的那天都做同一个杀六趾周仓的梦。"妙莲问黎哲教授。

"打开吧。问题总要面对，有些事，我们无处可逃。"黎哲教授坚定地说。

"你们确定？"李穷尼玛心有余悸地问。眼前这两位，都是曾经被黎家委以重任，送包裹来太昭关帝庙给大师兄的。

妙莲和黎哲教授点点头。窗外，传来了一声猫叫声。

李穷尼玛小心翼翼地解开黄哈达，打开包裹，慢慢展开，小心地放在他昨天准备好的木架子上。

这是一幅没有安上天杆地轴的藏式装裱关公唐卡，装裱用布是五爪金龙丝绸布料，一眼就可看出是皇宫御赐西藏的赏赐品，因为那个年代，私自用五爪金龙图案是谋逆大罪，是要被满门抄斩的。特别是，装裱正下方的唐门是缂丝的宝相花，自古一寸缂丝一寸金。而且唐卡的装裱中，但凡唐门敢用宝相花的，此唐卡不用看其他，画工一定了得，代表着西藏同时代唐卡的最高水平，拥有者的等级也一定是最高的。

唐卡美龙（画芯）中，伽蓝菩萨关公面若重枣，长髯飘飘，丹凤眼，卧龙眉，相貌堂堂，威风凛凛。左下方是一身铠甲，手持宝剑，英气逼人的关平；右下方是手持青龙偃月刀，身穿玄色衣服，身材高大、黑面虬髯的关西大汉周仓。

黎哲教授皱着眉头走近端详了很长时间，转头看着妙莲。"妙莲先生，这——除了极致的精美以外，有什么特别吗？"

李穷尼玛也看着妙莲，求答案。

时隔30年，妙莲再次看到这幅唐卡。但此时，他浸淫唐卡艺术数十载，今非昔比，他仔细地盯着唐卡，指着细微之处，娓娓道来这幅关公唐卡其中的玄妙。

"顶级的唐卡有很多层次。一是看线条的流畅，因为唐卡就是线条的艺术，你们看周仓握青龙偃月刀的手指和关公的胡须。"内行看门道，外行看热闹。妙莲开始介绍这唐卡中的奥秘。

"对哦，不说还没注意，关二爷的胡子似乎在飘动。"李穷尼玛睁大了眼睛说。

"二是看开脸，你们看着这三人的脸，他们的眼睛。不管走到任何角度，他们三个都一齐在盯着你看。特别是周仓这睁得像铜钱一样的眼睛，你们仔细盯着看久点，是不是能从他眼珠子里看到自己的影子。"妙莲继续介绍说。

"好像是，太神奇了。"黎哲教授来回走动着，侧着身子说。

"三是看这个用料。你们看这幅唐卡用的颜料全部是用的绿松石、珊瑚、玛瑙、青金石、黄金、藏红花等天然名贵宝石和药材，永不变色。你们看关平脚下这小块黄色，可是专门去印度恒河底下取的泥巴调制而成，别看泥巴不值钱，但为了这一小块颜料，而派专人去印度恒河，所用人力成本不可想象，价值可是黄金的千倍万倍了。只有在唐卡艺术追求极致完美的情况下，才可能做这样不计工本的事。"妙莲继续介绍。

两人凑过来看，点头称是。

"哇！天哪。这太恐怖了。"妙莲瞪大眼睛，不敢相信自己的眼睛，"你们知道火烈鸟羽毛上神奇的红色吗？你们看这关公红脸的用料，特别类似那种神奇的颜色。极可能是用思今拉措湖中的赤冰卤虫。但火烈鸟吃的赤色卤虫只是卤虫的一种微毒品种。而这思今拉措湖的赤冰卤虫是无比剧毒的，只能再用神胶也就是水银以毒攻毒，炮制而成的红颜料才稳定、才无毒。"

黎哲博士凑近瞧了很长时间，又摘下眼镜，脸都快碰到唐卡了，说："我看不出来这颜料有什么特别之处啊。"

"你别正对着看，稍微斜一点，和光线有点夹角。"妙莲说。

"哇！好神奇，好绚丽的颜色。光线照过来梦幻般地变幻，如彩虹一般，七彩斑斓。"黎哲教授惊叹不已。

"一般画唐卡用的红颜色都是用朱砂矿请无力的病妇慢慢研磨。最好的红颜色是阿卡级的珊瑚调制出来的，但都不会有这么绚丽。追求极致的完美，这就是唐卡的美妙之处。"妙莲也是第一次看到如此神奇的颜色，"就为了这丁点细微的区别，唐卡画师却冒了生命的危险，用剧毒物品去炮制。"

"那唐卡画师不会中毒吗？"黎哲教授惊呆了。

"没有画师敢用。听说，好久以前，昌都有位年轻力壮的画师想去尝试，千辛万苦找到了赤冰卤虫，刚开始研磨颜料，就晕倒了，病了很久。"妙莲停顿了一会儿说，"从此，再没听说真有人敢冒险舍命一用。"

"啊！原来这样啊。这是生命的颜色。"两人都惊叹。

"是啊，颜料里越是难得越不稳定，也就越名贵。比如说央央措的那个六龙杯，可能烧制时也是以工匠的生命为代价的，因为也要用到剧毒的神胶，所以说才稀少珍贵。"妙莲接着说。颜料中，红色是最不稳定的，古代科技不发达，只有用剧毒的水银来定色，颜色才有可能长久不变。

"喵——"窗外传来一声猫叫。风吹进屋里，凉飕飕的，三人都打了一个寒战。

"四看这幅画的云彩等边角处。你们看关羽头上这朵七彩云。"妙莲指着这朵指甲盖大的云彩说，"这朵云至少画了三万笔，所以才会这么灵动。西藏真正的好唐卡，用多少时间不由画师决定，而是由唐卡来决定，不做计划，什么时候画完什么时候结束，画师只是用生命慢慢来画就行。"

对哦，这云在变幻着颜色。两人齐叹："买唐卡，你付出的只是金钱，人家付出的可是生命。"

"五是这唐卡画师必须要天生异禀，这类唐卡画师是不世出的，画的人物能透衣入肉。你们看周仓双脚，仔细看一下，看透过这黑色的马靴看到了什么？"妙莲指着周仓的双脚说。

"天哪，太神奇啦，就像是看五维立体画一样，慢慢就可以看穿马靴。这唐卡是凡人画的吗？"黎哲教授捂住了嘴巴，两眼瞪得和周仓一样。

"啊叽！那天只看到周仓左脚是六个脚趾头，今天仔细看，双脚的脚底还长满了毛，看得我头皮发麻。"惊得李穷尼玛嘴巴都是扯起的。

"我妈说六趾周仓肯定是他，还是脚板心长毛的飞毛腿。"黎哲教授捂着嘴巴，"这唐卡太恐怖了。还有吗？"

"这幅唐卡的奥秘肯定不只有这些，我对博大精深的唐卡只知皮毛，就是业余打酱油的，研究功底浅。可能要带去内地，找人请这行业大佬好好研究，用专业的机器仔细检测，才有可能彻底搞明白。"妙莲也拿不定，说，"我估计，这就是传说中的至净唐卡。画这幅唐卡的人心得有多静啊！"

"喵——"窗外又传来猫叫声。

三人都没在意，只听到楼下传来欢笑和歌声，敬酒开始啦。

"妙莲先生，我们这次一起把它带回内地吧，弄个水落石出。"黎哲教授说。

妙莲点点头。

"好。唐卡就交给你们了，我也如释重负。我们下去喝酒吃肉吧，妙莲可是肉食动物。"李穷尼玛把唐卡用黄哈达捆好交给妙莲说。

扎西德勒开始喽！

李穷尼玛有三个帅得一塌糊涂的儿子：李洛桑、李次仁、李扎西。他们不但把全村所有的姑娘全部吸引过来，邻村姑娘自认为歌唱得好长得漂亮的也来了几个。

一大群穿着节日盛装的姑娘围着莫旺财载歌载舞，在灌酒。

李穷尼玛的三个儿子也站在莫旺财胖墩墩的老婆旁，唱着高昂的歌，也在灌酒。

他们锅盖头的孙子莫惊心无旁骛，继续在专心致志打游戏。

小慧和本不见了踪影。

西藏敬酒有一个风俗。唱歌敬酒者只唱不喝，被敬者"三口一杯"。也就是先喝三小口表示吉祥，然后不管碗多大，都要一口闷。莫旺财好像真喝醉了，居然敢于主动要求"给莫总来一首《康巴汉子》"。他被嘻嘻哈哈的姑娘们摁在藏式床上灌了九碗，被灌得号啕大哭，眼泪鼻涕齐流，吼着："等我有钱了！等我有钱了！等着回来娶你。"他胖老婆赶紧过来，把他搂在怀里，解释说旺财一喝酒就想起当年的事，就这样瞎闹腾。

妙莲知道言多必失，对付这种场面的经验是装熊：低头吃肉，绝不吭气。

于是青年男女们集中火力给黎哲教授献歌，敬"三口一杯"。谁知教授喝酒也是教授水平，来者不拒，淡淡地微笑着把酒喝下去，仿佛是倒进了无底深渊一样，仅仅是脸上变得稍微有点红润，然后笑眯眯地挨个地用大碗回敬，那气势，居然把十几个姑娘要么灌醉要么吓跑。

头系红色英雄结高大魁梧的李洛桑不服，把每个藏族家庭都有的镇宅重器取出来——一只像盆一样的银碗，一碗装三斤酒。只有春节、工布新年或家中重要喜事时才取出来，用它"扎西德勒"喝一回。

"教授奶奶，今天您让晚辈开了眼界。我为您献一首《卓玛》。您德高望重，晚辈没福听您唱歌，您喝完，我一定陪您喝一杯。"李洛桑结结巴巴地说完，歌声嘹亮，但火药味十足。

他的两个弟弟抬进来一个大铁桶，小心翼翼地往碗里倒满乳白色的青稞酒，再往碗沿口上摁上三小块酥油，以示吉祥。西藏人家里自酿的青稞酒度数没个谱，3度到30度一切皆有可能，全凭主人高兴。

妙莲暗想，黎哲教授要惨，这三兄弟放大招了。但他不敢上前劝，一出头，这一猛招准冲他过来，有心无力，便不吭气。

歌唱毕，黎哲教授淡笑着走到三兄弟前，用中指轻沾一点酒，向天上弹是奉天，向地下弹是礼地，向中间弹是敬朋友。看来她进藏前是做足了功课的，这套敬酒礼仪完备，动作标准规范。然后，她双手接过酒碗，咕隆、咕隆、咕隆、咕隆——"啊，这酒好香。"把空碗递回给目瞪口呆的三兄弟。

她把黎春花与冷九爷斗酒时的风范学得足足的。

李洛桑目瞪口呆，硬着头皮喝了一大半，脸似猪肝，说了声："教授奶奶，佩服了。今后我再也不敢说尼洋河畔喝酒无敌了。"说完把自己的上衣领口拉开，把酒全都往里面哗哗地倒，这是太昭斗酒的习惯，从嘴巴里喝不进肚里，就从领口喝进肚里。酒倒空，就软软地倒下去，他的两个弟弟赶紧把他扛起架走。直到妙莲他们走，三兄弟都没再露面。

那场比酒，至今，在太昭都传为传奇。

"妙莲先生，能否陪我去院子里吹一会儿风？"黎哲教授说。

主人是否能干勤快，一看院子就知道。院子里绿草茵茵，妙莲和黎哲教授坐在挂满红苹果的苹果树下。

微风习习，天空湛蓝。

围墙之上，一只黄猫懒洋洋地躺着，悄无声息。

"这苹果好红，像木棉花一样。我妈妈就出生在木棉花之下。"黎哲教授呆呆地望着天空说。

妙莲无语，呆呆地看着苹果。

"如果我对妈妈说，我原谅她啦，她会原谅我吗？"黎哲教授的眼泪，无声地流。

"或许，你妈从来没有记恨过她的女儿。"妙莲看着她说。原来，她刚才是想一醉解千愁。想醉，却喝不醉，这是酒量大的人的烦恼。

"我想我可怜的妈啦——"黎哲教授捂着嘴，任凭眼泪往下流。

"喵——"围墙上的猫叫了。妙莲熟视无睹。

黎哲教授在草地上流着泪睡去。"呜——"她是否梦到了妈妈？

直到天黑透了，刮起了好大的风。小慧和本才悄悄地溜回来，说是爬后山迷路了。

他们是真迷路，还是诚心不想回，无从得知。

"叔叔，晚上我们都这么睡啊？"小慧边吃面疙瘩边问。

"你正坐在我的床上。"妙莲笑着说。

"我们睡觉，——大家睡在一起啊？"小慧的脸居然红了，肯定是想到了害羞的事。

"是啊，小慧也可以去睡牛棚。"妙莲说。藏族家里的客厅就是多功能厅，伙房、客厅兼卧室。酥油茶在中间的炉子上熬着，周边摆一圈藏式床，客人来了就坐在这床上吃肉喝酒，晚上就取出被子睡在床上，这样在炉子边暖暖和和地睡，才热闹。

客厅里，已经东倒西歪睡了好几个人。

本用湿纸巾擦黎哲教授的脸，问妙莲："叔叔，怎么回事？我妈妈睡着了眼泪都不停地流，她从未这么伤心。"

"你妈梦到了木棉花。"妙莲说。

小慧和本是脚抵着脚睡的。

莫旺财开始了磨牙，吱吱吱地响。他老婆也跟着磨，真是夫磨妻随。

月亮升起来了，既圆且亮。远处，林子里的斑鸠咕咕咕地叫唤。

"笨蛋，莫总喝醉了，肯定去不了。我们去不去？"小慧坐起来轻声问。

"去啊，说好的。"本也坐起来，披上了衣服。

两人像做贼一样，趁着月光，弯着腰溜出了大厅。朦朦胧胧的远处，传来低沉的藏獒叫唤声，这恐怖的声音穿透力极强。

"笨蛋，村里的狗要咬人吧？"走出大门，小慧不知是真害怕，还是假装弱女子。

"小慧别怕，你拿上石头，我拿根棍子。"

"笨蛋，狗咬我们，你不准跑啊，我跑不过你。"

"不会的，狗来了我站着不动，让它们咬我。"

月光如水，微风习习。鹊桥之下，波光粼粼。

"小慧，莫叔叔说的，会是真的吗？"

"我不管，我要在这鹊桥等到天亮。你想走就先走。"风吹着小慧的头发往后飘，要了一回任性。

"我不会走的。陪小慧，哪儿都不去啦。"本靠近小慧，轻轻地牵着她的手。

时间在慢慢地流淌，又仿佛是静止的。他们都不说话，静静地看着水面。

"哇！"小慧突然尖叫一声。远处，一块绿幽幽的光团，像美丽的幽灵一样，在水中漂流而下。

小慧拔腿就跑，奔向河中。

"小慧，我来下河，你在岸边等我。水凉。"本跟在身后。

小慧不管不顾地蹚进齐腰深的河水中，河水冰凉刺骨，但她却觉得暖暖的，因为身后有个笨蛋跟着她蹚下了河。她奋不顾身扑过去一把抓住水中绿色的东西，谁知脚一滑，摔进了湍急的河水中。

没等她反应过来，身后的本一把把她抓起，紧紧地抱在怀里，久久地站在水中。

"笨蛋，抱紧我，永远不准松开。"小慧哭了。

"不会的，永远抱着小慧。"本深情地说。

河水哗哗，皎洁的月光照在他俩身上，头顶是喜鹊搭成的桥。

突然，小慧狠狠地在本的手臂上咬了一口。"笨蛋，这么晚才找到我？以前躲去哪儿，不知道小慧一个人过得好苦啊？"说完，小慧放声大哭。

本轻轻地拍着小慧的后背，然后吻了她。

湿漉漉的两个人回来把所有人都吵醒了。莫旺财被吵醒坐起来就哇哇地吐，他胖老婆也哇哇地吐。

妙莲把小慧手中的东西拿过来，在灯下一看，居然就是一块微黄色晶莹剔透的蜜蜡，里面还封印着一对永世不离不弃的蚂蚁。

"神喽！书上说的居然是真的！"莫旺财凑过来说，满嘴酸臭。

"叔叔，你的蜜蜡不是在河中捡的呀？"本惊讶地问。

"我的蜜蜡是我老婆送给我的生日礼物啊，成都买的。我的神哪，书上说的居然是真的！"莫旺财感叹完，继续磨他的牙。

"本，莫总是喝醉了，刚才说的醉话。他的蜜蜡肯定是河里面捡的。"小慧把蜜蜡放在胸前，幸福地躺下去。

"莫总刚才肯定是说的酒话。"本自言自语地说道，把手伸过床沿紧紧地抓住小慧的手，也幸福地躺了下去。

他们头抵着头，此起彼伏地打着幸福的呼噜。

妙莲却失眠了，彻彻底底地清醒着，枕头边就是那红色的包裹。这幅唐卡里，还有什么深不可测的秘密呢？

月光照进来，窗外显得扑朔迷离。

天蒙蒙亮，李穷尼玛悄无声息地爬起床，他要把家里的42头牦牛赶到山上去吃草，这是男人干的体力活。三个儿子都喝得烂醉。

"喵，喵。"窗外传来猫叫声。

"悟空，一大早叫唤啥？只见你发情，不见你留种，空费精气神。"李穷尼玛骂道。

"你怎么知道它没留种？"妙莲侧过身好奇地问。

"我自小时村里就只有它一只黄猫，其他的都是黑猫，现在还是。一丁点黄的基因都没留下。"李穷尼玛关上门出去了。

妙莲觉得，好像有哪地方不对劲，但又想不出是哪儿。

突然，妙莲一阵子头皮发麻，恍然大悟："从小？从小就见到这只猫？他和李穷尼玛同岁，难道这猫至少活了 50 年？悟空，悟空不就是大师兄？猫一直守着的那个台阶，不就是关帝庙的门槛石吗？"

三个谜团，三把钥匙，一切问题都解开了。

他赶紧求助度娘：猫的寿命一般是 12~15 年，世界上最长寿的猫是澳大利亚的一只波斯猫，寿命 27 年，上了吉尼斯世界纪录的。

妙莲赶紧爬起床，推了一下黎哲教授——她依旧在睡，依旧在流泪，依旧在想那木棉花。

妙莲抱着红包裹在院子里问李穷尼玛的老婆，她说她丈夫刚上山放牛去了，手机联系不上，可能要 11 点以后才能回来。

妙莲等不及了，径直走到李穷尼玛家的菜地。天亮时刮了些风，围篱东边的两个桃树的叶子变得更加稀疏。两树之间的石板上，那只肥硕的黄猫依旧在懒洋洋地睡着了，身上有几片枯黄的落叶。

妙莲轻轻地推开围篱的简易木门，蹲在掉满落叶的长条门槛石前，也蹲在黄猫前。

"喵。"黄猫醒了，瞪着圆圆的眼睛看着妙莲，叫了一声。

"大师兄，你就是大师兄？"妙莲尝试着问了一句，声音小小的。

"喵。"黄猫叫唤一声，立起身子蹲着，双眼炯炯有神，盯着妙莲手中的包裹。

于是妙莲问："能听懂我说话吗？你是大师兄就叫一声，不是就叫两声。"

"喵。"黄猫说是的。

"哇，你就是大师兄喽。"

"喵。"黄猫再次确认。

"我是云何的妙莲，大师兄认识我吗？"妙莲再次尝试着问。

"喵喵。"黄猫说不认识。

"大师兄，我来找你，是受云何黎家人所托，把这个黄哈达捆着的红包裹交给关帝庙的大师兄。"妙莲一下来了兴趣，如释重负。

但——妙莲犹豫了，似乎交给一只猫，比交给李穷尼玛更不靠谱。

黄猫似乎看透了妙莲的心思，跳到了长满青苔的围篱之上，转头看着妙莲。

"你让我跟着你走吗？"妙莲站直身子，大声问。远处，几个身影在忙碌，他们在为播种冬小麦做准备。

"喵。"黄猫高声叫了一声，跳下围篱，朝着以前茶马古道的方向走去。

妙莲赶紧抱着手中的红包裹，走出简易木门，猫着腰跟在黄猫之后。

妙莲知道，这条路以前是人声鼎沸的茶马古道，318国道通车后，茶马古道就废弃了。没人管理，两边长满了杂草，一些荆棘还耀武扬威地长在路中间。

路越来越窄，渐渐起了薄雾。远处，不时传来"汪汪"的狗叫声。

黄猫颠着碎步走在前面，妙莲没跟上，它就会扭头停下来，坐在地上等一会儿。

妙莲看了一下手表，走了40来分钟。妙莲开始感觉不太对劲，两边的树越来越高大，景色越来越熟悉，似曾见过。

哇！这不是红豆杉林吗？整个林芝只有易贡才有成片的红豆杉林。

哇！左侧不是波密最高的山，纳雍嘎布神山吗？它是绯红之地的守护圣山。

哇！这道飞流而下的瀑布，这不是绯红之地的彩虹瀑布吗？

哇！这不是被废弃的独松庄园吗？

如梦幻一般。难道这一小会儿他就走了400多公里，来到了易贡？

走到一道陡峭的绝壁，黄猫在像门一样的印记前停了下来。

妙莲正在想这是哪里，因为他对易贡非常熟悉，在那里修了三年半的路，易贡到八盖的路。

"喵，喵，喵。"黄猫对着峭壁叫了几声。

哇！峭壁上一块像门的地方，居然渐渐地泛现出金光闪闪的十六行远古的"玛"文，以及最后一行的"瑟"文咒语。

哇！峭壁上的文字居然和那小扎卡背后的咒文一模一样，连第五、六行之间形似鸟头一样的墨渍也在。

妙莲心情激动。那天在唐卡展厅里，按神秘的雨爷爷交代把上面的咒语背诵下来。

于是，他大声地念颂道：

文字记录历史，

心灵记载爱情。

不死之灵魂，

在此永安宁。

塔鲁古！

献出你的命藏，

系伏你的誓言，

守护你的主人。

有心跳的人，

没心跳的鬼。

谁敢打扰她的安宁，

我将诅咒：

不灭之火烧顶，

不退之水淹身。

死亡之灵，

如影随形。

嗡阿吽，班杂古贝玛。

妙莲刚念诵完，吱呀一声，石门打开了。

里面，各种鲜花盛开，别有洞天。阵阵香甜的桂花味，从石门里飘出来。

"喵。"黄猫叫了一声，回头看了妙莲一眼，然后迈着小碎步走了进去。

妙莲犹豫片刻，仿佛被花香催眠了一样，沿着桂花的香味走了进去。吱呀，身后的石门关上了。

如入了七彩斑斓的仙境一般，仿佛进到了花的海洋。桃花、樱花、杜鹃、牡丹、荷花、桂花、梅花等一些不知名的奇花异果竞相绽放，色彩缤纷。

妙莲有点晕，仿佛在做梦。现在不是金秋吗？这里是什么季节？

正迷惑着，黄猫来到一棵七八个人才抱得过来的桂花树下，满树黄豆般大的桂花盛开，金黄的花瓣像雪花一样飘落在他身上。

碧绿的天空像海一样翻腾，没有太阳、没有月亮、没有星星，也没有云。

妙莲似曾见过。

"老祖宗。"黄猫在桂花树下的一个木架之前，突然喊了一声。

妙莲走近一看。木架中间绷着一块水帘一样通透的布，布里面有个穿白色藏袍的老人，在用一根红狐狸毛制的画笔，画一位手执妙莲花的美丽的姑娘。

妙莲伸长着脖子像看电视一样看着，大气都不敢出。他知道，能进入唐卡之中作画，必定就是传说中的至净唐卡。

"老祖宗，穷穷带小主人画的唐卡回来了。"黄猫伏地说道，像一个青年男人的声音。

穷穷，藏语是小不点的意思。

"欢迎啊，妙莲。"眼睁睁地，妙莲看着白袍老人从唐卡中像跨出一道门槛一样走出来，走到他面前微笑看着妙莲。

老人面目清瘦，白发披肩，面带神秘的笑，胸前挂着一枚至纯九眼天珠。白袍子是衣服中最难驾驭的，老人穿着却是自带一股仙气。妙莲盯着老人戴的九眼天珠，想起了雨爷爷的话，他特别想知道上面蚀刻的"瑟"文是啥。

"老朽是炯·辛。感谢你不辞万里将关帝唐卡带回。"白袍老人居然知道他的名字，而且声音像从桂花树干中传来，又像从天边传来。

炯·辛？小扎卡上传说中的炯·辛？但相貌一点都不像，妙莲有点晕。

"带来了，就在这包袱里。老神仙，您看——"妙莲赶紧解开黄色的哈达，把唐卡慢慢地展开，搭在身后的一个木架子上，大小长短正好，仿佛早就准备好了一样。

"妙莲，你每年都要梦到六趾周仓吗？"白袍老人问，声音依然神秘且遥远。

妙莲恭敬地点点头。

"周仓，你对关云长父子的忠义人人皆知啊，你可以闭上眼了。"白袍老人说完，令妙莲目瞪口呆的奇怪景象出现了。唐卡上手持青龙偃月刀、双目圆瞪的六趾周仓，居然慢慢地闭上了双眼。

他像死去一样睡着了，又似睡着一样死去了。

随即，微风吹来，唐卡画芯像雪花一样被风吹起，飘落在地上，桂花树下的草地都飘满，像是开满了忠义的花。

"老神仙，我今后每年还会梦到六趾周仓吗？"妙莲心有余悸地问。

"不会啦。这些年难为你和李穷尼玛了。"白袍老人答。

妙莲呆呆地看着木架子上只剩装裱的唐卡，那唐门上的缂丝宝相花。

"穷穷，难为你在关帝庙等候百年，终于把任务完成了，歇息去吧。"白袍老人对黄猫说。

"老祖宗，穷穷最后想请教您一个问题。"黄猫匍匐在地上说。

"问吧。"

"为什么人们痛苦的时候，总希望仅是一场梦。人们快乐的时候，即使明知是一场梦，却不愿醒来？"黄猫眼含着泪问。

"穷穷啊，这个道理你不是不懂，只是你不愿意让自己懂。安心去吧。"白袍老人高深莫测地回答。他说完又转头看着妙莲说，"妙莲，感谢你能亲自送来，麻烦你把小童儿也带回去，让他永远守着太昭关帝庙。"

"好的。老神仙，我想请问您，您戴的天珠上的'瑟'文蚀刻的是啥咒语？"妙莲知道，此时不问，就永远没有机会问了。

"嗡阿吽，班杂古贝玛。"白袍老人笑着回答。妙莲这回听得真真的，声音是从七八抱粗的桂花树树干中发出来的。

"老朽送你一程。"声音缥缈，如在梦境一般。

"妙莲，你醒醒。"

"妙莲叔叔。你醒醒！"

"快醒醒——"

妙莲猛得惊醒，睁眼一看，黎哲教授、小慧和本、莫旺财两口，还有李穷尼玛的老婆围在他身边，急切地在喊他。

而他站在李穷尼玛田里的两棵桃树下，石板前，手里依然抱着红色的包裹。

“叔叔，你终于醒了，吓死我们了。刚才有村民去田里劳动，看到叔叔站在这儿呆呆地不动，嘴里念叨着奇怪的话。怎么跟你说话都不理，就跑过来喊我们了。”小慧关切地说。

“哦，是这样啊。‘嗡阿吽，班杂古贝玛’，雨爷爷所说是真的。”妙莲打了一个寒战，自言自语。他这才发现自己满头大汗，浑身都湿透了。

红彤彤的太阳从东边山顶露出了牙儿。

“妙莲，你拿着唐卡站在这儿干吗？”黎哲教授问。她可能没洗脸就赶出来了，脸上还有泪痕。

“啊！”妙莲惊叫一声，赶紧蹲下来，打开手中的红包裹。

哇！哇哇！唐卡居然不见了，里面是黄猫的尸体，还温热的。

众人都盯着妙莲。

“我刚去了一个地方，遇到了一位戴着九眼天珠的白袍老人。那里桃花盛开，桂花飘香。”妙莲痴痴地看着黄猫的尸体说。

“叔叔骗我们的，桂花和桃花怎会同时开放呢？”小慧的小嘴又噘了起来。

妙莲说，妙莲不说假话。

“这是一只忠义的猫，我们把它埋在石板之下吧。这里是他守候了100年的家。”妙莲对大家说。

小慧和本半信半疑，拿起靠在围篱上的铁锹，在长条石边挖了一个大坑。

妙莲把红丝绸用黄哈达裹得紧紧的，双手把黄猫放进坑里。

太阳全部露出来了，大家沐浴着温暖的阳光。

从此以后，太昭只有黑猫，乌漆抹黑的猫。

——如果你到了太昭李穷尼玛的田里，在两棵古桃树下，看到长条石上睡着一只肥硕的黄猫，请叫他大师兄。如果没有，请勿喧哗并放缓脚步，别惊醒了大师兄的美梦。

李穷尼玛日上三竿才回来。

进门就嚷嚷，他要去派出所把身份证上的名字改成黎穷尼玛，三个儿子也得改，并说他要跟妙莲一起回云何黎家巷去寻根，要倾听先祖不甘的心跳声。他在山上放牛时把人生想得透透的，人生在世，总不能只为吃饭拉屎。三个儿子只知道打扮喝酒泡妞也绝不行，必须每天"晨习晚练"，云何黎家的传统不能在他们这一代丢了，而且要让他们独当一面。

李洛桑开他现在的车跑旅游，拉游客来太昭；

李次仁在家放牛种地，酿青稞酒接待游客；

李扎西读大学就不说了，以后回太昭做老师服务家乡。

他和老婆跟妙莲回云何多学几句家乡话，只会一句"慢些恰，莫喔哒"，对不起三楼上的太爷爷，更对不起那菊花石下如战鼓一样不断跳动的心。

他老婆把嘴噘得老高说："我要在太昭陪儿子们。"

事情就这么定了。

"妙莲，你的脸怎么惨白惨白的？病了吗？"李穷尼玛宣布完重大决定，才注意到妙莲有些不对，平日的话唠，居然不说话了。

"我去给关帝庙的大师兄送唐卡了。"妙莲说。

李穷尼玛一头雾水，没再多问，说："出发吧，我们回八一镇。开开心心地吃旺财。"

"我昨天的酒还没醒透，万一路上遇到交警查车算酒驾。再吃点肉喝点茶，醒醒酒再走。你们到了先点菜，不过妙莲、李穷尼玛你俩心别太黑，点菜还是合适一点。不是我莫总舍不得几个钱，是别浪费，浪费可耻。"莫旺财边说边吃。

"我反正是先点三只大龙虾，刺身、避风塘、盐焗各一只。现在正是吃大闸蟹的季节，要带阳澄湖脚环的，一公一母，一人一对。其他就随便上点海鲜，再来一箱茅台。昨晚我和妙莲都没喝酒，就为今天大喝。旺财难得请客，要喝高兴才行。"李穷尼玛毫不客气地说。

"李穷尼玛，总是旺财旺财地叫，你在喊狗啊？给你说了多少遍了，请叫我莫总。"莫旺财站起来很不放心地说，"菜就多点点牛羊肉，又绿色又健康又有西藏特色。酒就喝我车上的，泸州老窖不错啦。我家乡的酒，喝着有意义。"

"啊叽，旺财，你不就是财迷舍不得钱吗？妙莲，你说呢？"李穷尼玛说。

"反正我要喝鱼胶汤，吃辽参捞饭。"妙莲依然神色恍惚，但说到吃就来劲，"世间啊，白食最香，特别是旺财的。"

"我莫总不是舍不得钱，就是为你们好，为你们的身体健康。海鲜拉到西藏都是药水泡的。"莫旺财一本正经地说。

"莫总，妙莲他们说的菜，我咋一样都没听说过。"莫旺财胖墩墩的老婆一脸委屈地说。

"吃吃吃吃，这么胖了就知道吃。我是吃环保，只吃牛肉羊肉。我在尼玛家把牛肉羊肉吃够，然后再去八一镇。份菜都少点一份，我不想吃。"莫旺财万分心疼。

"不是我吃，是乖孙要吃。"胖墩墩的老婆摸着瘦精精的锅盖头莫惊说。

"妙莲，我们把黄大爷也叫上，他肯定也没吃过。"李穷尼玛一副不把旺财吃穷不罢休的架势。

"黄师啊，千万别叫。他能把整个酒店都吃得下去。"这回，莫旺财是真急了。

妙莲笑了，其他人也笑，莫旺财自己也笑。

上车。

李穷尼玛摇下车玻璃，对莫旺财喊"慢些恰，莫喔哒"发动了车子。他们沿着太昭的古驿站隘口、太昭博物馆、太昭宗政府、万善同归碑转了一圈。然后，大家步行穿过拉林高等级公路的下穿道，来到乱石丛中的清军陵园，李穷尼玛指着三个并排的坟茔，脱掉头上的礼帽说："左边埋的是我太爷爷黎奉初，右边埋的是我二太爷黎奉仲，中间埋的是他们的好兄弟，格萨尔王说书人布让。"

不远处，一棵巨大的青冈树默然矗立，静看沧海桑田。

小慧和本弯着腰，仔细研究着鹅卵石雕的墓碑，齐声问："为什么？"

"我太奶奶说他们两兄弟生前喜欢听布让说唱格萨尔王，死了也要埋在一起，图热闹。"李穷尼玛说完，带大家回走上车，然后一路高歌，歌声巨难听。

说实话，西藏人会说话就会唱歌，会走路就会跳舞。但也有例外，李穷尼玛就是最典型的例子。

不知是谁家穿开裆裤的小男孩，留着哪吒的发型，在酒店旁边的湖边捡小石子，然后在草坪上堆成一堆。

小慧跳下车，赶紧跑过去说："小帅哥，湖边危险，你的家人呢？"

小男孩头都懒得抬，丝毫不领情："我爹说叫我小帅哥的人都不是好人，会把我卖了。"

小慧瓜兮兮地只得改变称呼，转移话题："小弟弟，你的金子好多呀，可以买好多好多玩具了，快拿回去找爸爸带你去买。"

"阿姨，你傻呀？这是石头！"小男孩抬起头，两眼清亮透彻。两股黄脓般的鼻涕流到嘴边，他用舌头舔了一下说。

看来，他完全可以自己保护自己。

小慧怂得毫无办法，只得糗糗地回到车边，噘着小嘴，拉了一下妙莲的衣袖说："叔叔，等会儿我们散会儿步吧？小慧想走走。"

妙莲微笑着点点头，他知道小慧想干什么，于是对正在帮卸行李的李穷尼玛说："尼玛，点完菜记得兜去香港路的路口，黄师他一般都在那里等客。"然后对身旁的黎哲教授说："教授，唐卡展就吃完旺财再看吧，时间上从容一点，边看可以边给你们讲我收藏的唐卡的故事。"

两人都说好。本朝着小慧暧昧地眨眨眼，推着行李车进了酒店。

"叔叔，我们去哪里？"小慧把黄色的背包背在背上，背包湿漉漉的，茅室板板在流泪。

"去尼洋阁下的天葬石旁坐坐吧，向死而生。"妙莲望着不远处娘乳岗上的尼洋阁说。尼洋阁原本是福建省第四批援建林芝的一处观景台，后来第五批又将其开发成"藏东南的博物馆"景区，三楼展出的镇馆之宝"沙画坛城"，最能体现《金刚经》的核心要义："一切有为法，如梦幻泡影，如露亦如电，应作如是观。"

妙莲知道一条捷径。从酒店沿着尼洋河的防洪堤往东走，上一个陡峭的坡，不经过大门就可以进入景区。

不远河滩一个水洼里，一对黄鸭在碧绿的河水中自由自在地游弋。

"是黄鸭？"小慧问。

"是。"妙莲答。

飞来林芝过冬的野鸭子有九种，其实长相差不多，不太好区分，但自从那次猎杀了黄鸭之后，妙莲瞄一眼就分辨得出来。

"叔叔，你咋啥都知道？笨蛋昨晚说他只喜欢古铜色皮肤的女孩子。"小慧盯着黄鸭问。

"小慧如果像原来一样白皙呀，本也会只喜欢白皮肤女孩。不是因为肤色，本是喜欢活泼可爱的小慧这个人。"妙莲笑着说。妙莲一说话，吓得那对黄鸭轰地就飞上蓝天。

看来，鸟也是有灵性的，它们记仇呢。

小慧停下来，看着天上翱翔的那对黄鸭良久才问："叔叔，小慧也能像黄鸭一样恋爱吗？真心好怕空留下一场悲伤。"

"为啥不能？"妙莲反问道。

"我担心，我拖累了本一生的幸福。"小慧声音弱弱的。

"傻丫头，本能娶小慧就幸福了。"妙莲看着小慧的眼睛说。他知道，此时此地，他是小慧唯一可以商量终身大事的人，一定要把道理讲透。

"我……"小慧欲言又止。

"小慧啊，人生其实就是从生到死的过程。快乐也罢，痛苦也罢，都是一生。小慧不如换个思路，不管结局怎样，它至少给小慧在最美好的年华里，留下了一段非常美好的过程。就凭这，也完全值得小慧去冒险。"妙莲笑着说，"狗熊都不怕的小慧，还怕恋爱吗？"

小慧歪着小脑袋想想说："也是啊。本昨天吻了我，像在梦幻里一样甜美。"

"但小慧要切记，无论遇到多大的苦与难，一定恪守与妙莲的约定。"妙莲趁机再三交代。因为人只有在清醒的时候，才可能听得进劝告，并刻在脑子里。

"今后，即使遇到比痛更痛的痛，比苦更苦的苦，小慧也一定会恪守与妙莲的约定！"小慧坚定地回答，然后突然问，"我妈说叔叔曾经从云何大桥上跳下来了没死，是真的吗？"

妙莲点点头，往事历历，仿佛那只狗就在耳边呜呜地哭。他对着小慧感叹道："是啊，天地不仁。如果那一次叔叔死了，春风依然会来，花依然会开。只是叔叔感受不到生命之中的美好了。"

"那次叔叔是为什么想不开呢？"

"好像是因为作业没做完，被老师罚站了。不确定是这个原因，反正现在想起来就是小得不能再小的小事。但我父亲给我生命的同时，也给了我悲伤的基因，放大了痛苦。当时我觉得天要塌了，没法活下去。"妙莲陷入了深深的回忆，他想起了他的父亲。

"我也是。那天公墓管理处打电话来，说20年合同期满，要去续费。我突然觉得是因为我闹着要买红裙子，才把爸爸逼死的。所以特别伤心难过，不能原谅自己，就吃了药。好在我妈妈救了我，要不就遇不到那个笨蛋了。"小慧也在想她的父亲。

同样失去父亲，同样想结束自己的两人，默默地往前走着。

凉爽的河风吹在妙莲脸上，不禁打了一个寒战。

"那叔叔的抑郁症是怎么好的？吃的什么药？"小慧突然问，好像特别关心这个问题。

"叔叔没吃过药，很多年以前叔叔经常失眠、心慌，一点点小事就觉得天要塌了，超不开心。但叔叔在送父亲去西宁回来的路上，在一片花海里，叔叔明白了一个道理——世间如果只有一位神，那肯定就是自己。"妙莲盯着小慧说，"但小慧啊，人和人是不一样的，就像马云一五一十地告诉你他是怎么做生意的，你也不可能像他一样富有。"

"叔叔是怎么做到的呢？抑郁症这条大黑狗真的太可恶了，甩都甩不掉。"小慧说。

是啊，妙莲感同身受。他对付抑郁症的办法就两句话："用信心来祈祷，以微笑来供养。"——每天清晨起床，满怀信心，对着窗外的美景祈祷，祈祷自己有足够的力量来战胜悲伤，用宁静的心来面对挫折。然后怀着一颗感恩的心，对着镜子里的不完美的自己开心地笑，露出八颗牙，提醒自己，让悲伤的心快乐起来。今天无论遇到谁，认识的或是不认识的，朋友或是敌人，都要真心地面带微笑。

开始妙莲自己也觉得挺滑稽，笑比哭还难看，但笑着笑着，也就真正开心了，衷心地"心生欢喜"，渐渐地也就远离了抑郁症那只讨厌的大黑狗。

说话间，两人爬上了娘乳岗，来到尼洋阁旁的天葬石边。

景区内空无一人，尼洋阁上铃声当当。天葬石四周树立着巨大的风马旗阵，在风中猎猎作响。空地上种满了盛开的张大人花，在秋风中摇曳。

尼洋阁所在的娘乳岗地形如同女人肥硕的乳房。远古时，这是一处天葬台。一百多年前，不知什么原因，秃鹫突然不来了，也就只得废弃。修建尼洋阁时，天葬石旁边是精美的玛尼石堆，图案精美，年代久远。但就像内地用来陪葬的唐三彩一样，凡是与死亡有关的东西，谁心里不腻歪呢？没有任何人愿意收藏和保管。所以回填时，就把这些精美绝伦的玛尼石回填到最底层了。

妙莲帮小慧把湿漉漉的菊花石从背包中取出来，小心翼翼地放在草地上。然后两人盘腿静坐在菊花石两旁，任风吹。

"叔叔，您说我爸爸后悔了吗？"小慧抚摸着菊花石上的泪珠说。

"是啊，小慧的爸爸为他做了一件不能后悔的事，而非常后悔。没有一个自杀的人不后悔的。"妙莲肯定地说。

菊花石又流泪了，流的是后悔的泪。

两人不再说话。眼前，黑黝黝的天葬石如单人床一般大小，上面满是拳头大小的窝窝，是日久天长处理骨头留下的痕迹。

不知过了多长时间。一群红嘴乌鸦呱呱地叫唤着，从他们头顶飞过。

"叔叔，你刚刚在想什么？"小慧憋不住说话了。

"叔叔在想啊，我92岁死去了，穿着蓝色大褂的工人准备将我推入熊熊燃烧的焚烧炉。这时，来了一个头上光芒四射的白袍神仙，他问我，妙莲，你此时最想要什么？我说，我最想要40年的生命，为此，我愿意用所有的身外之物交换。白袍神仙说好吧，如你所愿。于是我就回到了现在。"妙莲抚摸着坑坑洼洼的天葬石说，"小慧，你呢？"

"我在想啊，每天温暖的太阳都会升起，我以前为什么会那么傻？"小慧看着远处满园的张大人花说。

"是啊，小慧在天堂里的爸爸也希望小慧幸福开心。"妙莲抱起湿漉漉的菊花石，放进包里。

"嗯！我会幸福开心地度过一生的。"小慧变得信心满满。

"人生啊，就像央央措那价值连城的杯子，璀璨漂亮，但如果一不小心打碎了，就成了一钱不值的一堆垃圾。人啊，有命时，你是独一无二的珍宝，没命时，就是毫无意义的尘土。生命，结束了就结束了。"妙莲站起来，拍了拍裤子上的泥土说，"走吧，我们吃旺财去。"

"走喽，吃旺财！"小慧也笑嘻嘻地站起来，没站稳。她说她腿麻了。但今天，她将永远记住！

奇了怪了，黄师吃饭居然迟到，一大屋子人坐沙发上等他。

莫旺财从沙发站起来愤愤地说："我莫总平生最讨厌的就是迟到之人，没信用。不等了，大家请入座吧。"

"再等等吧，平常黄大爷吃饭是最积极的，应该马上就到。"李穷尼玛话音未落，就听到敲门声。

说曹操到，曹操就到。黄师高举着他的宝贝钱包像阵黑风一样冲进了包间里，脸色铁青，一副欲哭无泪样。

"咋啦？又不让你买单，一副苦相干啥？"妙莲笑着说。

"你们看，看看我的棺材板钱。4000块钱，一眨眼就变成了天地银行的纸钱。"黄师气呼呼地从钱包里面拖出来一沓钱，果然全是冥币，10亿元一张的面值。

众人惊呆。知道黄师自从无缘无故掉了那颗门牙以后，人仿佛一下老了十多岁。以前的老主顾再也不坐他的车了，怕人家说闲话。新乘客更不敢，怕他蹬车时突然挂了，负不起责任。所以，几天来一单生意都没接过，他分文未挣。现在所有的积蓄又都全部变成纸钱，可想而知。

"怎么回事啊？"众人七嘴八舌地问。

"肯定是臭屁偷的，只有他有我家的钥匙。"黄师的眼泪开始往下滴。

妙莲拿起手机按开免提，拨了过去。第一次没接，第二次接了，但是是他老婆的声音："是妙莲吗？臭屁欠你钱吗？"他们结婚前，妙莲就跟臭屁老婆熟，她家卖的陕西烧饼在拉萨小有名气。臭屁为了泡她，三天两头请妙莲和蚊子去喝羊肉粉汤吃烧饼。

"臭屁在哪儿？"妙莲也不管，凶巴巴地问。

"在跪起的，说面壁思过。昨晚上回来后，发誓绝不再赌了，自己要跪24小时忏悔。不是我让他跪的，说出去难听，我才懒得管他。结婚前以为他是一坨屎，结婚后才知道他就是一个屁，臭了我一辈子。"臭屁老婆气呼呼地说。

"昨天臭屁就回拉萨了？"妙莲的语气缓和多了。

"到现在已经自己罚跪了24小时啦。"电话里传来臭屁老婆的哭声，"我是做了什么孽哟？成都的房子卖了替他还赌债，儿子的婚房也卖了替他还赌债。现在50多岁了，你们这些同学都回内地颐养天年了，我们还要上街摆摊去卖烧饼，替他还债。"

"今早我在床上还数了，40张，张张都在。"黄师有点迷糊了说，左眼睛睫毛上沾着一颗眼屎。

"臭屁在林芝又干了什么坏事？"臭屁老婆哭声越来越大。

"没有，没有没有。浪子回头金不换，我挂了。"妙莲赶紧把电话挂了。

臭屁排除了，谁会偷这个可怜人的钱？除非——

"啊，呜，是老天把我的钱换成纸钱，让我上路啊。嗨——"黄师突然大喝一声，啪，一掌击在自己的天灵盖上。声音脆脆的，气势也很足，但眨巴两眼啥事没有。他再想出八卦掌，妙莲和李穷尼玛出手拦住。

妙莲这才发现，黄师瘦得只剩一把骨架，轻飘飘的，一拎就起来了。他也没啥劲道，手软绵绵的，这60年的八卦掌是白练了。

"呜——是老天要收我黄师，你们就让我去，别拦我。"黄师动弹不得，张开缺了门牙的大嘴，放声大号，声音洪亮如婴儿。

酒店保安和服务员闻声都跑来，隔壁桌的客人也来瞧热闹。莫旺财说"没事没事"，把包间门反锁上。

"不就4000块钱吗，犯不着这样。明天我取了给你补上，别丢人现眼。"妙莲说。

"好端端的门牙莫名其妙地掉，好端端的4000块钱变成死人用的纸钱，这不是老天要收我，是什么？你们讲讲，你们讲讲。"黄师的哭声小了些，冲着妙莲说，"妙总，我真要死啦，今后没人保护你了。"

"谁都会死的，哭个屁，70多岁了，就是死了也是喜丧。去洗把脸先吃饭，别扫了大家的兴。"妙莲说。

妙莲的话，黄师还是听得进去的，他用手背擦了擦脸上的泪说："棺材板钱没了，今后我暴死街头，谁来埋我？"说完，他直接坐上桌，眼睛滴溜滴溜地盯着桌上的凉菜。

一番推辞，黎哲教授还是坐在主位上，左边是妙莲，右边是莫旺财。或许是青稞酒后劲猛，也或许是别的，从太昭回来，黎哲教授就没咋吭气，非常优雅地坐着，也说等会儿要去看唐卡，酒不喝了。

"大爷，如果你真暴死街头，民政局会管的，国家专门有此项经费。"坐在黄师边上的男人说。

"黄师，这样吧，跟我莫总去拉萨做仓库管理员。活儿不重，也不风吹日晒雨淋。死了，我招呼工人送你去火葬场，骨灰给你撒到西藏的神山圣湖。"莫旺财边开酒边说。李穷尼玛说旺财说得冠冕堂皇，骨子里就是一个字，财！

"旺财这主意不错。"李穷尼玛一本正经地说，"黄大爷呀，你也可以到太昭去住，我有三个儿子还有一大块地，随便把你埋了。我亲手埋，埋得深深的，冬暖夏凉。"

小慧扑哧一声笑了，露出了小虎牙。本坐在她对面陪着黎哲教授，眼睛一直盯着小慧，傻傻地冲着小慧笑。

黄师眼巴巴地看着妙莲，一脸悲戚。

妙莲知道，黄师是在等他表态。"他们俩主意都挺好，操作性强。但如果你愿意，也可以这次跟我回内地，我吃啥你就吃啥。"

话音未落，黄师猛地站起来，声音洪亮地说："我黄师当然是愿意跟妙总喽，老领导不会亏待我，有肉吃。"说完，他把BB机从腰间取出，小心地摆在桌上，做好了大吃旺财一顿的所有准备工作。

妙莲突然觉得好像不对劲，感觉是黄师给他挖了个坑，在众人面前逼着他活生生地往下跳。

但话已落地，也只能如此。

万事俱备，只等莫旺财发话启动。

莫旺财站起来扶了扶眼镜，从口袋里掏出一张纸，打开，清了清嗓子，深情地念道："各位好朋友，今天请大家聚聚，就是欢送我30多年的好兄弟妙莲光荣退休，回内地颐养天年。朋友能做30年，自然就变成了亲人，打断骨头还连着筋的那种亲人。舍不得，但没法，这一生中，我们会遇到很多人，然后彼此相伴走一段路，但没有谁能一直陪着谁，最重要的就是曾经美好的回忆。"

莫旺财停顿了一下，包间里鸦雀无声。妙莲没想到莫旺财的口才这么好。

"我莫总这辈子最感恩两个人，一个是与我甘苦与共不离不弃的老婆，另一位就是妙莲老弟，是他，在我痛苦迷茫时狠狠地给了我一拳，打醒了怀揣着遗书准备逃避人生的我，告诉我，出门在外的我们虽然很卑微，但入门归家可是顶梁柱。并告诉了我神奇的'妙莲的约定'，让我再也没做过没有后悔机会的傻事。"莫旺财把稿子放在桌上，深情地摸了摸老婆的肩膀，脱稿继续说，"漫长的人生之中，肯定有自己的难事，也有不敢触碰的心底的柔软，没有谁过的是容易的。我们活得小心谨慎，我们活得委曲求全，我们活得不像自己，但即使再苦再难，我们依然要为了我们爱的人以及爱我们的人，坚强勇敢地活下去，珍惜生命。兴许下一个路口，就是峰回路转，柳暗花明！我莫总就是最好的例子。"

掌声响起，感同身受，谁不是这样呢？

莫旺财端起酒杯，大声地宣布："为了'妙莲的约定'，为了我们的友谊，干杯！"

众人站起干杯，接下来进入主题——就是吃旺财。

这是一家粤菜餐厅，贼贵。是李穷尼玛精心选的，按照他的理论，大家就是再能吃，敞开肚皮撑死吃下一头猪，也值不了几个钱。要吃，就吃海里山上那些稀奇古怪的玩意儿。好不好吃咱不管，重要的是贵得让旺财心疼。

按广东餐厅的规矩，第一道上的是汤，一人一份。

"这是什么汤？好好喝。乖孙，快，多吃一点。"莫旺财胖墩墩的老婆招呼她的锅盖头莫惊说。

"这是花胶汤，280块钱一份。女人吃了美容，小孩吃了聪明。嫂子和乖孙都可以多点一份，我也再加一份。谁还要？"李穷尼玛笑得可开心了，雪白的牙齿全部露出来，又冒出了唯一会的云何话，"大家慢些恰，莫喔哒。"

莫旺财每年来林芝很多次，路过太昭，无论多忙多急，准要去李穷尼玛家吃肉，吃完了还说要给妙莲带点，连吃带拿的像进村的鬼子兵一样，这几十年来吃掉了李穷尼玛的一群牦牛。李穷尼玛好不容易去拉萨逮到他请客，最多是一碗羊肉泡馍，逼急了才请吃火锅，菜还不点够，说是吃撑了对身体不好。这回他主动说让他点菜而且认宰，还不宰得他死去活来，即使躺进了棺材里都心疼。妙莲劝道："也别太过分，刻骨铭心这个级别就行了。"

"这些菜呀，除了死贵，真没啥吃头。而且还不绿色环保，说不定还吃坏身体。"莫旺财平平淡淡地笑着说，就像江湖恩怨一样，吃与被吃，总归有个了结。

这顿饭呀，他是豁出老命去了。所以早有准备，把酒带上，也把他挚爱的人都带来，一起吃顿平日里绝对舍不得吃的。

"环保绿色注意身体，你就知道用这些骗我，每天稀饭馒头就咸菜。就像年轻的时候骗我一样。"他胖墩墩的老婆气呼呼地怼他。

"稀饭馒头才养身。你看你现在，多健康。"莫旺财尴尬地笑了。

"就知道省钱。一年都难得带我们出来下个馆子，吃顿好的。"

"等我有钱了，顿顿海参鲍鱼让你吃个够。"

"等你有钱了？那是什么时候？我还能活多久？跟你吃了一辈子苦。"从来不顶嘴的老婆顶嘴了，而且是当着众人的面。莫旺财不再吭声。

辽参捞饭上来了，也是一人一份，更是一个让他惊心动魄的菜。莫旺财把自己碗中的辽参切成两段，一段叉到胖墩墩的老婆的碗里，一段叉到锅盖头孙子的碗里，说："辽参吃了对身体好，多吃一点。"然后把饭倒进汤汁里，和和匀，慢慢吃。

或许，此时他感悟到了什么。

莫旺财发表激情洋溢的祝酒词之后，就轮到黄师尽情表演了。

他先让服务员把他的一公一母两只螃蟹打包放吧台，说吃不下，明天来取。然后风卷残云般地夹桌上的菜，腮帮子塞得鼓鼓的，再然后就是小心地把 BB 机别在腰上，站起来开始一圈接一圈地敬酒，你喝不喝他都主动干个底朝天。他说这几十年来，今天是最最最高兴的，开心惨啦！

妙莲站在坑里，呆呆看着他。

妙莲搓着紫红的脸醒来时，发现自己躺在餐厅的沙发上，身上盖着黎哲教授的风衣。黎哲教授正关切地盯着他，小慧和本在墙角嘀嘀咕咕，有说不完的话。

见妙莲醒来，本忙过来搀扶着妙莲摇摇晃晃去了卫生间，屙了很大一泡尿。然后蹲在马桶边一阵翻江倒海般地狂吐，把美酒与山珍海味连同半个多世纪来的仇仇怨怨呕吐得干干净净。只有对他的恩情，永远留在妙莲心里！

妙莲擦着嘴巴走出卫生间，喝了一杯浓浓的蜂蜜水，舒服多了，问："其他人呢？"

小慧说，叔叔放心吧。莫总喝醉了又哭又闹，被他老婆放在推行李的小车上，推到楼上的酒店睡觉了。其他人都叫代驾送自己回家了。只是李穷尼玛说没喝尽兴，背着吐了好几回的黄师去赶第二场酒，会不会有事呀？

妙莲摇摇头，对李穷尼玛的酒量他绝对放心。几十年了，因为平时开车不能碰酒，但只要喝从来没怕过谁，妙莲就没见他醉过。时常是摆平所有酒友，迎着清晨的第一缕阳光，哼着小调回家睡觉。

"叔叔，我没喝酒，我来开车去展厅吧。我让央央措打了些酥油茶，给叔叔解酒。"小慧扶起妙莲说，她知道妙莲放心不下他那些宝贝。

黎哲教授和本也坐上车，他们是妙莲个人唐卡展最后的观众。

央央措把酥油茶倒上，依旧是用的那三个让人胆战心惊的杯子。

　　然后她递给小慧600块钱说，今天阿牛把挤妞妞奶打的酥油卖了1800块钱。这是小慧帮她买化妆品的钱。

　　小慧说："不用还，化妆品是我送你的。应该谢谢你陪我。"说完，双手端起茶杯，小心地抿了一口。

　　妙莲说他醉了，不敢用。让央央措把酥油茶倒在热水瓶的银色铝制盖子里，用厚厚的卫生纸包着，这样不烫手。他边吹气边喝。

　　本滴溜儿着蓝眼珠，问小慧："为什么？"

　　小慧捂着嘴笑道："妙莲叔叔说，你手中的杯子可以换他开的车子好多好多，够一个长长的车队呢。"

　　吓得本连忙把杯子小心地放在茶几上，两眼圆瞪，看着妙莲问："真的吗？"

　　"这是雍正御赐红釉六龙杯，雍正帝自己用的。已知世界上就三只，全在这儿。"妙莲把水瓶盖子放在桌上，盖子里留了一些酥油茶，意思是让央央措马上添满。酥油茶解酒。

　　黎哲教授在每一幅唐卡下都仔细地端详很久，妙莲原想站起来给她一一介绍，实在脚发软，站不起来。

　　"唐卡真的美，藏文化艺术太伟大了。每一位注视过它的人，似乎都会成为唐卡的一部分。"黎哲教授感慨完，坐在妙莲的床边问，"妙莲先生，你是因为那幅关帝唐卡，才喜欢唐卡收藏的吗？"

　　妙莲摇摇头，说是因为一只爱哭的羊。

　　黎哲教授不懂，满脸疑惑地看着妙莲。

　　"唉！虽然过去35年了，但依旧刻骨铭心。"妙莲盯着中间展柜里那幅蓝色绸缎装裱的破旧唐卡，感慨万千地说，"家里满屋子堆满了关于藏文化的书，大半生了，一直想研究明白那天仙足岛上发生的事。"

　　"研究明白了吗？"黎哲教授问。

　　"没——或许永远不会有答案，但通过对藏文化艺术品的收藏，我的人生有了答案。"妙莲环视四周的收藏，自豪地说。

　　"妙莲先生，关于那幅关帝唐卡你还有什么故事吗？我特别想听听。"黎哲教授恳切地说。或许，此时黎哲教授的脑子里依旧开满了木棉花。

　　妙莲腿软站不起，但借着酒劲吹个牛皮还是很乐意的。他喝了一大口酥油茶，端着水瓶盖子，趁着酒兴，讲了一个肯定不真的酒后故事。

他再三声明：故事的出处不便透露。而且按照西藏的风俗，真实生活过的已故先人的名讳不再提及。故事中所说的官阶职位只是个称呼、符号，仅仅方便讲故事而已，不暗指历史上真实担任过此职位的任何人。请勿胡乱猜测、对号入座。

屋外起风了，呼啦呼啦地刮。

屋里静悄悄，只有四双渴望的眼睛，眨巴眨巴的。

扫码探索人生百态

★人生故事 ★心理驿站 ★生活日记

第 八 章

念 念 间
流 星 雨 唰 唰 地 下

太昭原本叫江达，现在太昭这名字来自关帝庙，意思是太后之昭。

那年，四川总督回京述职，在颐和园向太后提到了件小事。说他从湘军中征召了200名兵勇去西藏江达驻守边疆，结果万里迢迢，四季冰雪，悍匪横行，路途凶险。到江达宗驻地只剩了181名兵勇，19名兵勇永远留在了茶马古道上。

谁知说者无心，听者有意。

跪安时，太后转头对尚书房值守说："不负蛮荒行万里，中华无此好河山。拟道旨吧，着驻藏大臣：在江达建关帝庙，慰藉为国驻守边疆的忠勇之士的思乡之情，祈求忠义神武关圣大帝佑我国泰民安。"

太后隆恩！

这还了得！

驻藏大臣接到此圣旨，腿都是软的，战战兢兢地逐字逐句认真领会，生怕办不好此差，太后慈颜大怒，怪罪下来，吃不起也兜不走！

于是，和嘎伦们彻夜讨论，一致认为庙堂好建，一年半载准成，关键是寺庙里面供奉啥？

内地的木雕或泥塑？还是西藏的唐卡？各执一词，莫衷一是。

最终驻藏大臣一锤定音：入乡随俗，关帝庙就供奉"忠义神武灵佑仁勇威显护国保民精诚绥靖翊赞宣德关圣大帝"之唐卡吧。左侧侍执宝剑之关平，右侧侍手持青龙偃月刀的周仓。

那么，问题来了——西藏的唐卡画师都不知道关二爷的长相，都以为关二爷就是神乎其神的格萨尔王，更别说关平、周仓了。如何画？自己给自己出了一道天大的难题。

"神奇的雪域高原，必有能人异士。我们张榜比赛，择优选用，关圣大帝神通广大，必会佑我们。"站在一旁的师爷不紧不慢地出主意，一口绍兴腔。

对哦，那考题出什么呢？大家又为难了。

驻藏大臣出身是工笔画世家，祖上和意大利的郎世宁一起共事过。只是进藏后觉得画匠出身低微，怕辱了朝廷钦差驻藏办事大臣的脸面，所以从未在外人前显摆过。但毕竟是工笔画的行家里手，姜是老的辣，他提笔写下"妙莲"二字。

众人纷纷称，妙！绝妙！

因为青藏高原上没有莲花，西藏人从来没见过。而唐卡上又常以"八瑞相"之一的妙莲花为装饰，所以没见过莲花的唐卡画师都把莲花画得像牡丹一样，怎么漂亮怎么画，包括现在都是这么画莲花，和真正的出污泥而不染的莲花相差十万八千里。

如果有高人能把从未见过的莲花画好画真喽，也肯定能把从未见过的关二爷画好画真。

事不宜迟，雪域高原四处都张榜公告比赛之事，并派专人将告示送名门大派府上。一时，唐卡画界的各门各派摩拳擦掌，此事成为青藏高原唐卡界的一大盛事。

能接此任务，将是无上的荣耀。

60天后，如期送来的有861件参赛品。经三筛九选，五件参赛作品入围。

驻藏大臣大喜，着朝服佩朝珠，端坐大厅。

如此大事喜事，首席噶伦自是专程前来，寒暄片刻，落坐。

特邀而来的钦则、勉唐、噶玛噶赤、齐岗、司徒、噶雪、噶尔热、杰居毕、觉囊、旦鲁十大唐卡画派的掌门人齐聚大堂，分坐两边，作为评选参谋，更多的是想开开眼。

三老两少，按年龄老幼鱼贯而入。

"奉太后懿旨，建江达关帝庙，供奉关圣大帝唐卡。你等五人，能确保八个月内完成此唐卡者，方可参加。"驻藏大臣开口说话，慢腾腾的。毕竟语迟人贵。

五人均抱拳称，可。

"那就按长幼顺序，一一呈上吧。"驻藏大臣的师爷大声宣布开始。

第一位走上大厅中央的是一位青衣白发老者，拱手说："年轻时我在内地遍访工笔名家，学习多年，关二爷的尊貌自是知道的，我来画此唐卡，最为妥当。"呈上的是一幅娇艳盛开的并蒂莲，栩栩如生。

"甚好，甚好。"驻藏大臣抚着长胡子说。嫌货才是买货人。他知道此人是首席噶伦的亲家，打了招呼才入围的，为保住首席噶伦的颜面，一再称好。但意思大家都明白，也就直接淘汰出局了。

第二位走上大厅中央的是一位青袍壮汉，身似铁塔，呈上的是一幅似牡丹之莲花，画幅刚徐徐展开，整座大厅清香四溢，引得数只蝴蝶翩翩而来。青袍壮汉自信满满地说："我们德旺家族经 600 年 30 代人的不懈努力，收集了世间所有的画唐卡的颜料。这莲花的花蕊就是用 96 种天然香料调配而成，任何蝴蝶、蜜蜂都禁不住此花的诱惑。"

众人一致称奇。

第三位走上大厅中央的是一位黑袍清瘦汉子。呈上的也是一幅似牡丹之莲花，花瓣上数粒豆大的露珠，仅此而已。

"不得了，不得了！不愧为雪域唐卡开脸点睛的第一高人。"首席噶伦站起来介绍说，"大家近看，每颗露珠之中都能看到自己。"

众人走近一看，果然如此。各大门派掌门皆佩服不已。真是山外有山啊！

第四位走上大厅中央的是一位黄靴黄袍黄发的英俊青年，圆圆的双眼炯炯有神，呈上来的是一幅水塘之中的荷花花蕾。画幅全部展开时，荷花花蕾渐渐开始绽放，如电影里的慢动作一样。但荷花刚开到一小半，画上的颜料如水一样往下淌，滴落在地板上五颜六色，而少年手中的唐卡顿时变成了白布。

"这，这，这，太神奇了。"众人一致惊叹道。

"你叫何名？来自何地啊？"驻藏大臣问，此时他心中已经有数了。

"禀大人。小不点没有名字，我是陪我家小公子过来参赛而已。我家小公子的画技，比小不点好百倍千倍。"英俊青年躬身说，说完退到一边的红色柱子旁。

"你家小公子？是你？"驻藏大臣的眼睛瞄向最后那位说，"那请你也呈上你的画作吧，看有啥奇异之处。"

"小女子见过各位大人、前辈。"第五位走上大厅中央的是一位头戴白色狐狸帽，红靴白袍的娇美少女，边说边脱掉头上的白狐狸帽，齐腰的乌黑的头发如瀑布而下，如绝美的仙女，光彩照人。

顿时，整个大厅内飘着奇异之香，如灿烂的春天。

是女子？众人惊诧不已，互相看着。自古雪域高原就不允许女子画唐卡，从无例外。如果不是刚才那黄袍青年露一大招，让人心服口服，他再隆重推荐此女子，恐怕没等她开口就会当场被轰出去。

"是女子，那就不用参赛了吧？雪域高原自古就没有一个女子画唐卡。"首席噶伦说。

十大唐卡画派的掌门人一致称是，从无一人。

"既然来了，还是呈上看看吧。看了再定也不迟啊，嘿嘿。"驻藏大臣老奸巨猾地打了个哈哈，一招就力排众议。

"谢大人。"女子说完，徐徐打开手中的画卷。一朵盛开娇艳的妙莲花在碧波之上绽放。

"有啥特别神奇之处吗？哎，左上角空白之处这只蜜蜂，好煞风景。"师爷走上前一摸，说："是画上去的，果然惟妙惟肖。"

他话音未落，"嗡——"小蜜蜂居然飞走了，停在驻藏大臣案前的镇尺之上，而唐卡左上角没有一点痕迹。西藏的蜜蜂长相和内地蜜蜂一样，但没有尾刺，从不蜇人，所以在众人头上飞来飞去，也没人在意。

"神奇神奇。"师爷摸着山羊胡子叹道。

"这神奇之画果然是姑娘画的？"驻藏大臣不放心地问。兹事体大，小心无大错。

"当然是喽，小蜜蜂，给我回来。"姑娘娇声说完，嗡——镇尺之上的蜜蜂飞回原处。

师爷立即去摸，仍是画的，遂感叹道："雪域之大，无奇不有啊。姑娘果然是世外高人啊。"

就在此时，十大门派的掌门人一齐走上大厅，抱拳躬身说："大人，此乃妖术而已。雪域自古以来没有女人画唐卡的，还请大人三思，不要破此规矩。"

"姑娘，你叫何芳名啊？"看来驻藏大臣心意已定。

"报告大人，小女子名叫——炯·德玛央青。"女子停顿片刻，大声报出名号。

"啊？是传说中的炯氏家族之人！"十大门派的掌门人纷纷回座，哪敢言语。西藏一般人只有名没有姓氏，贵族就以庄园名或者官名为姓，再延续给子孙。但炯氏——哎！

"既然是炯氏传人，老朽斗胆，敢问当年画九炯洞中壁画的炯·辛，是你何人？"坐在驻藏大臣旁的一白发掌门人起身恭敬地问。

"是我爷爷的爷爷的爷爷的爷爷的爷爷的爷爷的爷爷的爷爷的爷爷的爷爷。"炯·德玛央青说道。一阵绕口令一样的爷爷，在座的忍不住扳起手指算是隔多少代人了。

"难道你小小年纪，也会九炯之术。"白发掌门人继续问。"炯"术，为远古雪域大巫师炯·辛所创召唤神灵神兽之术。当年，他就是在传说中的九炯洞中运用此术，召唤神灵到他跟前，所以才画得惟妙惟肖。后因一场大地震，九炯洞再也找寻不见了，九炯之术也已失传。但仅凭几幅留下来的临摹，就已惊为天人了。

"略知一二。"炯·德玛央青毫不谦虚地答道。

"能否让我们开个眼，长长见识？"坐在首席噶伦右侧的掌门人说。

"刚才，刚才那只小蜜蜂各位大人和前辈不是看到了吗？"炯·德玛央青得意扬扬地说。

炯氏传人，又会九炯之术，还能说啥呀？众人不再言语。

原来，从古至今，雪域高原每隔一个世纪就可能出现一幅"至净唐卡"，但十中有九均都出自神秘莫测的炯氏家族人之手。唐卡艺术的最高境界就是干干净净，干净到了极致就是至净。传说，绘制至净唐卡的人心要宁静如水，如雪山如天空。吃牛羊肉的俗人，难免有七情六欲，看似心静了，其实心很难真正地静下来。只有生活在世外的炯氏家族的人，才有可能做到。

但炯氏只闻其名，不见其人。雪域从无一人见过炯氏家族之人，只知道其家族世代住在易贡的绯红之地。有勇敢者冒险沿着圣水河，遍访绯红之地，想得到"九炯"真传，但从未找到。

"女人画唐卡，总归有些不妥，雪域高原不能开此先例啊。太后的差事，慎之又慎才好。"首席噶伦拱手说。

"正是因为乃太后的懿旨，由此女子来完成，也是天意啊。"驻藏大臣站起来，毫不含糊地一锤定音说，"我看，就这样吧。炯·德玛央青立即赴太昭，八月内务必完成唐卡，逾期定斩不饶！今天是六月初八，待到明年二月初八，我将亲赴太昭，亲自将关圣大帝供奉上位。"

炯·德玛央青阔步走上前，拱手行礼，大声对驻藏大臣说道："感谢大人的知遇之恩，不嫌我这女儿身。我德玛央青一定不负所望。哪怕粉身碎骨，也会在二月初八前完成，为我们雪域高原的女子争口气！"

鹿马岭，也就是现在去拉萨必经的米拉山，那天万里无云，天空是幽蓝幽蓝的，大地是雪白雪白的。山上洁白无瑕的雪莲花开得正艳。山上永远是寒冷的冬天，海拔越高，空气越稀薄，也就越保不住温。

嗒嗒嗒——马蹄声响起，一白一黄两匹骏马疾驰而来。

白马的头上有一块灰不溜丢的角质瘤子，乍一看丑丑的。黄马则膘肥体壮，特别像从给周穆王驾车的"八骏图"里跑出来的。

"大师兄，谢谢了。多亏你的绝妙主意，否则我当场就被轰出来了。这些人，打心底就瞧不起我们女孩子。一定要让这帮老爷们改变观念。"白马上的炯·德玛央青依旧白袍红靴，白狐狸帽，一身仙气。

"岂敢一个'谢'字啊，请小主人再也别叫大师兄了，还是叫我穷穷吧。大师兄我可消受不起啊。"黄袍少年说。

"大师兄本来画技高超，我的好些技法都是跟你学的。不但是大师兄，还是半个师傅呢。"

"这些绘制唐卡绝学，本身就是你们炯家的。老祖宗常年闭关，穷穷代为教小主人而已。我一个被老祖宗从雪地救起的小奴，怎敢被称为大师兄啊？"

炯·德玛央青任性地说："我想叫你什么，得随我。就是大师兄。"

白马四蹄腾空，绝地而飞，上山如履平地。而黄马鼻孔里喘着白气，浑身是汗，吃力地跟在后头。黄马上叫穷穷的大师兄伸长脖子问："这次小主人画唐卡准备用九炯之术吗？"

"那是当然啊。我要以女儿身绘制一幅惊世之唐卡，为雪域的女子正名。我们女人也能画出好唐卡，让今后女子也有机会以画唐卡为生。"炯·德玛央青说。

"切记，用九炯之术，一定要故意在唐卡中悄悄留下缺憾，否则必出大祸。"大师兄说话声音有点大。其实在仿制文物时也一样，不管仿制水平多高的人，都不会做得一模一样，会故意留下一点破绽。据说，仿太真了会折寿。

"为什么？"

"九炯之术，也就是召唤之术。能召唤任何东西近处观察，使唐卡画得惟妙惟肖。但有其形就有其灵，就只怕太真会有灵魂附在唐卡之上。所以，一定要留点缺憾，不让其附上才妥。切记啊。"

"知道啦，别啰唆了。"炯·德玛央青"吁"一下勒住了马的缰绳。在现在通往思金拉措湖的牌子的位置停了下来。

"万万不可啊。"大师兄急了，他跳下马，一边用白布擦黄马身上热腾腾的汗，一边说。

"穷穷，不准管我。我找思今龙王借点颜料画关二爷的脸。你不敢，就先走。"炯·德玛央青策马往思金拉措湖而去，如驾着云雾地飞奔。

"那颜料可都是剧毒的啊，会伤到小主人身体。"大师兄赶紧飞身上马，跟在后头喊。

"穷穷，不准啰唆，赤冰卤虫是有生命的，才会有七彩斑斓的光，才能达到极致的美。"

两匹马的距离越来越远，两马间隔着一片悠悠的云。

圆月当空，流星不时地从天空划过。

炯·德玛央青站在思今拉措湖边，湖面上结了一层厚厚的冰，冰面上有一层像盐粒一样的雪，像毯子一样盖在湖上。寒风吹来，她把白色披风裹了裹。

思今拉措，翻译过来就是财神之湖。相传，湖里住着一位特别喜欢收集钱财和宝贝的龙王，藏着各式各样的宝贝，而画唐卡的颜料都是用各类珍宝研磨而成的。所以思今拉措也是唐卡画师寻找颜料的圣地。

既然是神湖，必有神迹。炯·德玛央青静等着一年出现一次的神迹。

"那红色颜料我来炮制吧。我体壮命贱。"大师兄低声说。

"真正诚心画唐卡，所有的原料都一定要自己亲手调配。老祖宗快出关了，你回去陪他老人家吧。"炯·德玛央青眼睛望着湖面。

"易贡到太昭有条密道，小半个时辰就到。我每晚过来陪你。"大师兄看着炯·德玛央青，目光温柔。

"哇，那可是畜生道！走那条道会直接变成畜生的，你也敢走啊？"炯·德玛央青扭头看着大师兄。

"虽然从易贡到太昭是畜生道，但从太昭到易贡的可是人道。每晚，我从畜生道来太昭，成为一只猫，安安静静陪大小姐。天亮前，再从人道回易贡，就会变回人形，伺候老祖宗。不碍事的。"大师兄信心坚定地说，瞳孔里全是炯·德玛央青。

"你能确保，每次都能变回来吗？万一……"盯着湖面的炯·德玛央青再次扭头看着大师兄说。她感觉好悬，有一次老祖宗提起过这两条路，但老祖宗都没走过。

"没有万一。如果有，就是我的命。"大师兄毫不犹豫地说。虽然他心里一点把握都没有。

圆月悬正中了，流星雨依旧唰唰地下。

此时，一年仅出现一次的神迹出现了。

一股风，从东边的山谷吹来，像慢动作叠被子一样，把湖面上的雪整整齐齐地叠起来，堆放在湖的北边，成为了一座四四方方的小雪山。

湖面顿时变得晶莹剔透，像满是美丽裂纹的镜子，更像哥窑瓷器上的釉，充满着神秘莫测的梦幻之美。

一团红色的亮光慢慢浮上来，在冰面下悄无声息地游动。

"赤冰卤虫！谁抓到算谁赢。"炯·德玛央青高举着半米来长的银质管子，兴奋地跑向冰面，像一只快活的白蝴蝶在冰面上飞舞。

大师兄犹豫了一下，也手持银管，跟在后面。

吓得赤冰卤虫在冰面下东逃西窜，但不敢游回湖底。赤冰卤虫是一种像珊瑚虫一样的红色虫子，每年只有这一晚从漆黑的湖底浮上来，聚成一团，借着月光的能量，交配繁殖。它奇毒无比，皮肤沾到必腐烂。只有放进水银里，慢慢研磨，然后用火烘烤，使水银全部挥发，剩下的就是奇幻美丽且无毒的冰卤红。

但整个配制过程剧毒无比。

啪！大师兄一下把银管子插下冰面。管子下的赤冰卤虫慢慢地钻进了银管子里，这是自古捕捉赤冰卤虫的唯一方式。

"让开，把手拉开，算是我抓的。"炯·德玛央青气喘吁吁地跑过来，任性地说。

银闪闪的月光照在湖面上，嘎吱嘎吱的冰的破裂声四起。

流星雨依旧在下。

如果从北京来，过了鹦嘴岩就是太昭。

如果从拉萨来，过了鹊桥也是太昭。

正值中午，13岁的黎奉季和两名兵勇站在20多米高的碉楼，手持汉阳造八八式步枪，紧张兮兮地四处打望。

刑场之上，四个兵勇用一块方形木板抬着茶马古道上最心狠手辣的悍匪独耳炳进入法场，他的左耳被割去了，流着鼻涕一样的脓液，两个裤腿里不时有白胖胖的蛆爬到木板上，然后掉到滚烫的鹅卵石地上，扭动两下就烫死了。其实独耳炳原本两耳齐全，耳聪目明，只是被他掳去的人质都会被割掉一只耳朵，送去人家勒赎，故得此"独耳"绰号。

茶马古道上原来有大小盗匪十来伙。但"盗亦有道"，他们一直遵从两条规矩：一是只图财不要命，留下买路钱各走各路。二是尽量不惹官家，插着龙旗的队伍一律避而远之。

但自从独耳炳来了，一切规矩都坏了。

那天，寒风凛冽，天上蚕豆般大小的冰雹子往下砸。

独耳炳掀开昌都盐井镇加加面店厚厚的蓝布门帘，钻了进去，坐在方桌边的长板凳上。他中等身材，脏兮兮的辫子盘在头上，赤条条的上身满是伤疤，重重叠叠，多到数不清。

店里只有几个赶马的脚夫，喝着酥油茶，消磨着时光。店主是个高头大马的标准康巴汉子，头戴缠着钢丝的红色英雄结，腰间横插银质长刀，瞄了他一眼问："多少碗？"

"100碗。"独耳炳操一口标准的黄土高坡腔调。

加加面，顾名思义，就是一碗一碗地加。妙莲年轻时胃口奇好，最多也只敢五碗五碗地加。一张口就100碗的，从来没见过。

"要是吃不完，老子从你屁眼塞进去。"康巴老板骂骂咧咧地说，根本没把独耳炳放在眼里。他以前也是在茶马古道上混的，只是整到了一个大单，于是金盆洗手，回到家乡娶了一对漂亮的姐妹花，开了这家加加面店，店名叫"英雄"。

就是那一回，独耳炳吃出了自己的名号。他一口气吃了206碗，到目前为止，100多年来无人破此纪录。

只是，后来结局不太愉快。

"一块钱光洋，那六碗算我请你。"康巴老板一边数计碗数的小石子一边说。

"先欠着，改天还！"独耳炳吃得红光满面，但目带凶光。

"啥？敢吃老子的白食！"康巴老板刚想抽刀。

说时迟，那时快，还没等他拔出刀来，独耳炳操起身旁的长板凳，跳起来，一板凳劈在他头上。一招致命！

独耳炳在众目睽睽之下，把康巴老板的羊羔皮藏袍穿在身上，手提那把银质长刀，站在店门口大声地吼道："老子行不更名，坐不改姓。老子姓巫马名炳！想报仇来茶马古道。"

整个盐井镇，无人敢走出家门。青石板路上空荡荡的，唯有天上的乌云翻滚。

从此，独耳炳在盐井到太昭之间的茶马古道上横行霸道，无恶不作。他最乐意干的事情就是绑票。因为这样即使再穷的家庭都能榨出油水，倾家荡产来赎人。

万一遇到没来赎的，独耳炳会亲自提块生猪肉交给人质，笑眯眯地问："是埋还是烧？随你哟。到了阎王那儿替我巫马炳捎个话，说老子不怕他！"

埋是活埋，烧也是活烧。

就凭这三两狠招，阎王都不怕的独耳炳在茶马古道上混出了恶名，很多人慕名投靠，逐渐人强马壮，有了二十来人，七八条鸟铳。

黎奉初和黎奉仲两兄弟在自家开的阿佳茶馆，一边喝酥油茶一边津津有味地听坐在高台上的布让唱《格萨尔王》。

《格萨尔王》是藏族篇幅宏大的民族英雄史诗。说唱的艺人藏语叫"仲肯"，多半是跟着游牧的牧民帐篷转，四处流浪，布让原本也是。那天，天蒙蒙亮，白发苍苍、步履蹒跚的布让走到阿佳茶馆门口，坐到台阶上再也流浪不动了。黎奉初的阿佳（藏语"老婆"）央金卓玛打开店门发现了他，扶他进来喝了一碗浓香的酥油茶，这才缓过命来。从此，布让就在阿佳茶馆搭起高台，柱子上挂起仲唐，再戴上五叶冠，拿着一张空白的狼毒纸，把两个眼睛翻得只剩眼白，激情高昂地说唱起来。

他至死，没离开过太昭。晚上就和黎奉仲挤在一张床上睡，时常聊到天亮。不知为啥，他俩有说不完的话。

其实布让一字不识，说唱全靠身后挂着的仲唐。"仲"是藏语格萨尔王的意思。仲唐是说唱格萨尔王专用的唐卡，每个艺人都有一套，说唱到哪儿就挂哪一张，方便自己记忆，也方便听众理解。

布让今天唱的是充满英雄气概的"姜岭之战"，讲述格萨尔王杀死了姜国的寄魂物——黑熊的故事。这一回，兄弟俩听过好几次，仍听得津津有味。两兄弟特别羡慕格萨尔王有降妖除魔的本领，更羡慕他生在有妖有魔的世界，可以一展身手。

这时，脏得像泥猴一样的黎奉季左手提着红缨枪，右手拎着弹弓和四只鸡，猫着腰进来，躲在大厅正中红柱子之后，朝嫂子央金卓玛打手势。

三位头戴黑色英雄结的脚夫一边喝青稞酒，一边跟挺着大肚子的央金卓玛讨价还价，说是现钱都被独耳炳抢没了，想用小半袋盐井晒的红色盐巴抵酒菜钱，他们今天要肉吃撑，酒喝透，压压惊。嫂子没看见他，却被大哥黎奉初发现了，喝道："奉季，鬼鬼祟祟地干吗？"

"我——"黎奉季不知如何回答，灰溜溜地从柱子后面走出来。

"今天早上的'晨习晚练'你没来，去哪里了？"黎奉初说完，准备站起来教训一下三弟，被二弟拉住，摇摇头笑着说听戏听戏。"晨习晚练"是云何黎家男人的习武传统，不管走到天涯海角，都不敢忘的。

"我上山给嫂子打几只鸡，说是吃了不犯月子病。"黎奉季嘴里嘟囔着。

"三弟，你饿了吧？快吃点肉，嫂子给你煮面。"央金卓玛扭头看见抠着额头瓜兮兮站在屋中间的黎奉季，便不再理会那三个有点醉意的脚夫，从火塘上的铜锅里取出一块热气腾腾的牛肉放在竹筐里，递给黎奉季说："三弟的心意嫂子领了。别再一个人上山，秋天的熊特别凶，要伤人的。"

"是应该熊怕我！嫂子。"瘦小如猴的黎奉季接过竹筐，怀抱红缨枪，一屁股坐在木板地上，用铜柄小刀边切边吃。确实，红缨枪在手，天底下除了大哥没有他黎奉季畏惧的！

"央金，你就知道宠他，所以他才敢'晨习晚练'都不来。"黎奉初好像也没了刚才的火气。原本，黎家兄弟进藏路上就发誓，绝不在这偏远之地留情，以免影响重振云何黎家的千秋大计。谁知那年江达宗政府组织的望果节赛马会上，黎奉初一马当先，英气逼人。特别是站在马背上空翻下马的妖艳姿势，一下子就勾掉了前来看热闹的央金卓玛的魂。第二天一早，央金卓玛亲手煮了一碗无情草炖牛肉，喊了声"兵果果（兵哥哥）"，就款款走进了黎奉初的帐篷。

男追女，隔道墙；女追男，隔层纱。再加工布地区的泡男神品——"无情草炖牛肉"的威力，黎奉初顿时忘掉了誓言，陷入了温柔乡。此后，央金卓玛一直到亲手把黎奉初埋进清军陵园，她都叫他"果果"。

不过，央金卓玛确实漂亮，特别是穿上修身的工布藏装，超有女人味儿，是当之无愧的太昭第一美女。

"果果，咱家三弟还小呢，别动不动就吼他。"央金卓玛既像大嫂，更像妈妈。

正说着，一位兵勇急匆匆地跑进来报告说："粮台大人有令，令奉仲兄明日率两名兵勇赴盐井押运粮草。"

黎奉仲点点头，说知道了。

太昭是朝廷在西藏驻军的粮仓，所囤粮草全部来自内地。所以，每月总有一两回押送粮草的差。而且专门设了粮台一职，因为粮台在太昭职级最高，所以所有的兵务也由他一并代管。

"二弟，近期路上出了一个悍匪独耳炳，歹毒凶残，还是小心点为好啊。"黎奉初不放心地说。

"二弟，嫂子也听客人说，独耳炳前几天活活烧死了个没交赎金的人。这人是魔鬼变的，心是黑的。你要听果果的，小心些好。"央金卓玛挺着大肚子边倒茶边说。

"大哥大嫂，你们放宽心吧。咱毕竟是吃皇粮的，谅他独耳炳吃了豹子胆，也不敢动老子。"黎奉仲拍了拍胸前的"勇"字说。清朝时，胸前为"兵"字的是国家的常备武装力量，主要是八旗军和绿营军。胸前为"勇"字的，则是曾国藩、左宗棠这帮人练的乡勇。因为太平天国时期打出了威名，朝廷也就定编制，发饷粮，称为勇营。

"哎，小心无大错。"黎奉初说完上二楼卧室，取出10块钱龙洋交给黎奉仲说，"二弟，如果万一遇到了独耳炳，直接把这龙洋给他，服服软，千万莫逞强。"

"晓得喽。"黎奉仲不耐烦地接过龙洋，放在一边说。嫌哥嫂二人啰里吧唆，影响他听布让正在唱："一个人其实不孤寂，想一个人才真孤寂。"这是格萨尔王里的名句，让他更想他远在云何的未婚妻。

谁能料到，也就是哥嫂的这10块钱龙洋，要了他的命。

当从捆得像粽子一样的黎奉仲身上搜出了这10块钱龙洋时，独耳炳笑了。"加儿（今天），还遇到了个有钱的主。要发财喽！"说完，从靴子里摸出明晃晃的小刀。

众匪想劝，但没人敢开口。

"我呸，瞎了眼的独耳炳，老子是朝廷的人，你敢动！"黎奉仲大声地吼道。

"老子今天偏要碰你这个吃皇粮的，好在这条道上立个万儿（名号）。"独耳炳说完，一刀切下黎奉仲的左耳，丢在两个瑟瑟发抖的兵勇脚下说，"回去带个话，十日后的正午之前，要是收不到 200 块钱现大洋，就别怪老子不给朝廷面子，撕票喽。"

粮台大人盯着桌上血淋淋的耳朵，问黎奉初咋办。

"大人，我把茶馆卖了，再找兄弟们凑凑，能凑 200 块钱大洋。"黎奉初也盯着耳朵轻声说，面无表情。

"哎，哪有朝廷给强盗交赎银的，丢圣上的脸啊！况且，你们兄弟可是云何黎家人，战神蚩尤之后啊。"其实，粮台大人早已经拿定了主意，只是太绝情，说不出口，想等黎奉初自己说出来。

"哦，属下明白了。"黎奉初轻声说完，双手捧起桌上的耳朵，退出房间。

他回家抱起一坛酒，来到清军陵园前，和布让你一口我一口，三下五除二喝了个精光。再挖了个大坑，将二弟的耳朵用哈达包着，装在酒坛子里，深深地埋了，上面垒起一堆土。再抱一块巨大的鹅卵石放在土堆前，上面用匕首刻上：清云何黎奉仲之墓，奉初、布让、奉季敬立。

几天后，黎奉仲也是被埋的。虽然土埋到脖子时，脸因为充血涨得乌黑，两眼圆睁全是血丝，他仍破口大骂："独耳炳，我哥我弟会来找你的。等着！"

"我会等着，但要先送你上路。"独耳炳恶狠狠地说完，抢过铁锹，骂骂咧咧地铲土埋上，再在上面撒了一泡黄黄的尿。他抖动着尿尿的玩意儿对身旁的人说，"老子这是在渡他，地狱里的狗闻到老子的尿，都怕！"

也就是那天晚上，布让孤零零地睡在床上，做了一个怪梦。梦到只剩一只耳朵的黎奉仲对他说："我是云何黎家人，血管里流着战神蚩尤的血，不是孬种。只可惜，今后再也听不到布让老兄唱的《格萨尔王》了。躺在冰冷的酒坛子里，好孤单好无聊。"

醒来，布让来到清军陵园，把仲唐的第一幅"觉如降生"挂在坟前不远的大青冈树上，自己坐在树下，拿出一张空白的狼毒纸，两眼翻得全是眼白。对着那几十座坟茔，慷慨激昂地把这个气势磅礴的英雄史诗从头开始说唱。从此，不论刮风下雨，也不管有无活人听，从没间断。一直唱了三年三月零三天，把英雄的故事唱完了，布让收起了所有的仲唐背在背上说："这辈子该吃的肉吃了，该讲该唱的故事讲了唱了，累了。"靠着青冈树睡去，再没醒来。

不过，黎奉初有时间一准来，抚摸着鹅卵石雕刻的墓碑，陪二弟听。

　　直到半年后，朝廷赏赐了西藏上层一批哈达和绸缎。那时的西藏，同重量的丝绸与黄金基本等价。而哈达，藏语直译过来就是一匹马，也就是一条用丝绸织的上等哈达等同于一匹骏马。

　　粮台大人把黎奉初唤到卧室，悄悄地说："奉初老弟，我给你安排了十名兄弟装成脚夫，还派了二十名兄弟跟着为后援。要注意保密，事成于密啊。"

　　黎奉初单膝跪下，高拱双手说："是，大人。大恩不敢言谢！"

　　从粮台大人卧室出来，黎奉初直接来到清军陵园，布让正激情高昂地对着空无一人的墓地高声唱着。

　　黎奉初抱起一块鹅卵石，与二弟的鹅卵石并排放着，掏出匕首在鹅卵石上刻上：清云何黎奉初之墓。

　　"做啥？"布让停下来问。

　　"我死了就埋在这儿，陪我二弟。"黎奉初拍拍手上的尘土说。

　　"中间留条缝呗，我们三兄弟一起噻。好兄弟，今生没做够！"布让取下五叶冠，站起来，走到坟前说。

　　黎奉初点点头，将自己的鹅卵石挪了挪。再搬来一块鹅卵石放在中间，上面刻上：布让兄之墓。

　　黎奉初怀抱汉阳造，歪着屁股骑在头上绑着红缨的带路的头马上，打着盹儿。

　　真正骑马走长路的，都不会硬邦邦地直坐着，而是尽量放松歪坐着，人马融为一体，否则骑不了半天，屁股就会被马鞍子磨得血淋淋的。西藏有句俗语："上山不骑不是马，下山骑马不是人。"而黎奉初不管上山下山，路有多险，一直迷迷糊糊地赖在马背上，摇摇晃晃。

　　而真正茶马古道上的脚夫，对马比自己的命还爱惜。在漫漫的茶马古道上，上山下山都绝对舍不得骑，这些马可是驮东西的，金贵着呢。黎奉仲就是因为下坡也骑马，被独耳炳认定为是当官有钱的主，才下决心动手的。

　　铃铛清脆，十几匹载满货物的马行走在这条千年古道上。

　　独耳炳不知深浅，以为又是块肥肉送上门来，率二十来个兄弟手持大刀、鸟铳，前来打劫。汉阳造打八国联军不行，打这帮土匪绰绰有余。一阵砰砰乱响，没等援军赶来，独耳炳的队伍就作鸟兽散，各自逃窜。

"巫马炳！阎王喊你。"黎奉初骑在马上大喝一声。

千不该，万不该。独耳炳不该停下迟疑一下，虽然他立马反应过来是圈套，没有回头看。他刚想沿着碎石路继续跑，啪的一声，一马鞭落在他的背上。

这回，他仿佛被阎王爷盯上了一样。

黎奉初骑在马上紧紧地跟在他后头，用长长马鞭一鞭一鞭重重地抽在他身上，每一鞭都皮开肉绽，嘴里喊着："巫马炳，你跑呀，给老子跑快点！"

独耳炳几次都想往密林中跑，都被黎奉初一鞭子缠在脖子上，硬生生扯回来。不一会儿，浑身被抽得血肉模糊。他知道今天遇到高手，凶多吉少。于是，在小块略微平整的碎石地站住，心怀侥幸地大声喊："骑在马上算什么本事？还是好汉就下马单挑，让老子死得心服口服。"

"现在，你想给老子讲江湖规矩啦！"黎奉初咬牙切齿地说完了，抢起汉阳造，夹着风声，一枪托打在独耳炳头上，把他打翻在地。然后跳下马，脱掉"勇"字官服，光着膀子。他从独耳炳的靴子里摸出明晃晃的小刀，二话不说，一刀切下他的左耳，扔给不远处的一条看热闹的花狗。花狗三两口吃完，又眼巴巴地望着。

"你们是朝廷的人，居然敢用私刑，还有没有王法？"独耳炳没想到割耳朵会这么剧疼，大声吼道。王法，或许是他最后的庇护。

黎奉初像拍婴儿一样地拍拍他血肉模糊的脸，笑眯眯地说："我是云何黎奉初，就用私刑咋啦？你来埋我、烧我呀！快说，我二弟埋在哪儿？"声音轻柔，像是在闲聊，但每一句话都咬牙切齿。

躺在地上的独耳炳彻底明白了，他想起那张乌黑埋在土里的脸，恐惧涌上心头。他知道，出来混的，迟早要还。但他毕竟也是条汉子，便咬着牙，一言不发，两眼瞪着黎奉初。

四只满是血丝的眼睛对瞪着！

"我叫你不说话！叫你不说话！"黎奉初捡起一块鹅卵石，一下一下地砸在独耳炳的手指上，十个手指被砸得稀巴烂，血肉模糊。

在场的众人，听到"咔嗒"手指骨头的爆裂声，头皮直发麻，想想都疼。

"草长起来了。我真找不到呀！"独耳炳咬牙说道，嘴角一丝血流出，是咬牙咬的。

"青山处处埋忠骨！二弟，你安息吧。大哥为你报仇。"黎奉初操起地上一根臂膀粗的青冈树棒子，狠狠地打在独耳炳的两腿上。一下、二下、三下……一直打到独耳炳的裤管里软绵绵的，没有一寸骨头是好的，血肉模糊。自己也满身是汗。

独耳炳硬是一声不吭，不愧是吃 206 碗加加面的硬汉！

黎奉初擦了擦满背豆大的汗珠，朝着独耳炳脸上吐了一口唾沫，拍拍手上的木屑，穿回"勇"字服问大家："刚才兄弟们看到什么？"

"悍匪企图逃跑，摔下山崖，自己摔伤了。"众人边答边把昏死的独耳炳扔到马背上，带回太昭。

真是，恶人还须恶人磨！

二月后，刑部的裁决就来了。

"手脚成这样都不吭一声，是条汉子。是枪决还是砍头？由你选择。"黎奉初上前看着他的双腿不断爬出的蛆说。

四周是十多条伸着鲜红舌头的野狗，一群红嘴乌鸦在天上盘旋，天湛蓝。

"能不死吗？给条活路。"胡子拉碴的独耳炳笑着说。

"那不行。刑部就批了四字——就地正法。我想让你生不如死地待到秋决，都不同意。"黎奉初笑着说。批的就地正法，但如何正法没说，算是由他定。

"你不会公报私仇，用刀背来砍我吧？"

"不会的，现在是执行公务，会秉公执法的。放宽心。"黎奉初指着胸口的"勇"字说。

"那就不选了，随便吧，利索点就行。你比我狠！18 年后见，我认你这个大哥。"独耳炳淡淡地说。此生，他终于见到比他还狠的角色，心服口服！

"我也敬你是条汉子，我亲自操刀。放心吧，一准爽快，保给你留个全的。"黎奉初说完把长条生猪肉放在他肩膀上。留个全尸是被处决犯人的奢望。因为这样要求刽子手的刀功特别好，一刀砍断脖子，又留点皮儿连着脑袋，脑袋不落地，就算全尸。

这也是黎奉初的绝活。所以，在这刑场上处决的犯人，都想方设法请他来行刑。为此，他还曾捞得不少的好处。

杀弟仇人独耳炳啥也没给他，他还赔了一长条猪肉。为啥？他从未提及。

"能不能再给一块，我腿脚不好，黄泉路上，狗多。"独耳炳看着肩膀上的猪肉说。

"这是我个人送你的，家里只剩一块了，今晚要炒几个好菜，请九泉之下的二弟喝一杯。"黎奉初擦了擦额头上的汗，笑着说。

无风无云，艳阳高照，晒得人口干舌燥。

"谢喽，大恩来生再报。"独耳炳说完，转头对河边两个挖坑的人喊道，"兄弟，费点劲儿，辛苦挖深点。别晚上就被野狗刨出来了。"

"已经挖到见水啦，这是河滩地。一刨就见水，没法啊。"一人喊道。

"喜欢做狗食？还是水里泡着？您来定吧。"另一个喊道。

"泡着吧，泡着吧，凉快。"独耳炳说完，什么都不说了，看着不远处立着的竹竿。

黎奉初将根红布条系在头上，挽着袖子拎着鬼头刀走到他身边，也看着远处的竹竿，竹竿边上站着两名负责报时的兵勇。这是那年月的规矩，正午阳气最重时处决犯人，让他魂飞魄散，无法再投胎害人。

"午时到！"竹竿的影子彻底消失了。

一道白光，黎奉初手起刀落。茶马古道为非作歹两年多的独耳炳，嘴咬生猪肉，在黄泉路上爬。

野狗们乱哄哄地围了上来，舔食鹅卵石上洒落的乌红的血。

警戒解除，黎奉季从碉楼内的木梯子第一个匆匆跑下来。他准备去自家的茶馆过过瘾，唱一段家乡的花鼓戏《刘海戏金蟾》。也只有中午吃饭时有人给他捧场，听他唱些听不懂的。其他时间大家都去清军陵园听布让说唱《格萨尔王》，毕竟那是专业的。

"奉季，慌慌张张干吗？"黎奉初取下头上的红布擦着鬼头刀，叫住了三弟。他们父母原本生了兄弟七个，中间夭折了四个，所以大哥和三弟的年龄相差近20岁。

"我，我想去嫂子那儿喝茶。"黎奉季脸红通通的，额头上都是汗珠子，刚才晒的。

"慢些，我跟你说句话，边走边说吧。"黎奉初走到三弟面前说，"太后隆恩，为太昭修建关帝庙。驻藏大臣为此专门找了一名画唐卡的高手，前来太昭画关帝唐卡，以便供奉。唐卡画师明早就到，大人给粮台大人写了张条子，要求修建单独画室，派专人保护，以免打扰她的清静。"

黎奉季呆呆地看着大哥，两眼迷糊。

二月前关帝庙就动工新建了。墙是用土夯的，屋顶是亮闪闪的铜皮，片石垒的围墙也快好了。说是等大殿的墙干透了，画上四大天王做护法就算完工。

"我跟粮台大人说了，也孝敬了他两斤云何的子曰豆豉。说好了，就让你接这个差。"黎奉初说。黎奉季嗫动了一下嘴巴。他想说点什么，又不敢，长兄如父，要挨打的。

"哎，奉季啊。云何黎家只剩下我们这一脉奉字辈的三兄弟，人单力薄。我在雪域娶妻生子了，恐难再回啦。你二哥又不幸走了。振兴云何黎家，光宗耀祖就指望着你。这是驻藏大臣亲点的差事。办好了，我再去通融通融，为你谋个一官半职。"说话间，兄弟两人正巧走到不久前落成的牌坊下，是专门为迎接太后懿旨而立。

牌匾正中央"威震西南"四字金光闪闪，这是兵部尚书的墨宝。两旁楹联上"不负蛮荒行万里，中华无此好河山"是太后凤口亲说，当仁不让，自然是书法大家驻藏大臣题写。

粮台大人在牌坊下恭恭敬敬跪迎懿旨后，战战兢兢地供奉于衙门的香案上。

太昭太昭，太后之昭。从此江达宗也就正式更名成了太昭宗。

"要多久啊？我还想去嫂子那儿唱花鼓戏呢。"黎奉季小心翼翼地看着大哥的脸说，他怕挨打。

"信上说是八个月吧，这段时间花鼓戏肯定唱不成了，万万不得有纰漏，否则可要满门抄斩的。"黎奉初没看三弟，看的是远方。驻藏大臣位高权重，从来没有这么关心过一件事。他也拿不准水深水浅，但总归是小心无大错。

黎奉季一脸委屈地看着大哥，脑袋后的辫子又短又细，风吹得像柳枝一样飘。

从接到大哥好不容易谋来的差事后，黎奉季一直扛着和他差不多高的汉阳造，站在鹊桥之上等候。他只知道是个女的，老幼相貌都不晓得。

第二天中午，雨后天晴，两道彩虹悬天上。

官道上，一白一黄，两马两人疾驰而来。

黎奉季紧张地横端汉阳造，拦住两人，战战兢兢地问："是何人？来做何事？"

黄马之上的黄衣男没理他，而是对骑着白马的炯·德玛央青说："小主人，老祖宗明日出关，昨晚误了些时辰，我现在快马加鞭赶回易贡，就不过鹊桥啦。"说完，一扬鞭，绝尘而去。

此时，黎奉季双腿夹得紧紧的，特别想尿尿。仿佛除了尿尿，只能呆呆地看着炯·德玛央青，他从未见过如此绝色的美女，梦里都没敢梦到过。

比仙女还仙女。

"你是来接我的吗？"炯·德玛央青飞身下马说。黎奉季感觉这美妙的声音仿佛来自天边，俗了说，就是说的比唱的好听，而且一股异香扑鼻。他呆了。

"画室在哪儿？"炯·德玛央青一猜也是，便问。

"前面，已经准备好了。"黎奉季感觉自己在做梦，晃了晃脑袋说。他的眼睛直勾勾盯着白马头上的暗棕色角质瘤子，难道老布让所唱的《格萨尔王》骑的神马江噶佩布就在眼前？

据老布让吃饭时聊起，野母马如果觉得自己超漂亮，任何公马配不上自己，发情时就会故意跑到神湖边吃草闲逛，勾引神湖里的神兽。如果神兽经不起诱惑，动了凡心从湖底跑出来，情投意合发生了那事，就有可能生下头上长瘤子的神马。这马可了不得，风入四蹄轻，跑起来马蹄子基本不着地，腾云驾雾一般。

西方人称这种马为独角神兽，角如匕首。其实那角就是像拳头一样的角质瘤子。但万物不可貌相，这丑陋兮兮的角质瘤子充满能量，取下来点燃了亮如白昼，可燃一年半载。

但神兽毕竟是神兽，眼界高着呢，能让它动心的漂亮母马少之又少。所以头上长角的神马极其稀少，千万分之一。只有格萨尔王那种半人半神的牛人，才能弄到一匹。

现在居然就在眼前，黎奉季伸手想牵。炯·德玛央青摆了摆手说："白义它任何人牵都要踢的，你在前面带路就是了。"

画室在关帝庙的院子里，是这两天赶工用厚木板搭的，架空了一米多。太昭春季雨多，防潮。

太昭周边都是原始森林，特别是山的阴面，长得郁郁葱葱。所以那时太昭人喜欢把圆木的两边用斧头劈去当柴火，中间就剩一块厚厚的板子，放在阴凉处建房子时备用。屋顶就用一块一块的薄木板子交错摆着，再用圆滚滚的石头压着。

林芝地处印度与亚欧板块交汇处，温泉多，地震也多。如果地震来了，屋顶的鹅卵石自己就会滚下来，落到屋外。剩下的薄木板砸下来也伤不到人，可以悠闲地坐家里继续喝茶。

这是西藏古人的智慧。

"白义好乖。借你的角用用哈。"炯·德玛央青像拿起一个茶杯一样，轻轻地从白马头上取下瘤子，拍拍马的脖子说，"去玩去吧，有事叫你。"

白马点点头，走了。留下目瞪口呆的黎奉季。

据布让说，没有瘤子的白马是变漂亮了，但神力也没有了。

"小当兵，你叫什么名字？"炯·德玛央青声如铜铃，走到木屋中间问。四方形的房子只有 16 平方米左右，也就是西藏房子一柱的面积。一小门，一小窗。

"黎奉季，湖南云何人。"

"我叫德玛央青，叫我央青吧。"炯·德玛央青没把吓得那帮人屁滚尿流的炯姓说出来，估计眼前这战兢兢的小孩也不懂。

"央青姐姐，请问您有什么吩咐？"黎奉季闻到了她身上迷人的香。以前他坚信，老布让说格萨尔王的王后珠牡是世间最美的，现在他有点怀疑了。

"每天清晨，给我送一杯清茶，一碗糌粑，一瓣鲜花即可。"炯·德玛央青从包袱里取出一张布门帘和一根红绳，交给黎奉季说，"请把红绳子绑在门口，八个月内不允许任何人进出。"

黎奉季呆呆地看着她，弄不明白。

"每隔七天，会有一只红狐狸来，让我取尾毛作笔，它叫阿吉。每天晚上我大师兄也会来，你让它们进来。"炯·德玛央青走到只有半米见方的窗前说。

"央青姐姐，大师兄是猴子吗？是唐僧的大徒弟悟空吗？"黎奉季刚才被魔幻的情景惊到了，是人就不让进出，能会是啥？

"大师兄可能会是只黄猫吧？"炯·德玛央青也不确定地说。

黎奉季踮着脚把门帘子挂上，今生最后看了一眼窗边的炯·德玛央青。夕阳照在她娇美的脸上，如彩云。

关帝庙大殿的四大天王壁画也开始了，请的是两名昌都的嘎玛嘎赤派唐卡高手，膀大腰圆的中年男子。每天清晨，两人都会默默地来到木屋前，深深地鞠个躬再开始一天的工作，以示对这神圣的古老家族的敬意。

黎奉季的任务则比较简单。他每天怀抱着汉阳造，裹块黑白相间的毯子，坐在红绳之前。清晨，嫂子央金卓玛会用托盘端来清茶和糌粑。花是黎奉季亲手采的，林芝是花的世界，围墙周边鲜花灿烂。

"谢谢奉季。"炯·德玛央青隔着绣了吉祥结的门帘，取红绳子下的托盘都会说谢，声音柔柔的。

"央青姐姐，一瓣花够吗？"

"够的。一天只用抿一瓣，免得嘴巴呼气吹乱了画的线。"炯·德玛央青做了解释。

黎奉季便不再言语，他知道画唐卡要静、要亮。每到夜晚，小木屋亮如白昼。黎奉季这才彻底相信，布让说唱的《格萨尔王》中的神马肯定是真的。

每隔七天，红狐狸阿吉一准过来，直接穿过门帘。

太昭周边都是原始森林，没有狐狸。狐狸都生活在草原上，靠捕食啮齿类动物为生。为了躲避天敌老鹰和更隐蔽地捕食，基本上都是黄颜色的，和草原上秋天的枯草融为一体。而红狐狸因为靓丽显眼的毛色，很难生存。但制作唐卡的画笔，是最极品的材源。据说，红狐狸毛制笔画的眼睛，会动会流泪。

在西藏，所有的唐卡画笔都是画师自己制作，一般都用瘦马的鬃毛，经久耐用。但肯定不如红狐狸毛制的笔有灵性。

红狐狸阿吉从房间出来，黎奉季都会切几块干牛肉喂它。阿吉也毫不客气，狼吞虎咽地吃完。它舔舔黎奉季的手背，算是谢谢，然后翘着尾巴，扭着屁股走了。

阿吉是只母狐狸。

黄猫大师兄则天黑就来，天不亮就走。黎奉季喂它肉，它看都不看，一副拽得不行的样子，在小屋里静静地陪着画唐卡。偶尔，大师兄也会躺在黎奉季的旁边，轻轻地打着呼噜，任凭黎奉季如何摸它，都不醒。

或许，这猫太累了。

日子就这么一天一天地过去，枯燥但不单调。因为每天清晨，都能听到一句天籁般的谢谢声。

那晚深夜，皎月如盆。

老布让站在不远处朝他挥手，黎奉季放下枪和毯子走过去。大哥黎奉初抱着一坛酒，站在院子外说："今天是你二哥的忌日，一起去鹊桥祭拜他。他活着的时候，月圆之夜都要站在鹊桥上唱一段花鼓戏，想青梅竹马的你二嫂。"还没过门的二嫂是云何正街上的，小脚，来不了西藏。

黎奉季看了一眼那窗子发出的从未熄灭的灯光，跑过去摸了摸台阶上睡着的大师兄。"大师兄，拜托守一会儿，有事大声地叫啊。"

大师兄睁开了眼，目光炯炯。它不像别的猫，从来不叫春。

鹊桥上，黎奉初每倒满一碗酒，都和布让各喝一大口，剩余的直接倒在河里。

黎奉季站在桥中间，大声地唱着《刘海砍樵》，唱着唱着，眼泪就流出来了。大哥脾气暴，一言不合操起棍子就揍他。而每每这个时候，都是二哥出手拦着，让他少挨不少打。

如今物是人非，唯有歌唱。

黎奉初和布让也跟着唱。布让不懂也不会歌词，只能跟着唱腔流着泪大声地唱，中气足足的，情感也足足的。

这时，水面上漂了一团蓝幽幽的亮光，如美丽的幽灵。黎奉季二话不说，直接从桥上跳下去，一把抓住。

确实是蜜蜡，里面封印着两只不离不弃的蚂蚁。

第二天清晨，大师兄刚走，黎奉季把蜜蜡放在红绳下的托盘上，心怦怦地跳。

"谢谢奉季。"炯·德玛央青把托盘双手端进去，过了一会儿，把托盘推出来说，"小蚂蚁，你们好可怜哟。出来吧，去玩去。"

黎奉季拿起托盘上的蜜蜡一看，透亮的蜜蜡只剩透亮。而空空的托盘上，两只蚂蚁慌慌张张地爬来爬去，寻找它们的家。

此事黎奉季一生从未对人提起，只是从此以后，他再也不叫央青姐姐，而是改成姐姐拉姆。拉姆，藏语就是仙女的意思。

时间眨眼就过，一晃立春了，那晚下了一场雪。

"谢谢奉季。今天是立春吗？"炯·德玛央青终于多说了六个字，但声音明显和刚来时微弱了很多。

"姐姐拉姆，你一直闭关，怎么会知道呢？"黎奉季好奇地问。或许，他只是想多听听姐姐神仙样的声音。

"这好简单，雪花变成五瓣了。世间草木的花都是五个花瓣，唯独桂花是四个花瓣的，因为桂花是月亮上来的。而雪花是六瓣的，这是因为雪对应阴气最盛的数字六。但立春以后，阳气起来了，再下雪就是五瓣的雪花了，这时的雪花叫霙。"炯·德玛央青隔着门帘子关切地说，"奉季啊，今后要多看看书，去考个功名，或者留在西藏做点小生意。别再舞枪弄棒从军了，杀人者也会被杀。"

仿佛，她看到了他人生的结局。

"我们云何黎家人……"黎奉季欲言又止，他们云何黎家人每日"晨习晚练"，习得一身功夫好入武从军，斗大的字认不到几个，从来与考功名无缘。但那天的对话，让他终生铭记。这也是他与姐姐拉姆交流最多的一次。

二月初七那天中午，春寒料峭，但太昭的桃花开得如云如火一般灿烂。

驻藏大臣率众人如约而至，浩浩荡荡。粮台大人率属下们毕恭毕敬地站在牌坊下候着。虽然粮台大人直接隶属于四川总督，但驻藏大臣毕竟位高权重，礼数还是要的。

与粮台大人互道吉祥之后，驻藏大臣指着身旁的一名高僧介绍说："关帝关云长出生于河东解梁，虚云大师就是解梁关帝庙的高僧，此次来主持太昭关帝庙的，大材小用啊。不过太昭关帝庙虽小，但毕竟是太后的恩典啊。"

慈眉善目的虚云大师合掌恭敬，淡定从容，微笑不语。

粮台大人也合掌回敬，然后对驻藏大臣说："大人，都已准备妥当，恭请大人定树安门！"随后，领着驻藏大臣和虚云大师来到关帝庙大门前，各大门派的唐卡高手跟在后面。

"恭请大人为太昭关帝庙安门，扎西德勒！"粮台大人五指向上，用掌指着大门门槛石上的红绸子说。

"不敢当、不敢当。托皇上和太后的齐天鸿福，臣下斗胆，诚惶诚恐为关帝庙安门。愿关圣大帝佑我大清，国泰民安！"驻藏大臣边说边毕恭毕敬地弯腰摸摸大门门槛石上的红绸子，然后跨步进院子。四名高大魁梧的亲兵连忙将驻藏大臣亲自题写的"忠义千秋"的牌匾挂在大门上方，两侧的楹联为："天若有情，义存汉室三分鼎。谁人不死，志在春秋一部书。"算是完成了关帝庙安门仪式。

"恭请大人为太昭关帝庙定树。扎西德勒！"粮台大人依旧五指向上，双手摊开，指着两个树坑喊道。坑里各放着一棵大拇指粗的桃树苗，枝头上稀稀拉拉地开着粉红色的桃花。

"功不独占，利不独享啊。烦请虚云大师定植一棵。愿关圣大帝佑我大清，风调雨顺！"虚云大师也没客气，两人拿起铁锹开始培土，每铲一锹，都说一句吉利的话。

植毕，大殿外的仪式就算告一段落。只等明日将关圣大帝唐卡供上，就功德圆满了。

"唐卡进展如何？"驻藏大臣不放心地问。

"这……请大人亲自问问。"粮台大人不敢直接回答，弓着腰把驻藏大臣和虚云大师领到红绳子前。黎奉季挎着汉阳造，把背挺得直直的站在红绳子左侧。

"德玛央青姑娘，请问进展如何？"驻藏大臣轻声问。

"禀大人，小女子正在为关圣大帝开脸点睛。明日一定不误。"炯·德玛央青的声音如来自天边，若有若无，但在场四人都听得真真切切的。

黎奉季心中一紧，姐姐拉姆八个月来不眠不休，声音一天比一天弱，今天似乎到了极限。

"有劳姑娘。"驻藏大臣放心了。因为开脸点睛是画唐卡的最后一步，快的一个时辰，慢的最多就三个时辰的工夫。他拍拍赢弱的黎奉季的脑瓜子说："小伙子啊，少陵说你是云何黎家人，所以才让你当此差。你们黎家人自古个个英雄好汉，没有一个孬种啊。你要发扬先辈的英猛，为我大清建功立业，固守边疆。"

少陵是粮台大人的字，但在太昭没人敢喊。喊人啥，也要看你的身份地位。

"是！"黎奉季声音洪亮地回答，他为先辈用生命和鲜血争得的骄傲而骄傲。

"孺子可教也，少陵，你要好生提携提携啊。"驻藏大臣说完，三人转身离去。

天空中，残阳如血，通红通红的。

那晚，大师兄破例在如血的夕阳还在天空就来了，焦躁不安地转来转去，从来不叫的大师兄嘴巴里发出呜呜的声音。

不祥笼罩在黎奉季的心头，他目不转睛地盯着灯火通明的小木窗，祈求太阳尽快出来，姐姐拉姆能平安越过八个月来从未越过的红绳。

拂晓时分，幽蓝的天空，处女座方向流星雨唰唰地下，如烟花，如落泪，把整个天空照亮。

小木屋里突然传来撕心裂肺的猫叫声，从不叫的大师兄在哀号。七色的彩虹从小木窗户一股股飘出来，如云何的烟花一般灿烂，绚烂多彩。

"大师兄，大师兄，发生了什么事？"黎奉季站在红绳前焦急地喊，心急如焚。

"啊喵，啊喵，喵喵！"大师兄凄惨的叫声在山谷回荡，七色的彩虹依旧往天空飘，慢慢地变淡。

"姐姐拉姆，你怎么啦？"手足无措的黎奉季站在红绳之前，不敢越过红绳。无论如何，他不想违背姐姐拉姆的话。

屋子里只有大师兄凄惨的叫声。没法，黎奉季只得扛着汉阳造往家里跑，向大哥报告。

黎奉初听完，不敢做主，赶忙向粮台大人报告。

粮台大人听完，也不敢做主，赶忙向驻藏大臣报告。

驻藏大臣听完，也没犹豫，叫上隔壁住的虚云大师，五人深一脚浅一脚，直奔小木屋。

屋内，大师兄的惨叫更加凄凉，让人头皮发麻。驻藏大臣看了一眼黎奉初，黎奉初顿时明白其意，躬身伸手把红绳子扯断，掀开门帘。

五人被小屋里的景象惊呆了：银质的灯架上，一块暗棕色角质瘤子发出明亮的光，房间亮如白昼。小木窗下，炯·德玛央青的白色藏袍如宝塔一样地堆在卡垫上，红色的靴子整齐地放在左边，白色狐狸帽扣放在右边，前方木框上的唐卡已经被割下来。墙上，挂着一幅已装裱完成的关圣大帝唐卡。

一只黄猫趴在唐卡下哀号，如泣如诉，浑身颤抖。

黎奉季赶紧跑过去，把大师兄抱在怀里，顺着毛轻轻抚摸。他害怕火暴脾气的大哥会一脚把大师兄踢飞。

"虚云大师，这——"见多识广的驻藏大臣也被整蒙了，看着虚云大师问。

"大人，德玛央青姑娘虹化而去。为度化他众，以满天彩虹之光身而成就。"虚云大师无比羡慕地说。虹化，以肉身直接成就虹身，飞入清净刹土，不正是出家人毕生的追求吗？

"炯·德玛央青姑娘安息。愿姑娘早入净土，乘愿再来！"驻藏大臣对着那图腾一般堆放的衣袍，恭敬地合掌鞠躬。

众人这才转身，一起仔细端详挂在墙上的唐卡。

"匪夷所思。精美绝伦啊！"粮台大人感叹说。

"岂止是精美，这就是传说中的至净唐卡。这德玛央青姑娘的心有多静啊？"外行看热闹，内行看门道。驻藏大臣毕竟是行内高手，一语道破天机。"你们看周仓的左脚。"

"啊，透过皂靴，我看见周仓长六个脚趾。你们呢？"虚云大师惊叹道。

"评书里说，六趾周仓忠义啊。果然如此，太恐怖了。"粮台大人目不转睛地看着唐卡。

黎氏兄弟俩也看到了，但这种场合，哪有他们说话的份儿？

"请问大人，雪域的唐卡为什么要追求这么极致的逼真呢？"虚云大师不解地问，满脸疑惑。

"有其形，才有其灵啊！这极致的逼真与精美，是德玛央青姑娘用生命换的。"驻藏大臣弯腰捡起装着红色颜料的银质小盒，仔细研究半天说，"为了把关圣大帝的脸画得更加逼真绚烂，德玛央青姑娘冒死用了传说中的赤冰卤。唉！可能是调制这颜料过程中中毒太深。"

"那——大人，今天的供奉仪式咋办？"粮台大人最关心这个。

"让我想想，让我想想。大家切莫声张。"驻藏大臣从袖子里掏出一根长长的黄色哈达挂在唐卡天杆上，转身离去。太后交办的差事出了变故，他也不知如何是好。

黎奉季怀抱着大师兄，坐在他坐了八个月的岗位上，望着露出鱼肚白的天空，处女座方向流星雨依旧在唰唰地下，如泣如诉。

老天也哭了。无云的天空下起了雪，是红的。

那晚，抱着大师兄的黎奉季做了一个奇怪的梦——

"忠义千秋"的牌匾下，两棵小桃树稀稀拉拉地开着花。六趾周仓跪在门槛石上，青龙偃月刀倒放身旁。

周仓嘴里高喊着："关二爷，我周仓忠义啊，定要随你父子而去！"说完，脱掉上衣，掏出一把明晃晃的匕首，狠狠地在自己的肚子上横拉一刀，竖拉一刀。鲜红的血，从肚子里流淌而出，流向敞开大门的大殿。

六趾周仓痛苦地倒在地上，四肢抽搐，嘴里喊着："好疼啊。谁来帮帮我？求求你们……"

黎奉季想放下怀里的大师兄，上前帮忙。谁知，他好像被武林高手点了穴一般，动不了，说不出。

他发现大哥站在他旁边，也和他一样瞪圆着眼睛，张大着嘴巴，被定住了。

驻藏大臣和粮台大人也一样。唯有虚云大师犹豫半天，颤巍巍地走上前，想抬起八十二斤的青龙偃月刀，力小奈何不得。他只得捡起血泊之中的匕首，一刀一刀无力地捅下去……

六趾周仓痛苦的喊声渐渐地变得越来越微弱。

虚云大师的鼻子里流出血来，软绵绵地倒下去。

黎奉季醒来，满头都是露水，湿漉漉的。

天未亮，红色的雪依旧在飘，流星雨依旧在下。

只见驻藏大臣捡起门槛石上的红绸子，匆匆走过来。大哥和粮台大人跟在他身后。

驻藏大臣走进小木屋二话不说，取下唐卡，抽出天杆和地轴，小心翼翼地叠起来，用刚捡起来的红绸子包好，再用自己敬献的黄哈达仔细捆好捆紧。然后双手高捧红色包裹，走到关帝庙大殿的供台前小心放上，拱手高喊："忠义神武灵佑仁勇威显护国保民精诚绥靖翊赞宣德关圣大帝，请佑我大清国泰民安，江山永固。"

三人跟在他后面，不敢言语。

驻藏大臣一人独自完成了这套神圣的仪式，走出大殿，对身旁的粮台大人说："你今日报告朝廷，差事已办妥。太昭关帝庙一切顺利吉祥。另，虚云大师因年事已高，高原不适，驾鹤仙去。"

粮台大人点头，说："请大人放心。"

"此唐卡就如此供奉，切勿再打开。"驻藏大臣再交代。

粮台大人依旧点头，依旧说："请大人放心。"

"我即刻回拉萨，今日之事谁敢泄露，定不饶！"驻藏大臣咬着牙看着三人说。

三人点头，说请大人放心。

驻藏大臣草草地喝了一杯酥油茶，前脚刚走，黎奉初就问三弟："你也梦到六趾周仓？"

"嗯，我站在你身边的。"黎奉季趁机问大哥发生了什么事，把沉稳老练的驻藏大臣吓成了这样。

"大人说，有其形就有其灵。六趾周仓的灵魂附在这幅唐卡之上了，每个见到此唐卡上周仓脚上六趾的人，此后每年的同一天，都会做同一个梦，而且在梦里要有一人去帮助六趾周仓完成自杀。虚云大师就是受不了这个折磨，崩溃而死。"黎奉初看着弟弟细小的辫子说，"奉季，记住，没什么可怕的，仅仅只是个梦。"

"哦，我晓得啦。"黎奉季抱起门槛石上的大师兄，走进了大殿。

从此，大师兄没再离去，日日夜夜都躺在门槛石上守着，晒太阳，看月亮。

关帝庙没人值守。黎奉季每日清晨都去扫地抹灰，添满供水。然后抱着大师兄，盘坐在他坚守了八个月的岗位上，发呆，看朝霞似锦，晚霞似锦。

红绳子断了，他小心地接上了。

周围的村民因为没见过关帝唐卡，把关二爷误当成了无所不能的格萨尔王，反正都是能征善战的猛人，一样一样的。所以把太昭关帝庙误喊成"格萨拉康"。拉康，藏语就是没有僧人的小庙。

而炯·德玛央青曾经的小木屋则叫成"拉姆拉康"。太昭人，无论藏、汉对这叫法都毫无异议，德玛央青姑娘不是仙女是什么？

门槛石两侧的桃花越开越灿烂。

黎奉季的小辫子也越长越粗，下巴上还长出了像杂草一样的胡子。

那天，黎奉季拿着大哥家藏柜上的匕首刮胡子，这匕首以前独耳炳一直藏在自己的靴子里。当胡子刮到一半的时候，外面传来哭喊声，说是皇上退位了，我们怎么办啊？

兄弟俩跑去粮台大人家一问，果然如此。粮台大人说，他准备投靠他岳父，去拉萨八角街做点小生意糊口。兄弟俩也可以跟他去。

兄弟俩摇摇头，说回家商量。

当时清廷在西藏的驻军的慌乱与迷茫，民国时期的湘西王陈渠珍在笔记体游记小说《艽野尘梦》中有详细介绍。总之，天是塌了！

"奉季，你如何打算？"黎奉初问三弟。

"大哥，我想留在太昭，永远守着关帝庙，守着拉姆拉康。"黎奉季觉得皇上退不退位，与他没啥关系。他心里只有关帝庙和拉姆拉康。

"胡说！"黎奉初火了，站起来大声地说，"奉季，你别忘了，我们是云何黎家人！我们的血管里流淌着先祖不甘的血。如今正逢乱世，正是以梦为马、驰骋天下的大好时机。"

"大哥，我今生只想守着姐姐拉姆，啥都不要，哪儿都不去。"黎奉季平生第一次顶撞大哥。

"你！"黎奉初把手高高举起，又慢慢放下。他突然跪下来，跪在黎奉季面前说，"奉季，云何黎家就剩了我们这一脉的兄弟两人。你哥年近五十，行将入土之人，又拖家带口，实在没法啊。大哥跪下给你磕头了。无论千难万难，也要回内地，寻找机会，重振我们云何黎家呀。"

说完，他把头磕得砰砰直响，老泪纵横。

这一招，黎奉季万万没想到，赶紧把大哥搀扶起来，流着泪说："大哥，求你别这样。我回去就是。"

剩下的，就是如何回了。

黎奉初把 51 块钱银圆用蓝色的包袱皮裹好，捆在三弟的腰间说："人死容易呀，半路留下来的人才真苦。26 块钱大洋是给你二嫂的，虽然她没有正式过门，但她没再嫁，这些年她一个人真不容易。"

"大哥大嫂，你们一点儿钱都不留吗？"黎奉季看着大哥大嫂问。

"穷家富路。我们在家没钱也饿不着，不碍事的。"黎奉初把独耳炳的匕首插进背包里说，"这匕首也带给你二嫂，给她留个念想。"

"嗯。"黎奉季点头答应。这时，在一旁忙碌收拾行李的央金卓玛取下脖子上的粉红色的珊瑚项链，戴在三弟的脖子上。

"大嫂大嫂，这可万万使不得！"黎奉季连忙推辞。那时的西藏，家里小部分的财富是牧场的牛羊，而大部分财富是女主人身上佩戴的首饰。这串大拇指粗的珊瑚项链，是央金卓玛家几代人才积攒下来的财富。

"一家人不客气，这是哥嫂送给未来弟媳的。果果，你说是吧？"央金卓玛的牙特别白，只是额头上有了浅浅的皱纹。想当年，她是太昭当之无愧的第一美人，岁月不饶人啊！

"收下吧，龙行有雨，虎行有风。三弟独闯天涯，钱是出门人的胆呀。"黎奉初双手扶着三弟的双肩说,"我们云何黎家原本人丁兴旺,之所以落得你如今形单影只的下场,就是因为那年黎家祠堂的关圣大帝雕像莫名其妙地裂开,不再护佑我们云何黎家。德玛央青姑娘画的关圣大帝唐卡乃圣品,是神物。你将它带回去,倘若能重振云何黎家,你就风风光光把唐卡供奉在黎家祠堂之上。"

"倘若不能呢?"黎奉季看着满脸沧桑的大哥问。

"倘若不能,世间也就只有太昭有云何黎家人苟活了。就托人把唐卡带回来吧,我替你守着德玛央青姑娘用命画的唐卡。"黎奉初不敢想象这种结局。

或许,即使大哥不说,黎奉季也会带走。这唐卡,比他的命金贵,他放心不下。

兄弟俩搂得紧紧的,满脸泪痕来到了关帝庙。

大师兄威风凛凛地站在门槛石上,目带凶光,龇牙咧嘴地吼叫着,像一只狮子。它可能预感到兄弟俩要干什么。

"大师兄,姐姐拉姆的唐卡我借回内地用用。"黎奉季蹲下来,摸着大师兄的后背说。

"喵呜!"大师兄好像是不同意。

"我云何黎奉季用这条命保证,一定会还,你在关帝庙等着。"黎奉季抱起大师兄说。这话,他自己都不能保证,但心中暗暗发誓,一定做到。

天空,残阳如血。

酒后的故事讲到这里,妙莲的酒也醒了一大半。

"原来是这样啊?"黎哲教授亲自为妙莲倒上了一杯酥油茶,关切地问,"真难为你和李穷尼玛,每年都要杀一次六趾周仓。"

"没什么,怪只怪李穷尼玛好奇心太强。包裹交给他之后的好长时间,他再也没睡过一个好觉,无时无刻不纠结包裹里是什么东西,实在憋不住了,来八一镇找我。说他快被折磨疯了,一定要一看究竟。于是我们俩就胆战心惊地打开了包裹。"妙莲喝了一口热滚滚的酥油茶说。

"叔叔,你们是怎么杀六趾周仓的?"小慧好奇地问。

"掐脖子呀。后来叔叔有彩虹刀就用刀砍头,刀被人要走了,又掐脖子。今年你尼玛叔叔订了把阳江大菜刀,准备又用刀砍。"妙莲半开玩笑地说。提及彩虹刀洛桑群培,妙莲心中无限思念。

"叔叔，为什么虚云大师杀一次六趾周仓，自己就崩溃而死，而叔叔们每年都杀他一回，啥事都没有，还活蹦乱跳的？"小慧瞪大着眼睛问。

"因为妙莲叔叔和尼玛叔叔心理素质强大啊。做同一件事，有人受不了，而有人却毫不在乎。"本插嘴说。

"你别听本胡掰。没那些高深道理，只是一个梦而已，用虚幻的梦来折磨真实的自己，傻呀？"妙莲笑着说，站起来，摇摇晃晃地去厕所尿尿。

窗外，处女座方向流星雨唰唰地下，如泣如诉。

第 九 章

结束了
忘掉该忘掉的

接下来的一周，李洛桑接下了人生第一单生意，开着父亲的丰田越野车，载上黎哲教授、小慧和本去波密、墨脱、察隅旅游，既当驾驶员也当讲解员。

李穷尼玛再三跟儿子交代，派墨公路才贯通，多雄拉山刚修好的路，怕有落石注意一点。去察隅的德木拉山上时常有雪崩，背阴处有暗冰，更要小心。下察隅那家卖手抓饭的是他朋友，要去照顾生意，价钱也要让他打八折。

李洛桑不太耐烦，打了一声喇叭，算是回应阿爸，一脚油门，自信满满地出发了。

妙莲则开始收拾他的唐卡，一张张小心卷好装进塑料画筒里，寄回内地。然后开始他在西藏的收官之作——喝酒。他每天中午出去，晚上被扛回来。第二天中午再出去，晚上再被扛回来。如此反复，实在没法，都是几十年的朋友，盛情难却。

黄师则挨家挨户去道谢道别，最后吃人家一顿白食。几天下来，脸上居然有些红润了。最让他心心念念放不下的是他蹬了二十多年的三轮车，他把三轮车洗得干干净净，擦得锃锃亮亮。但没人要他的，说没用占地方。有人调侃说："这个三轮车，是八一镇的见证，可算是文物了，可以送进城市博物馆永久收藏。"

黄师闻后，恍然大悟，飞快地蹬着他的宝贝三轮车，飞也似的奔向城市博物馆，进门就喊："找馆长找馆长，有要事相谈。"

馆长剔着牙齿出来，笑了。他摇摇头说是这车没啥特殊价值，那个年代三轮车就是主要的城市交通工具，全国哪个城市都一样。

黄师说他这辆不一样，用了24年还是崭新的，还拉过三个黄头发的外国人。

馆长说，他开会要迟到了，迟到了要被通报批评，说完走了，躲着再也不肯见黄师。

于是，黄师跑到文化局局长办公室，先是有模有样地表演了一套八卦掌。接着，表演单掌碎石，一掌下去，石头没碎，地砖烂了。换了块地砖，刚高举手掌准备第二掌，局长赶紧挥手拦住说："你那三轮车，见证了我们这边陲小镇的发展和变迁，很有教育意义，具有极强的历史价值和收藏价值。城市博物馆决定收藏了，马上办手续。"

宝贝三轮车终于神仙归位，黄师心头大事也算了啦。他把所有的家当都放进一个红蓝条纹的蛇皮袋里，满满一大包背在背上，兴高采烈地找妙莲。

妙莲问："是什么？"

黄师说，一把菜刀，一个菜板，一床被子，两双鞋，一套冬天的衣服，还有一双袜子、两条短裤。被子和棉絮太大了，都送给朋友了。

妙莲说："这些也送去博物馆永久保存吧。到了内地，我都给你买新的。"

黄师尴尬地笑了笑，说妙总是怕把跳蚤臭虫带到他家。"那我自己去买吧，我还有 4000 块钱呢。"

妙莲说还是他来买。"你那 4000 块钱还是你自己留着吧，万一有用呢。"

黄师看着光秃秃的树枝，伤感叹道："30 年啦，树都知道落叶归根。唉！也不知道他们一家过得怎样。天孝应该也有 49 岁了吧？"

妙莲和李穷尼玛在酒店大厅闲聊，等了好久车子才到。

"林芝的景色太干净唯美了，天堂一样的美。"黎哲教授一下车就对妙莲说。

"是啊，好在你们没去易贡绯红之地，灵魂都会留那儿的。"妙莲说。他觉得，西藏最美的地方就是易贡的绯红之地。

李洛桑超级兴奋，一边把行李搬到推车上，不停地跟他阿爸吹他在德木拉上的神勇的事迹：他听到了山顶吱吱作响，一群呱呱鸡疯了一样往下跑，他知道一会儿肯定要雪崩，于是猛踩油门，一路狂奔，冲下山来。刚到十道班，雪崩就轰隆隆地下来了。好多车都堵在山顶，第二天才饥寒交迫地下山。

"你混账！驾驶技术的好坏，就是看你遇到危险是怎么处理的。一辈子都遇不到惊心动魄的危险，才是最好的驾驶员。"李穷尼玛用力拍了一下儿子的后脑勺，教训他说，"臭小子，不是路上没危险，是知道怎么避开。听到没？永远不要拿自己和别人的命去做无谓的冒险。"

"知道了，阿爸。我还想趁雪崩刚下来，看能不能捡到一对活着的雪蛙，一路上我都给教授介绍雪蛙，本博士和小慧不信真有，说不符合科学，说我讲的是乱编的导游台词。"李洛桑边卸行李边说，"妙莲叔叔，你见多识广，你说说有没有雪蛙。"

众人齐刷刷看着妙莲。

妙莲说肯定有。在千年不化的亘古冰雪之中，有时因为一些偶然的因素，会冰封住一些来不及逃走的小动物。如果是单只的青蛙或是别的小动物都会被直接冻死。但如果恰巧冻住的是一对正在冬眠的青蛙，它们就会紧紧地抱在一起，在爱巢里永远不再苏醒过来。

在以千年为计量单位的漫长岁月里，阳光穿过厚厚的冰层照在它们的巢穴里，巢壁上会长出一层薄薄的藻类。公青蛙就靠用舌头舔食稀少的藻类为生，然后把生殖器插在母青蛙的体内，靠生殖器给母青蛙补充营养。渐渐地，它们的眼睛彻底退化消失了，身体也变成了一块透明的脂肪。直到遇上雪崩，它们所在的冰体崩塌下来，才会打扰它们的恩爱秀。遇到炽热的阳光，它们会瞬间像被烈火灼烧一样，相拥死去。

"太浪漫了。好幸福的雪蛙！"小慧惊叹。

"是真的吗？"黎哲教授质疑道，确实有点匪夷所思。

"我跟中国顶尖的冰川专家也探讨过，他们认为也不可思议。但我亲眼见过死去的雪蛙，《四部医典》里也有介绍，我们市里的藏医院还采购了几对做藏药。"妙莲说，"不过现在全球气候变暖，德木拉山上没有永冻的冰川，所以那里应该没有雪蛙了。易贡电站后面的沟里倒是挺多的，前几年还有一个日本收松茸的商人，高价买了一对活的回去做研究。"

"雪蛙有什么药效吗？"本好奇地问。

"壮阳的极品，没有比它更厉害更猛的。"李穷尼玛接过话，绘声绘色地说，"我有两个好朋友，是易贡乡的猎人，他们就在易贡电站的沟里遇到了大雪崩，抓到一对活着的雪蛙，爪子还在微微地颤动。他们俩一人一只直接塞到嘴中吃了。结果……"

李穷尼玛刚说到这儿，妙莲拍了一下他的后背说："尼玛，你跟小姑娘讲这么黄的故事。"

原本小慧津津有味地听着，脸突然红了。

"是啊，对你是传奇，对我却是生活！"妙莲做了一个雪蛙的总结。

李洛桑推上车子，边走边转移这个只能男人私聊的话题说："阿爸，还是你面子大，报上你的名号，下察隅的手抓饭就没收钱。"

"人家不收，是客气。你真就不给呀？"

"他们家生了个孙子，我给了 1000 元红包的。"

"一码是一码。吃饭不给钱，下次怎么好意思去？我明天去了云何老家，家里就全靠你了。"李穷尼玛说。

李洛桑点点头，一起挤进电梯。

小慧陪妙莲交接他的房子，来的是中年两口子，男瘦女胖，在工布老街开酸汤米线店的。

妙莲把几串钥匙交给男人，依依不舍地说："太阳能热水器是 20 管的，水量足升温快，除了冬天管子可能会冻爆外，从没出过问题。地暖也都挺好。这些家具和电器也都留给你们了。这个书架用了整 40 年，是我父亲留下的老物件，一直没舍得丢，想带回内地又不给寄。"

"这些东西我们不要的，房子要重新装修，给孩子做婚房。"女人显得不耐烦，嫌妙莲啰唆。

或许，你珍视的东西，在他人眼里毫无价值。妙莲不再说话，看了一眼后窗。

窗外，微风起，两排麻雀站在电线杆上，悄无声息。

妙莲走到厨房，从橱柜里取出仅剩下的小半袋小米，交给了小慧提着，转身微笑着跟那两口子一一握手，互说一些祝福的客套话，然后呼的一声关上了房门。从此，这个承载了他 20 多年喜怒哀乐的房子，再也与他无关了。

妙莲眼睛红红的，难免有些伤感，人生何尝不是如此。人和物都一样，每个人都只能拥有一小段时间。

小慧哭了，她提着小米跟在妙莲身后，走上摆满了太阳能热水器的屋顶。

屋顶的女儿墙上站满了麻雀、斑鸠和鸽子，大约有 200 只，静悄悄的。心有灵犀，它们是来给妙莲送行的。

风吹在妙莲的身上和远处孤零零的杨树上，凉飕飕的。

妙莲站在太阳能热水器之间的一小块空地上，双手捧起一把小米，大声地对它们说："雀儿们，感恩这些年来你们的陪伴与给予！我给予的仅仅是一把小米，得到的却是内心的宁静和平和，让我在每一个痛苦不堪的绝望时刻，不再孤单。我也会永远记得，你们招之即来的陪伴。谢谢！开饭喽——"说完，妙莲把小米用力抛向了空中。

"咕咕，咕咕——"一只斑鸠叫了一声，仿佛是一颗信号弹。轰的一下，所有的鸟儿叽叽喳喳叫唤着飞起来，飞到妙莲的手上、头上、身上，扑腾着翅膀，鸟儿的翅膀碰在妙莲的脸上，感觉到痒痒的。

远处，不停地有鸟儿从四面八方飞过来。越来越多，越来越多，挤在妙莲的身旁。妙莲顿时变成了鸟人。

小慧不停地把小米撒在妙莲的四周，嘴里说着："鸟儿们，小慧也谢谢你们，此情此景，还有什么不能治愈了。"

"再见喽，就此告别。我们都要好好照顾好自己。"妙莲说完，把最后一把小米撒下天空，头也不回地走向楼梯。

他不敢再回头，怕在小慧面前流泪，很没面子。

那天晚上，林芝电视上报道了一则新闻，说是当天下午发生了一件怪事，有上千只鸟聚集在林芝花园的楼顶，热闹异常，不知何因。据林业部门的专家分析，可能是集中发情求偶。

晚上下了一整夜的雨，淅淅沥沥的。

高原就这样，山下一下雨，山上就下雪。一觉醒来，四周的山都变得白茫茫的，寒风在天空中呼啦啦地盘旋。

妙莲盯着不远处的跑道，一架一架的飞机有条不紊地降落、停靠。

20多年前，这里曾经是一片翠绿的千年桑树林，一共261棵，一到秋天，树顶上结满了红彤彤的桑葚。那时妙莲经常邀一帮朋友开车来这地方钓鱼，五六斤一条的肥肥的狗鱼，一钓就是一麻袋。由于林芝全境都是高山峡谷，实在找不到机场的选址，就把这261棵桑树全部移栽到了八一镇，还劈了小半座山，才勉强符合飞机的起降要求。即便这样，由于下午对面山谷刮来的侧风，影响航空安全，所以只有上午这几小时短暂的时间里能起降飞机。

现在，妙莲就要从这里离开这片养育他的热土，再次回来，他就是客人了。此时，他难免感慨万千。

"妙总，内地BB机总能用吧？我买了新电池安上了，电足足的。"黄师像鸭子一样在候机室焦急地踱来踱去，手里拎着个塑料袋，里面是他被儿媳妇从家中赶出来那天穿的衣服和裤子，是他出狱后，他儿子天孝给他买的唯一的一套衣服。突然，他想起什么，从腰间取出已经变得灰白的BB机，走到妙莲身边问。

"黄大爷，2005年全国就停止了BB机的服务，我家里还有好几个崭新的呢。丢又舍不得，放在那又烦躁，全送你。"站在妙莲旁边的李穷尼玛说。

"这个是我家天孝送我的，说好了他会呼我的。那万一我家天孝要找我怎么办？"黄师一点儿都不信他。

"黄师，你屁股里胀鼓鼓的，塞的是什么？"妙莲好奇地问。

"尿不湿啊，你们没穿吗？"黄师弯下腰，盯着妙莲和李穷尼玛的屁股看。

"黄大爷，你穿尿不湿干吗？疯了。"李穷尼玛惊道。

"他们说在飞机上撒尿，会像火车上的厕所一样，直接撒到地上来，撒到地面上人的脸上。我人老了，火气重，尿太骚。"黄师一本正经地说，"他们给我出主意，说是带个尿不湿就没事了。"

"黄大爷，还是脱掉吧，你真要是尿在身上，会骚翻全飞机的人。"李穷尼玛笑道。

黄师座位是在小慧和本之间。

帮大家放好行李的本原想与黄师换下座位，刚要开口，黄师一把紧紧地抓住他的手，紧张兮兮地问："小伙子，坐在这铁盒子里飞那么高，你真不害怕吗？"

"飞机是最安全的交通工具，怕啥？"本坐下来说。

"我第一次坐飞机，你们两个年轻人要照顾一下我这个老人家啊，我还没活够。"黄师又用皱巴巴的另一只手紧紧地抓住小慧。双手各抓一个年轻人，黄师舒服地靠在柔软的座椅上，长长地吁了一口气。头上锃亮锃亮地闪耀着光辉，像个灯泡。

小慧露出小虎牙和本相视一笑。不知是有意还是无意，两人都穿着红颜色的衣服，有点儿情侣装的味道。

"黄大爷，您老放心吧。我和小慧会照顾你的，先扣上安全带吧。"本侧身帮黄师扣上安全带，无奈地说。

"扣上安全带就一定安全了？"黄师看着本问。

"当然喽。"坐在前排的李穷尼玛忍不住扭头说，"前几年乌克兰空难那一次，没有安全意识，没系安全带的人全都从天上掉下来，脑袋、手脚和肠子摔得到处都是。"

"那系上安全带的人呢？"小慧伸过脑袋问，她也好奇。

"那些系上安全带的人啊。"李穷尼玛故弄玄虚地停顿了一下，然后大声地公布答案，"都牢牢地绑在座位上，像活的一样。"

大家大笑。

一个穿着藏装的空姐跑过来，嘟着小嘴，一本正经地警告李穷尼玛："同志，飞机上不能开类似玩笑，制造紧张气氛。"

李穷尼玛冲空姐吐了一下舌头，赶紧连声说："不好意思，对不起。"

漂亮的空姐也就没搭理他，翘着屁股开始逐一做安全检查："各位旅客，飞机马上起飞了，请系好安全带，调直座椅靠背，关闭手机或者调到飞行模式。"穿藏装比穿旗袍还显身材，特别是显得屁股翘，性感。

"BB 机也要关吗？万一我家天孝呼我呢？"黄师有点急了，从腰间取下 BB 机问。20 多年来，这 BB 机他从未关过。

空姐笑了说："老人家，BB 机没有要求一定关。"她雪白的牙齿上残留着一点口红。

飞机在峡谷间腾空而起。

窗外如无声的电影。脚下，是奔腾汹涌的雅鲁藏布江，浩浩荡荡。远处，是霞光下金光闪闪的南迦巴瓦和加拉白垒两座姐妹峰，神秘妖娆。

妙莲呆呆地望着窗外，默默地与他熟悉的风景告别。他知道，这是一场仪式感十足的飞行，从今往后，他变成了一个在公园里打着太极拳的退休老头。

他的人生，从此，另起一行！

正在此时，突然"嘀嘀嘀，嘀嘀嘀"BB 机的声音响起，在安静的机舱里，显得格外刺耳，全飞机的人都紧张地四处张望，找寻声音的来源。据抖音上的知识：起飞 3 分钟、降落 5 分钟，这个时间段是整个航行中最危险的。

"是我的！是我的 BB 机响了。是我家天孝在呼我！"黄师挥舞着手中的 BB 机，脸似猪肝一般紫红，他兴奋地大喊，想站起来，但被安全带绑在座位上，不知怎么解开安全扣。

"黄师，怎么回事？"妙莲扭头问。

"妙总，你看你看。肯定是天孝。"黄师有点结巴了，把 BB 机递给妙莲说。

确实。嘀嘀嘀，嘀嘀嘀。一行神秘的数字在液晶屏幕上滚动。毫无疑问，这个

20 多年从没响过的破玩意儿，居然真响了。

"怎么回事？难道撞鬼了。"妙莲骂了一句，他也一头雾水，尝试了一下把 BB 机关掉，但开关似乎坏了，只得递还给黄师。

"师傅刹一脚，刹一脚啊，我要下飞机，我要给天孝回电话。"黄师不知怎的解开了安全带，站起来带着哭腔喊道。

"黄大爷，危险，不能站起来呀。"本抱住他细细的腰说，小慧也拉住黄师的衣袖。

"我不管，我要下飞机，我要给天孝回电话。啊呜——师傅刹一脚啊。"黄师大哭起来，眼泪、鼻涕直流。

飞机上的空气顿时紧张起来，乘客们七嘴八舌。此时，广播响起："这位旅客，飞机正在爬升，请注意航空安全，系好安全带。不要喧哗，不要站立，不要走动。"

"黄师，不要闹了，下飞机就回电话。"妙莲也满心狐疑，难道真是应了"念念不忘，必有回响"这句话？

"啊呜呜——"黄师被本按下来，放声大哭，就像亘古荒原上的风。啪的一声，黄师狠狠地扇了自己耳光，声音清脆。

嘀嘀嘀，嘀嘀嘀，嘀嘀嘀。BB 机依旧在响不停，那一行神秘的数字依旧在滚动不止。

飞机刚进入平飞巡航，一位白净帅气的空仔就三步并做两步走过来，查询情况。

黄师用手背抹着眼泪，把依旧响个不停的 BB 机递给他，说他要下飞机。年轻的空仔虽然没用过 BB 机，但毕竟是经过专业训练的，他迅速地抄下了那行神秘的数字，然后熟练地把 BB 机的电池取下来，把纸条和 BB 机递给黄师说："老人家，请您今后遵守航空安全。飞机爬升和降落阶段切勿解开安全带和站立。"

黄师张大缺了牙的嘴巴点着头，不哭了，只是流泪。那模样，也分不清是高兴还是凄惨。小慧拿出一张纸巾，帮他把亮晶晶的清鼻涕擦了。

整个航程中，黄师不吃不喝，狂躁地在狭窄的过道上走来走去。妙莲真担心他一激动又打出一套八卦掌。

幸好，他只是狂走。

飞机刚一着地，妙莲也忍不住打开手机，按照纸条上的号码拨了过去，居然立即就通了："喂，BB 机是您呼的吗？请问您是？"

"是我是我，我叫黄天孝。请问您是？"对方说，浓重的河北口音。

"天孝。"妙莲刚想问 BB 机的谜团。黄师激动地从后面一把抢过手机，兴奋地说："天孝天孝，我是你爹啊！"

电话的声音超大，飞机上站在过道上的人都听到了前因后果，妙莲也听得清清楚楚。原来这几年天孝他家婆媳之间闹得家里天翻地覆，他彪悍异常的儿媳妇自恃生了"好"字龙凤胎，劳苦功高，根本没把婆婆放在眼里。三天两头羞辱婆婆，说是把公公赶出家门的人，不值得她尊重与孝顺。强势惯了的婆婆自然也不是省油的灯，吵不过就摔盆子摔碗。一哭二闹三上吊，名堂搞尽。

家里成了硝烟纷飞的战场。

夹在夹缝中的父子俩无奈，商量无论如何把黄师找回来，养老送终。但快 30 年了，音讯皆无，中国之大，到哪儿找啊？唯一的线索就是这台 BB 机。于是走投无路的父子俩轮流给联通客服打电话，请求破例传呼一次。对方回复说，实在抱歉，本公司早已停止寻呼业务。

婆媳间每吵一次架，焦头烂额的父子俩就给联通打一次电话，婆媳间三天两头吵，他们就三天两头打，终成了一件事。不知是谁捅到了公司高层，领导关心群众疾苦，一道批示下来，转技术部办理。一试，居然真就通了。

"我们这是在哪儿？"黄师捂着手机问小慧。

"在重庆机场转机。"小慧说，眼睛却看着本。本也在看她。热恋中电光闪闪的眼神，一眼就看得出来。

"天孝，你爹现在在重庆机场，我就过来。等我回来抱曾孙啊！"黄师的声音大得出奇，排着队往前走的人忍不住停下来看着他。

归心似箭，近 30 年的漂泊，谁都能理解。

6 人站在行李转盘边商量了片刻。

李穷尼玛说他没去过河北，正好送他，谁叫是他大爷呢，于是他在手机携程上买了两张去石家庄的机票，钱他出了；妙莲掏出 6000 块钱，帮黄师凑够 1 万整数，说是四世同堂的人，肯定需要用钱，并给他买了一身衣服，小慧帮搭配的，红 T 恤、黄外套、蓝裤子、棕色皮鞋，穿上去怪怪的，像马戏团耍猴戏的一样。但也没法，机场的商店都是年轻人穿的衣服。

黎哲教授在隔壁商店给他买了一个旅行箱。小慧把蛇皮袋里面的衣服叠整齐，放进箱里，空落落的，就买了一个变形金刚、一个洋娃娃，才把箱子塞满。

黄师嘴巴都笑烂了，要不是耳朵挡着，肯定嘴巴都咧到后脑勺了。他一口一个谢，说只有来世再还，毫不客气地照单全收。

"如果住不习惯，也可以来广东找我，我说过的话还是算数的。"妙莲不放心地交代说，毕竟曾被赶出来过。

"不会去的。金窝窝、银窝窝，不如自己的狗窝窝。"黄师过河拆桥，一点儿都不给自己留后路，也不给妙莲面子。看来，这次谁都甭想赶走他。

在麦当劳餐厅，大家用可乐碰了碰，算是送别。

黄师说奥尔良鸡翅是人间美味，他又加了20对打包，说是给曾孙们的礼物。然后他急匆匆地与大家握手，把皮箱背在背上，跟着李穷尼玛后面去了一号航站楼。

就此别过。远处的飞机有条不紊地起降，身旁行人匆匆擦肩而过。

"太阳之下，没什么会糟糕到让你无法承受，什么苦难都会过去的。"看着黄师瘦小佝偻的背影，妙莲感慨道。若不是蔡布生的胡作非为，黄师的人生肯定是另一番模样。

"叔叔，您那天说的是对的，人若往前，苦才后退。"小慧牵着本的手幸福地说。

"是啊。只要跑起来，准会有风。"妙莲拍了拍小慧的肩膀说。

长沙黄花机场，妙莲一行人取好行李，走到出口。

小慧手拿着那块封印着两只蚂蚁的蜜蜡走在最前面。本紧跟其后，背上背着的淡黄色旅行包渐渐变得湿漉漉的，都是泪！

"姐，小倩为你骄傲！小倩爱你！"肖丽身旁，一位手捧鲜花的女孩子兴奋地大喊。

她俩的身后是20多个学生模样的年轻男女高举着"欢迎独闯丙察察的勇士——文小慧回家"的横幅，也跟着大喊："小慧姐，我们为你骄傲，我们都爱小慧姐。"声音不是很齐，但是很大，气势足足的。

喊完，这群人又开始摇头晃脑地高唱《卓玛》，唱得不好，就是声音更大，氛围十足，比吵吵闹闹的广播还吵还闹，引来不少的目光和拍照。

妙莲也没想到会有这招，有创意！

"是我妹小倩。"小慧一边兴奋地对本说,一边跑过去接过鲜花,姐妹两人抱在一起,嘻嘻哈哈,腻歪得像久别重逢的情人。

小倩说,他们大学的同学们听说了姐姐一个人独走丙察察的事迹,无不佩服,羡慕她有一个这么杠杠的姐姐,大家专程从学校骑了30多公里,过来会一会英雄。

"小倩真牛!点赞。"妙莲比画着大拇指对小倩说。他以前从没见过小倩,瓜子脸,大眼睛,白白净净,穿着阳光得体,气质优雅,一看就是富养出来的小美女。

"是我姐姐牛,被我这学生会主席一宣传啊,全学校的人都崇拜她,粉丝超多,在学校里掀起了不小的西藏热。大家都在看妙莲叔叔写的《藏地罗生门》。"小倩接过小慧的行李,侧身小声说,"那个就是蓝眼睛的笨蛋啊,不错。姐姐有眼光,妹妹这里算通过了。"

小慧点了点头,不好意思地笑了,露出了小虎牙。小倩侧脸看着本笑,也露出了小虎牙。姐妹俩一模一样。

妙莲想不起肖丽是否有小虎牙,但肖丽笑不露齿,非常礼貌地和大家握手。"应该有吧?"妙莲突然特别好奇此事。

一直默不作声的小伙子接过妙莲的行李,肖丽说他是小慧的弟弟曾易,在北京大学读研,也是专程从北京赶来欢迎姐姐的。

一眼就能看出,一身淡蓝旗袍、珠光宝气的肖丽是精心收拾过的,她笑眯眯地接过黎哲教授的行李。大家在那群学生的簇拥下,一起往外走。

走出候机楼,小倩组织的欢迎阵势更是夸张,一二百个同学跨在自行车上,挥舞着各色三角小旗在夹道欢迎,像欢迎超级红的小鲜肉一样。他们也同样有节奏地高喊着:"小慧姐,我们为你骄傲,我们都爱你。"

小倩得意地对小慧说:"这些都是姐姐的铁粉,一共来了220人呢。还有好几百个粉丝我没让来,怕太多人了堵塞交通,路上也不安全。"

小慧脸色涨得通红,像明星一样向同学们挥挥手,不时地接过递来的玫瑰,眼睛不时瞄一下身旁的本,目光噼里啪啦的。

欢迎队伍一直排到一辆十二座高档商务车前。小倩朝大家挥挥手说:"姐,我还要带同学们回去,天黑前要赶回学校,明天要上课呢。周末回云何看你们。妈、叔叔、阿姨拜拜。"

小倩的身后,挤满了推着自行车、高歌着"寻梦人生"的同学们。整个欢迎仪式在嘈杂的机场里都能组织得有条不紊，高潮不断。妙莲觉得小慧这个妹妹，今后肯定是能钻天入地的角色。

"黎哲教授、妙莲，你俩真的记得云何曾有过姚振宇这个人？"车子一开动，坐在妙莲旁边的肖丽就说。她香袭人，胸高耸。

妙莲侧看并排坐的黎哲教授，面面相觑。难道这也有问题？

"我问了几位老人，没人记得有姚振宇这个人，也到县志办找了王志主任，他是云何通，对云何历史和典故一清二楚，他也不记得云何曾有过这样一个人。"肖丽看了一眼妙莲继续说，"公安局我找朋友查了，那年夏天在云河里自杀的有两人，但都是女的。云何全县的户籍上有三个叫姚振宇的，他们都还活着，年龄和经历也不符。"

无语。

"您问的是清华回来变疯的姚癫子？"黎哲教授身体稍微前倾，看着肖丽说。

"妙莲跟我说了呀，我就是问的姚癫子。"肖丽非常肯定地说，"云何肯定没这个人。"

"账房算八字的神算张瞎子，朱仙亭送猪投胎的冷九爷，骂死个人的黎婆子，正街卖老鼠药的周必在，耍猴把戏的王子风，这些和姚癫子一样是云何人闲扯时最喜欢聊的知名人物。你们都不记得？"妙莲急了，一连串问起小时候的名人们。

"这些人谁不记得啊？冷九爷和黎婆子一天死的。"肖丽瞪大眼睛看着妙莲。

"那旱鸭子的老爸。我们学校的张校长呢？当时尸体浮起来的时候，他肯定在现场凑热闹。"妙莲突然想起。

"张校长死了呀，前年死的，我们班还一起送了花圈，你也凑了份子的。忘了？"肖丽说。

"上官秋雯呢？我们云何的大美女，她当时也在现场。"妙莲仿佛抓住了一根救命稻草。当时她像一坨屎一样站在河边，边上围满了嗡嗡嗡的苍蝇，一问便知。

"上官秋雯啊，我们挺熟的，她早些年就退休了，每晚一准去跳广场舞，吃完晚饭去豆豉广场找她吧。"肖丽说。

妙莲终于松了一口气，就像破案的一样，找到了个活口。

车窗外，蓝天白云，青山绿水，仿佛仍在西藏一样。只是田地里，人们忙着秋收，西藏的地里都种上冬小麦了。

这是收获的季节。

小慧和本坐在妙莲的后排，叽叽喳喳，笑不停，似乎尽是开心事。

"喂，肖同学，张开嘴看一下，瞅瞅你漂亮的小虎牙。"妙莲一脸坏笑地说，仿佛回到了和肖丽同桌的时候。据抖音上的知识：判断你是否变成了油腻中年人，就看你是否能脸不红心不跳地去调戏少年时的女同学。

肖丽的脸唰就红了，抿着嘴笑，说她7岁小学一年级就自己去小诊所把小虎牙拔了，没打麻药，疼得刻骨铭心，所以两个女儿都没拔。

"肖同学啊，可惜喽。"妙连继续坏笑着说，"当年我们男同学给你的综合评分是9.5分，排第二。如果有小虎牙的话，说不定能打9.8分，排第一呢。"

"文万成说班上男生暗地里给女生打分，我排第一。"肖丽不服气地说。

"茅室板板啊，他说你肖丽是仙女下凡，比邓丽君还漂亮呢。"妙莲说话的声音有点大。全车人都笑了起来，连同肖丽不爱吭声文静得像女孩的儿子。

一桌子好菜，红彤彤的。湘菜的特点就是香辣，不辣得眼泪鼻涕一起流，那不叫湘菜。但妙莲没啥胃口，匆匆地刨了几口饭，就催着大家一起去豆豉广场。

广场与酒店相隔不远，一行人散着步十来分钟就到。

广场上，亮如白昼，人头攒动，挤满了跳舞、健身和闲逛的人。七八个音响放出刺激嘈杂的音乐声，一个比一个声音大。每个音响前都或多或少有些排得整整齐齐跳舞的人，其中最热闹气势最猛的是一大群打腰鼓跳西北风的，至少有200人。肖丽指着那个C位领舞的人说："那就是，她们连跳三曲休息5分钟，你们在这等会儿，这里安静点，好说话。我过去叫她过来。"妙莲顺着肖丽的手望去，见她舞姿奔放，蹦得老高。

大家点头，脸上被灯光打成了橘红色。

妙莲跟本介绍说："豆豉广场原本是你们孔家晒豆豉和埋发酵缸的大坝子，云何半个城的人都在这儿打工，也带旺了云何这座城。出品的子曰豆豉行销全国，热卖了500多年。就凭着这一颗颗小豆豉，你们家不但成为湖南的首富，而且还资助教育，捐修了孔庙，时至今日，不少老云何人还念你们孔家的情。当年，政府将其改建成广场，取名为前进广场，但老云何人还是习惯性地叫豆豉广场。渐渐地，人们把那高大上的名字给忘了。"

"叔叔，沧海桑田，云何的变化翻天覆地。你怎么知道这里曾经是我家的晒场？"本兴奋地问。小慧紧紧贴着他，手挽手。

"当然知道喽，叔叔还知道我们站的此地正是当年晒场的中轴线，是一条麻石铺成的小路。左边半埋着 300 个发酵的大缸，右边是 200 张从日本进口的晒席。那时的云何，全城都是这晒席上豆豉的味道。"妙莲故意卖了个关子。

"快，叔叔快告诉我们为什么。"两个年轻人急了。

"古人选址讲究风水。你看天马山的马鞍子，晒场中轴线正好对着马鞍的中间，宝马运财，风水宝地。"妙莲指着远处月光下若隐若现的天马山，无限感慨，"我小时候啊，这里改成了国营的豆豉厂，我们经常偷豆豉当零食吃。但因为孔家带走了豆豉的秘方，生产的豆豉味道不纯正，赶不过后来居上的广东阳江豆豉，再加上经营不善，生意越来越走下坡路，最终宣告破产。"

"叔叔，孔家的子曰豆豉秘方在我这儿。我孔垂本是云何孔家唯一的传承人。"本接着对黎哲教授说，"妈，我想暂时休学，留在云何发展豆豉产业。我要向我的祖先们一样，让全国人都能品尝到子曰豆豉。"本的语气小心翼翼的，怕她生气。

"本，这是你的人生，你自己定吧。"看来黎哲教授改变了原先的主意，望着小慧说，"主要要看小慧小姐的意见。"

"我听本的。"小慧低着头，声音里满是幸福。

月如盆，风习习。

或许一个畅销了 500 多年的豆豉品牌，即将浴火重生。妙莲寻思。

说话间，肖丽领着香汗淋淋的上官秋雯过来，一一介绍。

上官秋雯像小姑娘一样梳条大辫子，穿着白色的七分裤，红 T 恤，屁股依旧翘翘的。她用手当扇子扇着风说："你们好。今年天气好烦，秋天了还这么热。热死了。"声音超甜，发嗲，不愧是当年的播音员。

怎么算上官秋雯也至少应该 60 出头了，但依旧风姿妖娆，像一朵开不败的玫瑰一样。她这辈子真没白活，整整迷晕了一代云何男人。

"您好，冒昧地问一句，请问上官女士还记得姚振宇吗？"黎哲教授急切地问。

上官秋雯偏头沉思了一会儿，然后微笑着摇摇头。

"姚癫子，都说他是云何的仙人啊。"黎哲教授真急了，声音有点大。

上官秋雯继续摇头，似乎一脸的茫然。

"那年姚振宇在云河自沉，第二天尸体浮出来时，你在河边嗑着瓜子看热闹，我也在。"妙莲也有点急了，眼见为实，真真切切见到的事，难道成了虚幻的梦？

"我还没七老八十呢，记忆肯定没问题。"上官秋雯好像生气了，朝肖丽摆了摆手说，"抱歉，我去领舞了，大家都在等我，我们还要跳一节才结束。"说完转身走了，步履轻盈。

小慧走过来，拉拉妙莲的袖子悄悄问："就是这个老妖精，给我爸爸取了那么恶心的名字？"

妙莲呆望着远去的翘屁股，点点头。他和黎哲教授一样，一脸茫然一脸蒙。

难道云何人对姚振宇整体失忆了？那个让他内疚了一辈子的事件就从未发生？难道姚振宇像风一样，过而无痕？一连串的问号。

"我们明天去姚家村吧。我记得当时姚家村的人抬了一副棺材，说是要把姚振宇葬在他父母的边上。我们去找姚振宇的坟墓。"妙莲好像发现了一个救命的稻草。

"可以，我来安排，我们酒店的厨师长就是姚家村的人。我跟他说一下。"肖丽好像也迷糊了。照说，她也应该知道姚振宇的故事的，但……

那一夜，沾枕头就酣睡的妙莲居然失眠了。整夜，满脑子尽是那飘逸的结成一束一束的长发和那句奇怪的话。

要是在西藏，一失眠妙莲就开心惨了，赶紧穿衣去夜市烤几只猪蹄再加 50 串羊肉，吃得满嘴是油，饱嗝连连。然后打开电脑去弈城网上找韩国人下围棋，只找韩国人下，因为韩国棋手一般都喜欢杀大龙，对胃口。日本人下棋不行，软绵绵的，胜了也浑身不爽。赢了就截图发个朋友圈嘚瑟，输了就不吭气。长此下来，他居然想失眠也难。

但今天不一样，妙莲心事重重。他索性爬起来，站在阳台上吹着河风，不远处，那座差点结束他生命的云何大桥，桥面昏暗，桥底下却被工程灯照得灯火辉煌，戴着黄色安全帽的工人在桥墩旁忙碌，不时传来空压机刺耳的打钻声。

妙莲猛然反应过来，现在酒店占地正是当年赤身裸体、一蹦一跳跑过满是大粪的南瓜地，当时情景历历在目，他想起了外公讲的那件恐怖的事——

当年，云何氮肥厂是长江以南最大的肥料生产企业，为了解决运输问题，政府修建了醴陵到云何一条窄轨的专用货运火车，来时满载煤炭，去时满载氮肥。但拉来的煤炭太多，氮肥厂一家用不完，多余的就要送到云何城里作为生活燃料。那年月，交通不便，自行车都是奢侈品。于是，县里成立了一家集体企业"箩房"，组织年轻壮劳力挑着箩筐把煤炭送往千家万户，有点像前些年重庆的棒棒。原本外公在船上撑船，沿云河漂泊烦了，就去箩房上班。

外公年轻时好勇斗狠，参与码头上的械斗被人一棍子把眼珠子打出来，又一脚踩得稀巴烂，弄得左眼窝上的眼皮深深地陷进去，妙莲从来不敢仔细去看。但他身强力壮，肩挑 400 斤健步如飞，挣钱不少。但他也有两件烦心事：一是晚饭时才是用煤的高峰，生意最好时段，所以晚上八九点钟才能回家。二是装卸煤弄得浑身脏兮兮，家里又没有洗澡处，只能到河边去洗。

那晚 10 点来钟吧，在那没有电视，天黑就上床的年代，已经算很晚了。外公照例把煤炭挨家挨户送完，然后到河边云何大桥下洗澡，这里桥上略微有点灯光。

那时是秋天，水冰凉，四周静悄悄，月亮如女人的屁股一样，又大又亮。

外公正往头上打肥皂，突然一个人静悄悄地从河中间像是蛙泳着过来，嘴里不停吞吐着水，发出噗噗的声音。

"这么晚还下河游泳啊？"站在齐腰深的水里，满头泡泡的外公问。因为现在下河洗澡的，肯定是箩房的同事。

"我在找东西，好久都找不见。"他说，声音洪亮。

"找啥？要不要我帮忙？"外公没多想，热心地问。

"麻烦你啦，你帮我在第三个桥墩下找找。我的身体在那儿丢的，不知冲到哪儿了。"说完，掉转往河中间游去。

借着皎洁的月光和桥上的灯光，外公定睛一瞧，发现光是一个脑袋在水面游，脖子后面啥都没有。外公这才想起，去年也是这个季节，一个年轻小伙因为跟老婆吵架，赌气从桥上跳下去。可能是因为入水的角度问题，摔到如水泥地一样的水面上时，把脑袋摔脱了。家人沿着河去找，在云河与湘江的交汇处的回水湾里，找到了没有头的一具尸体，肚子上的胎记证明就是跳河者，但脑袋始终没找到。

想到这些，站在河水中的外公觉得头皮发麻，恐怖至极，吓得拔腿就往家跑。他回去大病了一场，说了半个多月的胡话。

一阵河风吹来了，妙莲觉得背心凉凉的，一摸，冷汗满背。他赶紧回到房间，钻进被窝，不敢关灯。

天蒙蒙亮，黎哲教授就来敲妙莲的门。说她也失眠，越睡越清醒，后来和刚去德国时一样，躲在衣柜里才勉强眯了一会儿。

她问妙莲休息得好不好，妙莲摇摇头，问："教授，你信鬼神吗？"

"我相信科学，我相信眼见为实。妙莲，你呢？"

"我是辩证唯物主义者，相信物质不灭。"

"是啊，但那个让我愧疚了一辈子的男人，却像风一样消失了，无影无痕。"说这话的时候，黎哲教授的鼻子尖有点红。

妙莲往河边望去，云何大桥的第三个桥墩下，仍有好些戴着黄色安全帽的工人在架子上忙碌，看来在24小时不停地抢工期。

"别想了。我们吃早餐去吧，喝两杯咖啡，到了姚家村一切谜团都解开了。"妙莲感同身受，套上外套说，脑袋里尽是那个孤零零游动着的脑袋。

这家酒店是肖丽家控股的，五星级，早餐专门为他们预留了风景最好的位置，抬头就是静静流淌的云河，风景尽收眼底。服务员态度也超好。

刚坐下来，妙莲就接到了李穷尼玛的电话："昨晚做了一宿的梦，梦到我的太爷爷，他像黄大爷抱着曾孙子一样抱着我，长胡子把我弄得痒痒的。我原想今天去承德避暑山庄转转，想来这次就不去了，现在我来云何，回家看黎家祠堂要紧。"

"黄师呢？"妙莲问。

"全家六口人全来机场接他，请我吃了一顿饭。黄师啥都不吃，乐呵呵地一手一个，抱着那对龙凤双胞胎亲个不停，把俩小娃都弄哭了。"李穷尼玛接着说，"黄师跟家里人说了你关照他的事，天孝一再让我捎话，说真诚地感谢你，也再三劝我去家里玩几天，我不想打扰他们。"

"哦。"妙莲说。那个瘦小的打八卦掌的身影仿佛就在眼前。

"我们云何天气怎么样？这里天气雾蒙蒙的，空中好像有妖怪一样。"李穷尼玛说。

"云何艳阳高照，一会儿我和黎哲教授要出去，让小慧和本来接你。你上飞机给小慧打电话。"咖啡端上来了，香气扑鼻。妙莲习惯性地直接端起就喝，"哇！好烫！"赶紧吐到盘子里，把红红的舌头伸得长长的。在西藏气压低，滚烫的开水也只有七八十摄氏度，直接就喝，搞习惯了。

看到妙莲的滑稽样，黎哲教授想笑又怕失礼，拿起餐巾不失优雅地擦了擦嘴。

肖丽一身休闲运动装走进来，没有像昨天一样珠光宝气，但画了精致的妆。

入门休问荣枯事，观看颜容便得知。看来肖丽懂这个道理。看两人憔悴的样子，也没问妙莲他们睡得怎样，而是直接说都安排好了，等俩小孩来了就走。

妙莲说准备让他俩去机场接一个朋友。

"你定吧。"肖丽转头非常优雅地对服务员说，"给我煮碗米粉，别放香菜。"

"你吃香菜还过敏吗？"同桌时，肖丽告诉了妙莲她从不告人的这个秘密。

"肖丽还是那个肖丽。"肖丽笑着回答，露出了八颗牙。漂亮的小虎牙果然拔了，差评！

小慧一听到说她和本单独去机场接人，兴奋得早餐也不吃，往嘴里塞了一个烧麦说："妈，借下你的车。"

"还早呢，你尼玛叔叔还没登机呢。"说完，妙莲也觉得自己情商不高。

"我要带笨蛋在云何城里转转，兜兜风。"小慧任性地说。

"本还没吃早餐呢，吃饱了再走。"肖丽说。

小慧往本的嘴里也塞了一个烧麦，说他也吃过了，一会儿还要带他去尝一尝肖婆婆的甜酒。说完，她拉着本就往外走。

这时，她看到黎哲教授端着盘子过来，脸上顿时红霞飞满，赶紧打招呼："阿姨早，我们去接尼玛叔叔。"说完，牵着本慌不择路，撞到穿着蓝色工装端着一堆盘子的服务员身上，乒乒乓乓，盘子碎一地。

肖丽和黎哲教授相视而笑。

妙莲长松一口气，任务完成，他对得起天国的板板兄弟。

落地窗的窗外，云河水静静地流淌。蓝天白云之下，两只老鹰在天空盘旋，它们应该是一对夫妻吧？

姚家村距县城也就20多分钟的车程，谈笑间就到。

村长带领一群老头站在村公房前一字排开，相互握手，逐一介绍后，一起走进会议室。

会议室一个身体微胖，穿西装打领带，梳着中分头的中年人在等着。村长介绍说："这是镇里的刘副镇长。"

"非常欢迎，非常欢迎来镇头镇考察指导。"刘副镇长是眯眯眼，一笑，眼睛就眯成一条缝。他腰杆挺得笔直地与大家亲切握手，说镇上听说德国的教授来姚家村调研，高度重视，专门派他参加座谈会。

座谈会自然是由刘副镇长主持。他抬了抬双手，说请大家先吃点金橘吧，这些年姚家村发展特色产业，在荒山荒坡种植了 3000 多亩，是全村的致富树希望树。

每个茶几上都摆了一大盘金橘，个大，金黄，确实让人垂涎欲滴。妙莲吃了一颗，好甜且水分又足，忍不住连吃了几颗。他也知道，这类座谈会摆的水果，也就是做做样子，尝尝就好，吃多了失态。但退休的人，就不管这些了。

"黎教授，这样吧，姚家村是我挂点的点，情况比较熟，我先简单地把村里的基本情况介绍一下。"接着，刘副镇长口若悬河，不带停顿不带标点地开讲，从镇头镇的五年规划讲起，滔滔不绝。

黎哲教授从挎包里拿着小本，不失礼貌地边记边点头。妙莲吃金橘，肖丽打瞌睡。

"姚家村情况就这么多，看黎教授有什么别的情况需要了解的。姚家村 60 岁以上的老人都请来了，有些事他们比我清楚。"刘副镇长足足讲了两小时，才停下来，喝了一口水，交出发言权。

"镇长讲得非常好，也很全面，我想了解的都讲到了。只是有一个小问题，请问姚家村出过什么名人吗？"黎哲教授合上笔记本问。路上大家商量好了，此事蹊跷，大家别像问上官美女一样，直来直去，而是旁敲侧击地从侧面了解姚振宇，找寻线索。

"据族谱记载，道光年间出过一个县令。现在县里农机站的站长也是我们村里人。"坐在村长边上的山羊胡老头儿说，姚家族谱就在他家保存的。

"没有别的光宗耀祖的人了吗？"黎哲教授失望地问。

"我堂弟姚树清是我们县里的高考状元，被清华录取，后来留在北京，说是参加一个科学试验牺牲了。"山羊胡老头儿继续说，"他是我堂弟，关系也好。去清华上大学时，是我推着鸡公车送他去的长沙火车站，走了一整天。"

"对了，对了，肯定是他。"黎哲教授按捺不住兴奋，"姚树清结过婚吗？"

"他老婆叫米招娣，是我同学，邻村的，是家里订的娃娃亲。姚树清就回来过一次，是办婚礼。杀了两头肥猪，办了整整100桌酒席。"村长接过话来，好歹是一村之长，一直不说话，他觉得自己很没面子。

"结婚后，两口子都去了北京？"黎哲教授不露声色地问。

"没有，说是秘密单位不让家属去。姚树清父母都不在了，只有一个小脚的奶奶。米招娣和奶奶住一起。"山羊胡老头儿又把话抢过去，"当年我爹是村长，姚树清的追悼会是我爹陪着米招娣去的北京。"

"去北京时，米招娣怀孕了。"一切都和传说的一模一样，妙莲好奇地问。

"是啊，你怎么知道？"村长和山羊胡老头儿异口同声，声音有点大。会场的所有老头儿也都一脸惊愕。

"他俩的小孩叫姚振宇吧？"妙莲有点自作聪明。

"哪个姚振宇？没听说过。你们听说过吗？"村长环顾四周问。

众人摇头。

"米招娣生的小孩呢？"妙莲顿时觉得头皮发麻，后背都湿透了，像昨晚一样。

"米招娣因为伤心过度，难产而死的，小孩死在肚子中。"山羊胡老头儿伤感地介绍当时的情景。当时米招娣因为身体羸弱，生了一天一夜，小孩都没出来。当村长的他爹发现不对劲儿，组织村里的青壮年卸了一块门板，抬着就往60里地外的县上医院送，在场的人应该都参加了那场接力长跑。可惜呀，一路滴血，到了医院血流干了，身上一滴血都没有啦。

想起往事，在场的老人都七嘴八舌说起来，会场人声嘈杂。

最终结论显而易见：那个让黎哲教授、妙莲内疚了一辈子的姚振宇，不是凭空消失了，而是从未出生，不曾来到人间。

虽然有心理准备，但这最终的结局黎哲教授显然受不了。

"谢谢大家，给你们添麻烦了。"黎哲教授精神恍惚地站起来，摇摇晃晃走出会议室，肖丽赶紧扶她走下台阶。

黎哲教授坐在车上喃喃自语地说："难道圆周率真的是打开四维空间的钥匙？难道四维空间的人能轻易地取走我们的记忆？难道……"

"振宇啊，如果能够选择，你是否愿意来趟人间？"黎哲教授望着村公房继续自言自语。或许，她就不该来云何，让那段美好永留心中。

刘副镇长撒泡尿回来，发现会议结束了。赶紧把早已准备好的三袋金橘塞到车上，挥手告别。

李穷尼玛把人家讲解员整哭了。

小姑娘站在天井的"不甘之心"旁边哭哭啼啼地打电话，向领导告状说来了个穿奇装异服的怪人在故意找碴儿，无理取闹。

原来，小慧和本把李穷尼玛从机场接回酒店，住在妙莲的隔壁。放下行李小慧就问："尼玛叔叔，去吃点东西不？"

李穷尼玛说飞机上他吃了两份航空食品，还饱。

"那叔叔休息吧，我们去考察豆豉去。"不等回话，两人像连体人一样黏着，嘻嘻哈哈走了。

等到两人的笑声消失在电梯里，李穷尼玛连忙打开行李箱，换上白色土布带铜纽扣的衬衣，穿上灰色藏装，套上黑色长靴，戴上墨镜和褐色礼帽，酷酷地在穿衣镜前仔细检查无误后，走出酒店，对出租车驾驶员兴奋地说："去黎家巷的黎家祠堂，我要去祭拜我先祖的心脏。"

"好嘞。起步价是10元啊。"的哥没听懂，但看到李穷尼玛一身奇怪的打扮，难免不放心多说两句，因为转弯就到了，走路也就几分钟，怕扯皮。

黎家巷只剩巷名还在，其他的都不在了。原先巷子里的九座青砖大院都拆掉了，建成了高楼大厦，路两边也种上了高档值钱的玉兰树。

黎家祠堂因为传说天井里埋着远古战神蚩尤依旧在跳动的不甘之心，没拆。旧城改造时，把黎家祠堂里住的人一并迁了出来，将其改造为蚩尤文化博物馆。正殿是盘古、女娲、黄帝、炎帝、蚩尤等神仙们的蜡像，比真人略微大点。左偏殿是蚩尤文化展览厅，也是以蜡像展示为主，真人大小。右偏殿是云何黎氏家族事迹展览厅，以黎先飞的照片和大刀红缨枪等实物展示为主，最主要的展品是云何黎氏家族族谱，整整齐齐地摆放在长长的玻璃展柜里。

李穷尼玛脱掉礼帽，放在胸前，望着"黎氏祠堂"的牌匾，按捺不住心里的激动自言自语："终于回家了！"

感叹良久，他才小心地跨过高高的麻石门槛，来到天井。

正方形的天井中间，是用铁栏杆围着的一块心形青灰色的石头，石头上长出一朵朵白菊花，几片发黄的桂花树叶落在上面。左边是大腿粗的桂花树，右边也是。风水上这是"双桂当庭"的布局，巨大的两个树冠把整个天井都遮蔽了，阳光透过树荫照下来，一个个圆形亮斑在地上晃动。

李穷尼玛盘坐在铁栏杆旁，手深情地抚摸着那块绽放着美丽菊花的青灰色石头。他听到了——咚，咚，咚——咚，咚，咚——这是祖先如战鼓一般的心跳。他终于来到了太爷爷魂牵梦绕之地！

这时，一个戴耳麦的穿蓝毛衣的小姑娘从房子里走出来，盯着李穷尼玛瞅了好一会儿，她从没见过这样奇怪的打扮。愣了会儿她才说："同志，请问你在干吗？"

"我在听我祖先不息的心跳声。"李穷尼玛盯着石头上的菊花说。

"你吹牛！只有真正的云何黎家人的后代，才能听到这块石头下的心跳。但王志主任说云何黎家人自古就好勇斗狠，所以他们在 20 世纪初就死完了，一个不剩。"小姑娘毫不客气地说。这种人她见多了，心想又来一个骗子或者傻子。于是，她换上了一副职业的笑脸说，"欢迎参观。参观免费，讲解 50 元。"

"是你讲解？"李穷尼玛站起来问。

"是啊，今天我当值。"小姑娘说。这个县级博物馆太小，参观的人也少，所以只聘了两个公益性岗位的小姑娘，一个人值一天班，一个月 600 元的底薪，再从讲解费提成一半，由县文化局代管。

李穷尼玛递给小姑娘 50 元钱，双手合十说："拜托，讲细一点。"

小姑娘接过钱，递给李穷尼玛一张票。这是今天第一单，也没其他事，就尽可能细地讲，再来到菊花石前，讲完蚩尤之心的传说后，也就结束了。大约用了 20 分钟。

李穷尼玛呆呆地看了菊花石一会儿问："这不甘之心是当年的实物吗？"

"当然了，谁敢动这块石头啊？这是我们云何的圣物呢。"小姑娘自豪地说。

李穷尼玛又递给小姑娘 50 块钱，双手合十说："拜托，麻烦再讲一遍。好些关键的细节我都没记住。"

小姑娘愣住了，接过钱给他票后，带着李穷尼玛像背书一样重新把解说词又背了一遍，李穷尼玛听得津津有味。

再到不甘之心前，李穷尼玛再掏 50 块钱，双手再合十说："拜托，我还想听。"

小姑娘强忍怒火，拉着小脸蛋又讲了一遍。

李穷尼玛还要掏钱。小姑娘不干了，这不是明摆着耍人吗？她立马翻脸，气冲冲地说："同志，有钱了不起啊。到底想干吗？"

"我真是云何黎家的后人，我从西藏林芝专程来，就想听听祖先们的故事。"李穷尼玛把胸前的帽子戴上。

"搞么子咚，你是云何黎家的人？你是找碴儿的人吧？"小姑娘的脸涨得通红，云何土话都气出来了。

"姑娘，你刚才解说就是错的，你说云何黎家断了香火。怎么可能呢？我就是黎家黎奉初的曾孙，我还有三个儿子呢。"李穷尼玛也急了，有点儿结巴。

"解说词怎么可能错？是县志办的王志主任亲自写的。"小姑娘眼泪汪汪地说，博学多识的王志主任是她的远房亲戚，也是她超级崇拜的偶像。

"我可是活生生的黎家子孙，你偏说我们黎家断了香火。你是牦牛一样的死脑筋。"李穷尼玛有点气了，边说边往右走，他想在家谱前再待一会儿。

小姑娘终于哭了，打电话给领导哭诉此事。

妙莲、肖丽、黎哲教授三人来到黎家祠堂时，分管文化的仇副县长、文化局郝局长和戴黑框眼镜的王志主任也刚下车。

肖丽跟他们三人都很熟，逐一给他们介绍，气氛轻松起来。

六人坐在狭窄的值班室的床上。仇副县长说："听说一位少数民族同志来云何认祖寻根，这是民族大团结的典型事例。书记县长高度重视，派我们三人来了解情况。"

李穷尼玛像遇到亲人一样，打开了话匣子，滔滔不绝地讲述太爷爷和太奶奶的爱情故事。

王志主任默不作声走出门，把玻璃柜的云何黎氏族谱最后一本拿过来，非常专业地戴上白手套，小心翼翼地翻开查找。上面果然用毛笔写着：黎孝德育奉初、奉仲、奉季三子。长子奉初，赴藏戍边未归。

王志主任朝仇副县长点点头，算是权威确认了。

仇副县长站起来说："此事关系重大，不是我这个分管文化的副县长能做主的。我回去请示后，尽快向各位回复。"转身又对肖丽说，"肖老板啊，要把远方来的朋友照顾好啊。我们云何的黑山羊肉质细腻，用宽粉皮炖，人间绝味。"

肖丽点头说好，晚餐就安排上黑山羊。

李穷尼玛无奈地站起来，正说到高兴处，听众却要走，确实有点扫兴。

回到酒店，小慧和本也灰溜溜地回来了。小慧倒车时，撞到垃圾桶上，后备箱盖怎么都关不上，只得送修理厂。

六人在妙莲的房间泡茶，听本讲他的宏伟计划。本屏住呼吸，打开长方形的紫檀木匣子，里面放着牛皮纸的信封，信封是封好的，六百年来从未打开。

"在信封里装的，就是消失了的云何子曰豆豉的秘方。我要像我的先祖一样，把它发扬光大，让子曰品牌红遍中国，卖遍全世界。"本信心满满地说，天蓝色的眼珠里闪着光芒。

"支持你！我来做账，我可是注册会计师。"小慧兴奋地说。

"豆豉小作坊可请不起注册会计师做账。"本说。

"我白干不要工资，管吃管住就行。"说到这里，小慧的脸唰地就红了，这不就是老板娘吗？

众人都冲小慧笑，笑中带着祝福那种。小慧更加不好意思了。

这时，李穷尼玛的电话响了，是仇副县长。他宣布了县里研究的三条决定："一是授予李穷尼玛云何荣誉市民称号，欢迎他随时回来。二是同意将黎奉初在藏的子孙写入黎氏族谱，由书法自成一家的王志主任亲自执笔，毕竟黎氏族谱是市级文物。三是晚上在政府食堂安排了工作餐，书记、县长都亲自作陪，要摆桌签的，你们有几人参加？晚餐后一起观看县里的抓文化、促经济的专场文艺汇演。"

"六人！我们这六人。"李穷尼玛受宠若惊，不住点头。家乡人太热情，好事来得太大、太快，他根本接受不了。

"五人，妙莲有事。"肖丽拉了一下李穷尼玛的衣角说。

"我有事？"妙莲一脸蒙。肖丽刚才闲聊时一句不提。

"你同学晚上想单独请你吃饭。"肖丽的脸红了，尴尬地说。

妙莲猜，一准是他。

黎哲教授原本说头疼也不去。李穷尼玛急了忙求她："教授，咕叽（藏语"求你"）。帮我撑撑台面啊，我一西藏的农民，没上过这么大的场面。"

黎哲教授也就不再说啥，说回房间换套正式点的衣服。李穷尼玛也说去楼下把头发好好打理打理，毕竟这是在家乡的父母官面前，代表着西藏农牧民的形象。

小慧和本也悄无声息地溜了。房间里只剩妙莲和肖丽，妙莲从未单独和肖丽待过。静悄悄的，空气中都是肖丽身上的香水味，两人都不自在。

"妙莲，我替万成谢谢你。"肖丽打破了尴尬。

"万成的女儿，也就是我妙莲的女儿。"妙莲这么说的，也是这么想的。

"这是小慧的福气啊，我当时真不知该怎么办。"肖丽说完，推开玻璃门，走到阳台，妙莲与她并肩站着。

云河水碧绿，秋风凉飕飕。世界七彩斑斓，西方的油画一样。两只老鹰依旧在天空盘旋。

"云何大桥是在加固吗？"妙莲望着桥下在忙碌的工人问。

"不是，桥墩的基础下陷得厉害，去年就鉴定为危桥，封了不让人车过。现在准备采取定向爆破的方式拆除。云何大桥整整80年，渡了多少人啊！现在它完成了使命，归于尘土，好圆满的一生。"肖丽感慨万千，停顿了一会儿，接着说，"小慧出发去西藏那天，曾伟去长沙做了祛疤痕手术，回来就找县上，说是愿意出资捐献一座桥，只有一个条件，桥名叫慧安桥。祈求小慧平平安安回来。"

"小慧知道吗？"

肖丽摇摇头。

妙莲愣住了，不言语。这可不是他记忆中的曾猴子。

"妙莲，你也有白发了。我也有好些，每个月都必须焗油。"肖丽岔开话题，说曾猴子的事两人都不自在。

是啊，记得少年骑竹马，转眼就是白头翁。妙莲笑道："前些年去理发，理发小哥说我有几根白发，要帮我拔掉。我说千万别，我退休后就指望着这几根白发，坐公交车好让年轻人让座呢。"

肖丽笑了，露出八颗牙。

没拔小虎牙的肖丽，还是这个肖丽吗？妙莲想。

"我们去吃面吧？去年新开了家粉面店，味道极好。"曾伟一身蓝色运动装，红色跑步鞋，额头上如蜈蚣一样的疤痕没有了。现在的疤痕修复技术真好，不仔细瞅，根本瞧不出当年他挨过茅室板板一砖头。

妙莲说："好啊。以前物资匮乏时，云何人把面条当主菜，我们今天只吃主菜。"

曾伟笑了，说："我们散步逛逛吧，云何旧城不大。"

妙莲说："好呀。"他前半生就把一辈子的肉都吃完了，体检时说是重度脂肪肝，医生建议他管住嘴、迈开腿。

两人把手揣在裤兜里，沿正街人行道不急不慢，并肩走着。

华灯初上，行人熙熙攘攘，不时有人与曾伟点头招呼。

过两个路口就到了"朱仙亭粉面店"，妙莲朝收银台的漂亮女孩眨了眨眼。

曾伟在靠窗的位置坐下来说："老规矩，小碗面大碗装。加炒一份肠头、一份瘦肉、一份猪肝做码子。妙莲，你呢？"

"一样吧。听起来挺好吃。"

"你不是重度脂肪肝吗？这样吃有点猛哟。我是光吃不长肉，就想吃胖点。"曾伟给妙莲倒上一杯水说。

"我又不傻，回家乡来减肥？"妙莲笑道。

"是啊，漫漫人生，有的是时间。这地就是以前冷九爷的朱仙亭，当年你在这儿陪九爷下了最后一盘棋。云何人都在猜，说是你开劫那一手是故意让九爷的，好让他老人家得意地仙去。"曾伟说。

"我下围棋从来不故意让，天王老子都不行。"确实，妙莲说的是真话。

"哦，难怪啦。冷九爷人生的最后一盘棋非要跟你切磋。"曾伟喝了口水，转移了话题说，"妙莲，还记得簸箕坡吗？就在斜对面。现在是云何最贵的住宅小区。"

"哦，当然记得。曾伟，你是怎么把乱坟冈改造成高档小区的呢？"妙莲也好奇。能做到这一点，不得不佩服。

曾伟介绍他的三步妙棋：当年他抓住了政府急于将城市东扩的弱点，以白菜价圈了这820亩地，然后种上专程从印度买来的血红的地狱之花，营造恐怖气氛，堵住众人的嘴。过五年，再整成绿油油的草坪，摆上一些小孩游戏玩耍的器材，提供茶水让人免费来耍。玩的人多了，就没人害怕了。五年后，周边的地块都建起来了，再建成现在的凤凰城，名字高大上吧？

"是啊，人是最健忘的。"曾伟是智慧还是奸诈，妙莲也说不清，但他的每一步都确实挺精彩。

"工夫总算没白费。这块地让我挣得都不好意思见云何父老乡亲啦。所以我准备捐建一座桥。"曾伟得意地说。

"慧安桥?"

"你怎么知道?"

"肖丽告诉我的,你捐桥真是为小慧祈求平安吗?"

"这——吃完我陪你去云何大桥上吧,明天它就不存在了。"曾伟没有正面回答。

系白色围腰的服务员将超大的大海碗端过来,冒尖,都是红彤彤的肉码。吃得妙莲鼻尖冒汗,肚子滚圆,爽呆!

有时,幸福真就是一碗面。

这时,一直坐在收银台的漂亮女孩亲自端来三小碗甜酒,笑眯眯地坐下,一人一碗。

曾伟一脸茫然。

妙莲笑着问:"佳琪,今天你妈好点没?"昨天妙莲抽空去医院看了怀百芬,蛆婆去世后,她伤心和操劳过度,腰病犯了,时好时坏。佳琪也辞掉了在北京一家律师事务所的工作,回家帮忙。

"是宝明的闺女啊?长得好漂亮。"曾伟用勺子舀了一勺甜酒,嘴巴吧嗒了两下说,"唉,还是当年肖婆婆的味道。"

佳琪捂着小嘴笑了起来,端起甜酒站起来说:"两位叔叔一进来,我就给妈妈报告了,妈妈说这是天意,无论如何不能收钱,算是爸爸请客。还让我代爸爸给曾叔叔敬杯甜酒,给曾叔叔赔礼道歉,虽然迟了30多年。"

妙莲也端起了甜酒,站起来说:"曾伟,我和宝明一起敬你吧。对不起!"

曾伟用餐巾纸擦了擦没了伤疤的额头上的汗珠,干笑着端起甜酒,也站起来说:"相逢一笑泯恩仇,过去的事,不提也罢。"

碰碗,他们坐下来慢慢用勺子吃。

走出朱仙亭,两人沿着云河河边林荫小道往回走。垂柳之下,有不少人在垂钓夜鱼,发光的浮漂在水面上扎动。

"以前这一段是泥巴筑的防洪堤,堤上有好些小洞。我们经常在这里用火钳掏螃蟹,怕洞里有蛇。"妙莲说。

"我也经常来掏，只是我是一个人。"曾伟有点伤感地说。

说话间，就到了用黑色木工板围着的云何大桥桥头，工人递给两人黄色安全帽。曾伟边戴帽子边说："妙莲，这可是危桥，说塌就塌。你敢不敢上去？"

"告诉你个秘密，我曾从这桥上跳下来过。"妙莲扯着嘴巴笑着说。老西藏人，啥险桥险路没闯过？

"嘿嘿，我也差点从这桥上跳下去。"曾伟尴尬地干笑着说。

干干净净的桥面上没了路灯但也挺亮，两边人行道上整整齐齐地码放着各种颜色的菊花。曾伟说，现在正是菊花盛开的季节。这些菊花都是云何老百姓家种的，自发送过来，为陪伴了他们80年的大桥送别。

妙莲点点头，凭栏而立，他也默默为云何大桥送别。

刚才吃面吃得暖暖和和，凉飕飕的河风迎面吹来，一点不冷，妙莲反而觉得爽。

"妙莲，我想讲个我从未对人提起的事给你听，包括肖丽。我保证，我下面所讲的，都是我能说的真话。"并肩而立，曾伟望着黝黑的天空说，"35年前，也是在这个地方，也大约是这个时间，发生了一件改变我一生的事。"

妙莲也望着黝黑的天空，没作声。天上肯定有星星，只是人间灯火太亮，看不到仙界的美景。

曾伟原先的家在大围山密林深处，那里野猪成灾，肆无忌惮，种的粮食都被它们糟蹋了，没法生存。于是，一家人在云何火车站的公厕旁，用一半木板一半硬纸板搭起了一个棚子，靠翻垃圾堆捡破烂为生。

屎嘛，久闻不臭。一家人虽然身上都是难闻的味道，但互相闻不到，而且吃饭特别香，毕竟在这里，饭能吃到饱。为让曾伟上学，他爸去卖了血，才买了书包缴了学费。

在城里人鄙视的目光下，曾伟像蝼蚁一样卑微地生活了七八年。

直到那一天凌晨，他妈叫醒正在熟睡的曾伟："米汤，爸妈要一起去广州进货，过两天才能回来。饭放在锅里的，你自己热了用猪油拌饭吃。"

"好。"想到猪油拌饭，曾伟就流口水，这是生日才能任意吃的美食，现在居然可以自己做主。

课间，吃了三大碗猪油拌饭的曾伟心情舒畅，他走上讲台，说给同学们表演个节目。说完，他原地翻了六个前空翻，同学们都笑，他以为是鼓励和鞭策，又原地翻了三个后空翻。他正在得意时，不知哪个女同学喊了一句："曾伟真像猴子。"

同学们哄堂大笑："哈哈哈，曾猴子！"曾伟脸涨红，恨不得找个地洞钻进去。

也就是那一天，他有了这个永远都甩不掉的绰号。

祸不单行，中午回家才发现钥匙也掉了，可能是翻跟头时掉的。他在隔壁火车站喝饱凉水，然后躺在长木椅上睡了一觉再去上课。

晚上想再去火车站睡觉时，才发现因为这是货运专用火车站，早早关门下班了。他只得孤独地背着书包四处乱逛，当逛到云何大桥现在站的位置时，桥上空无一人，灯光凄凉，无风也无云。

桥头暗处，一只狗在呜呜地哭。催命一样地哭。

又冷又饿的他突然特别恨爸妈什么要生他，为什么让他此时孤苦伶仃。他突然生出一个恐怖的念头，现在想起都后怕：死了算了，让爸妈伤心内疚一辈子。

他利索地翻过栏杆，河水鼓起浪花，像开满了鲜花的花园，哗哗地向他朝手。他正犹豫着是否松开手，融入水花之中。

"曾伟同学，你在干吗？危险！"穿着红色格子衣的肖丽骑着自行车过来，尖声叫着。

"我——"曾伟像猴子一样又翻回栏杆，尴尬地说，"我玩一下，练练胆子。肖丽你来干吗？"满头是汗，背上湿透。

同学一年半，肖丽从来没喊过他的名字。他只是觉得肖丽人漂亮、声音甜，是遥远仙境中的仙女，天上飞翔的白天鹅，跟他这只癞蛤蟆没啥关系。

"我嫂子去长沙出差，我偷她的自行车出来学骑一下，这有灯光，也平一些。"肖丽梳两个大辫子，好可爱好萌。

曾伟愣愣地看着肖丽，饿得有点头晕。

"你为什么还不回家？"肖丽看肖伟还背着书包，于是问。

"我爸妈去广州了，我的钥匙掉了，回不了家。"曾伟可怜兮兮地说，想哭，忍住了。

肖丽犹豫片刻说："走，到我家去住。上车，我搭你，我还没搭过人呢。"

曾伟跨上后车架，摇摇晃晃地向前。他脸贴在肖丽的背上，一股特别好闻的味道钻进鼻孔。他默默祈求上苍，让时间凝固，让这美好成为永恒。

下引桥转弯就到正街。一个戴"交通安全"红袖章的黑影从暗处突然冲出来，手里拿着支装四节电池的长电筒，抓住肖丽车把手大声呵斥："骑车违规带人，违反交通规则。要扣车，去学习班。"

"你这么晚还出来查车，太损了吧？"肖丽急哭了。这可是哥哥结婚家里送新娘子的手表、缝纫机、自行车"三大件"之一，可比她的命金贵。

"罚款也行，1块钱。"

"我只有1毛钱，是家里给的早餐钱。"肖丽委屈地哭出声来，楚楚可怜。曾伟手足无措，鼻涕直流。如果当时他的命能换1块钱，他会毫不犹豫去换。

僵持好久，那戴红袖章老头儿看实在榨不出更多的油水，骂骂咧咧地从肖丽手中夺过两枚5分的硬币，消失在黑暗之中。

肖丽的闺房在县供销社的二楼，一床一书桌，其他的地方都被草绿色铁皮柜塞得满满当当。

肖丽说她哥哥结婚没房，家里人让她搬到单位资料室来住。"今晚你就住这儿吧，我跟我妈去睡。你等会儿，我去楼下给你打洗脚水。"肖丽扭身走了，声音如天籁一般。

曾伟望着叠得整整齐齐的粉红色被子，上面铺了张手帕做点缀，是喜上眉梢的图案。

一会儿，肖丽提着小半桶热气腾腾的水进来，另一只手拿着一根翠绿的黄瓜说："我把厨房翻了个遍，只寻到这根黄瓜可以吃。"说完，一掰两半，递给曾伟半根，她也坐在书桌旁津津有味地吃。

从蚩尤那时起，云何人洗脚都用桶，泡着爽。

美人在侧，曾伟把脚放进桶里，幸福的汗唰就流了下来。人生就这样，说不准下一秒幸福美好就光临了呢。

他好庆幸，刚才没干傻事！

肖丽三两口把黄瓜吃完，打开书桌中间的抽屉，从里面拿出一个塑料袋，里面有一小坨黑色小元宝样的东西。她咬着牙掰了掰，掰不动，于是递给曾伟说："曾同学，你吃吧。这是我生日时家里买的巧克力，只剩最后一块。"

巧克力？好奇怪的名字，他没听说过。

曾伟木讷地接过来，一口咬下去，一股甜香涌到鼻腔，涌进脑门，整个毛孔都张开了，世界还有如此美味？

肖丽咽了一下口水，站起来说："我跟我妈说了，你在我家吃早饭。我一早去买水豆腐。"水豆腐当时可是招待贵客的稀罕物，只有国营的豆腐厂有卖，天不亮就要去排很长的队。

"嗯。"千恩万谢，都在这"嗯"字之中。除了父母以外，从来没有人这么对他好。

躺在温暖馨香的粉红色被子里，曾伟做了一晚上关于白雪公主的梦。他发誓今生都要像幸福的小矮人一样，用生命来守护美丽善良的白雪公主，哪怕粉身碎骨也要让她一生幸福快乐，不让她受丁点儿委屈。

天蒙蒙亮，黎婆子的骂声照例响起。曾伟居然第一次遗精了，裤裆里湿漉漉黏糊糊的，床上也好大一摊。他以为是自己尿床了，羞得他脑袋一片空白，套上衣裤，拔腿而逃，去火车站的煤堆间躲起，好长时间不敢见肖丽。

这是他人生最糗的事，没有之一！

肖丽说起一次笑一次，笑到肚子疼。

那天深夜，曾伟的爸妈扛回来了四个超大蛇皮袋，里面装满了电子表、丝袜、太阳镜、牛仔裤等香港走私来的货物。第二天，在电影院旁摆地摊被抢购一空。从此，他再也不用在浓烈的屎味中吃饭了。

每次，爸爸去广东进货，都会问他："米汤，想要什么？"

"巧克力。"曾伟定是这么答。

"不喜欢别的吗？"

"不！我只要巧克力。"他要让肖丽吃个够。

说到这儿，曾伟停顿了一会儿，凝视远方，那是隐隐约约的天马山。船上刺眼的工程灯打在他脸上，惨白。

"八角亭挨了那一红砖之后，很长一段时间的晚上，我都要想象把茅室板板扒皮抽筋，用各种酷刑折磨他，想舒心了，才能睡得着。其实，他在我心中死了一万遍。"曾伟扭头看着妙莲说，"但我知道，命中注定。只要他是肖丽的老公，我就只能意淫而已。绝不能真这么做，因为我不能让肖丽伤心受苦，更别说去伤害小慧了，那是畜生才会干的事。"

河风吹来，阵阵寒意，刚才吃了面条的暖和劲过了。

"妙莲，你相信我吗？"曾伟盯着妙莲，目光对视。

妙莲呆若木鸡，不语。他知道，这故事里有他兄弟的一条命，他不表态。

"我想做流氓，可惜我不够坏。"曾伟大失所望，这不是他要的结局。

"爆破的时间是几点？我想送送这座桥。"妙莲把铺得整整齐齐的菊花抱起一大捧，又重新摆整齐，一脸虔诚地借花献桥。

"10点整，县长会过来喊倒计时。"

"嗯，我也会喊的。"妙莲说。

"我送你回酒店吧？"

"这么近，我自己走回去吧。"

"也好，我到桥下看看，做最后的安全检查，确保它安详离去。这桥80岁啦，算是喜丧吧。"曾伟伤感地说，与妙莲握手道别。

李穷尼玛蹲在卫生间吐了一宿，说早餐不吃了。

原来，他和县领导并排看完演出，回来兴奋过度睡不着，跑到酒店门口卖小龙虾的消夜摊子，见人就强拉过来，说他高兴，要请客要喝爽才行。

白食，是最好吃的！这等好事，大家自然乐意，四张小桌很快挤满人。李穷尼玛在路灯下载歌载舞，还教大家围着摊子跳锅庄，玩得开心得很。或许是由于低原反应，或许是别的，从没醉过的李穷尼玛终于把自己整醉了，抱着路灯杆大笑不止，亲个不停。四个酒店的男服务生知道他是老板的朋友，忙跑出来想把他抬回去，太沉，抬不动。还是李穷尼玛自己出的主意："用行李推车。"服务生们恍然大悟，把他弄回房间。

"小慧，等会儿到叔叔房间，陪叔叔一起为云何大桥送行。"妙莲说。

小慧看着本。她有一千个不乐意，但没法。

"我和本就在教授的房间看，就在隔壁。"肖丽知道小慧的心思，也知道妙莲要干什么。

阳台上，妙莲把曾伟桥上说的事，原汁原味地跟小慧说了，语气都一样，不带任何情感。

小慧听完，望着天上盘旋的那对老鹰，沉默了很久，才小声地问："妙莲叔叔，你相信吗？"

"小慧啊，这人世间，心里一直想做坏事的坏人，却一辈子都只做好事，是不是就是好人呢？况且啊，人无好坏之分，只有对你好的人，和对你不好的人。"妙莲望着小慧感叹道。这是昨晚他想了一晚上悟出的结论。

"我相信曾爸爸。"小慧的眼泪啪嗒啪嗒地流。

"我也信。"妙莲转身盯着云何大桥毫不犹豫地说。快40年了，是该画个句号了！让该忘掉的都忘掉吧。

妙莲眼前浮现出自己当年从桥上跳下的情景，——他想起了他天国的父亲。

"小慧，我们一起大声开始数吧，9——8——"妙莲看着手表说。

隔壁的人也跟着大声数了起来。

"7——6——5——4——3——2，爱你！云何大桥。"喊到这里，轰，轰，轰——随着震天动地的巨响，烟雾腾空而起，云何大桥像豆腐一样坍塌进云河之中，激起白花花的巨大浪花，像绚烂的烟花一般。好圆满的结局！

一切归于平静，云何大桥永远消失了，似乎不曾有过。

"叔叔，小慧今生都将会恪守与妙莲的约定。但人和桥一样，总归会死去，会消失的。人生，有意义吗？"泪痕犹在的小慧问。

"当然有意义。我们活过、爱过、苦过、幸福过——"妙莲说。

远处，没有呜呜的狗哭声。

祈愿永远没有！

听 **故事，**
拥 **抱** 温 情 **人生**

人生故事
在真实的故事里品味世间百态

心理驿站
让心理疗愈方法为你指点迷津

生活日记
一键拍照，记录下你和生活的约定

你还可以添加**智能阅读向导**
看【同类好书】，品味有情人生

微信扫码